DIETER WÖLM

Mainfall

NAMENLOS Ein Unbekannter wird bei Aschaffenburg halb tot aus dem Main gezogen. Es grenzt fast an ein Wunder, dass er noch lebt. Kommissar Rotfux übernimmt den Fall. Der Fremde kann sich an nichts mehr erinnern, nicht einmal an seinen Namen. Keiner kennt ihn, so muss er ohne jegliche Identität ein neues Leben beginnen. Einzig Oskar, ein kleiner Rauhaardackel, der ihm zugelaufen ist, tröstet ihn in seiner Einsamkeit und rettet ihm sogar mehrfach das Leben. Er beginnt ein neues Leben als Märchenerzähler. Doch seine Vergangenheit lässt ihn nicht los. Durch einen Auftritt in einer Talkshow hofft er, Hinweise auf seine Identität zu erhalten. Tatsächlich melden sich viele Frauen, die behaupten ihn zu kennen, doch keine kennt seinen richtigen Namen …

Dieter Wölm, geboren 1950, war viele Jahre in der Wirtschaft tätig, unter anderem als Marketingleiter eines großen deutschen Versandhauses. Danach schlug er eine wissenschaftliche Karriere ein und war als Professor für Marketing an der Hochschule Aschaffenburg tätig. Beide Positionen erforderten Kreativität, die er inzwischen auch beim Krimischreiben auslebt. Mit Kommissar Rotfux und seinem Dackel Oskar hat Dieter Wölm ein liebenswertes Ermittlerteam geschaffen, das nicht nur Hundefreunde begeistert. Man merkt es seinen Büchern an, dass er selbst einen Dackel besitzt, der ihn inspiriert und auch im wahren Leben Oskar heißt.

DIETER WÖLM

Mainfall

KRIMINALROMAN

GMEINER

Immer informiert

Spannung pur – mit unserem Newsletter informieren wir Sie
regelmäßig über Wissenswertes aus unserer Bücherwelt.

Gefällt mir!

Facebook: @Gmeiner.Verlag
Instagram: @gmeinerverlag

Besuchen Sie uns im Internet:
www.gmeiner-verlag.de

© 2011 – Gmeiner-Verlag GmbH
Im Ehnried 5, 88605 Meßkirch
Telefon 0 75 75 / 20 95 - 0
info@gmeiner-verlag.de
Alle Rechte vorbehalten
7. Auflage 2024

Lektorat: Claudia Senghaas, Kirchardt
Herstellung: Mirjam Hecht
Umschlaggestaltung: U.O.R.G. Lutz Eberle, Stuttgart
unter Verwendung eines Fotos von: © Helgi / photocase.com
Druck: Custom Printing Warschau
Printed in Poland
ISBN 978-3-8392-1125-0

1

Niemals werde ich dieses große, rundliche Gesicht des Feuerwehrmannes vergessen, das unter einem dunkelgrauen Helm hervorsah und sich dicht über mich beugte. Seine blauen Augen blickten ernsthaft und entschlossen, die schmalen Lippen waren zusammengepresst, als ob die Entscheidung über Leben oder Tod kurz bevorstand.

»Gott sei Dank! Er hat das Wasser ausgekotzt«, hörte ich ihn wie aus weiter Ferne zu einem seiner Kameraden sagen. Mir war kalt, eiskalt. Ich zitterte am ganzen Körper, obwohl sie eine Decke über mich gelegt hatten. Ich wusste nicht, wo ich war, wusste überhaupt nichts, glaubte auf einer Wiese zu liegen, in der Nähe einer Brücke. Menschen standen im Kreis um mich herum und starrten mich an. Dann drückte mir der Feuerwehrmann ein Beatmungsgerät auf den Mund und Sterne begannen vor meinen Augen zu tanzen.

»Wir bringen ihn sofort ins Klinikum«, vernahm ich den Feuerwehrmann, fühlte, dass man mich auf eine Trage legte, die Menge machte eine Gasse frei, man trug mich zwischen den Menschen hindurch, schob mich in einen Rettungswagen, ich hörte die Sirene, sah den Notarzt, spürte den Stich einer Spritze im Arm, dann nichts, Ruhe, weiße Gänge, hastende Schwestern, Ärzte, noch eine Spritze und völlige Leere, bis ich in einem Zimmer wieder zu mir kam, das ich noch nie gesehen hatte, ebenfalls weiß getüncht, mit einem Bettnachbarn, der mich erstaunt ansah.

»Na, wieder munter?«, fragte er freundlich.

»Wo bin ich?«, stammelte ich unsicher.

»Im Krankenhaus, auf der Intensivstation«, antwortete er.

»Sie können sich wohl an nichts mehr erinnern …«

»Nein, an nichts!«

»Man hat Sie aus dem Main gezogen, Sie wären fast ertrunken. Haben großes Glück gehabt!«

Gedanken rasten durch meinen Kopf. War ich jemals am Main gewesen? Hatte mich jemand in den Fluss gestoßen? War ich hineingefallen? Wie konnte das passieren?

»Was ist das für ein Krankenhaus?«

»Das Klinikum«, antwortete mein Nachbar.

»Ich meine, wo sind wir?«

»Auf der Intensivstation. Zur Beobachtung.«

Mein Bettnachbar schien nicht zu verstehen. Für ihn war alles klar, aber ich wusste absolut nichts.

»In welcher Stadt?«, wollte ich genauer wissen.

»In welcher Stadt?«, wiederholte der Mann verwundert. »Wissen Sie denn nicht, wo Sie sind …?« Es war für ihn wohl unglaublich, dass ich keine Ahnung hatte, was passiert war. Fassungslos starrte er mich an.

»Nein, keine Ahnung! Ich weiß nichts«, antwortete ich, nach wie vor überrascht.

Es war mir unangenehm, so völlig ahnungslos zu sein. Ich kam mir verdammt dumm und klein vor in diesem weiß getünchten Zimmer, das vollgestopft war mit Apparaten. Mein Blick ging zu meinem Nachbarn, der jetzt nicht mehr lächelte, sondern mich besorgt ansah. Schräg hinter seinem Bett stand ein fahrbarer Wagen mit verschiedenen Geräten. Giftgrüne Kurven flimmerten über einen Monitor. Über seinem Bett hing silbern glänzend eine Flasche, aus der Tropfen für Tropfen eine Flüssigkeit durch eine Plastikkanüle in seinen Arm floss.

»Wir sind in Aschaffenburg, in Aschaffenburg am Main«, erklärte er. »Bayern, Deutschland«, fügte er hinzu, so als ob er sichergehen wollte, dass ich wirklich verstand. »Ich bin übrigens Max, Max Obermayer«, stellte er sich vor.

»Freut mich, angenehm«, sagte ich, so wie ich das gewohnt war. »Ich bin …« Auf einmal stockte ich. »Ich bin …«, setzte ich nochmals an, aber ich konnte nicht weitersprechen. Mein Name kam mir nicht über die Lippen, ich suchte im hintersten Winkel meines Gehirns nach ihm, ich wusste, dass er da sein musste, aber ich konnte ihn nicht finden.

»Schon gut, schon gut«, tröstete mich Max, der offensichtlich meine Verzweiflung bemerkte. »Es wird Ihnen bestimmt wieder einfallen.«

»Tut mir leid«, stammelte ich ratlos. »Ich kann mich wirklich nicht erinnern.«

Ich wusste meinen Namen nicht mehr. Konnte mich anstrengen, wie ich wollte, doch er fiel mir einfach nicht ein. Dabei lag mir der Name auf der Zunge. Ich hatte das Gefühl, dass meine Stimmbänder schon zu schwingen begannen, ihn aussprechen wollten, aber sie brachten es nicht fertig, blieben stumm wie die Fische, während ich verzweifelt nachdachte.

Wie hieß ich?

Wo kam ich her?

Wer war ich?

Nichts! Keine Antwort! Alles wie weggeblasen. Keine Erinnerung. An nichts und niemanden.

Ratlos lag ich im Bett, beobachtete jetzt die giftgrünen Kurven auf meinem eigenen Monitor und starrte anschließend ratlos gegen die Zimmerdecke. Was war nur geschehen? Warum diese gähnende Leere in meinem Kopf? Ich kannte Aschaffenburg bestimmt nicht, wusste nicht, wie ich hierher gekommen war, konnte mir das alles nicht erklären und schlief erschöpft wieder ein.

»In seinem Anzug war absolut nichts«, hörte ich irgendwann eine Stimme. Ärzte und Schwestern standen an meinem Bett. Ich sah sie zunächst wie durch eine Nebelwand, so als ob sie mich von einem anderen Stern besuchten.

»Wirklich nicht?«, fragte erstaunt ein großer, hagerer Mann mit Nickelbrille, welcher der Chefarzt zu sein schien. Er blätterte in meiner Krankenakte und runzelte nachdenklich die Stirn.

»Nein, nichts. Kein Geldbeutel, keine Papiere …«, antwortete eine kräftige ältere Krankenschwester mit glatten weißen Haaren.

»Seltsam«, wunderte sich der Chefarzt. »War die Kripo schon da?«

»Nein. Kommissar Rotfux hat bereits nachgefragt, aber ich sagte ihm, das sei für den Fremden noch zu viel«, antwortete die Schwester.

»Gut so«, nickte der Chef zufrieden. »Soll sich erst mal erholen. Hallo! Hören Sie mich?«, sagte er zu mir und fühlte meinen Puls.

»Ja, ich höre Sie«, antwortete ich leise und versuchte krampfhaft, die Augen offen zu halten.

»Na prima«, freute er sich. »Wie heißen Sie denn eigentlich?«

»Ich …, ich …«, stammelte ich verlegen, »ich kann mich leider nicht erinnern.«

Jetzt war es heraus! Ich wusste nicht, wie ich hieß, versank vor Scham in meinen Kissen, so entsetzlich jämmerlich fühlte ich mich.

»Das wird schon wieder«, tröstete mich der Chefarzt. »Man hat Sie aus dem Main gezogen. Sie können froh sein, dass Sie überhaupt noch leben!«

Aber sein Trost half mir wenig.

Ich weiß nicht, ob sich irgendjemand auf der Welt vorstellen kann, wie es ist, wenn man seinen eigenen Namen vergisst.

Ich hätte es mir auch nie vorstellen können. Doch genau das war passiert und ich musste damit fertig werden.

»Nun schlafen Sie sich erst mal aus«, verabschiedete sich der Chefarzt. »Wenn alles klargeht, können Sie morgen die Intensivstation verlassen und wir verlegen Sie in die Neurologie. Dort werden wir Ihre Vergesslichkeit näher untersuchen.«

Von Vergesslichkeit hatte er gesprochen. Aber war das wirklich nur Vergesslichkeit? Ich wusste doch absolut nichts mehr! Ich lag im Bett und versuchte krampfhaft, mich zu erinnern. Ich fragte mich, wer meine Eltern waren, ohne Erfolg. Wie ausradiert schien alles in meinem Hirn zu sein.

Hatte ich Geschwister?

Wann war mein Geburtstag?

War ich verheiratet oder sogar Vater?

Fragen über Fragen, nur keine Antworten. Je mehr ich nachdachte, umso verzweifelter wurde ich. Ich war geistig tot, ausgelöscht, erledigt, ein namenloses Nichts, das sich schämte, in diesem Krankenhaus zu liegen.

Die Taschen meines Anzuges waren leer, jedenfalls hatte das die Schwester gesagt. Ich besaß also kein Geld, keinen Ausweis, keinen Namen, nichts. Einen Moment lang wünschte ich mir, dass die scharfzackigen, giftgrünen Kurven auf meinem Monitor flacher würden, dass sie in einer ruhigen geraden Linie auslaufen würden, ganz sanft, so wie ein Leben erlischt, das keinen Sinn mehr hat, so wie mein Leben, das mir ohne Vergangenheit so sinnlos vorkam.

Wozu war ich noch gut?

Was konnte ich?

Welchen Beruf hatte ich erlernt?

Verzweifelt versuchte ich, Antworten zu finden, aber jede neue Frage machte alles nur schlimmer.

Am Nachmittag bekam Max Besuch. Eine nette Frau in einem hellblauen Kittel betrat unser Zimmer.

»Besucher müssen auf der Intensivstation diese Umhänge überziehen und sich mit Desinfektionslotion die Hände waschen«, erklärte sie lächelnd, als sie meinen verwunderten Blick bemerkte.

»Mein neuer Bettnachbar wäre um ein Haar im Main ertrunken«, stellte mich Max seiner Frau vor.

»Ach was, Sie sind das?«, sagte sie. »Ich habe schon in der Zeitung davon gelesen. Hier – sehen Sie mal!«

Sie hielt mir das Main Echo, die örtliche Tageszeitung, unter die Nase und deutete auf die Titelseite. ›Unbekannter fast im Main ertrunken‹, war dort zu lesen. Dazu ein Bild vom Ufer des Mains mit mehreren Feuerwehrautos, einem Krankenwagen und einem Polizeiauto.

»Im Innenteil bringen sie einen längeren Bericht. Sie können ihn gern lesen«, sagte Max' Frau und ihre Augen leuchteten. Es schien so, als ob sie sehr stolz darauf war, dass ausgerechnet sie mich hier im Krankenhaus angetroffen hatte. »Lesen Sie ruhig«, wiederholte sie lächelnd und reichte mir die Zeitung.

Dem Bericht zufolge hatten mich tags zuvor um 16 Uhr am Nachmittag zwei Jungen unterhalb der Willigisbrücke im Main treiben sehen. Ein Spaziergänger rief per Handy sofort die Feuerwehr und stürzte sich in die Fluten. Nachdem er mich ans Ufer geschleppt hatte, trafen die Rettungskräfte ein und begannen mit der Wiederbelebung. Wasser aus mir herauspressen, Herzmassage, Beatmung – die ganze Rettungsaktion wurde minutiös beschrieben. Auch mein Bild war in der Zeitung.

›Wer kennt diesen Mann?‹, wurden die Leser gefragt. ›Wer hat beobachtet, wie er in den Main gelangte? Wem ist etwas

Besonderes an diesem Nachmittag aufgefallen?‹ Die Antworten sollten an Kommissar Rotfux von der örtlichen Kriminalpolizei gemeldet werden, der den Fall bearbeitete.

Ich war sogar schon ein Fall. Deshalb war die Frau von Max so an mir interessiert.

»Können Sie sich denn gar nicht erinnern, was mit Ihnen passiert ist?«, wollte sie neugierig wissen.

Ich musste auch ihr gestehen, dass ich mich an nichts erinnerte, sogar nicht einmal an meinen Namen. Dieses Geständnis steigerte allerdings ihr Interesse ins Unermessliche.

»Vielleicht hat man Sie ausgeraubt und in den Fluss gestoßen?«, erging sie sich sofort in den wildesten Spekulationen. »Oder wollten Sie sich womöglich das Leben nehmen?«

»Aber Linda!«, mischte sich jetzt Max ein. »Das würde Herr …, äh, das würde mein Bettnachbar doch sicher wissen!«

Sie entschuldigte sich für diesen Gedanken, obwohl sie damit eine Möglichkeit ausgesprochen hatte, die mir auch schon durch den Kopf gegangen war.

Vielleicht konnte ich mein Leben nicht mehr ertragen, hatte Ärger mit der Frau oder der Familie, wurde von Schulden erdrückt und hatte keinen anderen Ausweg mehr gesehen?

Allerdings – hätte ich mich dann im Anzug in einen Fluss gestürzt, den ich anscheinend gar nicht kannte?

Meine Gedanken drehten sich wie im Kreis und ich merkte, dass ich müde wurde. Still lag ich da, starrte an die Zimmerdecke, beachtete Max und seine Frau nicht mehr und schlief wieder ein.

Zum Mittagessen bekam ich erstmals eine Suppe und nach dem Essen Besuch.

»Ich muss Sie in ein anderes Zimmer schieben«, erklärte mir Patricia, eine hübsche, blonde Schwester, die mir bereits die Suppe serviert hatte. »Kommissar Rotfux möchte Ihnen ein paar Fragen stellen.«

In einem Einzelzimmer ganz am Ende des sterilen Krankenhausgangs wartete bereits der Kommissar.

»Rotfux, Kriminalpolizei«, stellte er sich vor und zeigte seinen Ausweis. Er sah eigentlich nicht aus, wie ich mir einen Kommissar vorgestellt hatte, war klein und ziemlich dick, trug keine Lederjacke, sondern einen gelben Pulli, und wirkte auch nicht streng, sondern freundlich und offen. Einzig sein rotbrauner Oberlippenbart, der beim Sprechen auf und ab tanzte, und seine munteren dunkelbraunen Augen passten zu meiner Vorstellung, die ich mir in den letzten Stunden von einem Kommissar gemacht hatte.

Rotfux sah mich fragend an. Irgendwie hatte ich das Gefühl, dass ich mich nun vorstellen müsste, aber ich wusste nicht wie. Also sagte ich nur: »Ich weiß meinen Namen leider nicht mehr, Herr Kommissar. Tut mir leid!«

»Schon okay«, antwortete er. »Professor Schönfels hat mich über Ihren Zustand informiert. Aber vielleicht können Sie mir trotzdem weiterhelfen.«

Daraufhin schlossen sich viele Fragen an, von denen ich allerdings keine einzige beantworten konnte. Wie lange ich bereits in der Gegend wäre und wo mein Wohnsitz sei, ob man irgendjemand anrufen könne, ob ich wisse, wie ich in den Main gekommen sei, und so weiter, und so weiter …

Zum Ende der Befragung schien Rotfux langsam, aber sicher die Nerven zu verlieren und irgendwie an mir und meinen Auskünften zu zweifeln.

»Wenn Ihnen irgendetwas einfällt, rufen Sie mich bitte an!«, sagte er mit leicht drohendem Unterton und überreichte mir sein Kärtchen. »Sie haben doch sicher nichts dagegen, wenn wir Ihren Anzug untersuchen?«

»Nein, natürlich nicht. Ich möchte ja selbst wissen, wie

das alles gekommen ist«, stammelte ich und konnte mich des Gefühls nicht erwehren, dass sich hier etwas über mir zusammenbraute. Er traute mir nicht wirklich, zweifelte an meinen Auskünften, konnte sich bestimmt nicht vorstellen, dass ich so gar nichts wusste.

»Wenn wir etwas in Erfahrung bringen, werde ich Ihnen Bescheid geben. Vielleicht haben wir ja Glück und jemand kennt Sie«, verabschiedete er sich von mir.

Aber das Glück war mir nicht hold. In den nächsten Tagen konnte ich zwar die Intensivstation verlassen und es ging mir gesundheitlich zunehmend besser, aber es kam kein Besuch, niemand meldete sich, keiner schien mich zu kennen. Dafür klopften grausame Fragen an die Tür meines Lebens. Wer würde für meine Behandlung bezahlen? War ich versichert? Wo würde ich nach der Entlassung aus dem Krankenhaus Unterschlupf finden? Man hatte mich inzwischen auf die Neurologie verlegt, zahlreiche Untersuchungen durchgeführt, aber alles ohne Erfolg. Ich konnte mich einfach an nichts erinnern! Sogar mit Elektroschocks hatte man es versucht und mir bewusstseinsverändernde Medikamente gespritzt, dennoch blieb alles ohne brauchbare Resultate. Ich hatte daraufhin zwar wirre Träume gehabt, doch ein Bezug zu meiner Vergangenheit war nicht festzustellen gewesen.

Auch Kommissar Rotfux war keinen Schritt weitergekommen. Er hatte zwar ermittelt, dass mein Anzug aus einer Kleiderfabrik in der Nähe von Aschaffenburg stammte, aber die Firma lieferte gehobene Anzüge in ganz Europa an gute Fachgeschäfte.

So schnürte sich mir die Kehle täglich mehr zu, fast als ob mich jemand zum zweiten Mal unter Wasser drücken wollte. Ich besaß keinen Cent, was mir schmerzlich bewusst wurde, als ich den Shop in der Eingangshalle des Klinikums besuchte und dort feststellte, dass ich mir nicht einmal eine Zeitschrift kaufen konnte oder etwas Obst. Mein Leben war zwar gerettet worden, was nach Aussagen der Ärzte an ein Wunder grenzte, aber was war das für ein Leben?

Ohne Geld!

Ohne Freunde!

Ohne Verwandte!

Ohne Vergangenheit und ohne Hoffnung!

In meinen Tagträumen sah ich ein Altersheim vor mir, mit diesen jämmerlichen Gestalten, die ihre Kinder nicht mehr erkannten, die nicht mehr wussten, wer sie waren, nur noch einen Tag nach dem anderen lebten, einsam und allein in ihrer kleinen Welt. Ich dagegen war nicht alt. Die Ärzte schätzten mich auf 35.

»Sie können nochmals neu anfangen«, machten sie mir Mut. »Sie müssen nur Geduld haben.«

So näherte sich der Tag der Entlassung. Die Wäscherei des Krankenhauses hatte meine Kleidung gewaschen und den Anzug gereinigt und aufgebügelt. Vom Sozialamt hatte ich fürs Erste 300 Euro erhalten und ein Zimmer im Aussiedlerheim der Stadt Aschaffenburg angeboten bekommen.

Wenn es so etwas wie einen absoluten Nullpunkt im Leben gab, hatte ich ihn offensichtlich erreicht, jedenfalls kam es mir so vor. Ratlos spazierte ich am Vortag der Entlassung im Park des Krankenhauses umher, um mich wieder an die Natur draußen zu gewöhnen. Die kühle Herbstluft zog mir unter den Bademantel und ließ mich frösteln. Der Herbstwind wirbelte die goldgelben, herzförmigen Blätter einer Birke durch den Park, bedeckte den Rasen damit, so als ob es gelb geschneit hätte. An einem Rollator kam mir ein Mann entgegen, vielleicht 45 Jahre alt, leichenblass, mit aufgeblähtem Bauch, der ebenfalls diesen Blätterregen bewunderte.

»Alles hat seine Zeit«, sagte er zu mir und lächelte.

Zunächst verstand ich nicht ganz, was er meinte, doch als wir ins Gespräch kamen, erzählte er mir, dass ihn der Darmkrebs schon ziemlich zerfressen hatte, es mit der Verdauung und dem Stuhlgang überhaupt nicht mehr klappte und er das Schlimmste befürchtete.

»Wenn nur meine Kinder nicht wären«, seufzte er. »Das ist für mich am schwersten, aber man kann es nicht ändern.« Er machte eine Pause. »Wieso sind Sie hier?«, wollte er von mir wissen.

»Ach, nichts von Bedeutung«, gab ich zur Antwort. Es kam mir plötzlich lächerlich vor, ihm von meinem Problem zu erzählen.

»Aber irgendetwas müssen Sie doch haben«, ließ er nicht locker.

»Ja schon, natürlich, aber es ist nicht der Rede wert.«

»Nun reden Sie schon, mein Lieber«, ermunterte er mich nochmals. »Geteiltes Leid ist halbes Leid.«

»Ich wäre fast ertrunken«, gestand ich. »Man hat mich aus dem Main gefischt. Vielleicht haben Sie es in der Zeitung gelesen.«

»Ach, Sie sind das!«, sagte er überrascht. »Ja, natürlich, davon habe ich gehört. Und Sie können sich an nichts erinnern …«

»Nein, an nichts. Ich weiß nicht einmal meinen Namen.«

»Ist ja Wahnsinn«, stammelte er. »Trotzdem würde ich mit Ihnen tauschen.«

»Obwohl Sie Ihre Kinder nicht mehr kennen würden?«

Jetzt zögerte der Krebskranke. »Ich weiß nicht«, flüsterte er auf einmal kaum hörbar. »Vielleicht ist doch alles gut so, wie es ist …«

Zum Abschied zog er seinen Geldbeutel aus dem Bademantel und reichte mir 20 Euro. »Hier, alter Freund, trinken Sie mal einen auf mich. Ich denke, wir hätten uns noch viel zu sagen. Hier, mein Kärtchen«, fügte er hinzu. »Besuchen Sie mich mal, wenn Sie wieder draußen sind!«

2

Am nächsten Vormittag wurde ich aus dem Klinikum entlassen. In der Krankenhausverwaltung hatte ich noch einige Formulare auszufüllen und zu unterschreiben. Da kein Mensch meinen Namen kannte, schlug man mir vor, mit ›Unbekannter‹ oder ›Fremder‹ zu unterzeichnen. Ich entschied mich für ›Fremder‹, weil das kürzer war und mir praktischer erschien. Schließlich stand ich in meinem dunklen Anzug in der Eingangshalle des Krankenhauses, mit ein Paar Schuhen, die mir mein Zimmernachbar Max geschenkt hatte, und 300 Euro Startgeld in der Hosentasche, die ich vom Sozialamt erhalten hatte.

Wie einsam ich mich in diesem Moment fühlte. Ich sah Besucher mit Blumensträußen durch die Halle hasten, die Schwestern und Pfleger von einer Seite zur anderen huschen, beobachtete einen Patienten, der am Automaten seine Telefonkarte auflud, aber alles war mir fremd, alles schien mich überhaupt nicht zu betreffen, schien so weit weg zu sein, dass ich mich völlig leer und verlassen fühlte, wie ein Sandkorn in der Wüste, wie jemand, den man von seinen Freunden getrennt hat und der nie wieder zu ihnen zurückfinden wird.

Unschlüssig verließ ich das Krankenhaus. Ein trüber Nieselregen hinterließ winzige Wasserperlen auf meinem Anzug, aber da ich keinen Schirm besaß, ließ sich das nicht vermeiden. Beim Besucherparkplatz fragte ich einen älteren Herrn nach dem Bus in die Stadt.

»Wenn Sie wollen, nehme ich Sie im Auto mit«, bot er freundlich an, was mir natürlich sehr recht war.

Das Aschaffenburger Klinikum lag oberhalb der Stadt im Grünen, weshalb sich die Straße zunächst bergab durch ein Waldstück schlängelte.

»Wo soll ich Sie denn absetzen?«, fragte mich der ältere Herr, der seine Frau im Krankenhaus besucht hatte.

»Wo es Ihnen am besten passt«, antwortete ich, »es ist nicht so wichtig.«

»Irgendein Ziel müssen Sie doch haben?«, wunderte er sich.

»Ich kenne Aschaffenburg nicht. Wollte einfach mal einen Rundgang unternehmen«, erklärte ich ihm. »Wissen Sie, ich wäre fast im Main ertrunken. Vielleicht haben Sie es in der Zeitung gelesen. Und jetzt fahre ich zum ersten Mal in diese Stadt.«

»Ja, dann ...«, sagte der ältere Herr, »... dann fahre ich Sie am besten zum Schloss. Von dort aus können Sie sich alles ansehen.«

Etwa zehn Minuten später ließ er mich vor dem Aschaffenburger Schloss aussteigen. Ich betrat die steinerne Brücke vor dem Haupteingang. Die mächtigen hölzernen Flügel am Eingangstor wirkten wehrhaft und abweisend. Der linke Flügel war geschlossen und zeigte seine prachtvollen Ornamente, während der rechte Flügel mich in den Schlosshof passieren ließ.

Außer mir war niemand da. Meine Schritte hallten auf dem Kopfsteinpflaster wider und verloren sich in der Weite des Schlosshofes. Ich stand dem mächtigen Bergfried gegenüber, einem Überbleibsel der mittelalterlichen Aschaffenburger Johannisburg, was meine Einsamkeit noch steigerte. Der Bergfried hob sich durch seine ockergelbe Färbung vom rotgoldenen Sandstein der übrigen Bauten ab.

Klein und verloren kam ich mir angesichts der Größe dieses Bauwerks vor. Wie dunkle Löcher glotzten mich seine Fenster an, übermächtig sahen Türme und Erker auf mich herab, so als ob sie sagen wollten: Wer bist du schon, kleiner Wurm? Wo kommst du her, wo gehst du hin, was hast du hier zu suchen?

Was ich hier zu suchen hatte, wusste ich.

»Sagt mir, was passiert ist!«, rief ich den Mauern zu. »Ihr müsst es doch gesehen haben.« Dabei richtete ich mich vor allem an die Türme, die dem Main zugewandt waren. Sie konnten bis zur Willigisbrücke schauen, mussten gesehen haben, wie man mich aus dem Wasser gezogen hatte, und konnten bestimmt auch sagen, wie ich in den Fluss gekommen war.

Aber die Türme schwiegen unbarmherzig. Versteinert standen sie da und blickten auf mich herab. Mein Schicksal schien sie nicht im Geringsten zu kümmern. Wahrscheinlich hatten sie in den vergangenen Jahrhunderten zu viel erlebt, als dass sie meine Geschichte hätte rühren können.

Durch das Schlossgartentor stieg ich anschließend die Treppen zu den Mainterrassen hinab. Ruhig floss der Main unterhalb des Schlosses dahin. Es hatte aufgehört zu regnen. Auch in meinem Herzen kehrte Ruhe ein. Ich sah den Strom, der mir fast zum Verhängnis geworden war. Leicht trug er einen Lastkahn Richtung Frankfurt. Einen Moment lang kämpften sich einige Sonnenstrahlen durch den herbstlich grauen Himmel. Sie ließen den Fluss glänzen wie eine silberne Schlange, beleuchteten die Willigisbrücke, das Schloss, den Nachbau einer römischen Villa am Ufer und streiften auch mich.

Ich verabschiedete mich vom Main und erreichte über den Schlossplatz die Altstadt von Aschaffenburg, durchstreifte die Steingasse, die Herstallstraße, aß in der ›Nordsee‹ ein Fischbrötchen, spazierte in den romantischen Gassen auf und ab, bis ich schließlich in die Dalbergstraße und zum Stiftsplatz gelangte. Über dem Platz thronte die Stiftskirche. Die Heiligen, St. Peter und St. Alexander, grüßten mich feierlich, als ich mich anschickte, die Treppen zur Basilika emporzusteigen.

Schön war Aschaffenburg, das musste ich zugeben, auch wenn ich mir diese Stadt nicht ausgesucht hatte. Doch was half mir das? Wo sollte ich wohnen? Tatsächlich im Aussiedlerheim? Die Adresse hatte man mir im Krankenhaus gegeben, allerdings hielt mich irgendetwas davor zurück. Ich glaube, es war so etwas wie Stolz, der in meiner Brust wohnte und der mir sagte: ›Nicht in ein Heim, nein, ganz bestimmt nicht in ein Heim.‹

Also schmiedete ich andere Pläne. Ich kaufte mir eine Taschenlampe in einer Eisenwarenhandlung, außerdem einen billigen Regenmantel mit großen Innentaschen, um dem nächsten Regen zu trotzen. Zusätzlich in einem Supermarkt in der City-Galerie zwei Fläschchen Mineralwasser, einen Notizblock, einen Kugelschreiber, zwei Brötchen und beim Metzger zwei Paar Landjäger. Kugelschreiber und Notizblock verstaute ich in der Brusttasche meines Anzuges, die übrigen Einkäufe in den Innentaschen des Regenmantels.

Da das Schloss um diese Jahreszeit nur bis 16 Uhr besichtigt werden konnte, hatte ich es sehr eilig, vor allem, weil ich mindestens eine halbe Stunde früher da sein musste. Kurz vor 15.30 Uhr hastete ich zum Haupteingang des Schlosses, löste an der Kasse eine Eintrittskarte und stieg die breite Treppe in den ersten Stock empor. Die Gemälde der Staatsgalerie, die dort im Main-Flügel ausgestellt waren, interessierten mich im Augenblick allerdings nicht. Der einzige Gedanke, der mich trieb, war die Frage, wo ich hier einen ruhigen Platz für die Nacht finden könnte.

Die Räume der Gemäldegalerie waren, abgesehen von den Bildern an den Wänden, völlig leer, also zum Verstecken nicht geeignet. Die Korkmodellsammlung im zweiten Obergeschoss bot mit ihren gläsernen Vitrinen ebenfalls keinen Unterschlupf, dann schon eher die Fürstlichen Wohnräume im Mainflügel. Erschwerend kam hinzu, dass auf jedem Stockwerk eine Museumswärterin eingesetzt war, die hier ihre Runden drehte oder manchmal, auf einem Stuhl in einer Ecke sitzend, die Besucher beobachtete. Deshalb musste ich mich unauffällig bewegen und den Eindruck erwecken, als interessierte ich mich für die Ausstellungsstücke.

Nach einem Rundgang durch das zweite Obergeschoss kehrte ich in den ersten Stock zurück. Das war sicher nicht ungewöhnlich und die dortige Aufseherin nahm auch keine besondere Notiz von mir. Sie mochte so um die 50 Jahre alt sein, sah etwas vergrämt aus, war jedoch nicht unfreundlich, sondern nickte mir sogar aufmunternd zu, während ich an ihrem Sitzplatz vorbeiging.

Wenn die wüsste, tanzten Gedanken in meinem Hirn.

Es war inzwischen kurz vor vier. Bald würden die Museen schließen. Jetzt wurde es ernst. Ich eilte durch die Räume der Gemäldegalerie, trat auf die Empore der Schlosskirche, sah Christus am Altar und flehte ihn um Hilfe an. Danach huschte ich in den Schauraum, in dem kostbare kirchliche Gewänder, die Paramenten, ausgestellt waren. Auch hier fand ich keine Möglichkeit, mich zu verstecken. Die Gewänder waren unter Glasvitrinen drapiert, sodass man sich nicht darunter verbergen konnte. Sonst war nichts in diesem Raum. Meine letzte Chance war das Nebenzimmer, in dem ebenfalls solche Paramenten gezeigt wurden, nämlich drei Ornate verschiedener Mainzer Kurfürsten und Erzbischöfe. Aber auch diese wurden durch mannshohe Glasvitrinen geschützt und boten keine Möglichkeit, sich zu verstecken. Am liebsten hätte ich mich im Boden verkrochen, wäre klein wie eine Ameise geworden, hätte mich hinter eine Fußleiste geflüchtet, aber das war nicht möglich. Doch dann sah ich den beigebraunen Vorhang, der die Fensternische des Raumes verkleidete. Vorsichtig fasste ich den Vorhang an. Rechts und links war er an der Fensternische befestigt. Da war kein Durchkommen. Ich bückte mich und versuchte, unter dem Vorhang durchzuschlüpfen. Im selben Augenblick bemerkte ich, dass der Vorhang in der Mitte zweigeteilt war und nur durch Klettverschlüsse zusammengehalten wurde. In Windeseile trennte ich den Vorhang auf, schlüpfte in die Fensternische und fügte die Klettverschlüsse von dort aus wieder zusammen. Gott sei Dank, dachte ich. Ich presste mich ganz flach seitlich in die Nische, wagte es kaum zu atmen, sah den Main, der rückwärtig ganz still unter mir dahinfloss. Wenn nur die Aufseherin mich nicht im letzten Moment entdeckte!

Irgendwann hörte ich Schritte. Das musste sie sein. Die Schritte kamen näher, blieben stehen, sie schien sich umzuschauen, dann entfernten sich die Schritte wieder, wurden leiser, bis sie ganz verstummten und alles still war.

Kurz darauf gingen alle Lichter aus. Ein deutliches Zeichen dafür, dass die Luft wohl bald rein wäre. Aber trotzdem, lieber noch eine Zeit lang warten, als etwas zu riskieren. So stand ich mucksmäuschenstill in meiner Nische, ich, der Fremde, den keiner kannte, der sich selbst nicht kannte. Nach einiger Zeit, die mir wie eine Ewigkeit vorkam, öffnete ich vorsichtig die Klettverschlüsse des Vorhangs und kehrte zurück in den Ausstellungsraum. Ruhig blieb ich stehen und lauschte. Nichts war zu hören. Ich kramte meine Taschenlampe aus dem Mantel, ließ den Lichtkegel über die Ornate in den Vitrinen und über das Gemälde, welches die Gründonnerstagsfußwaschung zeigte, huschen. Ganz allein war ich hier und ganz allein war ich auf der Welt.

Dem Lichtkegel meiner Taschenlampe folgend, schlich ich anschließend in die fürstlichen Räume auf der Mainseite des Schlosses. Es war inzwischen dunkel geworden. Durch die Fenster sah ich den Main im Mondlicht glänzen. Es war so hell, dass ich die Taschenlampe wieder löschen konnte. Obwohl ich mich bemühte, keinen Lärm zu machen, knarrte das Parkett hier und da und jagte mir jedes Mal einen Stich durchs Herz.

Schließlich trat ich ins Schlafzimmer des Fürsten. Zuerst betrachtete ich es ehrfürchtig. Die mit weinrotem Seidendamast bespannten Wände, das breite Bett mit seinem prunkvollen Baldachin, die weißen, goldverzierten Konsoltische an den Seitenwänden und die sechsarmige vergoldete Deckenleuchte ließen mich eher an Ausstellungsstücke aus einer vergangenen Märchenzeit denken als an ein Schlafzimmer. Doch ich fasste Mut und stieg vorsichtig über die dicke graue Absperrkordel, die den Durchgang der Besucher von den Ausstellungsstücken trennte. Ich trat an das Bett und berührte es vorsichtig mit der Hand. Gott sei Dank! Eine Alarmanlage hatte ich damit nicht ausgelöst, und so begann ich mich mit der Idee anzufreunden, in diesem Bett tatsächlich die Nacht zu verbringen. Ich zog die Schuhe aus, legte den Regenmantel über einen der mit Seidendamast bezogenen Stühle und stieg vorsichtig ins Bett. Über mir sah ich den fransenbesetzten Baldachin, an den Wänden die Spiegel mit geschnitzten, vergoldeten Rahmen und links von mir, in einer Nische, ein Elfenbeinkruzifix. Ich fühlte mich plötzlich so wohl, dass mir der Gedanke kam, ich könnte in Wahrheit ein Fürst sein, der irgendetwas mit Aschaffenburg zu tun hatte. Ich meinte, den Fluss zu spüren, der unterhalb des Schlosses still dahinfloss, sah den Mond durch das Fenster leuchten, roch diesen feierlich-muffigen Geruch, der sich in solchen Schlössern ausbreitet, und schlief, umnebelt von all diesen neuen Eindrücken, tatsächlich in jenem Fürstenbett ein. Irgendwann am nächsten Morgen, nachdem ich wie ein Toter geschlafen hatte, erschöpft von all den neuen Eindrücken, hörte ich Schritte. Die Aufsicht, schoss es mir durch den Kopf. Ich sprang aus dem Bett, zog schnell die Decke glatt, kämmte durch meine nachtstrubbeligen Haare, warf meinen Regenmantel über und hastete ganz ans Ende des Mainflügels zum Turmzimmer. Dort wartete ich eine Weile, ging anschließend durch die Zimmerflucht in Richtung Treppenhaus zurück, grüßte die Aufseherin freundlich, die bereits in ihrer Ecke saß, und verließ erleichtert das Schloss. Ich hatte Glück gehabt. Die Museumswärterinnen schienen täglich zu wechseln, sodass man mich nicht erkannt hatte.

Drei Nächte schlief ich auf diese Art im Bett des Fürsten und fing gerade an, mich daran zu gewöhnen. Ich genoss den abendlichen Blick über den Main, begann auch die Bilder in der Gemäldesammlung des Schlosses aufmerksamer zu betrachten und freute mich auf das gemütliche Nachtlager. In der vierten Nacht allerdings, als ich sogar von einer hübschen Frau träumte, die ich auf den Bildern gesehen hatte, riss mich der grelle Schein eines Blitzlichtes aus dem Schlaf.

»Jetzt haben wir den Beweis«, zischte die Aufseherin vom Vorabend aufgeregt, die mich offensichtlich beobachtet hatte und nun mit ihrer Digitalkamera vor dem Fürstenbett stand. »Das darf ja wohl nicht wahr sein!«, entrüstete sie sich. »Ein Penner im Bett des Fürsten.«

Hinter ihr erschien eine zweite Aufseherin, die scheinbar gerade dabei war, mit ihrem Handy die Polizei zu rufen.

»Bitte nicht!«, flehte ich sie an. »Ich kann alles erklären.«

»Was soll es da zu erklären geben?«, fuhr sie mich an und wählte munter weiter.

»Ich bin der Unbekannte aus dem Main«, stammelte ich verzweifelt. »Bestimmt haben Sie davon in der Zeitung gelesen.«

Dieser Hinweis zeigte Wirkung. Zum Glück ließ sie ihr Handy sinken und starrte mich fassungslos an.

»Aber warum schlafen Sie dann hier im Schloss?«, fragte sie erstaunt.

»Ich wollte nicht ins Aussiedlerheim«, antwortete ich wahrheitsgemäß, während ich langsam aus dem Fürstenbett schlüpfte.

Unschlüssig sahen mich die beiden an. Ich schien ihnen leidzutun.

»Verschwinden Sie und lassen Sie sich hier nie mehr blicken«, sagte die ältere, die ich seit dem ersten Abend kannte.

Ich zog meine Schuhe an, die neben dem Bett standen, warf meinen Mantel über und folgte den Frauen, die mich zum Haupteingang des Schlosses brachten. Stockfinster war es. Sie mussten mich wohl mitten in der Nacht überrascht haben.

»Vielen Dank«, verabschiedete ich mich und machte mich auf den Weg in die Altstadt. Die Turmuhr des Schlosses schlug im selben Augenblick zwölf und machte mir klar, dass ich den größten Teil der Nacht noch vor mir hatte. Wohin jetzt? Alle Kirchen waren um diese Zeit versperrt und die Kneipen gerade dabei, die letzten Gäste zu entlassen. Also doch unter die Willigisbrücke? Hin zu diesem Fluss, der mich fast für immer zu sich genommen hatte? Ratlos zog ich durch die ausgestorbenen Gassen, in denen mich nur der Hall meiner eigenen Schritte begleitete, der von den Häuserwänden abprallte. Der weißgelbe Mond warf zwischen ein paar wild dahintreibenden Wolkenfetzen sein fahles Licht auf das nass glänzende Kopfsteinpflaster.

In meiner Einsamkeit ging ich vom Schlossplatz hinunter an den Main, dorthin, wo der Fluss flach ist und man die Boote zu Wasser lässt. Ich trat mit dem rechten Fuß vorsichtig ins Wasser. Kalt fühlte sich mein Schuh an und nass stieg die Feuchtigkeit mir in den Strumpf. Langsam setzte ich auch den linken Fuß ins Wasser und wunderte mich, dass er kälteempfindlicher war als der rechte. Der Main schwieg, das Schloss blickte still über seine rotbraune Sandsteinmauer herab, die Willigisbrücke grüßte ein Stück flussaufwärts, während ich einen weiteren Schritt tiefer ins Wasser machte.

›Nun komme ich zu dir, lieber Main‹, sagte ich in Gedanken zum Fluss, ›aber ich weiß meinen Namen nicht, hab ihn bei dir vergessen und will ihn von dir zurückhaben. Bitte, gib ihn mir.‹

Ich bückte mich und streckte die rechte Hand ins Wasser. Sanft umspülte die Strömung meine Finger. Ich ging weiter, bis das Wasser mir an die Knie reichte, bis an die Oberschenkel, bis es mir in die Unterhose stieg, aber der Main antwortete nicht. Totenstill lag der Fluss da, die Strömung war kaum zu spüren, einige Enten schliefen zusammengekuschelt am Ufer und die Turmuhr des Schlosses schlug einmal. Tiefer und tiefer ging ich ins Wasser. Es schmeckte nach Sand, nach Gras und nach Algen und füllte mir Nase und Ohren. Plötzlich hörte ich etwas. Zwar konnte ich es unter Wasser nicht verstehen, aber jemand rief nach mir. Vom Ufer kam das Rufen. Es klang bellend, wie die heisere Stimme eines alten Mannes. Zuerst leise, dann immer lauter.

Schon gut, schon gut, dachte ich bei mir. Bestimmt wollen sie mich wieder retten.

Aber weit gefehlt! Gleich darauf spürte ich ein Zerren am Nacken, etwas zog an mir, nicht sehr kräftig, aber doch so, dass ich innehielt und auftauchte. Als ich den Kopf wieder über Wasser hatte, sah ich einen Dackel, der im Wasser paddelte, die Schnauze mühsam über der Oberfläche haltend und wild mit seinen Vorderpfoten strampelnd.

»Mistvieh!«, prustete ich. »Kannst du mich nicht in Ruhe lassen?«

Doch im gleichen Augenblick tat mir die Kreatur leid, die sich da abstrampelte, nur für mich, nur weil ich meinen

Namen im Main verloren hatte. Ich fing nun selbst an, mit den Armen zu rudern, merkte, dass uns die Strömung ein Stück weit mit sich trug, ruderte kräftiger, um ans Ufer zu gelangen, erwischte endlich einen Weidenzweig, der über der Uferböschung hing, klammerte mich daran fest, zog mich hoch, kniete auf dem feuchten Ufer, während der Dackel einige Meter weiter flussabwärts an Land sprang.

Kein Mensch war da, nur dieser struppige Rauhaardackel, der mich nicht aus den Augen ließ. Stolz lag im Blick des Vierbeiners. Er musterte mich, sah mich lange an, schüttelte sich und kletterte über die Böschung nach oben. Ich fror erbärmlich und wünschte mich wieder in den Main zurück. Dort hätte ich wenigstens die Kälte bald nicht mehr gespürt. Aber in diesem Zustand musste ich unbedingt einen Unterschlupf finden.

Der Hund schien dazu eine Idee zu haben. Er lockte mich an der Uferpromenade entlang bis zum Floßhafen, wo einige wenige Boote lagen, die von ihren Besitzern noch nicht ins Winterquartier gebracht worden waren. Immer wenn ich stehen blieb, fing der Hund an zu knurren und zu winseln und an meinem Hosenbein zu zerren. Endlich sprang er vor mir auf einen Bootssteg und von dort auf ein Motorboot, das mit einer blauen Persenning abgedeckt war. Im nächsten Augenblick war er darunter verschwunden.

So hast du das also gemeint, raffiniertes Miststück, dachte ich und musste innerlich lachen. Zitternd schlüpfte ich zu dem struppigen Dackel ins Boot. Kaum war ich unter der Persenning, lag er auch schon neben mir und wärmte mich. Ich spürte den Hundekörper an meiner Brust und hörte seinen Atem.

»Wie heißt du denn?«, wollte ich von meinem neuen Freund wissen, aber er antwortete nicht.

»Und wo kommst du her?«, fragte ich weiter. Keine Antwort. Stattdessen kuschelte er sich dicht an mich und ich wusste, dass meine Fragen ziemlich unwichtig waren.

Am nächsten Morgen wachte ich durch ein Geräusch auf. Durch die Ritzen der Persenning schimmerte bereits das Tageslicht und etwas hüpfte darauf hin und her.

Sicher Tauben oder Spatzen, dachte ich und lauschte.

Oskar schlief noch. Ja, Oskar würde ich ihn nennen. Das passte zu ihm. Zufrieden wie ein Engel lag er an meiner Brust, sodass ich mich fragte, wer hier wen gerettet hatte. Mein Anzug war immer noch feucht und mein Regenmantel sehr zerknittert. Wie dumm war ich doch gewesen. Warum hatte ich mich in den Fluss gestürzt, der mich offensichtlich nicht haben wollte? Meinen Namen konnte er mir nicht sagen und er hatte mich zum zweiten Mal von sich gestoßen, mich verschmäht, so wie man eine giftige Beere ausspuckt, mich wieder ans Ufer geschickt, mit diesem streunenden Hund, der jetzt neben mir lag und dessen kleiner Körper sich leise hob und senkte.

Den Anzug ruiniert, den Regenmantel total zerknautscht, die Reste meines Geldes nass und einen streunenden Hund zum Freund, machte ich mich auf den Weg in die Stadt. Zunächst ging ich auf der Uferpromenade in Richtung Schloss. Oskar schien fröhlich zu sein. Er hüpfte mir um die Beine, sauste manchmal ein Stück voraus, schnupperte an einem besonders interessanten Baum, kam jedoch immer wieder zu mir zurück.

»Ich kann dich nicht behalten. Du hast sicher ein Herrchen und musst zu ihm nach Hause.«

Als ob er meinen Worten lauschte, blieb der kleine Dackel stehen, sah mich mit seinen dunkelbraunen Augen an, wedelte mit dem Schwanz und sprang dann an mir hoch. Ich spürte seine Vorderpfoten an meinem Bein und hörte sein freundliches Winseln.

»Ich kann dich nicht behalten«, wiederholte ich. »Ich komme doch nicht einmal mit mir selbst zurecht.«

Aber das schien ihn nicht zu interessieren. Er umkreiste mich weiter, war mal vor und mal hinter mir, bis wir direkt unterhalb des Schlosses ankamen, wo die steilen Stufen vom Main hinauf zum Schlossplatz führten.

»Jetzt müssen wir uns verabschieden, mein Freund«, sagte ich zu ihm und eilte die Stufen empor.

Ich wusste nicht, ob ich früher jemals einen Hund gehabt hatte, ich wusste gar nichts von früher, aber dass ich jetzt diesen Dackel nicht gebrauchen konnte, war mir klar. Doch das interessierte ihn nicht im Geringsten. Als ich die Treppen nach oben stürmte, was für manche nach Flucht vor dem Hund ausgesehen haben könnte, begann er heftig zu bellen und versuchte, mir zu folgen. Zunächst schaffte er es gut, denn die Stufen waren flach, aber auf halber Höhe wurde es immer steiler. Jede Stufe kostete ihn große Mühe, denn er war sehr klein und musste mehr als seine doppelte Körperhöhe überwinden. Irgendwie hatte ich Mitleid mit ihm, aber ich hatte ihn schließlich nicht gerufen. Das war sein Problem.

»So helfen Sie dem armen Tier doch!«, pöbelte mich eine ältere Dame an, die von oben die Treppen herunterkam. »Der wird es an den Bandscheiben kriegen, wenn Sie ihn diese steilen Treppen steigen lassen. Dackel sind da sehr empfindlich.«

»Das ist gar nicht mein Hund«, verteidigte ich mich.

»Aber ich sehe doch, dass er Ihnen folgt. Natürlich ist das Ihr Hund«, gab die Alte zurück. »Komm her, mein Armer«, sagte sie zu Oskar. »Hast ein böses Herrchen, das dir nicht bei den Treppen hilft. Nun geh, lauf zu ihm, diesem Grobian!«

Und tatsächlich. Der Dackel hatte wohl die Alte verstanden, hüpfte noch zwei Treppenstufen höher und war wieder bei mir. Er bellte freudig und sprang an mir hoch. Ich konnte nicht anders, als ihn zu streicheln, denn gegen so viel Liebe ist man machtlos.

»Na, sehen Sie«, rief die Alte von unten. »Es ist Ihr Hund. Ich habe es doch gleich gewusst.«

Ich nahm Oskar auf den Arm und trug ihn die restlichen Stufen nach oben zum Schloss. Der kleine Rauhaardackel schien schwer außer Atem zu sein, denn ich fühlte, wie sein Herz in meiner Hand pochte, die seine Brust umfasste. Ich spürte die Wärme des kleinen Körpers, merkte, wie er sich an mich kuschelte, wie er seinen Kopf mit den riesigen Schlappohren in die Beuge meines linken Armes legte und die Augen schloss. Ich fragte mich, ob es vielleicht tatsächlich mein Hund war. Ein Halsband hatte er zwar nicht und er sah ziemlich struppig aus, so als ob sein Fell schon lange nicht gebürstet worden war. Aber auch ich war ja ohne Papiere gefunden worden. Vielleicht hatte man ihm, wie mir, alles genommen.

»Du musst jetzt wieder deiner Wege gehen«, sagte ich zu ihm, als wir endlich oben beim Schlossplatz angelangt waren. Ich setzte ihn behutsam auf das Kopfsteinpflaster und ging weiter in Richtung Stadthalle. Doch er folgte mir.

Na warte, dachte ich, dir werde ich es zeigen. Ich eilte quer über den Marktplatz, schritt weit aus, sah mich nicht um, steuerte direkt auf die Tourismus-Information zu, riss dort die Tür auf, huschte hinein und hoffte, dass der Hund mir nicht so schnell folgen konnte. Doch weit gefehlt. Er saß neben mir auf dem Boden und schaute mich mit seinen dunkelbraunen Dackelaugen an.

»Ist der aber süß«, begrüßte mich eine nette junge Dame hinter der Beratungstheke. »Eigentlich dürfen Hunde hier nicht rein, aber der ist ja so lieb. Wie heißt er denn?«

»Oskar«, rutschte es mir heraus, obwohl ich eigentlich hatte sagen wollen: ›Das ist gar nicht mein Hund!‹

»Oskar, ach wie nett. Das passt aber gut zu ihm«, sagte sie und kam hinter der Theke hervor. »Darf ich ihm etwas geben?«

»Ich weiß nicht …«, zögerte ich.

Aber da hatte sie schon eine Scheibe Lyoner in der Hand und warf sie ihm hin. Gierig verschlang er die Wurst und sah die nette blonde Frau bettelnd an, was seine Wirkung nicht verfehlte.

»Wir hatten auch einen Hund, einen Westi, aber vor zwei Monaten mussten wir ihn einschläfern lassen, Unterleibskrebs, ich bin heute noch ganz fertig davon«, erzählte sie und bekam feuchte Augen. Während sie sprach, hatte sie von ihrer Vesper eine zweite Scheibe Lyoner heruntergenommen und war dabei, diese an Oskar zu verfüttern.

»Der wird Sie noch um Ihr Mittagessen bringen«, scherzte ich.

»Oh, das macht nichts«, sagte sie und zog die dritte Wurstscheibe von ihrem Brötchen ab.

Mir wurde nach und nach klar, dass dieser Oskar nun mein Hund war, den ich nicht so einfach wieder loswerden konnte.

Als ich wenige Augenblicke später wieder auf den Marktplatz trat, fiel mir auf, dass ich die ganze Zeit meine eigenen Probleme vergessen hatte. Doch jetzt waren sie wieder da, schnürten mir die Kehle zu, krochen mir kalt den Rücken hinauf, erinnerten mich an meine Unterwäsche, die nach Main roch, an meinen ruinierten Anzug, an meine immer noch feuchten Lederschuhe, an meinen hungrigen Magen, an meine Bartstoppeln im Gesicht und an meinen Namen, den ich nicht mehr wusste und den ich auch vom Main nicht erfahren hatte. Wohin jetzt? Was sollte ich tun? Mein Geld würde schnell zu Ende sein, und was käme danach?

Zum Glück schien die Sonne über den Platz. Ich genoss die Sonnenstrahlen auf meinem Gesicht und auf meinen feuchten Füßen. Wie Oskar wohl richtig hieß und wo er herkam? Er wusste es sicher, konnte es aber nicht sagen und ich hätte es sagen können, wusste es aber nicht.

Ein kleiner Dackel ohne Halsband und ohne Herrchen, hatte der nicht sehr viel Ähnlichkeit mit mir? Ich wusste nicht, ob ich jemals einen Hund hatte. Mein Gedächtnis war wie ausgelöscht, wie leer gefegt durch diesen Unfall im Main. Vielleicht war es ja tatsächlich mein Hund? Vielleicht war er mit mir ins Wasser gestürzt? Oder man hatte uns beide ins Wasser gestoßen. Ihn ohne Halsband und mich ohne Papiere …

Ich ging mit Oskar durch die Fußgängerzone zum Herstallturm und kaufte ihm unterwegs Halsband und Leine. Anschließend besuchte ich die City-Galerie an der Platanenallee, das überdachte Aschaffenburger Einkaufszentrum, um mich in den dortigen Boutiquen etwas aufzuwärmen.

3

Die Leute hasteten durch die City-Galerie. Ich wunderte mich, wie viele Menschen am frühen Vormittag schon in diesem Einkaufszentrum unterwegs waren. Die meisten sahen mürrisch aus, eilten mit Taschen oder Einkaufstüten zielstrebig irgendwohin, grüßten nicht, sahen einen kaum an oder blickten durch einen hindurch. Ich kam mir wie Luft vor. Hier, mitten in der Menge, konnte man so einsam sein wie sonst nirgendwo.

Warum sahen alle so mürrisch aus? Hatten sie ihre Namen vergessen? Wussten sie nicht, wo sie hingehörten? Oder wussten sie es so gut, dass es sie mürrisch machte?

Ich setzte mich auf eine der Bänke in der Einkaufspassage. Oskar rollte sich neben meinen Schuhen zusammen. Ich hörte das dumpfe Getrampel der Füße, die an mir vorbeihasteten. Mir war kalt und ich zog meinen zerknautschten Regenmantel enger um mich. Obwohl die Einkaufsgalerie gut geheizt war, fror ich. Meine Schuhe waren nach wie vor feucht. Das Leder trocknete langsam und ich malte mir aus, wie unangenehm meine Füße riechen würden, wenn ich die feuchten Schuhe auszöge. Doch das tat ich besser nicht. Lieber wollte ich hier sitzen, die Leute beobachten, später wieder ein Fischbrötchen essen und dann … ich wusste es nicht.

Nach einiger Zeit erhob ich mich und ging mit Oskar in den Buchladen gegenüber. Da erwarteten sie mich, meine Freunde. Hemingway zum Beispiel. Mit ihm konnte ich reden, auch wenn er lange tot war. Robert Louis Stevenson, Mark Twain, Jules Verne, alle hatten sich hier versammelt, um an meinem Schicksal Anteil zu nehmen. Sogar Goethe und Schiller waren da, auch wenn sie sich nicht sonderlich für mich interessierten.

Ich war erleichtert, dass ich wenigstens sie noch kannte. Wie ein Besessener ging ich die Regalreihen des Buchladens durch und freute mich über jeden Roman, der mir bekannt vorkam. Das war doch immerhin ein Hinweis. Ich musste viel gelesen haben, kannte viele der Bücher, die hier fein säuberlich und alphabetisch aufgereiht standen.

»Kann ich Ihnen behilflich sein?«, fragte mich schräg von hinten eine dunkelhaarige Frau. Sie war die Erste, die mich in diesem Einkaufszentrum freundlich ansah. Sie mochte so um die 30 sein. Alles an ihr war rundlich. Die Hüften, die Schultern, das Gesicht und die Wangen. Sie lächelte und ich sah die dunkelrot glänzende Farbe auf ihren vollen, schön geschwungenen Lippen.

»Ich suche etwas über Aschaffenburg.«

»Das haben wir oben«, antwortete sie freundlich und ihre braunen Augen leuchteten. »Ich gehe am besten vor.«

Ich folgte ihr die Rolltreppe hinauf in den zweiten Stock, nahm Oskar auf den Arm, sah ihre kräftigen Hüften vor mir und ihre schlanken langen Beine, die mich an etwas anderes als an Bücher denken ließen.

»So, hier ist es«, erklärte sie und deutete gleich links oben neben der Treppe auf ein Regal. »Hier finden Sie alles über Aschaffenburg und Unterfranken. Hatten Sie an etwas Bestimmtes gedacht?«

Während sie das sagte, musterte sie mich auffallend und mir war klar, dass sie sich jetzt Gedanken über meinen Anzug und den zerknautschten Regenmantel mit den ausgebeulten Taschen machte.

»Nein, nichts Bestimmtes, wissen Sie, ich bin neu hier …«

Sie zeigte mir einige Bildbände über Aschaffenburg. Dabei

kam sie mir so nah, dass ich ihr Parfum roch. Frisch und lebendig kam es mir vor, obwohl ich den Duft nicht genau definieren konnte.

Mein Gott, schoss es mir im nächsten Augenblick durch den Kopf, wenn sie den Main riecht, und ich trat unwillkürlich einen Schritt zur Seite. Oder den Hund! Bestimmt riecht sie den Hund, der hat doch die ganze Nacht an meiner Brust gekuschelt.

Aber sie ließ sich nicht abschütteln, sondern trat wieder näher an mich heran. Entweder störten sie meine Ausdünstungen nicht oder sie ließ sich nichts anmerken. Fast kam es mir so vor, als wollte sie hautnah bei mir stehen, wahrscheinlich um den Geruch, der von mir ausging, besser zu riechen.

Sie reichte mir einen Bildband und ich blätterte darin. Das Schloss, der Main, die Stiftskirche – schöne Fotos, aber was sollte ich damit?

»Vielleicht wäre ein Stadtplan doch besser«, sagte ich also.

Sie ging voraus und zeigte mir die Stadtpläne. »Hier. Der vom ADAC wird gern genommen.«

Ich trat unschlüssig von einem Bein auf das andere. Der Plan war mir etwas zu groß für meine Manteltasche.

»Kleinere haben Sie nicht?«, fragte ich.

»Nein, leider nicht …, aber …«, sie kam jetzt ganz nah, sodass sie fast meine Nasenspitze mit der ihren berührte, »… aber vielleicht fragen Sie mal bei der Sparkasse oder der Volksbank nach, die haben manchmal solche Pläne, die Sie meinen.«

Sie hatte das ganz leise gesagt, so als ob sie sich für diese Auskunft schämte, und ich roch wieder ihr Parfum. Es war mir peinlich, dass ich jetzt nichts bei ihr kaufte, wo sie so freundlich gewesen war. Sie kam mir irgendwie bekannt vor, doch ich wagte es nicht, sie darauf anzusprechen. Schließlich konnte ich schlecht sagen: Ich bin der, den sie aus dem

Main gezogen haben, aber vielleicht kennen Sie mich ja von früher. Wissen Sie vielleicht, wie ich heiße?

Also verbeugte ich mich nur höflich, sagte nochmals: »Vielen Dank!«, nahm Oskar wieder auf den Arm und eilte über die Rolltreppe nach unten ins Erdgeschoss, von wo aus ich wenig später den Buchladen wieder verließ.

Frauen ... wie stand ich zu ihnen?

Mich beschlich das deutliche Gefühl, dass sie mir etwas bedeuteten, aber hatte ich selbst eine Frau? Womöglich auch Kinder? Keine Ahnung!

Einen Moment lang überlegte ich, ob ich in den Buchladen zurückkehren und die Verkäuferin doch fragen sollte, ob sie mich kannte. Aber ich war zu feige, schlich unentschlossen aus der City-Galerie, spazierte in die Parkanlage, die gleich am Ausgang des Einkaufscenters begann, und setzte mich dort auf eine Bank. Herbstlaub segelte mir vor die immer noch feuchten Füße. Die Sonne schien und so wagte ich es, die Schuhe auszuziehen und die Strümpfe an der Sonne trocknen zu lassen. Ab und zu kamen Spaziergänger vorbei und von Zeit zu Zeit auch Hundebesitzer, die ihre Vierbeiner Gassi führten. Oskar reckte dann seine Schnauze in die Höhe, blieb jedoch brav bei mir neben der Bank sitzen, so als ob er mir beweisen wollte, dass er wirklich mein Hund war.

Auf der benachbarten Bank genossen einige Penner die Herbstsonne. Jedenfalls nahm ich an, dass es Penner waren, mit Plastiktüten unter der Bank, in denen sie wohl ihre wenigen Habseligkeiten verstaut hatten. Eine Weinflasche kreiste. Die Stimmung war anscheinend gut. Beinahe fühlte ich mich ein wenig zu ihnen hingezogen. Obdachlos war ich auch und etwas Unterhaltung hätte mir gutgetan. So weit war es gekommen: Ich sehnte mich nach etwas Zuneigung dieser Ärmsten der Armen, hätte gern aus ihrer Weinflasche getrunken, um meinen Kummer darin zu ertränken. Zwei der Penner sahen immer wieder zu mir herüber und tuschelten, wahrscheinlich über mich. Einer hielt einen Zeitungsausschnitt vor sich und betrachtete ihn sorgfältig. Wahrscheinlich hatten sie jetzt festgestellt, wer ich war, dachte ich. Eine Attraktion schien ich schon zu sein, jedenfalls unter den Pennern, die Zeit hatten, sich mit mir zu beschäftigen. Ich wunderte mich, dass die beiden eine Ledermontur trugen, so wie man sie von Motorradfahrern kennt. Allerdings hatten sie keine Motorradhelme bei sich, sondern hatten breitkrempige lederne Schlapphüte auf den Köpfen, die bei schlechtem Wetter sicher bestens vor Wind und Regen schützten. Ihre Gesichter waren kaum zu erkennen, da sie durch große, dunkle Sonnenbrillen verdeckt wurden.

Langsam kam eine alte Frau an einem Rollator auf mich zu. Es bereitete ihr Schwierigkeiten, ihren Gehwagen vorwärtszuschieben, da die Räder auf dem rotbraunen erdigen Weg schlecht liefen. Einen Moment lang erinnerte sie mich an den Krebskranken aus der Klinik. Ich sah ihn vor mir, an seinem Rollator, mit seinem aufgeblähten Bauch, mit seinen traurigen Augen, die noch trauriger wurden, als er von seinen Kindern sprach.

›Besuchen Sie mich mal, wenn Sie wieder draußen sind!‹, hatte er zu mir gesagt und ich fühlte, dass es jetzt für einen solchen Besuch an der Zeit war. Vielleicht kam ich schon zu spät, aber versuchen wollte ich es. Der Krebskranke war so nett gewesen und hatte mir selbst in seinem jämmerlichen Zustand noch Mut zugesprochen.

Da meine Schuhe und die Strümpfe inzwischen getrocknet waren, machte ich mich mit Oskar auf den Weg zur Klinik. Ich ging zu Fuß, denn ich wollte mein Geld nicht für Busse oder Taxen ausgeben. Als ich aufstand, erhoben sich auch die beiden Penner in ihren Ledermonturen. Ich hatte das Gefühl, dass sie mir folgten. Durch die Parkanlagen ereichte ich, vorbei an mehreren Ententeichen, nach etwa einer halben Stunde Fußmarsch das Klinikum. Die beiden Penner waren nach wie vor hinter mir, was mich zunächst verwunderte, aber ich machte mir darüber keine weiteren Gedanken. Ich war froh, dass sie mich nicht angesprochen hatten, denn ich verspürte im Augenblick nicht die geringste Lust, ihnen womöglich meine Geschichte zu erzählen.

Der Besucherparkplatz war um diese Zeit am frühen Nachmittag sehr voll und fast war ich froh, zu Fuß hier zu sein. Langweilig glotzten mich die parkenden Autos mit ihren Scheinwerfern an und unwillkürlich fragte ich mich, ob ich womöglich selbst ein Auto besaß oder ob ich ein solches Auto fahren könnte. Da Hunde in der Klinik verboten waren, band ich Oskar an einen Pfosten beim Besucherparkplatz und sagte: »Bleib!« Sofort rollte er sich brav zusammen, so als ob er sagen wollte: ›Ist schon okay, ich warte hier auf dich.‹

Die beiden Penner blieben am Eingang des Klinikums zurück und ich war froh, wieder meine Ruhe vor ihnen zu haben.

»Herein!«, rief eine schwächliche Stimme, als ich an das Zimmer von Ulrich Brenner klopfte. So hieß der Krebskranke, wie ich inzwischen auf seinem Kärtchen gesehen hatte.

»Das ist aber schön, dass Sie mich besuchen«, freute er sich ehrlich, als er mich sah.

Ich gab ihm die Hand und spürte seinen kraftlosen Händedruck.

»Wie geht es Ihnen?«, fragte ich. Aber eigentlich kannte ich die Antwort. Er sah noch schlechter aus als vor einigen Tagen, gelblich bleich mit geröteten Augen, die Wangen eingefallen, die Lippen trocken und gesprungen.

»Nicht besonders«, kam seine Antwort. »Es will einfach nicht besser werden. Heute früh habe ich einen Einlauf bekommen. Ich war zum Platzen voll. Der Darm will eben nicht mehr.«

Ich schluckte.

»Sie müssen kämpfen«, sagte ich leise.

»Das will ich ja, schon wegen der Kinder«, antwortete er, »aber bald schaffe ich es nicht mehr. Der Krebs ist stärker. Und Sie? Wie geht es Ihnen?«

»Ach, es geht so«, murmelte ich und schämte mich beinahe, dass ich mein eigenes Schicksal so wichtig nahm.

»Klingt ja nicht sehr überzeugend«, lächelte er matt aus seinem Kissen und ich sah, wie ihn das Sprechen anstrengte. »Noch immer keine Erinnerung?«

»Nein, noch immer nichts.«

»Überhaupt nichts? Nicht einmal eine Kleinigkeit?«, fragte er nach.

»Doch, schon. Ich war in einem Buchladen. Ich kannte Hemingway und Jules Verne und viele andere. Ich muss wohl viel gelesen haben in meiner Vergangenheit!«

»Na, sehen Sie«, lächelte er, »wenn Sie all diese Schriftsteller kennen, ist das doch schon ein Lichtblick. Ein kleines Mosaiksteinchen, aus dem sich irgendwann ein Bild ergibt.«

»Ja, schon, nur mein Name, mein Geburtstag, mein Beruf, meine Frau und meine Kinder, falls ich welche habe …«, brach es aus mir heraus und es musste so herzerweichend geklungen haben, dass er mich sehr betroffen ansah.

»Ja, ja, ich verstehe, das muss schrecklich sein, wenn man sozusagen alles verloren hat«, sagte er schnell und griff nach meiner Hand. »Nur Mut, mein Freund.« Sein Händedruck war jetzt etwas kräftiger, so als ob er alles gab, was noch in ihm steckte. Dann winkte er mich näher zu sich.

Ich beugte mich über ihn und roch den säuerlichen Geruch, der von ihm ausging.

»Ich muss dich etwas fragen«, flüsterte er geheimnisvoll. Er war zum Du übergegangen und sah mir tief in die Augen. »Du siehst schrecklich aus«, sagte er. »Ist dir etwas passiert? Dein Mantel, der Anzug, alles wie aus der Gosse. Du gibst einen furchtbaren Anblick ab und riechst irgendwie komisch.«

Ich war mir nicht sicher. Sollte ich ihm die Wahrheit sagen? Sollte ich ihm erzählen, dass ich in den Main gegangen war und um ein Haar dort geblieben wäre?

»Ich …«, stammelte ich, »ich habe ein paar Nächte im Schloss geschlafen, bis ich nicht mehr wusste, wohin. Dann bin ich in den Main gegangen, wollte von ihm meinen Namen wissen, aber er hat nichts gesagt, bis ein Dackel an mir gezerrt hat.«

Ulrich Brenner sah mich fassungslos an. »Du warst zum zweiten Mal im Main? Diesmal freiwillig?«

»Ja, leider. Der Fluss hat mich irgendwie angezogen. Ich weiß auch nicht, wie es genau gekommen ist. Wenn dieser Dackel nicht gewesen wäre …«

»Der hat dir sozusagen das Leben gerettet. Eine tolle Geschichte!«, meinte Ulrich. »Was in Tieren manchmal steckt. Ich wünschte, sie könnten auch den Krebs besiegen.«

Nachdem er das gesagt hatte, fiel er in sein Kissen zurück und war eine Zeit lang ganz still. Kurz darauf schien er nochmals alle Kräfte zusammenzunehmen. »Wenn du wieder einmal nicht weißt, wo du unterkommen sollst, geh einfach zu meiner Frau«, murmelte er kaum hörbar. »Ich werde es Isabell sagen, wenn sie mich morgen besucht. Wir haben ein Gästezimmer, dort kannst du wohnen.«

»Aber das geht doch nicht«, wehrte ich ab. »Schon gar nicht, solange du nicht zu Hause bist.«

Indes, er ließ nicht locker. Er winkte mich wieder ganz dicht zu sich, ich sah das unruhige Flackern in seinen Augen, sah die Schweißperlen auf seiner Stirn, roch seinen säuerlichen Atem und hörte, wie er sagte: »Versprich mir, dass du nicht mehr in den Main gehst! Versprich es mir in die Hand!«

Dabei streckte er mir seine Hand hin und wartete, bis ich eingeschlagen hatte. »Du kannst Isabell vielleicht im Garten helfen«, flüsterte er zum Schluss noch, »ich konnte schon lange nichts mehr tun. Und die Kinder wünschen sich einen Hund. Dann hätten sie endlich einen.«

So, als ob er jetzt seine Mission erfüllt hatte, sank er in sein Kissen zurück und schloss die Augen. Irgendwie bewunderte ich ihn. In ihm war so viel Kraft, obwohl er schwach war. Er wusste, wer er war und wofür er lebte. Und er gab Hoffnung, selbst in Momenten, in denen man um ihn bangen musste.

Auf dem Rückweg in die Stadt grüßte mich schon von Weitem die Stiftsbasilika. »Komm zu mir!«, riefen ihre Glocken, die weit über Aschaffenburg hallten. »Komm zu mir, oh Fremder! Ich will dir Zuflucht bieten.«

Sie wusste also, dass ich hier fremd war. Vielleicht wusste sie auch, wo ich herkam, vielleicht konnte sie mir mehr verraten, als ich dachte.

Ich beschleunigte meine Schritte, vergrub meine Hände in den Manteltaschen, ging vornübergebeugt gegen den Herbstwind, der von der Stadt heraufwehte. Ich folgte dem Ruf der Glocken, die in meinem Herzen etwas anschlugen, das tief verborgen dort schlummerte. Taufen musste ich erlebt haben, vielleicht Hochzeiten, vielleicht Beerdigungen, denn die Glocken brachten in mir etwas zum Klingen, weckten Erinnerungen an die Vergangenheit, nach der ich suchte.

Als ich an der Parkbank der Penner vorbeikam, waren es noch mehr geworden. Auch die Bank, auf der ich gesessen hatte, war jetzt, am späten Nachmittag, von ihnen belagert. Sie steckten die Köpfe zusammen und schienen erneut über mich zu reden. Daraufhin folgten mir wieder die beiden in ihrer Ledermontur, was mir auf eine Art unangenehm war, aber ich konnte es ja nicht ändern.

Unterwegs kaufte ich zwei Brezeln, eine Dose Cola und eine Packung Hundefutter, das meine Manteltasche ausbeulte, als ich von der Dalbergstraße auf den Stiftsplatz trat. Das Kopfsteinpflaster hallte unter meinen Schritten. Einige Touristen hatten ihre Fotoapparate auf die nördliche Fassade der Stiftskirche gerichtet, andere stiegen die Freitreppe empor, um die Basilika zu besichtigen. Am Fuß der Freitreppe begrüßten mich St. Peter und St. Alexander auf ihren Sandsteinsockeln, die Patrone der Basilika. Sie hatten ihren Platz gefunden. Aber ich? Wo kam ich her? Wer war ich?

St. Peter schaute mich nachdenklich an. Er schien es auch nicht zu wissen, auch in seinem dicken Buch, das er vor der Brust hielt, stand es wahrscheinlich nicht geschrieben. Also stieg ich die Treppe empor zum Haupteingang der Kirche. Die Penner blieben zum Glück zurück. Ich versteckte Oskar unter meinem Regenmantel und schob das schwere Hauptportal nach innen. Durch den Luftzug bewegten sich die Flügel des hölzernen Windfanges am Kircheneingang wie von Geisterhand. Es war wie der Eintritt in eine andere Welt. Das sanfte Licht des Kircheninneren, die Holzbänke rechts und links vom roten Teppich, die steinernen Figuren an den Säulen des Mittelschiffes und Christus an seinem Holzkreuz seitlich an der Wand, das alles strahlte eine unendliche Ruhe aus, die nur durch die Schritte einiger Besucher gestört wurde. Ich hingegen war unruhig. Wo konnte ich Unterschlupf finden, wo mich verstecken für die Nacht? Die Kirche würde um 17 Uhr geschlossen, das stand am Eingang und das war in 15 Minuten. Zeit genug, um mich umzusehen, allerdings knapp bemessen, um ein gutes Versteck zu finden. Die Tür zur Orgelempore war abgeschlossen, das hatte ich schnell festgestellt, und die Treppe zur Kanzel war sehr breit, sodass man von hinten in den Predigtstuhl sehen konnte. Was nun?

Nirgendwo in dieser Kirche gab es eine wirklich dunkle Nische, in der man nicht gesehen würde. Demnach blieb mir als letzte Möglichkeit nur der braungrüne hölzerne Beichtstuhl links neben dem Haupteingang.

Ich sah mich vorsichtig um, fasste mit der linken Hand den eisernen Griff der schmalen Holztür des Beichtstuhles, öffnete sie schnell, duckte mich, huschte hinein und zog die Tür von innen wieder zu. Zunächst sah ich wegen der plötzlichen Dunkelheit kaum etwas, nach und nach gewöhnten sich meine Augen an das fahle Licht, welches durch die undurchsichtigen bräunlichen Scheiben an der Tür einfiel. Ich merkte, wie Oskar an meiner Brust zitterte, doch er gab keinen Laut von sich, so als ob er wüsste, dass er mich jetzt auf keinen Fall verraten durfte.

Geschafft, dachte ich erleichtert, doch plötzlich schoss mir der Gedanke durch den Kopf, dass der Küster sicher die Kirche noch kontrollieren würde. Sofort machte ich mich ganz schmal, kauerte auf der Holzbank des Beichtstuhles und wagte es kaum zu atmen. Wie eine Ewigkeit kam mir das Warten vor. Endlich quietschte das Hauptportal, ich hörte die hölzernen Flügel des Windfanges schlagen, kurz darauf kräftige Schritte, die näher kamen, stehen blieben, an meinem Beichtstuhl vorbeigingen, dann wieder stehen blieben. Die Tür zum Kreuzgang wurde abgeschlossen, es folgte Stille. Nach einiger Zeit ertönten wieder die Schritte, vorbei an meinem Beichtstuhl, hinaus durch den Windfang, Quietschen des Hauptportals, Einrasten des Schlosses, Drehen des Schlüssels, dann Schritte, die sich außen leise entfernten. Schließlich Ruhe, gespenstische Stille, Nichts. Jetzt war ich mit Oskar ganz allein in dieser Kirche, die mich eingeladen hatte und die mir Schutz bot vor Wind und Wetter, so wie es sich für eine Kirche gehörte. Langsam setzte ich die Füße wieder auf den Boden, schob die Tür des Beichtstuhles auf und schlüpfte mit Oskar hinaus. Ich holte ihn unter dem Mantel hervor und setzte ihn vorsichtig auf den Kirchenboden. Neugierig sah er sich um.

Es wurde bereits dunkel, dennoch konnte ich die Schönheit der Kirche gut erkennen. Ich ging leise, sah mir die Figuren des steinernen Altars an und blieb vor einem Bild am Ende des rechten Seitenschiffes stehen. ›Beweinung Christi von Matthias Grünewald‹, las ich auf dem Messingtäfelchen. Beleuchtung 50 Cent, stand über dem Schlitz, in den man seine Münzen einwerfen konnte. Doch wer wusste schon, wie hell und wie lange das Licht leuchten würde und wer es womöglich von draußen sehen konnte? Nein, lieber nicht, dachte ich.

Ich ging weiter durch die Kirche und Oskar folgte mir auf Schritt und Tritt. Ich sah mir die verschiedenen Altäre und Statuen an, dabei konnte ich vorerst gar nicht alles erfassen, was diese Basilika an Schätzen barg. So viele Namen waren hier in Stein gemeißelt, meist Fürsten und Bischöfe, sodass ich mir als Namenloser in meinem zerknautschten Regenmantel ganz klein vorkam. Endlich setzte ich mich auf die Bank direkt unter dem Kruzifix an der Seitenwand des Mittelschiffes. Gütig sah der Herr auf mich herab. Es schien ihn nicht zu stören, als ich meine Brezeln auspackte. Auch vom leisen Zischen beim Öffnen meiner Coladose nahm er keine Notiz. ›Lass dir's schmecken, mein Freund‹, hätte er sagen können, aber Christus sagte nichts. Ungerührt hing er da, den Kopf zur Seite geneigt, als ob er von allem wenig wissen wollte.

»So sag mir wenigstens, wer ich bin«, flehte ich ihn an. Doch das schien ihn nicht zu interessieren.

›Namen sind Schall und Rauch‹, meinte ich zu hören, obwohl ich mir nicht sicher war, ob diese Stimme vom Herrn oder aus meinem Inneren gekommen war.

Ich gab Oskar etwas Hundefutter zu fressen, rollte mich in meinem Regenmantel auf der Bank zusammen, legte den Dackel neben mich und musste bald darauf eingeschlafen sein.

Als ich gegen Morgen wieder aufwachte, taten mir sämtliche Knochen weh. Die Dämmerung schlich bereits durch die Kirchenfenster herein und tauchte alles in ein fades graues Licht. Der Herr an seinem Kreuz schien noch zu schlafen, jedenfalls hatte er die Augen geschlossen und sah mich wieder nicht an. Mir war kalt und ich setzte mich langsam auf. Scheppernd fiel die Coladose von der Bank und jagte mir einen höllischen Schrecken ein. Oskar bellte. Ich blieb ganz still sitzen und hielt die Luft an. Dann hob ich die Dose auf und steckte sie in meine linke Manteltasche.

Was sollte ich jetzt tun?

Sicher würde bald die Morgenmesse beginnen und ich konnte nicht länger in der Basilika bleiben. Also erhob ich mich und suchte mit Oskar Schutz hinter dem überlebensgroßen Denkmal für Bischof Friedrich Karl Joseph von Erthal. Wenig später drehte sich tatsächlich der Schlüssel im Hauptportal. Ich hielt die Luft an, presste mich ganz flach in die Nische unterhalb des Fensters neben dem Denkmal und hielt Oskar die Schnauze zu. Das Hauptportal öffnete sich, die Flügel des Windfanges schlugen und ich sah den Küster über den roten Teppich in Richtung Altar gehen.

Jetzt oder nie, hämmerte es hinter meiner Stirn. Ich packte Oskar und huschte in die Vorhalle der Basilika, stieß den hölzernen Flügel des Windfanges auf, öffnete schnell das Portal und stand wenig später draußen vor der Kirche. Ich sah mich nicht um, nicht nach links und rechts, eilte mit dem Hund vor der Brust die Freitreppe zum Stiftsplatz hinab, überquerte den Platz, ging am Parkhaus entlang und rechts um die Ecke bis zum Eingang ins Parkhaus.

›WC‹ sah ich dort angeschrieben. Sehr gut, dachte ich. Ich nahm Oskar auf den Arm und mit in die Toilette, da ich ihn so früh am Morgen nicht allein vor dem Parkhauseingang lassen wollte. Wenig später stand ich dicht vor einem weißen Porzellanpissoir, knöpfte meinen Regenmantel und die Hose auf, hielt den Mantel vorsichtig beiseite und war froh, als sich in kräftigem Strahl der Druck der vergangenen Nacht entlud. So groß konnten die kleinen Freuden dieser Welt sein. Ich war erleichtert – im wahrsten Sinne des Wortes.

4

Als ich gerade dabei war, meine Hose wieder zuzuknöpfen, kamen zwei Männer ins WC. Wie Motorradrocker sahen sie aus: Lederstiefel, Lederjacken, Lederhandschuhe, allerdings nicht mit Motorradhelmen, sondern mit breitkrempigen Lederhüten auf dem Kopf. Mein Gott, die Penner von gestern, dachte ich. Ich drückte Oskar fest an mich, in der Hoffnung, dass er nicht bellen würde. Es fiel mir schwer, Hose und Mantel mit der einen freien Hand zu schließen. Aus den Augenwinkeln sah ich, dass die beiden Penner rechts und links von mir ans Pissoir traten. Ich wunderte mich, dass sie am frühen Morgen Sonnenbrillen trugen, und konnte erkennen, dass einer der beiden eine tiefe Narbe über der rechten Wange hatte. Ansonsten beachtete ich sie nicht weiter, da ich voll mit Oskar und meinen Mantelknöpfen beschäftigt war.

»Jetzt«, sagte plötzlich der mit der Narbe links von mir.

Im selben Augenblick packte mich der andere, drehte mir den freien Arm auf den Rücken und zerrte mich aus dem Klo hinaus zum Aufzug des Parkhauses. Hier wartete ein dritter Komplize, ebenso gekleidet wie die beiden anderen, der den Aufzug schon herbeigerufen hatte.

»Los, rein mit ihm«, sagte er und sie stießen mich in den Aufzug.

Oskar begann, wie verrückt zu bellen, und wollte um sich beißen, aber ich versuchte ihn zu beruhigen, denn mit den drei Ganoven hätte er es schwerlich aufnehmen können. Noch im Aufzug setzten sie mir eine dunkle Sonnenbrille auf, die aber innen abgeklebt war und durch die ich fast nichts mehr erkennen konnte.

»Keine Mätzchen«, sprach derjenige, der meinen Arm ganz fest im Griff hatte. »Wenn du schreist, machen wir dich alle!« Wie zur Betonung drückte er meinen Arm noch kräftiger nach oben und ich hätte vor Schmerzen brüllen können.

Als der Lift hielt, fragte einer der Ganoven: »Ist die Luft rein?«

Es dauerte einen Moment. Sie schienen sich auf dem Parkdeck umzuschauen.

»Alles klar, jetzt schnell«, kam das Kommando und sie zerrten mich quer über das Parkdeck. Ich erkannte durch die nicht durchgängig abgeklebten Gläser der Sonnenbrille, dass sie mich zu einem grauen Auto führten, wahrscheinlich einem Lieferwagen, da die Türen seitlich geöffnet wurden.

»Los, steig ein«, schnauzte mich derjenige an, der mir die ganze Zeit meinen Arm auf den Rücken drehte. Ich bemühte mich, meine Füße anzuheben und in den Lieferwagen einzusteigen, aber ich rutschte an der Einstiegskante ab und stürzte zu Boden. Oskar bellte sofort und ich hatte alle Mühe, ihn wieder zu beruhigen.

»Mach keinen Scheiß«, zischte mein Bewacher und zog mich am Arm nach oben. Es tat höllisch weh. Als ich endlich im Lieferwagen war, stießen sie mich zu Boden und rissen mir die Sonnenbrille vom Gesicht. Für einen Bruchteil von Sekunden konnte ich ausmachen, dass ich tatsächlich in einem fensterlosen grauen Lieferwagen lag, doch bereits im nächsten Augenblick zogen sie mir eine schwarze Kapuze über den Kopf, die vollkommen blickdicht war.

»Nimm ihm den Hund ab«, sagte der mit der tiefen Stimme, welcher der Boss zu sein schien.

Oskar bellte wie ein Wahnsinniger und schien um sich zu beißen.

»Mistvieh«, fluchte derjenige, welcher Oskar hielt. »Ein Glück, dass ich Handschuhe anhabe. Hinein mit dir!«

Jetzt schienen sie Oskar in eine Art Kiste gesperrt zu haben, denn ich hörte sein Bellen nur noch sehr gedämpft.

»Er muss aber Luft bekommen«, brüllte ich, denn ich hatte höllische Angst um den Hund.

»Schrei nicht so laut«, fuhr mich der mit der tiefen Stimme an und trat mir mit seinen Stiefeln zwischen die Beine. Ich biss mir auf die Zunge und schrie diesmal nicht, jedoch rannen mir Tränen über die Wangen, so brutal waren die Schmerzen. Fast träumte ich vom Main und wünschte mich in seine kühlen Fluten zurück. Ich merkte, wie sie mir die Beine fesselten und meine Arme auf den Rücken banden. Kurz darauf sprang der Motor an und der Wagen verließ das Parkhaus. Jämmerlich wurde ich auf dem harten, kalten Boden des Lieferwagens durchgeschüttelt. Ich erkannte, dass wir über das Kopfsteinpflaster des Stiftsplatzes holperten, den Berg hinab, an der Ampel rechts, in den Kreisverkehr hinein. Ab da verlor ich die Orientierung und konnte nicht mehr sagen, wohin wir fuhren. Die Männer unterhielten sich währenddessen, schienen sehr zufrieden mit ihrer Aktion zu sein. Ich konnte nicht genau verstehen, was sie sagten, da bei mir auf dem Boden der Lärm des Motors und die Straßengeräusche alles übertönten. Irgendwann mussten wir auf die Autobahn gefahren sein, der Wagen lief etwas ruhiger und ich konnte einige Wortfetzen verstehen.

»Er wird schon zahlen, wenn er sieht, dass er noch lebt ...«, sagte der Boss.

»Ja, jetzt haben wir ihn in der Hand«, antwortete ein anderer.

Ich wusste natürlich nicht, worum es ging, vor allem fragte ich mich, wer das sein könnte, den sie angeblich in der Hand hatten. Immerhin hoffte ich, dass sie mich am Leben lassen würden, wenn sie dafür Geld bekämen. Ich wunderte mich etwas darüber, dass ich in meinem jämmerlichen Zustand immer noch am Leben hing, obwohl mir alle Knochen schmerzten, ich Angst um Oskar hatte und nicht wusste, warum ich entführt wurde. Ich wusste nichts, außer dass ich diesen Männern im Moment völlig hilflos ausgeliefert war.

Nach etwa einer halben Stunde, vielleicht auch einer Dreiviertelstunde, glaubte ich, dass wir die Autobahn wieder verlassen hatten, da die Fahrgeräusche lauter wurden, wir häufiger stoppten, wahrscheinlich an Ampeln. Irgendwann hatte ich den Eindruck, dass wir in eine Tiefgarage fuhren. Dann hielt das Fahrzeug an. Die Tür des Lieferwagens wurde geöffnet. Ich hörte die Stiefel der Männer auf dem Betonboden der Garage und ihre Kommandos.

»Wir binden ihm die Beine wieder los. Laufen kann er ja schließlich selbst.«

»Bringen wir ihn zu Lilly oder zu Marlene?«

»Besser zu Lilly. Da hört man die Schreie nicht so.«

Ich fragte mich, was sie mit mir vorhatten.

»Sieh mal nach, ob der Köter noch lebt …«, sagte der Boss mit der tiefen Stimme.

Ich hörte, wie sie die Kiste öffneten und gleich darauf ein leises Bellen von Oskar, eher ein jämmerliches Winseln, so eingeschüchtert oder erschöpft schien er zu sein.

»Der hat seine Lektion gelernt«, lachte einer der Männer.

Ich biss mir auf die Zunge und schwieg, wollte nicht schon wieder Schläge oder Fußtritte riskieren, die Oskar doch nicht geholfen hätten.

»Also, los jetzt«, gab ihr Boss das Kommando.

Daraufhin führten sie mich durch die Garage zum Treppenhaus und in einen Aufzug. Ich erkannte, dass wir einige Stockwerke nach oben fuhren und sie mich einen längeren Gang zu einem Zimmer brachten. Oskar war mit dabei. Er lief neben mir und ich hörte das Geräusch seiner Krallen auf dem Boden. Eine Tür wurde geöffnet.

»So, jetzt da hinein. Besuch für Lilly.«

Ich verstand das alles nicht, merkte nur, dass sie mich auf ein Bett setzten und Oskar auch in meiner Nähe war, denn der stieß mich mit seiner kleinen Schnauze am Bein an, so wie er das sonst tat, wenn er um Futter bettelte.

»Gib ihm erst mal einen Schluck zu trinken, Lilly«, sagte der Boss.

»Bier oder Wasser?«, fragte sie.

»Wasser natürlich. Wir brauchen ihn ja noch.«

Gedanken tanzten in meinem Hirn. Wofür sie mich wohl noch brauchten? Was sollte das Ganze überhaupt?

»Otto, hol mal den Fotoapparat und die Videokamera und die Paste für die Fingerabdrücke«, sagte dann der Boss. »Jetzt setzt euch die Masken auf. Gleich legen wir los.«

Kurz darauf wurde mir meine Kapuze vom Kopf genommen. Ich staunte nicht schlecht, als ich wieder sehen konnte. Sie hatten mich offensichtlich in einen Puff gebracht, jedenfalls saß ich auf einem rosaroten Plüschbett, an der Wand hinter dem Bett hingen Peitschen, Stricke, Lederklatschen und sonstige Instrumente. Lilly war bestimmt eine Domina.

»Lilly wird dir etwas Freude bereiten«, lachte der mit der tiefen Stimme. Sein Gesicht konnte ich nicht sehen, da es durch eine schwarze Maske bedeckt war, aber ich hatte irgendwie das Gefühl, dass es der mit der tiefen Narbe auf der rechten Wange war. Er schien der Boss zu sein.

»Du hast nur zwei Möglichkeiten«, drohte er mir. »Entweder du machst, was wir sagen, oder Lilly wird dir die Eier polieren.« Dabei lachte er grässlich und die anderen beiden stimmten in sein Gelächter ein.

Lilly war kräftig gebaut. Ihr Gesicht konnte ich nicht sehen, da auch sie eine schwarze Maske trug. Aber sie hatte lange rote

Haare, eine riesige Brust, kräftige Arme, die sicher fest zuschlagen konnten, eine Figur, die sogar mich zum Träumen gebracht hätte, wäre meine Situation nicht so verzweifelt gewesen.

»Zieh dich erst mal aus, mein Lieber«, sagte Lilly. Sie hatte eine tiefe, rauchige Stimme, die sicher jeden Mann, der auf ihre Behandlungen stand, begeistert hätte.

Ich aber wusste nicht, was ich tun sollte. Sollte ich mich jetzt tatsächlich ausziehen? Was wollten die hier von mir? Womöglich Nacktfotos machen, die später in irgendeiner Zeitschrift erschienen? Die wildesten Spekulationen gingen mir durch den Kopf.

»Na, wird's bald, Kleiner?« Lilly nahm eine ihrer Peitschen von der Wand und ließ sie kräftig durch die Luft schnalzen.

Ich zog meinen Mantel aus, die Coladose fiel auf den Boden und ich fuhr zusammen.

»Ach, lass nur«, lachte Lilly. Sie schnalzte erneut mit ihrer Peitsche, traf genau die Coladose, die von dem Schlag in die Höhe geschleudert wurde und im Papierkorb landete.

Wahnsinn, dachte ich. Zirkusreif.

Oskar lag eingeschüchtert zu meinen Füßen und ich zog mich weiter aus: Mein Jackett, die Schuhe, die Hose, das Hemd und das Unterhemd. Ich schämte mich. Ich dachte daran, dass ich tagelang nicht geduscht hatte, dass ich Bartstoppeln im Gesicht haben musste, dass meine Socken sicher furchtbar stanken, seit ich in den Main gegangen war und sie nur in der Sonne hatte an den Füßen trocknen lassen.

»Du riechst nach echtem Mann«, lachte Lilly und schnalzte schon wieder mit der Peitsche. »Los, zieh deine Socken aus, darauf stehe ich.«

Entweder war sie abartig veranlagt oder das sollte ein Witz sein. Ich hielt es jedenfalls für ratsam, die Socken auszuziehen und legte sie neben Oskar auf den Boden. Sofort kuschelte er sich darauf als ob er sie bewachen müsste.

»Dein Hund steht auch auf deine Socken«, lachte Lilly. »Ist ja ein süßer Kerl, der Kleine.«

»Lass uns erst mal die Fotos machen«, sagte der Boss zu Lilly. »Hast du die BILD von heute?«

Lilly kramte in ihrem Nachttisch und brachte die Zeitung zum Vorschein.

»Hier«, sagte sie und reichte mir das Blatt.

»Jetzt setz dich mal in Pose. Die Zeitung vor der Brust, sodass man das Datum und den Titel gut sehen kann. Kopf leicht zur Seite neigen. Und mach dein Ohr frei, man soll dich schließlich erkennen. So, gut, Paul, drück ab.«

Der Blitz zuckte durch den Raum, blendete mich für einen Augenblick, dann grunzte der Boss zufrieden. »Mach noch ein paar Bilder, Paul«, sagte er, »nur zur Sicherheit. Du weißt, worum es geht.«

Ich selbst wusste natürlich nicht, worum es ging. Um viel Geld wahrscheinlich, um Erpressung oder Mord womöglich. Auf der Fahrt hatte ich ja verstanden, dass Geld für mich gezahlt würde.

»Jetzt noch Bilder mit Hund«, kommandierte der Boss.

Lilly hatte sich inzwischen ein Bier genehmigt und kam nun wieder zum Einsatz.

»Zum Schluss noch ein paar Erinnerungsfotos mit Lilly«, freute sich der Boss. »Los, Lilly, zeig mal, was du kannst.«

Das ließ sich Lilly nicht zweimal sagen. Sie schnürte ihr pinkfarbenes Korsett auf und entließ ihre riesigen Brüste in die Freiheit. Dann ließ sie die Peitsche durch die Luft sausen und kam auf mich zu. »Hier, Kleiner, du darfst mal anfassen«, hauchte sie mir entgegen. Ich roch das Bier, roch den Knoblauch vom Vorabend und sah diese riesigen Brüste vor mir, die mir fast die Luft zum Atmen nahmen.

»Na los, fass an! Es ist vielleicht das letzte Mal, dass du das geboten bekommst …«

Ich hielt inne.

»Wird's bald? Pack zu, Kleiner«, sagte Lilly und ließ die Peitsche knallen.

Im selben Augenblick blitzte der Fotoapparat. Ich wusste nicht, ob ich jemals in meinem ganzen Leben solche riesigen Brüste gesehen oder womöglich sogar berührt hatte. Es war mir auch egal. Ich hatte Angst und empfand nicht den geringsten Genuss dabei.

»Jetzt aber Schluss!«, brüllte der Boss. »Lilly muss Geld verdienen. Zieh dich an und nimm deinen Köter. Wir haben noch eine kleine Fahrt vor uns.«

Nachdem ich meine übel riechenden Sachen angezogen hatte, stülpten sie mir wieder die schwarze Kapuze über den Kopf und führten mich aus dem Zimmer.

»Tschüs, mein Kleiner«, rief mir Lilly noch hinterher.

Die Männer banden mir die Arme auf den Rücken, führten mich zurück zum Lieferwagen, stießen mich unsanft hinein, ließen mir diesmal wenigstens Oskar, der sich in meinen Regenmantel kuschelte. Ich merkte, dass wir die Tiefgarage wieder verließen, hatte den Eindruck, dass wir eine Zeit lang durch die Stadt fuhren und wieder ein Stück über die Autobahn. Nach etwa einer halben Stunde wähnte ich uns auf einer ganz schmalen Straße. Die Männer unterhielten sich, jedoch war dies nur als Gemurmel zu verstehen, da die Fahrgeräusche alles übertönten. Dann schien die Straße noch schmaler und holpriger zu werden, vielleicht war es auch nur noch ein Wald- oder Feldweg, über den sie mich transportierten. Endlich stoppte der Wagen.

»Komm raus. Wir sind da. Endstation für dich.«

Der Boss der Bande hatte dieses ›Endstation‹ so grässlich betont, dass es mir kalt den Rücken hinunterlief. Sie führten mich zu einem Haus, die Treppe hinab, wahrscheinlich in den Keller. Es roch irgendwie muffig, auch nach Kartoffeln, die dort vielleicht eingelagert waren, und es war kalt in diesem Raum.

»Er bleibt hier, bis sie gezahlt haben«, hörte ich den Boss. »Danach können sie ihn haben, wenn sie wollen.«

Ich hörte, wie sie die Kellertür verschlossen und oben noch eine Tür, die zuschlug. Wenig später vernahm ich das Motorengeräusch des Lieferwagens. Dann war alles ganz still.

Meine Arme waren immer noch gefesselt und nach wie vor konnte ich nichts erkennen. Ich setzte mich auf den Boden, der aber so kalt war, dass ich gleich wieder aufstand.

»Hallo, Oskar, wo bist du?«, fragte ich.

Ein klägliches Winseln war die Antwort. Vorsichtig versuchte ich, im Raum herumzugehen. Nach einigen Schritten stieß ich gegen eine Wand. Langsam tastete ich mich an der Wand entlang, bis ich wieder gegen etwas stieß. Es musste sich um ein Regal handeln. Ich drehte mich mit dem Rücken zum Regal, um es mit meinen gebundenen Händen zu befühlen, aber viel erreichte ich damit nicht, da meine Finger durch die straffe Fesselung schon halb taub waren. Das Regal reichte bis zur Ecke des Raumes, dann folgte ich der anschließenden Wand, an der Autoreifen und einige Kisten gestapelt waren. An der dritten Wand bemerkte ich die Tür. Ein Fenster konnte ich im ganzen Raum nicht ertasten. Noch nie hatte ich mich so allein und hilflos gefühlt. Womit hatte ich das verdient? Was war in meinem bisherigen Leben schiefgelaufen?

Trotz der Kälte legte ich mich auf den Kellerboden und rief Oskar zu mir. Er kam, wie ich vermutet hatte, und begann an meiner Kapuze zu schnüffeln.

»Ja, gib Küsschen«, sagte ich zu ihm. Er wusste, was das bedeutete und ich hoffte, er würde versuchen, mir die Kapuze vom Gesicht zu zerren, um mir ein solches Küsschen geben zu können. Kurz darauf merkte ich, dass er tatsächlich an der Kapuze zu nagen begann. Es dauerte nicht lange, da hatte er vorne ein Loch hineingefressen und ich spürte seine kleine feuchte Zunge auf meinem Gesicht, die mich abschleckte, wie Oskar das gewohnt war. Durch das Loch, welches er jetzt vor lauter Begeisterung immer größer riss, konnte ich endlich etwas sehen. Der Kellerraum besaß zwar kein Fenster, aber wenigstens ein Oberlicht, durch dessen Schacht etwas Helligkeit hereinfiel. Ich sah das Regal, welches ich mühsam ertastet hatte, ich sah die Reifen und an der vierten Wand eine Kommode, auf der einige Einmachgläser standen. Es war mir klar, dass ich versuchen musste zu fliehen, bevor meine Entführer ihr Geld erhalten hatten und mich womöglich an andere Ganoven auslieferten. Ich begann mit den Armen am Regal zu scheuern, hoffte, dass ich auf diese Weise die Stricke, mit denen sie mich gebunden hatten, durchtrennen konnte. Doch außer dass ich mir dadurch die Arme wund rieb, brachte das wenig Erfolg. Ich versuchte mein Glück an den Felgen der Autoreifen, was jedoch auch nichts nützte. Schließlich stieß ich eines der Einmachgläser von der Kommode. Klirrend stürzte es zu Boden und die Scherben lagen im Saft der Zwetschgen, die zuckersüß am Boden klebten. Ich trug mit dem Mund eine etwas größere Scherbe zu den Autoreifen, klemmte sie in die Felge und daraufhin gelang es mir, meine Fesseln an den Armen durchzuscheuern. Zwar hatte ich mir dabei auch die Arme ziemlich aufgerissen, aber das war jetzt alles egal. Hauptsache, meine Hände waren frei und ich konnte entkommen. Nach stundenlanger Arbeit gelang es mir, das Schloss der Kellertür aufzubrechen, und ich schlich gespannt die Kellertreppe nach oben.

Es war ein Holzhaus, in dem sie mich gefangen hielten, stand ganz allein im Wald und war nur über einen Waldweg zu erreichen. Vielleicht war es früher das Haus eines Försters oder Jägers gewesen, vermutete ich. Ich brach auch das Schloss der Haustür auf und war froh, als ich endlich vor dem Häuschen im Wald stand.

Jetzt aber nichts wie weg hier, ermahnte ich mich. Ich eilte durch den Wald, erreichte eine Landstraße und gelangte von dort per Anhalter nach Babenhausen, einem größeren Ort in der Nähe.

5

Von Babenhausen fuhr ich mit dem Zug nach Aschaffenburg zurück. Ich war unruhig, ängstlich und hoffte, nicht auf einen dieser Ganoven zu treffen, die mich entführt hatten. Oskar schlief auf meinem Regenmantel neben mir. Für ihn schien alles wieder okay zu sein, nachdem ich beim Bahnhofskiosk eine Rindswurst gekauft und er etwas davon abbekommen hatte. Gleich am Aschaffenburger Hauptbahnhof meldete ich mich bei der Bahnpolizei und bat darum, mit Kommissar Rotfux sprechen zu dürfen.

»Rotfux«, meldete sich der Kommissar, sowie der Beamte die Verbindung zu ihm hergestellt hatte.

»Ich bin entführt worden, Herr Kommissar«, sagte ich und berichtete ihm kurz.

»Das ist ja interessant«, bemerkte Rotfux. »Ich lasse Sie sofort holen. Bleiben Sie bei den Beamten. Entfernen Sie sich auf keinen Fall vom Bahnhof.«

Es fiel mir auf, dass er sehr begeistert klang. Er hatte nicht gesagt: ›Das ist ja schrecklich‹, oder: ›Das tut mir aber leid‹, sondern: ›Das ist ja interessant.‹ Ich konnte mich des Gefühls nicht erwehren, dass ich damit zu einem noch faszinierenderen Fall für ihn wurde.

So saß ich wenig später auf dem Rücksitz eines Polizeiautos neben einem älteren Kollegen, so um die 50, der mich und Oskar neugierig musterte.

»Wir haben Sie schon im Aussiedlerheim gesucht, aber Sie waren bisher wohl nicht dort?«

»Ja, das stimmt, es war mir irgendwie unangenehm«, antwortete ich.

»Der Kommissar erwartet Sie dringend«, erklärte mir der Polizist, »er hatte ohnehin noch ein paar Fragen an Sie.«

Wir fuhren über den Main, erreichten bald das Gebäude der Kriminalpolizei, betraten es durch die Sicherheitsschleuse am Eingang und fuhren mit dem Aufzug in den ersten Stock.

»Herein!«, rief Rotfux, als die Beamten an sein Zimmer klopften. Er trug wieder einen gelben Pulli wie im Krankenhaus. »Na, wie geht es Ihnen?«, begrüßte er mich freundlich und streckte mir seine Hand entgegen.

»Nicht so gut«, sagte ich. »Ich hatte höllische Angst und bin jetzt noch ganz fertig.«

Dann sah Rotfux meinen Hund. »Oh, einen Dackel haben Sie auch schon? Wo haben Sie den denn aufgegabelt?«

»Es ist eher umgekehrt«, antwortete ich, »er hat mich aus dem Main gerettet.«

Rotfux wurde hellhörig. »Aus dem Main gerettet …? Aber es war doch kein Hund da, als man Sie aus dem Wasser gezogen hat …«

Also blieb mir nichts anderes übrig, als ihm zu erzählen, dass mich der Main magisch angezogen hatte, dass ich ins Wasser gehen wollte, vom Main meinen Namen wissen musste, und dass nur Oskar mich vor einem nasskalten Ende bewahrt hatte.

»Ist ja toll«, kommentierte Rotfux. »Ja, ja, die Hunde. Wir haben auch einen Dackel, nur wenig größer als Ihrer. Hört zwar nicht, ist aber superintelligent.«

Der Kommissar streckte jetzt seine kräftige Hand in Richtung Oskar aus. »Na komm, bist ja ganz ein Braver. Kannst unsere Stella mal besuchen.«

Oskar schien den Kommissar zu verstehen. Er fing an, mit dem Schwanz zu wedeln und an seiner Hand zu schlecken.

»Er riecht unsere Stella«, erklärte Rotfux, der in diesem Augenblick sehr menschlich wirkte.

»Sie wollten also wieder ins Wasser gehen, Herr ... äh, na ja, Sie wissen schon ...«

Ich schwieg. Mir war das sehr peinlich und ich sah zu Boden.

»Ich weiß nicht, ob ich Sie überhaupt wieder freilassen kann«, sagte Rotfux. »Wir haben Sie schließlich nicht aus dem Wasser gezogen, damit Sie sich wieder hineinstürzen.«

Er sprach das so ernst, dass ich wirklich Angst bekam, er könnte mich einsperren oder in eine Anstalt einweisen.

»Aber Herr Kommissar. Das ist jetzt vorbei. Seit ich Oskar habe, weiß ich, wo ich hingehöre.«

Rotfux lächelte. »Vielleicht ist es ja tatsächlich Ihr Hund«, sagte er, »wir werden der Sache auf den Grund gehen.« Er griff zum Hörer. »Wir müssen einen Hund an die Zeitung melden«, hörte ich ihn durchgeben.

Wenig später erschien eine Kollegin, Oskar wurde fotografiert, gewogen und gemessen, und Rotfux erklärte mir, dass er herausfinden wolle, ob irgendjemand Oskar kenne oder am Tag meines Unfalles etwas Verdächtiges bemerkt habe.

Dann ging ein Ruck durch den Körper des Kommissars, er richtete sich hinter seinem Schreibtisch auf und sah mich sehr ernst an. »Und nun, Herr, äh ... na ja, Sie wissen schon, nun zu Ihrer Entführung«, sagte er. »Erzählen Sie mal bitte ganz genau.«

Ich berichtete ihm in allen Einzelheiten, was passiert war. Der Kommissar machte sich einige Notizen und stellte immer wieder Zwischenfragen.

»Klingt nach Frankfurter Rotlichtmilieu«, folgerte er irgendwann. »Die Fahrzeiten, die Sie geschätzt haben, würden passen. Aber sicher ist es natürlich nicht.« Er machte eine Pause. »Würden Sie das Holzhaus im Wald finden?«, fragte er mich dann.

»Ich weiß nicht«, zögerte ich. »Mittlerweile ist es dunkel …
und überhaupt …«

»Wir sollten es unbedingt versuchen, bevor sie die Spuren
vernichten können.«

Er bestellte ein Fahrzeug, diesmal ein ziviles, und wenig
später war ich mit ihm und einem Kollegen von der Spurensicherung unterwegs in Richtung Babenhausen. Es war
bereits dunkel und ich kannte die Strecke nicht, die kerzen-
gerade durch den Wald führte, denn ich war ja mit dem Zug
gefahren. In Babenhausen konnte ich wenigstens die Richtung angeben, aus der ich per Anhalter gekommen war. Dann
meinte ich auch in etwa die Stelle zu finden, wo ich per Anhalter in einen roten VW Golf zugestiegen war, aber sicher war
ich mir nicht.

»Wir werden das Haus schon finden«, motivierte der Kommissar sich und seine Leute. Über eine Stunde kurvten wir
durch den Wald, entdeckten aber kein Holzhaus. Irgendwann gab selbst Rotfux auf.

»Morgen ist auch noch ein Tag«, sagte er. »Wir müssen mal
die Flurkarten sichten. So viele Holzhäuser im Wald kann es
ja schließlich nicht geben.«

»Wir konnten Sie im Aussiedlerheim nicht finden«, sagte
Rotfux auf der Rückfahrt.

Ich spürte, dass darin etwas Vorwurfsvolles lag.

»Wo haben Sie denn Unterschlupf gefunden?«

»Hier und da«, antwortete ich. Schließlich konnte ich
schlecht sagen: ›Ein paar Nächte im Schloss und eine Nacht
in der Stiftskirche‹, obwohl das ja der Wahrheit entsprach.

»Ich muss Sie schon bitten, Herr … äh …, na ja, Sie wissen schon. Wir sind hier bei der Kriminalpolizei. Da gibt es
kein hier und da. Also – wo haben Sie die letzten Nächte
verbracht?«

Sollte ich ihm die Wahrheit sagen? »Herr Kommissar, spielt das wirklich eine Rolle?«, versuchte ich meinen Hals aus der Schlinge zu ziehen.

»Herr Soundso oder wie immer Sie heißen …«, wurde Rotfux jetzt ärgerlich. »Ich versuche, Ihnen zu helfen, falls Sie das noch nicht gemerkt haben. Wir wollen herausfinden, wer Sie sind. Wir wollen herausfinden, wer Sie in den Main gestoßen und wer Sie entführt hat. Da könnten Sie uns schon die Wahrheit sagen.« Sein rundliches Gesicht war leicht gerötet und sein rotbrauner Oberlippenbart schmollend nach unten gezogen.

»Tut mir leid«, stammelte ich, »ich dachte, das wäre nicht so wichtig.«

»Nicht so wichtig, nicht so wichtig«, brummte Rotfux in seinen Bart. »Das müssen Sie schon uns überlassen. Die Schlüsse ziehe immer noch ich.« Der Kommissar war wohl etwas in seiner Ehre gekränkt, wandte sich unfreundlich ab und sah zum Fenster hinaus.

Als ich merkte, wie sehr er verärgert war, gab ich mir einen Ruck und verriet ihm die Wahrheit. »Ich habe mehrere Nächte im Schloss verbracht und eine Nacht in der Stiftskirche«, sagte ich. »Das wollte ich Ihnen doch noch verraten, damit Sie nicht denken, ich hätte Geheimnisse vor Ihnen.«

Rotfux sah mich enttäuscht an. »Das ist alles?« Wahrscheinlich hatte er entscheidende Hinweise erwartet. Er schien noch immer nicht zu glauben, dass ich mich wirklich an nichts erinnern konnte.

»Ja, das ist alles, Herr Kommissar.«

»Wo werden Sie denn nun die nächsten Nächte verbringen? Wo kann ich Sie erreichen?«, wollte er wissen.

Zum Glück fiel mir das Kärtchen von Ulrich Brenner ein. »Hier«, sagte ich und reichte es dem Kommissar, »bei Ulrich Brenner werde ich wohnen. Anschrift und Telefonnummer finden Sie auf der Visitenkarte.«

Rotfux las aufmerksam. »Bessenbacher Weg«, murmelte er, »schöne Wohngegend. Sie haben wohl schon gute Bekannte hier …«

»Herr Brenner liegt im Klinikum«, antwortete ich. »Ein prima Kerl. Hat mir sofort sein Gästezimmer angeboten, als er von meinem Pech hörte.«

»Aber Sie müssen sich ja dort erst noch vorstellen.«

Der Kommissar war wieder besser gelaunt und schien zu überlegen, wie er mir helfen könnte.

»Wenn es Ihnen nichts ausmacht, in einem Büro zu schlafen, können Sie ausnahmsweise im Kommissariat übernachten«, sagte er dann. »Wir haben da einen Ruheraum mit einer Pritsche. Ist zwar nicht komfortabel, aber für eine Nacht wird es schon gehen. Bequemer als eine Kirchenbank jedenfalls …«

Dieser Kommissar wurde, seit wir angekommen waren, direkt sympathisch, begleitete mich zum Ruheraum, brachte eine Schüssel mit Wasser für Oskar und wünschte mir eine gute Nacht.

»Hier sind Sie wenigstens sicher«, waren seine letzten Worte, als er die Tür hinter sich schloss.

Am nächsten Vormittag brachten mich zwei Beamte mit einem Streifenwagen ins Zentrum zurück und ließen mich mit Oskar bei der City-Galerie aussteigen.

Ich wusste nicht, ob ich mich über meine neu gewonnene Freiheit freuen sollte. Dunkel glotzten mich die Glastüren am Eingang des Einkaufszentrums an. ›Komm nur herein, Namenloser‹, schienen sie zu sagen, als ich den rechten Flügel nach innen schob und über den kräftigen Luftstrom der Heizanlage in den Innenbereich des überdachten Einkaufszentrums trat. Ich aß beim Metzger ein Brötchen mit Fleischkäse und trank bei Tchibo eine Tasse Kaffee, bevor ich mit

Oskar den Buchladen betrat, in dem mich die dunkelhaarige Verkäuferin so nett bedient hatte.

Ob sie da war, meine Verkäuferin?

Es war seltsam, aber ich klammerte mich an diesen flüchtigen Kontakt, lechzte nach einem freundlichen Wort, nach einem Lächeln in meiner Hölle der Einsamkeit.

»Guten Tag«, hörte ich sie im nächsten Augenblick sagen und drehte mich um. Da stand sie neben mir, schmunzelte und sah mir mit ihren dunklen Augen offen und freundlich ins Gesicht.

Mein Gott, ich bin ja noch unrasiert, schoss es mir durch den Kopf. Aber das schien sie nicht zu stören.

»Kann ich Ihnen behilflich sein?«, fragte sie nur und lächelte.

›Ja, natürlich‹, hätte ich am liebsten laut gerufen, ›ja, natürlich, sagen Sie mir meinen Namen. Sie kennen mich doch. Das fühle ich. Wir sind uns schon begegnet. Sie wissen, wer ich bin.‹ Aber ich wagte es nicht. Stattdessen sah ich sie nur unschlüssig an und murmelte: »Ich weiß nicht, ich wollte mich nur etwas umsehen …«

»Aber gern«, kam höflich die Antwort. Sie verbeugte sich leicht und trat ein paar Schritte zur Seite.

Idiot, dachte ich. Was war ich doch für ein Idiot. Statt sie zu fragen, ob sie mich vielleicht wirklich kannte, druckste ich herum wie ein Schuljunge, der zum ersten Mal seiner Angebeteten gegenübertritt.

Sie hantierte jetzt an einem Regal auf der anderen Seite der Etage. Ab und zu sah sie zu mir herüber, aber nicht aufdringlich, sondern nur so, als ob sie sehen wollte, ob ich noch einen Ratschlag brauchte. Sie gefiel mir, sah gut aus, mit ihren schulterlangen dunklen Haaren, ihrem kräftigen Mund, ihren langen Beinen und ihren schönen, schlanken Händen. Rot leuchteten ihre Fingernägel, wenn sie die Bücher ins Regal stellte, und rot leuchtete ihr Mund, als sie zu mir herübersah und lächelte. Aus diesem Grund fasste ich mir ein Herz. Ich nahm allen Mut zusammen und ging in ihre Richtung. Sofort wandte sie sich mir zu.

»Sie haben ja einen süßen Dackel«, sagte sie und beugte sich zu Oskar hinab. Dabei blitzten ihre makellos weißen Zähne wie die Perlen einer Kette zwischen ihren dunkelroten Lippen. Oskar wedelte mit dem Schwanz und begann freudig zu bellen.

»Nein, Oskar, nein!«, schimpfte ich und nahm ihn schnell auf den Arm. »Du kannst hier nicht bellen.«

Dann wandte ich mich wieder der dunkelhaarigen Verkäuferin zu. »Ich wollte Sie fragen …«, setzte ich an und hielt auf einmal schüchtern inne.

»Ja, bitte?«, munterte sie mich auf, meine Frage auszuformulieren.

»Es würde mich interessieren …«, druckste ich herum, »… es würde mich interessieren …, ob Sie mich …«

»Ja?«, ermunterte sie mich wieder.

»… es würde mich interessieren, ob Sie mich kennen.«
Jetzt war es heraus. Gott sei Dank, ich hatte sie gefragt.

Etwas ungläubig und verlegen sah sie mich an. »Ob ich Sie kenne?«, wunderte sie sich. Sie schien meine Frage nicht zu verstehen. »Ich weiß nicht, wie Sie das meinen«, sagte sie und errötete leicht. »Ich kenne Sie von vorgestern, da wollten Sie einen Stadtplan.« Sie sagte das sehr leise, als wäre es ein Geheimnis zwischen uns beiden. Dann kam sie ganz nahe zu mir heran. »Und? Haben Sie einen bekommen, bei der Volksbank oder der Sparkasse?«

Ich roch wieder ihr Parfum, sah ihre dunklen Augen, spürte ihren Atem, so nah war sie mir gekommen, und brachte vor Aufregung keinen Ton heraus.

»Haben Sie einen …?«, flüsterte sie nochmals und lächelte.

»Ja, danke«, antwortete ich, obwohl das gar nicht stimmte. Ich konnte schlecht sagen, dass ich in Wirklichkeit gar nicht mehr an den Stadtplan gedacht hatte, dass ich nur mit meinem fehlenden Namen beschäftigt war, dass ich bei Christus in der Stiftskirche geschlafen hatte, dass ich inzwischen entführt worden war und dass ein Stadtplan eigentlich ziemlich unwichtig für mich war.

»Na, dann ist es ja gut«, freute sie sich. »Und wie kann ich Ihnen jetzt helfen?«

›Nimm mich in den Arm und küsse mich‹, hätte ich am liebsten gerufen, aber das ging natürlich nicht. Ich sehnte mich nach etwas Liebe und Geborgenheit in dieser Stadt, in der mich der Main ausgespuckt hatte wie einen faulen Köder. Ich spürte die Coladose in meiner Manteltasche, mir fiel mein zerknautschter Mantel ein, ich fuhr mir verlegen mit der linken Hand über meine Bartstoppeln und fügte nur ganz kleinlaut an: »Entschuldigen Sie, ich weiß auch nicht, was ich möchte. Ich muss es mir nochmals überlegen.«

»Aber sicher doch«, sagte sie, so als ob sie gar nichts aus der Ruhe bringen könnte. Sie verbeugte sich, trat wieder ein paar Schritte zur Seite und setzte die Arbeit an ihrem Bücherregal fort.

Idiot! Idiot! Idiot!, hämmerte es hinter meiner Stirn. Wie konnte ich nur so blöd sein?

Enttäuscht über mich selbst, verließ ich mit Oskar den Buchladen und das Einkaufszentrum. Quer durch die Gassen der Altstadt erreichte ich das Schloss.

Mehr und mehr beschäftigte ich mich den ganzen Tag über mit dem Gedanken, tatsächlich im Gästezimmer von Ulrich Brenner zu übernachten. Schließlich hatte er mich fast flehentlich darum gebeten, sein Angebot anzunehmen. Und andere Möglichkeiten hatte ich kaum noch, da ich dem Kommissar die Adresse von Brenners als Domizil angegeben hatte. Deshalb besuchte ich am Nachmittag das Anwesen im Bessenbacher Weg. Ich ging zunächst unauffällig auf der gegenüberliegenden Straßenseite entlang und beobachtete den Bungalow von Ulrich Brenner. Es war ein Flachdachbungalow, der einzige Flachdachbungalow in der Gegend. Weiß gestrichen, hellgraue Rollläden, große Garage links vom Haus, Ziersträucher beiderseits des Zugangsweges, der seitlich am Haus vorbei zum Eingang führte, den man von der Straße nicht sehen konnte. Ob jemand da war? Zu entdecken war keiner. Vielleicht besuchte Frau Brenner ja ihren Mann im Krankenhaus? Oder sie war einkaufen …

Ich überquerte die Straße. Dann stand ich vor dem Tor zum Eingang und sah die beleuchtete Taste für die Klingel. ›Brenner‹ war dort zu lesen.

Ich schaute an mir herunter, sah meine schmutzigen Schuhe, denen ihr Bad im Main immer noch anzusehen war, meinen zerknitterten Anzug, meinen zerknautschten Mantel mit Hundefutter in den Taschen, dachte an meine Bartstoppeln im Gesicht und wusste in dem Moment: So kannst du hier nicht klingeln.

Wie der letzte Landstreicher wirkte ich, wie ein Obdachloser, der schon lange keine Dusche mehr genommen hatte, schmutzig, unappetitlich, bestimmt auch schlecht riechend – nein. So konnte ich der Frau von Ulrich Brenner nicht unter die Augen treten.

Ich schlug den Mantelkragen höher, ging mit Oskar den Bessenbacher Weg wieder zurück in Richtung Stadt, kaufte mir in der City-Galerie einen Nassrasierer, rasierte mich auf der Kaufhaustoilette, putzte meine Schuhe mit Spucke und Toilettenpapier, kaufte im Blumenladen einen Strauß lachsfarbener Rosen und stand etwa eine Stunde später mit Oskar wieder vor dem Haus von Ulrich Brenner.

Es wurde langsam dämmrig. Aus einem der Fenster schien Licht, demnach musste jemand zu Hause sein.

Ich zog meinen Regenmantel so gut es ging glatt, atmete tief ein, nahm allen Mut zusammen und drückte auf die Klingel am Pfosten neben dem Gartentor.

»Ja, wer ist da?«, tönte es aus der Sprechanlage.

»Hier ist ein Bekannter Ihres Mannes«, sagte ich und versuchte dabei, so freundlich wie möglich zu klingen. »Wir kennen uns aus der Klinik.«

»Und was wollen Sie?«, fragte die Stimme aus der Sprechanlage.

»Ich …, ich wollte Ihnen ein paar Blumen bringen«, stammelte ich. Etwas anderes war mir so schnell nicht eingefallen. Schließlich konnte ich schlecht sagen: ›Ich möchte gern bei Ihnen übernachten.‹

»Moment bitte«, sagte die Stimme. Das Gartentor summte, ich drückte dagegen, schob es nach innen und stand im Vorgarten von Brenners Haus.

Die Stimme aus der Sprechanlage war mir irgendwie bekannt vorgekommen, aber sie hatte undeutlich geklungen, war verzerrt und ich wusste im Moment nicht, wo ich sie schon einmal gehört hatte. Langsam ging ich am Haus entlang in Richtung Eingang. Links ein vergittertes Fenster, unten ein Wasserhahn für den Garten, rechts eine kleine Tanne neben dem Weg, einige Ziergewächse, zwischen denen das Unkraut wucherte. Dann hörte ich, wie sich die Haustür öffnete, und die Frau von Ulrich Brenner schaute heraus.

Das gibt es doch nicht, schoss es mir durch den Kopf. Da stand sie vor mir, Brenners Frau. Mein Blick schweifte über ihre dunklen Haare, ihren schönen vollen Mund, die leuchtenden braunen Augen, ihre makellose Figur, die schönen langen Beine und ich war einen Moment lang völlig sprachlos.

»Hier, die sind für Sie«, murmelte ich nur und streckte ihr meine lachsroten Rosen entgegen.

»Oh, danke! Das ist ja eine Überraschung. Sie waren doch heute mit Ihrem Hund im Buchladen. Und Sie kennen meinen Mann?«

»Ja, ich kenne ihn aus dem Krankenhaus. Wir haben uns dort beim Spazierengehen getroffen.«

»Kommen Sie doch am besten kurz herein«, sagte sie, »es sieht bei uns etwas chaotisch aus, die Kinder machen gerade Schularbeiten und ich muss auch noch zu Ulrich in die Klinik. Bitte, legen Sie ab.«

Sie nahm meinen Regenmantel und hängte ihn über den weißarmigen Garderobenständer. Halb nackt kam ich mir vor ohne den Regenmantel. Irgendwie hatte ich mich so sehr an ihn gewöhnt, er war mir zum Versteck geworden, zum Versteck vor neugierigen Blicken auf meinen Anzug, der derzeit so scheußlich aussah, dass ich am liebsten im Marmorboden von Brenners Eingangshalle versunken wäre.

»Kommen Sie und nehmen Sie Platz«, sagte sie und führte mich ins Wohnzimmer. »Ich stelle nur die Blumen noch schnell ins Wasser.«

Ich setzte mich in eine Ecke des hellbeigen Sofas und ließ meinen Blick durch das Zimmer wandern. Bücherregale, Fernseher, Ölbilder an der Wand, ein Schreibsekretär in der Ecke, ein großer ausziehbarer Tisch, ein wunderschöner weinroter handgeknüpfter Teppich, der bestimmt nicht ganz billig gewesen war. Oskar kuschelte sich sofort auf den Teppich vor das Sofa, anscheinend genoss er diese saubere und warme Umgebung sehr.

»So – Sie kennen meinen Mann also aus dem Krankenhaus«, fuhr Frau Brenner mit der Unterhaltung fort, als sie mit der Blumenvase ins Zimmer zurückkam. »Es geht ihm sehr schlecht.«

»Ja, leider. Es ist mir etwas unangenehm, dass ich hier bei Ihnen auftauche, aber Ihr Mann hat mich darum gebeten.«

»Darum gebeten?«, fragte sie erstaunt.

»Ja, er sagte, ich solle mich bei Ihnen melden, wenn ich wieder einmal nicht weiterwüsste.«

»Ach, Sie sind das!«, rief sie erstaunt aus. »Jetzt verstehe ich. Ja, er hat von Ihnen gesprochen, hat gesagt, dass Sie im Gästezimmer übernachten könnten, aber ich habe es, ehrlich gesagt, nicht ganz für ernst genommen. Ulrich macht manchmal seltsame Vorschläge. Er will immer jedem helfen, und das in seinem Zustand.«

»Ach so«, gab ich kleinlaut zurück, »ich will Ihnen natürlich nicht zur Last fallen.«

Ich muss sehr enttäuscht geklungen haben, denn im nächsten Augenblick sprang sie auf und entschuldigte sich. »Nein, Herr … äh, … so habe ich das nicht gemeint. Wenn Sie Ulrich eingeladen hat, können Sie natürlich zunächst mal bleiben.«

»Mama!«, rief es im selben Augenblick aus einem Zimmer im hinteren Teil des Hauses.

»Entschuldigung, unser Paul braucht Hilfe bei den Hausaufgaben, ich komme gleich wieder.«

Brenners Frau wirkte auf mich gehetzt, gehetzt von den Kindern, gehetzt von der Klinik, gehetzt wahrscheinlich auch von ihrem Job im Buchladen und im Moment sicherlich auch von mir.

Ich stand auf und ging zum rückwärtigen Fenster des Wohnzimmers. Man sah direkt auf einen Walnussbaum. Drei riesige Tannen wuchsen auf der Grenze zum Nachbargrundstück in die Höhe, Haselnusssträucher kämpften mit wildem Flieder um den Raum, alles war ziemlich verwildert.

»Oh, da dürfen Sie nicht so genau hinsehen«, entschuldigte sich Frau Brenner, als sie wieder ins Wohnzimmer kam. »Wir kommen momentan zu nichts mehr.«

»Das ist doch kein Problem. Ihr Mann meinte, ich könne Ihnen vielleicht im Garten helfen.«

»Ja, mein Ulrich«, seufzte sie, »der gute Ulrich hat immer die verrücktesten Ideen.« Einen Moment lang hatte sie dabei gelächelt und ich stellte wieder fest, wie schön sie war.

6

Als ich etwa eine halbe Stunde später mit Isabell Brenner das Haus verließ, um ihren Mann im Klinikum zu besuchen, hatte es angefangen zu regnen. Der Wind peitschte die Tropfen gegen die Frontscheibe ihres VW Passat, als wir von der Holbeinstraße in Richtung Klinik abbogen. Die Wischerblätter schafften die Wassermassen kaum. Frau Brenner hatte das Lenkrad fest umklammert, saß leicht gebeugt und mit zusammengekniffenen Augen da und starrte durch die Windschutzscheibe, die im Moment ihren Namen wirklich verdiente.

»So ein Sauwetter«, seufzte sie, als auch noch ein Donnerschlag die Luft zerriss.

»Ja, scheußlich«, sagte ich. Mir war unwohl auf dem Platz von Ulrich Brenner. Irgendwie hatte ich das Gefühl, ihn verdrängt zu haben, und konnte mich des Eindrucks nicht erwehren, dass selbst der Himmel darüber schimpfte. Auf dem Parkplatz half ich Frau Brenner aus dem Auto und hielt ihren Schirm, so gut es ging, über sie. Der peitschende Regen erwischte uns allerdings voll von der Seite. Da half kein Schirm. Fast waagerecht kam uns der Regen entgegen, sodass wir froh waren, als wir endlich die Eingangshalle des Klinikums erreicht hatten.

»Puh«, schüttelte sich Frau Brenner. »So ein Wetter habe ich schon lange nicht mehr erlebt.« Sie verschwand auf der Besuchertoilette und kam wenig später mit frisch gekämmten Haaren wieder zurück.

Als wir kurz darauf das Krankenzimmer von Ulrich Brenner erreichten, sagte ich: »Gehen Sie nur vor«, und war eigentlich froh, mich ein wenig hinter Ulrichs Frau verstecken zu können. Umso mehr wunderte Ulrich sich, als ich plötzlich hinter Isabell Brenner auftauchte.

»Na, das ist ja eine Überraschung«, freute er sich. »Seid ihr zusammen gekommen? Wohnst du schon bei uns, mein Lieber?«

Ich schüttelte den Kopf. »Nein, noch nicht«, sagte ich und ergänzte, dass ich unbedingt zuvor noch mit ihm sprechen wolle.

»Sprechen, sprechen«, brummte er. »Ich habe es dir angeboten und das gilt.« So schwach er auch war, es lag sehr viel Nachdruck in seiner Stimme. Ganz besorgt war er um mich. »Selbstverständlich kannst du bei uns wohnen«, betonte er noch mehrmals. »Gib ihm ruhig Wäsche von mir«, forderte er Isabell auf, »meine Jeans werden ihm sicher passen. Seit ich so aufgedunsen bin, kann ich sie sowieso nicht mehr anziehen.«

Er schien sich richtig zu freuen, dass ich bei ihm ins Gästezimmer einzog. »Du kannst Isabell unterstützen«, sagte er. »Sie hat es schwer, so ohne mich.«

Isabell nickte nur und lächelte abwechselnd ihn an und dann wieder mich, so als ob sie jedes seiner Worte unterstreichen wollte.

Nach der Rückkehr aus der Klinik zeigte mir Isabell das Gästezimmer. Es war einer der beiden Räume zur Straße und lag direkt neben dem Gästebad. Für Oskar hatten die Kinder bereits eine Schlafecke eingerichtet.

»Er kann sich in mein altes Kissen kuscheln«, sagte der kleine Paul begeistert und strich das Kissen, welches er neben das Fußende des Bettes gelegt hatte, sorgfältig glatt.

So ganz konnte ich es noch nicht fassen, jetzt einen Hund zu haben. Aber irgendwie spürte ich, dass Oskar vielleicht die einzige Verbindung zu meiner Vergangenheit war. Er hatte mich aus dem Main gerettet, hatte mir in diesem Keller ein Loch in die Kapuze genagt, er schien mich gut zu kennen, er hing an mir wie eine Klette, er wusste wahrscheinlich, wer ich war und wo ich herkam, auch wenn er es nicht sagen konnte.

Er brauchte mich, das war klar. Ich gab ihm Sicherheit, so unsicher ich selbst auch war. Er vertraute mir, er besaß dieses tiefe Gottvertrauen in mich, das nur ein Hund haben konnte. Ihm schien es völlig zu reichen, bei mir zu sein, und für ihn war alles gut.

»Sie können duschen, wenn Sie wollen«, bot mir Isabell Brenner gleich an und brachte mir sogar frische Unterwäsche von Ulrich, ein frisches Hemd und eine Jeans.

So stand ich wenig später in der Duschkabine und konnte es kaum fassen, dass ich diese Nacht in einem richtigen Bett schlafen würde. Das heiße Wasser rann mir über den Bauch und über den Rücken, um meine Zehen bildete sich eine bräunliche Lache, die aber schnell wieder verschwand, nachdem ich mich kräftig abgeseift hatte.

Ich konnte mich gar nicht mehr daran erinnern, wann ich das letzte Mal richtig geduscht hatte. In der Klinik war das irgendwie ungemütlich gewesen, mit den Haltegriffen für die Kranken an der Wand und dem Gefühl, dass der Bettnachbar jeden Moment an die Tür der Kabine klopfen könnte. Und bei meinen Übernachtungen im Schloss und in der Stiftskirche war Duschen sowieso kein Thema. Weiter zurück konnte ich mich an nichts mehr erinnern, an keine einzige Duschkabine der Welt. Ich kannte das Gefühl zu duschen, das Gefühl des heißen Wassers auf dem Kopf, das Gefühl der rinnenden Bäche über Brust und Schultern, kannte den Geruch von frischem, aufschäumenden Duschgel, aber ich wusste nicht, wo ich vorher überall geduscht hatte. Nur das Gefühl des Duschens war noch da, mehr nicht. Gefühle waren mir geblieben, nur die konkreten Erinnerungen nicht.

Später saß ich mit Isabell beim Abendessen. Sie hatte den kleinen Paul und ihr Töchterchen Corinna ins Bett gebracht. »Ich weiß nicht, ob die Kinder es verstehen, dass Sie jetzt plötzlich hier sind«, sagte sie und es kam mir vor, als ob Isabell meine Anwesenheit bedrückte.

»Ich kann mir ja morgen eine andere Unterkunft suchen«, gab ich zurück, denn ich wollte ihr wirklich nicht zur Last fallen. Zwar war es mein schönstes Abendessen, seit sie mich aus dem Main gefischt hatten, aber irgendwie trübte der Gedanke an Ulrich die Stimmung, der blass und krebskrank in der Klinik lag und sicher auch gern hier bei seiner Frau gesessen hätte.

»Nein, nein, so habe ich das nicht gemeint«, wehrte sie ab.

Sie nahm ein Stück Brot, schnitt eine Ecke vom cremigen Camembert ab, legte sie auf das Brot und schob das Ganze mit ihren langen schlanken Fingern zwischen ihre schön geschwungenen roten Lippen. Einen Moment lang vergaß ich all meinen Kummer. Ich vergaß auch Ulrich, träumte sekundenlang von seiner Frau, die mir hier im Hausanzug gegenübersaß, hübsch und jung, eine Verlockung für jeden Mann.

»Ist etwas?«, fragte sie und lächelte.

»Ach, nichts«, antwortete ich. »Ich habe Sie nur beobachtet, wie Sie den Camembert gegessen haben. Scheint gut zu schmecken.«

»Ja, nehmen Sie doch auch davon. Oder mögen Sie keinen Camembert?«

Ich schluckte.

»Ich weiß es nicht. Es ist zum Verrücktwerden. Alles ist wie weggeblasen. Ich kann mich an wirklich nichts mehr erinnern.«

»Dann probieren Sie ihn doch einfach«, munterte sie mich

auf. Sie schien es wahnsinnig spannend zu finden, hier mit einem Mann zu sitzen, der alles neu entdecken musste.

Also schnitt ich mir mit dem Käsemesser eine Ecke des Camemberts ab. Sanft glitt das Messer durch den Käse. Ich kannte dieses Gefühl, den leichten Gegendruck, mit dem der Käse sich zur Wehr setzte, bevor er nachgab und cremig gelb seine Schnittfläche zeigte. Ja, ich kannte dieses Gefühl. Tausendmal musste ich Camemberts zerteilt haben, nur wo?

»Es ist seltsam«, sagte ich zu Isabell, nachdem ich ein Stück des köstlichen Käses hatte auf der Zunge zergehen lassen. »Ich kenne das Gefühl, diesen Käse zu zerteilen, ich kenne seinen sanften Geschmack, aber ich kann nicht sagen, wo ich ihn jemals gegessen habe.«

»Aber er schmeckt Ihnen doch, oder?«, fragte sie interessiert.

»Ja, sehr, er schmeckt köstlich.«

Isabell hatte eine Flasche Weißwein aufgetischt, einen Elsässer Riesling, und ich wusste, dass ich auch diesen Wein von früher kannte, obwohl ich nicht sagen konnte, wo ich ihn getrunken hatte.

»Der erste Abend seit Langem, an dem ich nicht allein bin«, sagte Isabell irgendwann.

»Ja, für mich auch«, antwortete ich.

Wieder hätte ich sie am liebsten in den Arm genommen, hätte ihren schönen Körper an mich gedrückt, meine Lippen auf die ihren gesenkt, doch da war Ulrich, der wie unsichtbar zwischen uns stand, der seine bleiche, gelbe Hand zwischen uns schob, so als ob er sagen wollte: ›Du kannst mit ihr essen, aber mehr nicht, mein Freund!‹

Das war natürlich Ehrensache. Nie hätte ich sie angerührt, nie würden ihre Lippen die meinen spüren, solange Ulrich ihr Mann war und solange die geringste Hoffnung auf seine Genesung bestand.

Nach einiger Zeit tat der Wein seine Wirkung. Wir rätselten beide, woher ich kommen könnte. Isabell lachte, als ich sagte, dass ich wahrscheinlich ein entlaufener Sträfling sei, und sie lachte noch mehr, als wir uns vorstellten, ich wäre ein Mafiaboss, den sie in den Main gestoßen hatten.

»Du bist gebildet, du kannst vernünftig essen, du kennst Camembert und Riesling, du bist bestimmt ein französischer Graf, der mich gleich zum Rendezvous bittet«, kicherte Isabell. Sie sah dabei sehr glücklich aus, schlug ihre langen Beine übereinander und fuhr sich mit den rot glänzenden Fingern durch ihre dunklen Locken.

»Ja, ein Graf, den sie in den Main gestoßen haben, um ihre Erbschaft zu retten«, kicherte auch ich.

Irgendwie fand ich es mit einem Mal lustig, nicht zu wissen, wer ich war. Es machte mich interessant, ich konnte mir aussuchen, wer ich sein wollte, und ich konnte mir vorstellen, woher ich kam.

Isabell holte eine zweite Flasche Wein, die ich laut schnalzend entkorkte. Auch Isabell schien froh zu sein, einmal ihren Kummer vergessen zu können, und genoss das Abendessen offensichtlich.

»Vielleicht sind Sie sogar ein Millionär oder besitzen eine Insel in der Südsee«, prostete sie mir lauthals zu.

Im selben Moment ging die Tür zum Esszimmer auf.

»Mama, was macht ihr denn? Es ist so laut. Ich kann nicht schlafen«, jammerte der kleine Paul. Er stand im Schlafanzug im Türrahmen, barfuß und mit seiner Kuschelente im Arm.

»Ach, mein kleiner Liebling!«, rief Isabell und stürzte auf ihn zu. »Komm auf meinen Arm. Ich bringe dich wieder ins Bett.« Im nächsten Augenblick war sie mit dem Kleinen verschwunden.

Meine gute Stimmung war augenblicklich verflogen. Es

war, als ob Ulrich mit seiner abgemagerten, knöchernen Hand ans Fenster geklopft hatte, um uns an ihn zu erinnern.

»Besser, wir gehen auch schlafen«, sagte Isabell, als sie vom Kinderzimmer zurückkam. Wahrscheinlich hatte sie die gleichen Gedanken wie ich.

Als ich anschließend im Bett lag, hörte ich, wie draußen der Regen gegen die Rollläden prasselte. Oskar hatte sich schon längst in seinem Kissen eingerollt und schlief selig. Auch er schien sein neues Heim zu genießen.

Mein Gott, wie dankbar war ich, endlich im Trockenen zu sein. Meine Bettwäsche duftete angenehm. Auch diesen Duft kannte ich, aber woher?

Meine aufgewühlte Stimmung hatte sich inzwischen wieder gelegt und mir wurde schmerzlich bewusst, dass dieses Leben auf Dauer natürlich keine Lösung sein konnte. Mein Geld wäre bald zu Ende, und dann? Ich konnte doch Brenners nicht einfach so auf der Tasche liegen. Aber welchen Beruf hatte ich gelernt? Wo könnte ich eine Arbeit annehmen? Wo Geld verdienen? Mit solchen Gedanken dämmerte ich in einen wohlverdienten Schlaf.

Am nächsten Morgen klopfte Isabell an meine Tür. Ich rieb mir die Augen. Licht schimmerte bereits durch die Ritzen der Rollläden. Es musste draußen taghell sein.

»Ja!«, rief ich.

»Ich bin's, Isabell«, sagte draußen eine Stimme. »Ich bringe die Kinder zur Schule und gehe dann in den Buchladen.«

Schnell sprang ich aus dem Bett und öffnete die Tür einen Spalt.

»Tut mir leid. Ich habe total verschlafen. Muss hundemüde gewesen sein.«

»Hier, ein Hausschlüssel. Passt auch für die Garage. Dort

sind Gartengeräte«, antwortete sie, drückte mir den Schlüssel in die Hand, sauste über den Flur zur Eingangshalle und schon war sie mit den Kindern verschwunden.

Ich zog den Rollladen nach oben und legte mich nochmals ins Bett. Die Sonne beleuchtete die noch feuchten Hausdächer auf der gegenüberliegenden Straßenseite. Ab und zu fuhr ein Auto vorbei oder man hörte Kinder, die auf dem Schulweg waren.

Da Ulrich mehrmals seinen verwilderten Garten erwähnt hatte, der ihm sehr am Herzen lag, wollte ich mich wenigstens hier nützlich machen. Ich hatte Säge und Baumschere in der Garage gefunden und kurz darauf türmten sich Berge von Ästen und Gestrüpp auf der Wiese unter dem Walnussbaum. Am späten Vormittag, es muss gegen 11 Uhr gewesen sein, hatte ich das Gefühl, dass ich beobachtet wurde. Ich war dabei, den Schmetterlingsflieder neben der Terrasse kräftig zurückzustutzen, als ich außerhalb des Gartens, auf der schmalen Fahrstraße zum Nachbargrundstück, Schritte hörte. Ich hielt beim Schneiden inne und lauschte. Gleichzeitig verstummten auch die Schritte. Es war mir, als ob jemand durch die Hecke spähte. Womöglich wieder irgendwelche Ganoven, die mich ausspionierten, dachte ich. Meine Entführung steckte mir noch in den Knochen. Für einen Moment lang sah ich Lilly vor mir mit ihren Riesenbrüsten und die kalte Hand der Angst legte sich mir in den Nacken. Ich musste an die Männer in ihren Ledermonturen denken, an die schwarzen Gesichtsmasken, die sie trugen, an das Holzhaus im Wald, in dem sie mich in den Keller gesperrt hatten.

Geh in die Garage und versteck dich, sagte mir meine innere Stimme.

Mit wenigen Sprüngen hatte ich die Hintertür der Garage erreicht und verschwand darin. Gleich darauf hörte ich wieder die Schritte. Sie gingen langsam, schlichen um das ganze Grundstück herum und blieben immer wieder stehen. Mehrmals hatte ich den Eindruck, dass die Zweige der Hecke sich bewegten, vermutlich hatte sie jemand zur Seite gebogen, um besser auf das Grundstück sehen zu können.

Ich setzte mich auf einen Stapel Autoreifen, der in einer Ecke der Garage lag, und wartete. Es kam mir wie eine Ewigkeit vor. Gedanken kreisten in meinem Kopf. Ich bemerkte, dass ich ängstlich geworden war. Wie ein Verbrecher versteckte ich mich in dieser Garage, überlegte, ob ich versuchen sollte, ins Haus zu kommen und Kommissar Rotfux anzurufen. Vorerst blieb ich lieber, wo ich war, wollte kein Risiko eingehen. Nach einiger Zeit verstummten die Schritte, was mich noch unruhiger machte. Wahrscheinlich wartet jemand nur darauf, dass ich mich zeige, dachte ich. Ich schloss ängstlich die Hintertür der Garage. Etwas Licht fiel durch die Ritzen des automatischen Rolltores ein und ich saß im Dämmerlicht der Garage und wartete. Jeden Moment konnten sie das Rolltor nach oben schieben, jeden Augenblick konnten sie über mich herfallen, mich wieder entführen oder mich vielleicht sogar töten. Zum Glück geschah nichts.

Ab und zu fuhr ein Auto den Bessenbacher Weg entlang. Um die Mittagszeit kamen die Kinder aus der Schule zurück und tollten lärmend über den Gehweg vor dem Haus. Dies veranlasste mich, das automatische Garagentor nach oben zu fahren und vorsichtig hinauszuschauen. Nichts Verdächtiges war zu sehen. Ich schlich sogar um die Ecke auf den Zugangsweg zum Nachbargrundstück, von dem die Schritte gekommen waren, auch dort war nichts Besonderes zu erkennen. Also setzte ich meine Gartenarbeit fort, nicht ohne immer wieder eine Pause zu machen und zu lauschen.

Irgendwann hörte ich erneut Schritte auf dem Zugangsweg zur Haustür.

»Du liebe Güte! Sie haben ja den halben Garten kahl

geschnitten«, rief Isabell Brenner bewundernd aus, die in ihrem roten Kostüm blendend aussah.

»Tja, wenn man erst einmal anfängt«, lachte ich. »Es will gar kein Ende nehmen.«

»Da wird sich Ulrich aber freuen«, strahlte Isabell mich an. »Ich hoffe, er sieht es bei seinem nächsten Besuch.«

Ich erzählte Frau Brenner von den Schritten, die ich gehört hatte. »Ich bekam schon Angst, entführt zu werden.«

Einen Moment sah sie sehr besorgt aus. Dann aber fing sie sich wieder. »Das könnte auch der alte Herr Petri gewesen sein, ein ehemaliger Lateinlehrer, der ist weit über 80 und sehr neugierig. Er schleicht häufiger mal durch die Gegend und vielleicht wollte er nur sehen, wer da bei uns im Garten arbeitet.«

Bald kamen auch Paul und Corinna aus der Schule und es gab beim Mittagessen nur ein Thema: das Bild von Oskar, welches Paul in der Zeitung entdeckt hatte.

›Wer kennt diesen Hund?‹, lautete die Überschrift. Darunter war Oskar abgebildet. Sie berichteten, dass ich – der Fremde aus dem Fluss – den Hund vor einigen Tagen am Main gefunden hätte. Kommissar Rotfux rief dazu auf, ihm alles zu melden, was man über den Hund wisse. ›Wer kennt ihn oder wer kennt den Besitzer? Wo wurde er zuletzt gesehen? Welche Personen wurden mit dem Hund gesehen? Wer hat sein Halsband oder seine Leine gefunden?‹ lauteten die Fragen von Kommissar Rotfux und der kleine Paul wurde ganz aufgeregt.

»Nehmen sie dir den Hund wieder weg, wenn er jemandem gehört?«, fragte er. Er war vor lauter Aufregung zum Du übergegangen, und das passte wohl auch besser, jetzt, wo wir sozusagen Hundefreunde waren.

»Falls er jemandem gehört, werde ich ihn wieder abgeben müssen«, sagte ich. Paul und Corinna schauten mich ganz entsetzt an.

»Aber ich glaube nicht, dass sich jemand melden wird«, tröstete ich die beiden, denn ich hatte wirklich das Gefühl, dass Oskar mein eigener Hund war, so sehr, wie er an mir hing.

Gegen Abend besuchten wir Ulrich Brenner in der Klinik. Oskar saß in einer Einkaufstasche und der kleine Paul ging ganz aufgeregt daneben her. Obwohl ich ihm erklärt hatte, dass Hunde nicht in die Klinik dürfen, wollte er seinem Papa unbedingt Oskar zeigen.

»Papa muss ihn sehen«, bettelte er und ich konnte ihm diesen Wunsch nicht abschlagen. Wenn Ulrich sterben muss, hat sein Junge ihm wenigstens noch den Hund zeigen können, dachte ich und war mir sicher, dass dies die richtige Entscheidung war. Isabell und Corinna folgten in einigem Abstand ganz unauffällig.

Paul konnte es gar nicht erwarten, seinen Papa mit dem Hund zu überraschen. Ohne anzuklopfen, riss er die Tür des Krankenzimmers auf und blieb wie angewurzelt stehen.

»Einen Moment noch«, sagte ein Arzt im weißen Kittel. »Wir sind gleich so weit.«

Also mussten wir vor der Tür auf dem Gang warten, was besonders unangenehm war, da die Schwestern bereits das Essen ausfuhren und Oskar unruhig in der Tasche nach oben stieg.

»Er riecht das Essen«, flüsterte ich dem kleinen Paul zu.

»Kann man da nichts machen?«, fragte er.

»Nein, ich werde mit ihm schimpfen und so tun, als ob du gemeint bist. Vielleicht klappt es.«

Ich fuhr also mit meiner Hand in die Tasche, packte Oskar im Genick und sagte: »Jetzt aber brav, mein Junge!« Dabei betonte ich das ›brav‹ besonders, in der Hoffnung, dass Oskar mich richtig verstehen würde. Tatsächlich beruhigte er sich und kauerte eingeschüchtert in der Tasche.

Endlich ging die Tür auf. »Bitte, Sie können jetzt reingehen«, sagte der Arzt.

Ich sah noch, dass Isabell ihn ansprach, wollte aber nicht länger warten, sondern stürmte mit Paul ins Zimmer.

Ulrich lag schwach in seinen Kissen.

»Hallo, mein Junge«, sagte er, als er Paul sah, und versuchte, sich etwas aufzurichten. »Hallo!«, begrüßte er auch mich.

»Schau mal, Papa!«, brach es aus Paul heraus. Er schleppte die Einkaufstasche, die ich vorsichtig am Ende des Bettes abgestellt hatte, zu seinem Vater. Vorsichtig drückte er die Seiten der Tasche auseinander. »Hier, schau!«

Ulrich konnte aber nichts erkennen, da die Tasche immer noch am Boden stand und er nicht über den Rand seines Bettes blicken konnte.

»Ich kann nichts sehen, Paul. Was hast du denn da so Wichtiges?«

Im selben Augenblick öffnete sich die Tür und eine Schwester trug das Tablett mit dem Abendessen herein. Paul drückte die Seitenwände der Tasche schnell wieder zusammen und stellte sich schützend davor.

»Guten Appetit, Herr Brenner«, sagte die hübsche blonde Schwester und war sogleich verschwunden.

»Das war knapp«, seufzte ich erleichtert.

»Was habt ihr denn da für ein Geheimnis in der Tasche?«, fragte Ulrich, der wohl begriffen hatte, dass es etwas Besonderes sein musste.

Der kleine Paul platzte fast vor Begeisterung. Er öffnete die Tasche und versuchte, Oskar herauszunehmen. Etwas unbeholfen war er noch mit dem Hund, aber es gelang ihm, ihn auf den Arm zu nehmen. Wie eine Katze hielt er ihn quer über der Brust und Oskar ließ das zum Glück mit sich machen.

»Da, Papa, schau, das ist Oskar, unser neuer Hund.«

»Ist das wahr?« Ulrich war sprachlos. »Wo habt ihr den denn her?«

Einen kurzen Augenblick schien Ulrich Brenner seine ganze Schwäche wie abgeschüttelt zu haben. »Gib mal her«, sagte er zu Paul, der stolz zu seinem Papa ging und ihm Oskar überreichte. So lag das Tier im nächsten Augenblick im Arm von Ulrich und sah ihn mit großen Augen an. In dem Moment wusste ich, dass es richtig gewesen war, ihm den Dackel zu zeigen.

Inzwischen waren auch Isabell und Corinna im Zimmer.

»Ist der nicht süß?«, sagte Corinna zu ihrem Papa.

»Doch, sehr«, kam die Antwort. »Da habt ihr großes Glück mit unserem Gast.« Ulrich lächelte mich an und ich hatte das Gefühl, alles richtig gemacht zu haben. Allerdings verließ mich dieses Gefühl schon im nächsten Augenblick. Es wurde nämlich die Tür des Krankenzimmers aufgerissen und die blonde Schwester kam herein.

»Kann ich das Tablett mit…«, sagte sie zwar noch, aber dann blieben ihr die Worte im Halse stecken. »Was ist denn das?«, rief sie erstaunt. »Ein Hund im Krankenbett? Das darf ja wohl nicht wahr sein!«

»Schwester Elisabeth«, versuchte Ulrich sie zu besänftigen. Er schien sie zu kennen und lachte sie freundlich an. »So sehen Sie doch, wie süß er ist.« Er hob Oskar in die Höhe und ließ ihn Männchen machen. Oskar bellte zum Glück nicht.

»Natürlich ist er süß. Aber Hund ist Hund.« Die Schwester blieb hart. »Bitte lassen Sie ihn sofort nach draußen bringen, sonst muss ich es der Stationsschwester melden.«

7

Die nächsten Wochen machten mir meine verzweifelte Lage bewusst. Mein letztes Geld hatte ich für Oskar ausgegeben. Ich bemühte mich vergeblich um eine Arbeit. Die Kriminalpolizei kam mit ihren Nachforschungen nicht weiter und auf der Stadtverwaltung war man nicht bereit, mir Papiere auszustellen. Eine Stelle schob der anderen meinen Fall zu. Bald kannte ich alle Ämter der Stadt, und bald kannte ich alle Firmen der Region, aber überall war es das Gleiche: »Wenn Sie keinen Namen und keinen Ausweis haben, können wir Sie leider nicht einstellen.«

Kommissar Rotfux hatte auch über Oskar nichts Bedeutendes herausgefunden. Eine alte Frau, die in der Nähe des Main-Ufers wohnte, wollte gesehen haben, dass er von zwei dunkelhaarigen Typen ins Wasser geworfen worden sei. Doch weder Halsband noch Leine konnten gefunden werden. Es meldete sich auch niemand als Besitzer.

Um etwas Geld zu verdienen, hatte ich mich als Babysitter angeboten, und schnell sprach es sich herum, dass ich gut Geschichten erzählen konnte. Man bestellte mich, wenn man abends in die Frankfurter Oper oder ins Kino gehen wollte und bat mich darum, die Kinder zu unterhalten. Und da alle Kinder schon gehört hatten, dass man mich aus dem Main gefischt hatte, wollten sie unbedingt wissen, wie meine Rettung abgelaufen war und wie ich im Aschaffenburger Schloss im Bett des Kurfürsten übernachtet hatte. So kam es, dass ich bald als König von Aschaffenburg im ganzen Viertel bekannt war. Isabell richtete mir sogar die Homepage ›www.koenig-von-aschaffenburg.de‹ ein und kurz darauf konnte ich mich vor Aufträgen kaum noch retten. Selbst nachmittags wurde ich bestellt, wenn die Aschaffenburgerinnen ihren Stadtbummel unternehmen oder sich zum Kaffee treffen wollten.

Irgendwann im Dezember kam mir Isabell mittags lachend entgegen. Sie war gerade von ihrer Arbeit im Buchladen nach Hause gekommen, hatte den Postkasten geleert und hielt einen Brief in die Höhe.

»Der Oberbürgermeister schreibt dir«, sagte sie ganz aufgeregt und übergab mir den Brief. Tatsächlich: ›An den König von Aschaffenburg‹ war auf dem Umschlag zu lesen. Gespannt riss ich das Kuvert auf, nahm den Brief heraus: Der Oberbürgermeister der Stadt Aschaffenburg, war als Absender eingedruckt.

›Hochverehrter König von Aschaffenburg, bald feiern wir das 400-jährige Jubiläum des Schlosses Johannisburg. Da könnten wir einen König wie Sie gut gebrauchen. Als Oberbürgermeister unserer Stadt würde ich mich sehr freuen, wenn Sie zur Besprechung der Möglichkeiten am kommenden Dienstag um 10 Uhr in mein Büro kommen könnten.

Hochachtungsvoll! Konrad Graf, Oberbürgermeister‹

Der muss Humor haben, dachte ich. Lud mich als König zu sich ein und nannte sich selbst gleich Graf.

»Er heißt wirklich Graf«, belehrte mich Isabell.

»Ist ja lustig«, lachte ich. »Da will der Graf von Aschaffenburg den König von Aschaffenburg sprechen.«

»Na ja, er hat sicher irgendeine Idee für sein 400-jähriges Jubiläum. Vielleicht sollst du im Schloss Geschichten erzählen oder sie wollen dich in der Werbung abbilden«, meinte Isabell.

Sie schien stolz zu sein, dass ich als ihr König von Aschaffenburg zum Oberbürgermeister eingeladen wurde und fing sofort an zu überlegen, was ich anziehen könnte.

»Dein Anzug sieht ja ganz gut aus, der muss nur mal richtig aufgebügelt werden und eine Krawatte von Ulrich werden wir auch finden«, sagte sie und schaute gleich im Kleiderschrank nach. Kurz darauf stand sie strahlend wieder vor mir, hielt drei Krawatten vor ihre Brust und ich musste entscheiden, welche davon am besten passte. Glücklich lachte sie mich an, als ich eine hellblaue mit dunklen Streifen aussuchte. »Ja, die hätte ich auch genommen«, freute sie sich. »Die sieht so elegant aus.«

»Nimmst du Oskar mit zum Bürgermeister?«, fragte der kleine Paul. Er trat unruhig von einem Bein auf das andere, sah mich mit seinen großen blauen Augen an und seine Wangen waren vor Aufregung leicht gerötet.

»Ich weiß nicht, wahrscheinlich stört der nur«, zögerte ich.

»Aber er gehört doch zum König und er hat dich aus dem Main gerettet«, protestierte Paul. »Du musst ihn mitnehmen.«

»Na gut. Vielleicht hast du ja recht und der Bürgermeister mag Oskar.«

Auch Ulrich, dessen Zustand seit Wochen weder besser noch schlechter geworden war, freute sich für mich. »Das ist eine Gelegenheit für dich«, sagte er beim nächsten Besuch. »Du bist jetzt bekannt und vielleicht wird man dir endlich eine geregelte Arbeit anbieten.«

Pünktlich zum Termin meldete ich mich im Vorzimmer des Oberbürgermeisters. Oskar ging brav an der Leine neben mir und machte sofort Platz, als ich es ihm sagte.

»Sie sind also der König von Aschaffenburg. Habe schon viel von Ihnen gehört«, begrüßte mich die Vorzimmerdame. »Und was für einen süßen Dackel Sie haben. Bitte, wenn Sie noch einen Moment Platz nehmen.«

Wenig später ging die Tür auf und Herr Graf schaute ins Vorzimmer.

»Sie sind sicher Herr … äh, … Sie sind sicher der König von Aschaffenburg«, sagte er. »Treten Sie doch bitte ein.«

Der Oberbürgermeister war ein kräftiger Mann, den man sich gut als Graf vorstellen konnte. Seine dunklen Haare passten zu seinem schwarzen Anzug, die braunen Augen musterten mich freundlich.

»Ist ja eine tolle Geschichte, die man mir da berichtet hat«, begann er das Gespräch.

Dann bat er mich, ihm nochmals alles selbst zu erzählen, damit er wirklich Bescheid wisse. »Man hört so vieles, aber oft stimmt nur die Hälfte.«

Als ich von meiner Übernachtung im Schloss berichtete, lachte er herzhaft. »Ja, das hat man mir zugetragen und deshalb habe ich Sie eingeladen«, sagte er. »Wissen Sie, wir feiern im kommenden Jahr das 400-jährige Jubiläum unseres Schlosses. Und da könnten wir einen König für die Kinder brauchen.«

»Einen König für die Kinder …?«, fragte ich ungläubig.

»Ja«, sagte er , »für die Kinder.« Natürlich habe es in Aschaffenburg bedeutende Fürsten gegeben, aber niemals einen König, erläuterte der Oberbürgermeister. Trotzdem sei die Idee mit dem König eigentlich sehr gut. Kinder wollten immer Könige oder Prinzessinnen sehen, so wie sie das aus den Märchen gewohnt seien. Und da ich zudem als Geschichten-Erzähler bekannt sei, könne man daraus für die 400-Jahr-Feier sicher etwas machen.

»Vielleicht schon«, sagte ich. »Aber wie haben Sie sich das vorgestellt? Soll ich mich als König verkleiden?«

»Genau das dachte ich«, lachte er. Es fiel mir auf, dass er überhaupt viel lachte. Ein sehr freundlicher Mann war das, der mir vom ersten Augenblick an sympathisch war.

»Sie schlüpfen in ein entsprechendes Kostüm. Im Stadttheater haben wir sicher etwas Passendes. Danach geben Sie Audienzen im Schloss und erzählen den Kindern Geschichten. Wir drucken das in unseren Programmen. Das wird sicher eine Attraktion.«

Er war jetzt Feuer und Flamme für seine Idee. Begeisterung sprühte aus seinen dunklen Augen, er lachte mich freundlich an und machte mir wegen Oskar Komplimente.

»Ihren süßen Dackel nehmen Sie natürlich mit«, schlug er vor. »Den werden die Kinder besonders mögen.«

»Nun gut, aber ich muss Sie dafür um einen Gefallen bitten«, warf ich ein.

»Um einen Gefallen? Nein, Sie bekommen natürlich etwas bezahlt«, fiel er mir ins Wort. »Ich dachte an 100 Euro pro Audienz. Wenn es gut läuft, kann es auch etwas mehr sein.«

»Das meine ich nicht, Herr Oberbürgermeister«, sagte ich. »Mir geht es nicht ums Geld. Mir geht es um einen Ausweis. Ich brauche endlich Papiere.«

»So, so, Papiere«, murmelte Herr Graf nachdenklich. »Da kann ich eigentlich nichts machen. Aber warten Sie mal.« Er wählte eine Nummer. »Graf«, meldete er sich. »Können Sie bitte mal kurz in mein Büro kommen, Frau Wundermüller?«

Wenig später ging die Tür auf und eine Dame, so um die 40, kam herein. Ich roch eine Wolke von Parfum. Sie musste sich schnell noch frisch gemacht haben für den Chef. Flott sah sie aus: enger dunkler Rock, weiße Bluse, Perlenkette, blonde schulterlange Haare und blaue Augen. Sie lächelte den Oberbürgermeister an, zeigte ihre hübschen weißen Zähne und wirkte sehr freundlich, trotz ihrer etwas kantigen Gesichtszüge und der markanten Nase.

»Hallo, Frau Wundermüller, schön, dass Sie so schnell gekommen sind«, begrüßte der Bürgermeister sie. »Das ist der König von Aschaffenburg«, stellte er mich vor. »Vorsicht! Seinen Kampfhund hat er auch dabei.«

»Ist der süß«, sagte Frau Wundermüller, als sie Oskar sah. »Darf ich ihn anfassen?«

»Ja, gern, er macht nichts.«

Schon streckte sie Oskar ihre feine, schlanke Hand hin und er begann daran zu schlecken. »Wir haben auch einen Rauhaardackel. Den riecht er sicher«, sagte sie.

»Es gibt da ein kleines Problem«, unterbrach der Oberbürgermeister. Er berichtete von unserem Gespräch und machte einen Vorschlag: »Einen offiziellen Ausweis können wir ihm sicher nicht ausstellen, aber ein Ausweis für den König von Aschaffenburg müsste drin sein, sozusagen ein Künstlerausweis.«

»Ich weiß nicht«, zögerte die Angestellte, »das haben wir noch nie gemacht.«

»Es gibt immer ein erstes Mal«, lachte der Oberbürgermeister verschmitzt. »Ich nehme das auf meine Kappe.«

»Also, wir sind uns einig, Herr König«, sagte er dann zu mir. »Sie gehen mit Frau Wundermüller mit, lassen sich einen Ausweis ausstellen und nächste Woche unterhalten wir uns nochmals. Kommen Sie einfach am Dienstag um 10 Uhr wieder vorbei. Bis dahin werde ich einiges klären.«

Er drückte kräftig meine Hand, lächelte mich offen an und sagte noch: »Das kriegen wir schon.«

Mein Herz machte regelrechte Luftsprünge, als ich im Büro von Frau Wundermüller saß. Ich würde einen Ausweis haben, wenn auch nur einen Künstlerausweis.

Sie nahm meine Daten auf. Zuerst fragte sie mich nach dem Namen.

»König von Aschaffenburg.«

»Soll ich das wirklich schreiben?«

»Ich denke schon, sozusagen als Künstlername, wie der Oberbürgermeister es vorgeschlagen hat«, sagte ich. Dieser Hinweis auf das Stadtoberhaupt zeigte Wirkung. Meine weiteren Angaben trug sie ohne Nachfragen in ihren PC ein, wobei ihre langen Finger erstaunlich schnell auf der Tastatur tanzten.

Als Vornamen wählte ich Johann Friedrich. Vornamen, die ich unter den Bildern der Aschaffenburger Fürsten im Schloss gesehen hatte. Als Geburtstag gab ich den 17. Oktober 1971 an, den Tag meiner Rettung aus dem Main, und zwar vor 35 Jahren, da man mich in der Klinik auf 35 geschätzt hatte. Geburtsort: Aschaffenburg, Körpergröße: 186 cm, Augenfarbe: hellbraun, Wohnort: Schloss Johannisburg.

Wenn schon König, dann auch mit dem richtigen Wohnsitz, dachte ich mir.

»Bringen Sie bitte möglichst bald noch zwei Passbilder vorbei«, sagte Frau Wundermüller, nachdem sie mit allem fertig war.

Eine Woche später traf ich mich zum zweiten Mal mit dem Oberbürgermeister.

»Na, hat es mit dem Ausweis geklappt?«, begrüßte er mich.

»Ja, hier, sehen Sie mal«, antwortete ich und zeigte ihm meinen neuen Ausweis. ›Künstlerausweis‹ stand ganz klein mit Sternchen unter der Nummer des Personalausweises, sonst war alles völlig normal.

»Wohnort, Schloss Johannisburg – das ist gut«, lachte der Oberbürgermeister, als er die Eintragungen sah. »Wir werden Ihnen dort wohl ein Zimmer einrichten müssen.«

»Warum nicht?«, scherzte ich. »Als König steht mir das doch zu.«

Der Oberbürgermeister sagte mir, dass er mit der Bayerischen Schlösserverwaltung gesprochen habe. »Sie sind einverstanden, dass Audienzen im Schloss stattfinden, bei denen Geschichten vom König von Aschaffenburg erzählt werden. Ob wir dazu die Treppenhalle im ersten Obergeschoss nehmen oder den Ridingersaal, hängt vom Andrang ab. Das können wir jeweils kurzfristig noch festlegen«, sagte er. Der Oberbürgermeister war jetzt voll in seinem Element. »Das Stadttheater wird Ihnen ein Kostüm zur Verfügung stellen und ein Aschaffenburger Juwelier hat sich bereit erklärt, eine Krone zu fertigen. Natürlich unter der Bedingung, dass sein Geschäft als Förderer des 400-jährigen Jubiläums genannt wird.«

Zufrieden strich sich der Oberbürgermeister über das Kinn.

»Ich hoffe, Sie sind mit allem einverstanden. Ich bin mir sicher, dass es ein großer Erfolg für das Schloss und die Stadt wird. Ich habe mit der Schlösserverwaltung vereinbart, dass wir gleich im Januar mit der Aktion starten können.«

Am Abend zeigte ich den Ausweis Isabell.

»Toll!«, freute sie sich. »Jetzt bist du wieder wer.«

Sie verstand sich gut mit mir und manchmal wurde ich das Gefühl nicht los, dass sie mich gern gegen ihren Ulrich eingetauscht hätte. Sie schien sehr stolz darauf zu sein, dass ich beim Jubiläum im Schloss auftreten würde, als König und als Geschichtenerzähler.

Für einen Moment vergaß ich meine verlorene Vergangenheit und lebte nur noch in der Zukunft. Ich sah mich in königlicher Robe durch das Schloss schreiten, sah die großen Augen der Kinder, die meine Krone bewunderten, und ihre offenen Münder und ihre gespitzten Ohren, wenn sie meinen Geschichten lauschten.

Zunächst kam Weihnachten. Die Innenstadt von Aschaffenburg war festlich beleuchtet, über den Gassen der Altstadt

hingen Sternenlichter, die Straßennamen waren mit Lichter-
ketten in den Abendhimmel geschrieben, aus allen Schaufens-
tern strahlte bunte Weihnachtsdekoration. Vor den Kreuzun-
gen und Kreisverkehren stauten sich die Autos, die Menschen
strömten in die Stadt, um das Fest vorzubereiten.

Ich kam mir sehr einsam vor, als ich das Treiben beobachtete. Da kauften und schleppten sie, da hasteten sie durch die
Gassen, um noch etwas für den Papa oder die Mama oder die
Kinder zu kaufen, nur ich hatte keine Menschenseele, welche diese Anstrengung wert war. Gewiss, ich würde natürlich Paul und Corinna etwas schenken und auch Isabell und
Ulrich, aber das war etwas anderes.

So gern hätte ich gewusst, ob nicht irgendwo auf dieser
Welt eine Frau saß, die auf ein Geschenk von mir wartete, oder
ein Kind, das mit pochendem Herzen und großen, strahlenden Augen unter den Weihnachtsbaum blicken würde, ob
dort etwas von mir läge. Doch da war nichts. Mein Hirn
war nach wie vor leer. Keine Erinnerung an Kinderaugen, an
jauchzendes Kinderlachen, an ein greifendes Händchen, das
meinen Finger umklammerte, an einen kleinen Mund, der
seine Freude hinausschrie.

Ich war jetzt der König von Aschaffenburg und als König
musste man wohl einsam sein zu Weihnachten. Zwar hatte
ich gut zu tun. Fast jeden Abend wurde ich irgendwo als
Babysitter verlangt, da sich Gänseessen und Weihnachtsfei-
ern häuften und man froh war, wenn ich die Kinder mit meinen Geschichten unterhielt. Aber manchmal machte es mich
traurig, den fremden Kindern Geschichten zu erzählen und
nicht zu wissen, ob ich vielleicht auch eigene hatte.

Der erste Schnee fiel. Zunächst nur wenig, sodass die
Bäume überzuckert wurden und die Dächer einen weißen
Schleier erhielten. Dagegen schneite es eine Woche vor dem
Heiligen Abend so stark, dass sich schon bald die Schnee-

berge am Straßenrand türmten und die Leute alle Mühe hatten, die Gehwege freizuhalten.

Drei Tage vor Heiligabend erhielt Isabell die Nachricht, dass Ulrich über Weihnachten nach Hause kommen würde, um bei seiner Familie zu sein.

»Wir brauchen jetzt doch einen Weihnachtsbaum, wenn er kommt«, sagte sie und bat mich, ihr beim Kauf und beim Aufstellen behilflich zu sein.

Ich wusste nicht, ob ich mich darüber freuen sollte. Einerseits fand ich es schön, dass Ulrich über Weihnachten bei seinen Kindern war, andererseits fühlte ich mich unwohl, wie ein ungebetener Gast in dieser eigentlich fremden Familie, in der ich dadurch noch mehr zum Eindringling wurde.

Endlich war es so weit. Sie brachten Ulrich mit einem Krankenwagen vor sein Haus. Wie eine Entlassung kam mir seine Ankunft nicht vor, eher wie der Hafturlaub eines Todeskandidaten. Von zwei Sanitätern gestützt, kam er mir über den Plattenweg am Eingang entgegen, langsam, mit schlurfenden Schritten, in seinen Winterstiefeln, die viel zu locker an seinen abgemagerten Füßen hingen. Neben ihm schoben sie ein fahrbares Gestell, an dem eine Infusionsflasche glänzend in der Wintersonne baumelte. Langsam ging es voran, Stück für Stück bis zur Haustür.

Für einen kurzen Augenblick erinnerte ich mich an unsere erste Begegnung im Park des Klinikums. Damals war er noch viel kräftiger gewesen, hatte seinen Rollator selbst durch den Park geschoben, aber heute? Ein Gerippe kam mir entgegen, mit einem aufgeblähten Bauch, der sich wie eine pralle Kugel unter seinem Bademantel wölbte.

»Hallo, Johann«, begrüßte er mich. »Du siehst, ich habe es geschafft.« Seine Augen strahlten. »So sehr habe ich es mir gewünscht, zu Weihnachten zu Hause zu sein, und Gott hat meine Gebete erhört.«

Da war sie wieder, diese Kraft, die in ihm steckte, und dieser Kampfgeist, der ihn die beiden Stufen an der Eingangstür überwinden ließ, ohne dass man ihn tragen musste.

Paul und Corinna kamen im Flur auf ihn zu. Er warf sich ihnen förmlich entgegen, riss dabei fast sein Infusionsgestell um, küsste sie beide und ging darauf mit ihnen ins Wohnzimmer.

»Ich muss mal einen Rundgang durch die Wohnung machen«, sagte er. »Kann mich schon fast nicht mehr erinnern, so lange war ich nicht mehr hier.«

Zuerst begab er sich ans Fenster auf der Gartenseite. Wie ein Wintermärchen sah der Garten aus. Dick mit Schnee bezuckert waren die Zweige, auf den Pfosten der Zaunpfähle saßen weiße Käppchen und die Kerzen der kleinen Tanne, die ich dekoriert hatte, leuchteten schon.

»Wunderbar hast du das gemacht, Johann«, lobte er mich. Er hatte sich meinen neuen Vornamen sofort gemerkt, obwohl ich mich selbst noch gar nicht an ihn gewöhnen konnte.

Anschließend gingen wir durch das Haus, sogar mein Gästezimmer ließ er sich zeigen, bevor er wieder im Wohnzimmer auf die Couch sank.

»Alles ganz prima«, freute er sich. »Ich glaube, es wird ein sehr schönes Weihnachtsfest.« So schwach er war, seine Augen leuchteten und in seiner Stimme lag so viel Stärke, wie ich es selten bei einem Kranken erlebt hatte.

Ich selbst fühlte mich deplatziert. Wie eine unbarmherzige, eiskalte Hand legte sich der Gedanke an Ulrichs Eltern um meinen Hals, die auch zum Fest kommen wollten. Ich wünschte mich weit weg, in ein fernes, sonniges Land, um seinen Eltern nicht begegnen zu müssen. Bestimmt fanden sie es seltsam, dass ich hier bei seiner schönen jungen Frau wohnte, während er im Krankenhaus lag. Mittlerweile war mir auch klar, weshalb Isabell am Vorabend bis zum Umfallen gekocht und vorbereitet hatte: Ihre Schwiegermutter war im Anmarsch und das versetzte jede junge Frau in Aufruhr. Alles musste perfekt vorbereitet sein, zumal der Mann krank und nur über die Feiertage zu Hause war.

Währenddessen lag Oskar die ganze Zeit auf seinem Kuschelkissen unter dem Küchentisch und schien von der vorweihnachtlichen Aufregung gar nichts mitzubekommen. Als es dann aber an der Haustür klingelte, war er hellwach und stand mit hoch erhobenem Schwanz in der Eingangshalle. Stimmen kamen den Zugangsweg entlang. Das müssen Ulrichs Eltern sein, dachte ich. Im nächsten Augenblick schoss Oskar zur Tür und bellte.

»Oskar, komm her!«, rief ich, aber er hörte nicht und sprang Ulrichs Mutter an, die hinter Isabell ins Haus gekommen war.

»Ihr habt einen Hund?«, fragte Frau Brenner verwundert. »Davon habt ihr ja noch gar nichts erzählt.« Ein gewisser Vorwurf lag in ihrer Bemerkung.

»Der gehört Johann«, erklärte Isabell, versäumte es allerdings, mich vorzustellen. So stand ich unbeholfen in der Diele und wusste nicht, wo ich meine Hände lassen sollte. Das änderte sich zum Glück, als Ulrichs Mutter ihren dunkelblauen Wintermantel auszog.

»Darf ich Ihnen behilflich sein?«, bot ich an und griff nach dem Mantel, was sie mit einem dankbaren Lächeln quittierte. »Johann König«, stellte ich mich vor. »Ich nehme an, Ihr Sohn hat Ihnen von mir erzählt.«

»Ja, er erwähnte etwas«, sagte sie und nahm ihren Hut vom Kopf, sodass ihre schneeweißen Haare zum Vorschein kamen. Sie musterte mich kurz, wobei ich sah, dass Ulrich seine blauen Augen von ihr hatte. Dann eilte sie ins Wohnzimmer, wo ihr Mann noch in voller Montur neben Ulrich auf der Couch saß. Er drückte seinem Sohn gerade die Hand und ich sah, dass er mit den Tränen kämpfte.

»Nun zieh dich doch erst einmal aus, Vater«, sagte Ulrich. »Das ist übrigens Johann, von dem ich euch erzählt habe. Ich bin froh, dass er Isabell hilft.«

Ich nahm Ulrichs Vater Hut und Wintermantel ab und trug beides zur Garderobe. Irgendwie war ich froh, für einen kurzen Augenblick allein zu sein. Am liebsten hätte ich Weihnachten bei der Garderobe gefeiert, mich unter den Mänteln verkrochen, einfach geschlafen, bis dieses Fest vorbei war und der Alltag wieder einkehrte.

Nach dem ersten Trubel der Begrüßung erhob sich Ulrichs Vater wieder, ein stattlicher Mann mit hellgrauen Haaren, dessen dunkelbraune Augen mild und freundlich schauten und überhaupt nicht zu seinem markanten, scharf geschnittenen Gesicht passten.

»Ich hätte es fast vergessen, wir haben ja noch etwas im Auto«, sagte er und der kleine Paul wurde sofort hellhörig.

Wenig später kamen die beiden mit einer großen Tasche voller Geschenke ins Wohnzimmer und Paul half seinem Opa, die Geschenke unter dem Weihnachtsbaum zu verteilen. An das Christkind glaubten sie schon eine Weile nicht mehr. Endlich hatte alles seinen Platz gefunden und nun waren die Kinder nicht mehr zu halten.

»Bescherung, Bescherung«, rief der kleine Paul und raste wie ein Wirbelwind durchs Wohnzimmer.

»Zuerst will uns aber Corinna noch etwas auf dem Klavier spielen«, sagte Isabell.

»Und danach lese ich die Weihnachtsgeschichte«, fügte Ulrich hinzu.

Ich wusste, dass ich die Weihnachtsgeschichte kannte, wenn ich auch nicht sagen konnte, woher. Als Ulrich zu lesen begann, wurde es ganz still im Wohnzimmer. Die Kerzen am

Weihnachtsbaum brannten schon, die Gesichter der ganzen Familie waren in ein sanftes Licht getaucht, Isabell saß neben Ulrich und hatte ihre Hand in die seine gelegt, seine Mutter sah ihn unentwegt an, nur Paul schielte hin und wieder zu den Geschenken unter dem Weihnachtsbaum. Als anschließend Weihnachtslieder gesungen wurden, war es mit der Geduld des kleinen Paul völlig vorbei. Er sang nur stellenweise mit und teilweise auch verkehrt. Ulrich zwinkerte mir zu und ich wusste, was das bedeutete.

Mit einem Satz stürzte Paul sich auf die Geschenke. Er zog die Pakete unter dem Christbaum hervor, las die kleinen Zettelchen, die an den meisten befestigt waren, und trug die Geschenke zu den Empfängern. Am meisten freute er sich natürlich, wenn er etwas für sich selbst fand. In diesem Fall stockte die Verteilung und alle sahen zu, wie er auspackte.

Draußen vor der Tür war es inzwischen ganz dunkel. Man hörte die Glocken in der Stadt läuten. Isabell öffnete das Fenster und alle lauschten.

Ja, das war Weihnachten! Das kannte ich. Die Weihnachtsgeschichte, die Glocken, die strahlenden Kinderaugen, das hatte ich alles schon erlebt. Aber wo? Und mit wem? Wo fehlte ich? Wer vermisste mich?

Irgendwann beschlich mich das Gefühl, mich verabschieden zu müssen. »Sie wollen jetzt sicher noch etwas unter sich sein«, sagte ich und erhob mich.

»Wieso? Du störst doch niemanden«, widersprach Ulrich. »Du gehörst doch schon so gut wie zur Familie.«

Als er das ausgesprochen hatte, schaute mich seine Mutter seltsam an und auch Isabell warf mir einen verschämten Blick zu.

»Ich würde aber gern etwas frische Luft schnappen und außerdem muss Oskar raus«, blieb ich standhaft. »Ich komme ja anschließend wieder.«

8

Ich war erleichtert, dass Ulrich nicht vor Weihnachten gestorben war. Ich besuchte ihn daraufhin häufiger. Wir sprachen über das Leben und das Sterben, und es kam mir vor, als ob er mich nun dringend brauchte. Er erzählte mir von seinen Träumen, von denen er viele aufgegeben hatte, wegen Isabell und wegen der Kinder. Reisen hatte er wollen, Amerika sehen, am Rand des Grand Canyon stehen, aber daraus war nichts mehr geworden, die Krankheit hatte zugepackt, ihm seine letzten Träume geraubt, und jetzt war er froh über jeden Tag, der ihm noch geschenkt wurde. Ende Dezember sprachen wir über meine neue Aufgabe als König von Aschaffenburg.

»Du wirst das sicher prima machen«, sprach Ulrich mir Mut zu. »Wie gern wäre ich dabei.« Er stellte sich vor, wie ich mit purpurrotem Umhang und Krone aussehen würde und freute sich für mich.

Mein erster Auftritt als König lief tatsächlich besser, als ich gedacht hatte. Der Oberbürgermeister ließ es sich nicht nehmen, mich feierlich in der Schlosskirche zu krönen. Die örtliche Presse war versammelt. Die Orgel spielte. Ich schritt im purpurroten Umhang zwischen den voll besetzten Bankreihen auf den Altar zu, kniete vor dem Kreuz des Herrn nieder, sprach in der Stille ein Gebet und empfing aus der Hand des Oberbürgermeisters die Krone. Die Kinder saßen mit offenen Mündern da und verfolgten die Zeremonie.

Nach der Krönung bestieg ich die reich verzierte Kanzel der Schlosskirche und erzählte den Kindern mehrere

Geschichten. Mucksmäuschenstill war es, als ich mit meinen Worten einen wundersamen Zwerg lebendig werden ließ, einen Freund der Kinder, der zu allerlei Streichen aufgelegt war.

Tags darauf erschien ein ganzseitiger Bericht im Main-Echo. Meine Geschichten seien sehr spannend und die ganze Aktion ein voller Erfolg, konnte man lesen.

So hielt ich von da an jeden Sonntag Audienz im Aschaffenburger Schloss. Bald war ich in der ganzen Region als Geschichtenerzähler bekannt. Reisebusse rollten an und die Stadt zahlte mir wegen der großen Resonanz für jeden Sonntag 500 Euro, was für einen König gewiss nicht viel war, für mich aber bedeutete, dass ich Brenners nicht mehr auf der Tasche liegen musste.

Anfang März bestellte mich Kommissar Rotfux in sein Büro. Ich hatte ihn beinahe vergessen gehabt, doch jetzt hoffte ich natürlich, dass er Neuigkeiten für mich hatte.

»Hallo, Herr König«, begrüßte er mich freundlich.

Sein gelber Pulli spannte etwas über dem Bauch. Das Weihnachtsfest schien Spuren bei ihm hinterlassen zu haben.

»Ich muss Ihnen etwas mitteilen«, sagte er. »Es gibt da eine südfranzösische Mafia, die Auftragsmorde ausführt. Die Beschreibung der alten Dame vom Main-Ufer passt auf zwei Ganoven dieser Gruppe, die auch schon anderweitig in Süddeutschland gesichtet wurden.«

Ich war sprachlos. Auftragsmord?

»Wer sollte mich ermorden wollen?«, fragte ich.

»Tja, wenn wir das wüssten. Aber ich habe da eine Idee.«

»Eine Idee?«

»Ja«, sagte Rotfux, und sein Bärtchen vibrierte auf der Oberlippe. »Wir planen eine Falle für die Ganoven. Natürlich geht das nur, wenn Sie mitspielen.«

»Mitspielen?«

»Ja. Sie müssen an einer Talkshow im ZDF teilnehmen. Wir hoffen, dass Sie dort jemand erkennt oder dass sich die Verdächtigen wieder zeigen.«

»Ist das nicht gefährlich? Wenn sie mich tatsächlich ermorden wollten. Mir steckt noch die Entführung in den Puff und dieses Holzhaus in den Knochen. Nein, das war schrecklich, ich will nicht mehr …«

Rotfux lächelte. »Wir werden Sie selbstverständlich beschützen«, sagte er, als ob das seine geringste Sorge war. Er schien jetzt voll in seinem Element zu sein, erhob sich und ging im Büro auf und ab.

»Wir werden die Gauner kriegen«, sagte er wie zu sich selbst. »Diesem Spuk muss endlich ein Ende bereitet werden. Wegen der Puff-Entführung machen Sie sich mal keine Sorgen. Wir haben das Holzhaus inzwischen gefunden und auch der Tittenkönig steht unter Beobachtung.«

»Tittenkönig? Wer soll das sein?«

Rotfux lachte. »Das ist der mit der Narbe auf der Wange, den Sie mir so schön beschrieben haben. Er ist Zuhälter und auf Mädels mit riesigen Brüsten spezialisiert. Im Milieu nennen sie ihn deshalb Tittenkönig.«

Ich musste an Lilly denken und diese riesigen Brüste, die ich anfassen sollte. Mein Gott, ja, die hatten mir damals fast die Luft genommen, als ich auf diesem rosaroten Plüschbett saß und sie Fotos von mir machten.

»Herr Kommissar, ich habe Angst, ich will weder mit diesem Tittenkönig noch mit irgendeiner Mafia etwas zu tun haben.«

Rotfux sah mich fast verzweifelt an. »Ich sagte Ihnen doch schon, die Frankfurter aus dem Puff, das waren vermutlich nur Trittbrettfahrer. Die wollten ein Schnäppchen machen, nachdem sie bemerkt hatten, dass Sie noch leben. Aber hier geht es um mehr. Wir müssen die wahren Drahtzieher finden.«

Ich war mir nicht im Klaren. Die Aussicht auf einen erneuten Mordanschlag stimmte mich nicht gerade hoffnungsfroh, jetzt, da ich mein Leben gerade wieder so halbwegs im Griff hatte.

»Was hätte ich zu tun?«, fragte ich deshalb, um Zeit zu gewinnen.

»Sie treten in der Talkshow im ZDF auf. Sie erzählen Ihre Geschichte. Als König von Aschaffenburg sind Sie fürs Fernsehen interessant. Die Leute wollen so was hören. Und vielleicht haben wir Glück und jemand kennt Sie.«

»Und die Ganoven? Was ist, wenn die mich sehen?«

Rotfux begann, etwas schneller im Büro auf und ab zu gehen. Er wirkte wie ein eingesperrter Tiger in seinem Käfig.

»Es kann sein, dass sie sich melden«, sagte er ganz leise, als ob niemand diesen Satz hören durfte. »Und wenn wir sie irgendwo entdecken, schlagen wir zu.« Er klang wild entschlossen und schien allmählich um seinen Schreibtisch zu rotieren.

»Ich weiß nicht«, zögerte ich.

»Herr König, es ist Ihre Chance«, versuchte mich Rotfux zu ermuntern. »Sie haben die Möglichkeit, endlich Ihre Vergangenheit zu klären.«

Er lächelte genüsslich, da er wusste, wie er mich überzeugen konnte. Mit langsamen Schritten ging er hinter seinen Schreibtisch und ließ sich in den Drehstuhl mit der breiten Rückenlehne fallen.

»Und, Herr König, was ist?«, fragte er. Dabei sah ich, dass sein linkes Augenlid kurz zuckte, so sehr schien ihn die Sache innerlich aufzuregen.

»Na ja, meine Vergangenheit interessiert mich natürlich schon.«

Das Lächeln von Rotfux wurde zu einem breiten Grinsen. »Habe ich mir doch gedacht«, sagte er. »Also, ich vereinbare den Termin mit dem ZDF. Das wird bestimmt ein Erfolg.« Er griff zum Hörer und beorderte einen Streifenwagen vor das Gebäude. »Man wird Sie nach Hause bringen. Sie hören von mir.«

Rotfux schien regelrecht vergnügt zu sein. Ich hatte ihn noch nie so strahlen gesehen.

»Ich hoffe, dass es ein Erfolg wird, Herr Kommissar«, sagte ich und drückte seine kräftige Hand, die er mir entgegenstreckte.

Bereits zwei Wochen später saß ich in der Talkshow beim ZDF. Isabell und die Kinder sahen sich die Sendung natürlich an und ganz Aschaffenburg sprach über mich. Der Andrang bei meinen Audienzen verdreifachte sich. Aus ganz Deutschland reisten sie mit Bussen an, um den König von Aschaffenburg zu erleben, wie ich jetzt allenthalben hieß.

Außerdem bekam ich Fanpost, ganze Körbe voll. Viele Frauen schrieben mir, die sich in mich verliebt hatten, und einige behaupteten sogar, sie würden mich kennen. Seltsamerweise kam ihre Post aus allen Himmelsrichtungen. Berlin, Hamburg, München, alle größeren Städte waren dabei. Sogar Briefe aus Frankreich gingen ein, aus Straßburg und aus Paris.

Zunächst freute ich mich einfach über die positive Resonanz. Doch bald begann es in meinem Hirn fieberhaft zu arbeiten. Kannte mich eine der Frauen tatsächlich? Sie hatten Bilder beigefügt, aber ich konnte mich an keines der Gesichter erinnern. Jedoch war etwas seltsam: Die Briefe aus Frankreich konnte ich spielend lesen, obwohl sie auf Französisch geschrieben waren. So merkte ich, dass ich fließend Französisch sprach, was ich bisher nicht gewusst hatte.

»Vielleicht stammst du aus Frankreich?«, spekulierte Ulrich, als ich ihm das erzählte. »Vielleicht hat sich deshalb bisher niemand gemeldet?«

Der Gedanke ließ mich nicht mehr los.

Und etwas Weiteres war seltsam: Der Brief aus Straßburg trug keine Absenderangabe und enthielt kein Bild. Lediglich eine Handynummer war angegeben, unter der ich mich melden sollte, und zwar erst abends nach 23 Uhr. Irgendwie machte mich das neugierig. Zwar fragte ich mich, ob es gut war, mich zu melden. Wer sagte mir, dass es sich nicht um einen üblen Scherz handelte, vielleicht auch um eine Falle, in der ich wieder verschwinden sollte. Dennoch, auch wenn nur eine geringe Hoffnung bestand, etwas über mich herauszufinden, wollte ich es versuchen. Ich war den ganzen Tag unruhig, hätte am liebsten die Uhren in Brenners Haus persönlich mit der Peitsche vorangetrieben, stellte mir vor, wie es wäre, wenn ich die Stimme am Handy tatsächlich kannte.

Endlich war es so weit. Ich wählte. Zunächst Stille, dann ein Knacken, endlich Tuten, schließlich eine freundliche, jugendliche Stimme: »Hallo!«

»Hier«, ich hielt inne, »hier König, … hier der König aus Aschaffenburg«, meldete ich mich.

»Oh, Bertram, bist du es? Ich habe dich im Fernsehen gesehen. Wie geht es dir?«, sagte die Stimme aus Straßburg.

»Bertram?«, murmelte ich erstaunt.

»Ja, Bertram, weißt du denn nicht mehr? Das Weingut, unser letzter Urlaub, bevor du verschwunden bist. Ich vermisse dich so!«

Die Stimme kam mir tatsächlich bekannt vor. Aber ich konnte mich nicht erinnern, jemals Bertram geheißen zu haben. Verzweifelt versuchte ich, etwas aus dem hintersten Winkel meines Gehirns zurückzuholen, ohne Erfolg.

»Sind Sie sicher, dass Sie mich kennen?«

»Ob ich sicher bin?« Die junge Frau klang entrüstet. Sie schien meine Frage sehr persönlich zu nehmen, war beleidigt, dass ich sie nicht kannte, konnte sich nicht vorstellen, dass ich gar nichts mehr wusste. Nachdem ich ihr erklärt hatte, dass ich mich nicht einmal an meinen Namen erinnern konnte, sagte sie nur: »Diese Schweine!«

»Es war also kein Unfall?«, flüsterte ich.

»Nein, kein Unfall, sie verfolgen uns«, antwortete sie leise. »Ich muss jetzt Schluss machen. Sie sind mir auf den Fersen. Ruf morgen noch mal an.«

Damit war das Gespräch beendet, das mir mehr Rätsel aufgab, als es Hinweise lieferte.

Isabell, die das Telefonat mitbekommen hatte, sah mich neugierig an.

»Und?«, fragte sie. »Kennt sie dich?«

»Ich weiß nicht, sie nannte mich Bertram.«

»Und weiter?«

»Nichts weiter. Ich konnte sie nicht fragen. Sie schien sehr in Eile zu sein.«

Oskar lag auf dem Teppich im Wohnzimmer und sah mich mit seinem treuen Dackelblick schräg von unten an. Als ich in seine Richtung schaute, begann er erst langsam, dann immer schneller mit dem Schwanz zu wedeln und kam freudig auf mich zu. Ihn interessierte mein Telefonat nicht. Er nahm mich einfach, wie ich war. Er wollte nichts von meiner Vergangenheit wissen, auch nichts von meiner Zukunft. Er lebte nur den Augenblick und freute sich, dass ich mit ihm spielte.

In der Nacht schlief ich wenig. Immer wieder ging mir dieses Telefonat durch den Kopf und die Stimme der jungen Frau aus Straßburg, die mir trotz aller Zweifel bekannt vorkam. Ziemlich gerädert wachte ich am nächsten Morgen auf und besuchte am Vormittag Ulrich in der Klinik. Ihm vertraute ich mein Geheimnis an.

»Keine Vergangenheit ist besser als eine schlechte Vergangenheit«, sagte er daraufhin. »Vielleicht solltest du die Sache auf sich beruhen lassen. Du weißt nicht, von wem du verfolgt wirst und in welche Falle du womöglich tappen könntest. Irgendeinen Grund muss es dafür geben, dass sie dich in den Main gestoßen haben. Du denkst doch inzwischen selbst, dass es kein Unfall war. Am besten berichtest du Kommissar Rotfux von dem Gespräch«, sagte Ulrich. »Er wird die Sache untersuchen.«

Am Nachmittag saß ich im Wohnzimmer von Brenners und sah mir nochmals die Zuschriften der Frauen an, die behaupteten, mich zu kennen. Ich betrachtete das Bild einer jungen Frau, die aus Hamburg geschrieben hatte. Blonde Locken, blaue Augen, ein hübscher roter Mund, der mich anlachte, als würde er sagen: ›Nur zu! Versuch's doch einfach mit mir. Wir beide würden gut zusammenpassen.‹

Natalie hieß sie, aber ich konnte mich an keine Natalie erinnern. Immerhin war sie hübsch. Also warum sollte ich sie nicht anrufen? Vielleicht kannte sie mich ja tatsächlich. Ich legte die Zuschriften wieder zur Seite, dabei allerdings Natalies ganz oben auf den Stapel.

Vielleicht melde ich mich heute Abend wieder, dachte ich und ging hinaus in Brenners Garten. Die Nachmittagssonne lag auf der Rasenfläche unter dem Walnussbaum. Die abgestorbenen Gräser des Winters färbten die Wiese mehr gelb als grün, aber sie sahen warm und trocken aus. Etwas in mir sagte: Setz dich auf den warmen Frühlingsrasen! Ich ließ mich nieder, legte mich sogar mit dem Rücken auf das Gras, sah nach oben in den blauen Frühlingshimmel, wo sich die schwarzbraun glänzenden Zweige des Walnussbaumes mit ihren wulstigen Knospen leicht im Wind bewegten.

Ich kannte dieses Gefühl, im Frühjahr zum ersten Mal auf dem warmen Boden zu liegen, ich kannte diese Freude, in den blauen Frühlingshimmel zu blicken. Ich musste oft so gelegen haben.

Gefühle, ja, Gefühle trug ich noch in mir. Sie hatte ich retten können. Gefühle schienen das Einzige zu sein, was mir geblieben war. Aber konnte ich fühlen, ob ich eine der Frauen kannte? Sicher nur, wenn ich ihnen begegnete. Ich musste mich mit ihnen treffen, um festzustellen, ob ich sie kannte. Zu verlieren hatte ich schließlich nichts. Also würde ich es versuchen.

Zunächst klingelte das Telefon und Rotfux war am Apparat.

»Sie haben angebissen«, verkündete er freudig. »Wenn Sie in einer halben Stunde noch zu Hause sind, Herr …, äh, Herr König, komme ich kurz bei Ihnen vorbei und zeige Ihnen etwas.«

Wenig später läutete es am Gartentor von Brenners und der Kommissar begrüßte mich.

»Gehen wir in den Garten?«, fragte ich.

»Ja, gern, da komme ich mal etwas an die frische Luft. Man sehnt sich ja richtig nach Sonne, jetzt im Frühling.«

Der Kommissar schien gut aufgelegt zu sein. Er trug wie üblich einen gelben Pulli und darunter ein hellblaues Hemd. Wir setzten uns auf die Bank unter dem Walnussbaum. Seine wulstigen Knospen waren hier und da bereits aufgesprungen und zeigten hauchzarte, grünrosa schimmernde Blattansätze. Die nachbarliche Birke begann ihre braungrünen Würstchen aufzuplustern und man sah die Kohlmeisen zu ihrem Nistkasten turnen, der hoch oben am Stamm des Baumes befestigt war.

»Schön haben Sie es hier«, sagte Rotfux und atmete tief durch. »Ab und zu muss man sich eine Verschnaufpause gönnen, bei all der Hektik , die wir haben.«

Nach dem kurzen Small Talk kam er zur Sache.

»Hier, sehen Sie mal«, sagte er und reichte mir den Briefumschlag, den er die ganze Zeit in der Hand gehalten hatte. »Post von unseren Freunden.«

Ich sah mir den Umschlag an. Er war ans ZDF adressiert, ›König von Aschaffenburg‹ stand darauf, französischer Poststempel, keine Absenderangabe.

»Nun, schauen Sie mal hinein«, ermunterte mich der Kommissar.

Ich zog ein weißes Blatt aus dem Umschlag, auf dem in großen, aus einer Zeitung ausgeschnittenen Buchstaben nur ein Satz stand: ›Wir kriegen dich!‹

»Na, da staunen Sie!«, freute sich der Kommissar. »Die Ganoven haben angebissen. Das ist der erste Anhaltspunkt in Ihrer Sache, und alles deutet darauf hin, dass Ihr Unfall im Main in Wirklichkeit kein Unfall war.«

Ich wusste nicht, ob ich mich darüber freuen sollte. »Aber das ist doch für mich gefährlich, Herr Kommissar«, dachte ich laut nach.

»Da machen Sie sich mal keine Gedanken«, versuchte mich Rotfux zu beruhigen. »Erstens kennen die ja Ihre Adresse bisher nicht. Sie vermuten wahrscheinlich, dass Sie im Hotel oder in einem Heim wohnen. Zweitens habe ich schon alles veranlasst: Wir fahren verstärkt Streife in Ihrem Viertel, wir verdichten die Kontrollen am Bahnhof, jeder weiß bei uns über Ihren Fall Bescheid und hält die Augen offen. Natürlich müssen auch Sie uns jede verdächtige Beobachtung sofort melden, die Sie machen!«

Rotfux schien regelrecht vergnügt zu sein. Er war voll in seinem Element und ich hatte den Eindruck, dass ich seit Langem der spannendste Fall war, den er bearbeitete. Gerade deshalb war mir etwas unwohl zumute.

»Ich weiß nicht …, Herr Kommissar«, sagte ich, »mir macht das alles Angst. Schließlich wäre ich fast ertrunken. Und entführt wurde ich auch schon.«

Rotfux schien das wenig zu beeindrucken. Er erhob sich und verabschiedete sich. »Nur Mut, mein Lieber«, sagte er und klopfte mir auf die Schulter, »wir kriegen die!«

Noch am selben Abend rief ich bei Natalie in Hamburg an.

»Natalie Bramhof«, meldete sie sich.

»Hier ist der König von Aschaffenburg«, stellte ich mich vor. »Sie haben mir einen netten Brief geschrieben.«

Sofort war sie außer sich vor Freude. »Mensch, Dieter!«, rief sie. »Wo steckst du? Ich habe dich so sehr vermisst.«

»Dieter?«, murmelte ich ungläubig. Sollte das mein echter Name sein? »Woher kennen wir uns denn?«

Ich hörte förmlich, wie sie schluckte.

»Ja weißt du denn gar nichts mehr?«, stammelte sie. »Unsere Zeit in Italien, Venedig, das Meer, die Nächte am Strand, unsere Fahrt mit der Gondel. Oh, das war so schön! Ich sehne mich so sehr nach dir.«

Ich war ratlos und einen Augenblick ganz still.

»Bist du noch dran?«, fragte sie.

»Ja, doch … ich versuche mich zu erinnern. Aber es geht nicht.«

»Bitte, können wir uns nicht sehen?«, flehte sie am anderen Ende der Leitung. »Dir wird bestimmt alles wieder einfallen, wenn du mir erst gegenüberstehst.«

»Ich weiß nicht«, zögerte ich.

Ich musste an die anderen Frauen denken, hörte die Stimme aus Straßburg, die auf eine Art vertrauter geklungen hatte, und fragte mich verzweifelt, was ich tun sollte.

»Bitte, Dieter, nimm den Intercity, komm nach Hamburg, ich bin immer für dich da.« Sie sagte das so sehnsuchtsvoll, dass ich für einen Augenblick dachte, auch diese Stimme zuvor bereits gehört zu haben.

Ich weiß nicht, ob man sich vorstellen kann, wie schrecklich es ist, mit einer hübschen jungen Frau zu sprechen und nicht zu wissen, ob man sie kennt. Ich wusste nichts und sie schien alles zu wissen. Hatte ich sie je geliebt? Hatte ich womöglich sogar mit ihr geschlafen? Hatte ich schon mit Frauen geschlafen? Tausend Fragen rasten durch mein so leeres Hirn.

»Bist du noch dran?«, fragte Natalie wieder.

»Ja, doch«, sagte ich. »Ich versuche mich zu erinnern, aber ich schaffe es einfach nicht.«

Geduld hatte sie jedenfalls.

»Komm nach Hamburg. Ich bezahle dir die Fahrt. Du kannst bei mir wohnen. Du wirst alles wiedererkennen, wenn du erst hier bist«, tröstete sie mich und ihre Stimme zitterte vor Aufregung.

Nach und nach begann ich zu schwanken. Sie schien wirklich sehr verliebt in mich zu sein, wollte sogar bezahlen, als ob sie wusste, dass ich mit meinem Geld haushalten musste.

»Natalie, ich überlege es mir«, sagte ich schließlich, »ich kann mich nicht so plötzlich entscheiden. Ich rufe dich wieder an.«

»Na gut«, sagte sie. Sie sprach jetzt leiser und ihre Enttäuschung war ihr deutlich anzumerken. »Bitte, komm nach Hamburg, ich würde mich wirklich sehr freuen.«

Am nächsten Vormittag besuchte ich Ulrich in der Klinik. Er war für mich so etwas wie ein rettender Anker, ein ruhender Pol, dem ich vertraute, der keine schlechten Absichten hatte und an den ich mich wenden konnte mit all meiner Unsicherheit und Verzweiflung.

Als ich die Tür öffnete und vorsichtig in sein Krankenzimmer trat, schlief er. Ich wagte es nicht, ihn zu wecken, sondern nahm ganz still neben seinem Bett Platz. Sein Atem ging gleichmäßig und ruhig. Seine Züge kamen mir noch schärfer geschnitten vor als sonst. Jeden Tag schien er weiter abzumagern, sodass seine Wangen sich wie zwei knöcherne Hügel neben seiner Nase erhoben. Seine Haut wirkte gelblich, pergamentartig, fast durchscheinend und man konnte meinen, sie würde nicht mehr lange halten.

Durch das Fenster sah man in den Park des Krankenhauses. Gleich hinter dem Park lag der Wald. Die Buchen reckten sich schwarzbraun und blätterlos in den blassblauen Vormittagshimmel, sie warteten wohl in der kühlen Morgenluft sehnsüchtig auf den Frühling. Ganz still war es. Nur das Atmen von Ulrich war zu hören.

Erstaunlich lange hat er bisher durchgehalten, dachte ich. So etwas wie Bewunderung kam in mir auf für diesen tapferen Kämpfer. Irgendwann schlug er die Augen auf. Mir selbst war der Kopf auf die Knie gesunken und ich schreckte zusammen, als er »Hallo!« sagte.

»Wie geht es dir?«, fragte ich und setzte mich wieder gerade hin.

»Es geht so. Wenn ich schlafe, erhole ich mich etwas. Am schlimmsten ist es, wenn ich in der Nacht kein Auge zukriege. Dann liege ich wach und denke über die Kinder nach und über Isabell. Und je mehr ich nachdenke, desto weniger kann ich wieder einschlafen. Grausam ist das. Und dir, wie geht es dir?«

Ich erzählte ihm von diesem Drohbrief aus Frankreich, von den Zuschriften der Frauen und von meinen Überlegungen, Natalie tatsächlich in Hamburg zu besuchen.

»Du musst wissen, was du machst«, murmelte er. »Mir wäre das, glaub ich, nicht so wichtig. Ich bin froh, dass ich überhaupt noch lebe.«

Er sank in seine Kissen zurück, als ob er meiner Probleme überdrüssig wäre. Einige Zeit war er ganz still. Schließlich sagte er: »Auch wenn du Natalie besuchst, versprich mir bitte, dass du dich um Isabell und die Kinder kümmerst.« Er sagte das so eindringlich, dass ich es beinahe bereute, ihm von Natalie erzählt zu haben.

»Das ist doch klar, Ulrich. Ich weiß doch, was ich euch zu verdanken habe«, antwortete ich und drückte seine Hand. Noch lange sprachen wir über Isabell und die Kinder und er beruhigte sich langsam.

»Ich möchte ihnen immer noch helfen, so gut ich kann«, waren seine letzten Worte, als ich sein Krankenzimmer wieder verließ.

9

Drei Tage später fuhr ich im Intercityexpress nach Hamburg. Natalie holte mich am Bahnsteig ab.

Sie versuchte mich zu umarmen, wollte mich sogar küssen, aber ich stand da wie eine hölzerne Bohnenstange, steif und abweisend, weil ich nicht wusste, ob ich sie wirklich kannte.

»Hallo«, sagte sie. »Schön, dass du gekommen bist.«

Wir gingen schweigend den Bahnsteig entlang. Sie lief dicht neben mir, passte in der Größe gut, war etwa einen halben Kopf kleiner als ich, schlank, wirkte sportlich in ihrer hautengen Jeans, alles stimmte an ihr und doch wusste ich nichts von ihr.

»Vielen Dank für deinen Brief«, sagte ich, nur um überhaupt etwas zu sagen.

»War doch klar. Ich war ja so froh, dass ich dich wiedergefunden habe«, antwortete sie erleichtert.

»Wieso wiedergefunden? Hattest du keine Adresse von mir?«

»Nein, leider nicht. Du warst immer sehr geheimnisvoll. Und ich wollte dich nicht verlieren. Aber jetzt wird hoffentlich alles gut.«

So ganz verstand ich ihre Worte nicht. Sie musste wohl meine Freundin gewesen sein, hatte dennoch keine Adresse von mir gehabt. Das war ja seltsam! Demnach wusste sie auch nicht, wo ich früher gelebt hatte. Eine erste Hoffnung war in mir zerbrochen, denn natürlich hatte ich erwartet, etwas über meine Vergangenheit von ihr zu erfahren.

Immerhin fühlte ich, dass ich auf diesem Bahnhof schon gewesen war. Als wir die stählerne Treppe zur Einkaufspassage hochstiegen und die Lautsprecherdurchsagen sich in der riesigen Bahnhofshalle verbreiteten, während ein Zug mit quietschenden Bremsen zum Stehen kam und ein Kofferträger uns hektisch entgegenkam, fühlte ich, dass ich dies alles bereits erlebt hatte.

Ich gab Natalie die Hand, die sie dankbar ergriff.

»Ich kann mich leider nicht wirklich an etwas erinnern«, sagte ich. »Du wirst viel Geduld mit mir haben müssen.«

»Kennst du mich denn gar nicht mehr?«, fragte sie zaghaft.

»Nicht wirklich. Es ist schwer zu beschreiben. Ich fühle, dass ich hier in diesem Bahnhof schon war. Es sind die Geräusche, der Geruch dieser Halle, das hektische Treiben der Reisenden, die etwas in meinem Inneren auslösen. Ich habe auch das Gefühl, dass ich den Druck deiner Hand kenne, aber ich kann es nicht wirklich mit Sicherheit sagen.«

»Aber du glaubst mir doch, oder?«, fragte sie leicht enttäuscht.

»Schon, aber mit dem Glauben ist das so eine Sache. Lieber wüsste ich es. Bitte, sei nachsichtig.«

Ich fühlte eine große Unsicherheit. Ich kam mir komisch vor mit dieser hübschen jungen Frau, die mir so nah und doch so fern war.

»Wollen wir einen Stadtbummel machen?«, schlug sie vor. »Vielleicht erkennst du etwas wieder.«

Wir verstauten meine Reisetasche in einem Schließfach und verließen den Hauptbahnhof in Richtung Fußgängerzone. Ich war wirklich neugierig, ob ich mich würde erinnern können. Ich las die Straßennamen: Spitalerstraße, Gerhard-Hauptmann-Platz, Mönckebergstraße – aber sie sagten mir nichts. Ein Gefühl, diesen Ort bereits gesehen zu haben, vermittelte mir lediglich der Gerhard-Hauptmann-Platz. Dazu passte auch, dass Natalie sagte: »Weißt du noch? Unser Lieblingsplatz! Hier haben wir so manchen Abend gesessen.«

Auch der Rathausplatz kam mir bekannt vor. Doch ich wusste nicht, ob ich ihn nur von einem Plakat oder aus dem Reiseführer kannte. Genauso ging es mir am Jungfernstieg, den ich irgendwie zu kennen glaubte, und irgendwie wieder nicht.

Natalie gab sich große Mühe mit mir. »Und, kommt dir was bekannt vor?«, fragte sie immer wieder und sah mich gespannt an. Wenn ich dann nur über das kleinste Anzeichen eines Erkennens berichtete, war sie glücklich.

Als es bereits dunkel wurde, waren wir wieder zurück am Hauptbahnhof.

»Ich bin gespannt, ob dein Gedächtnis erwacht, wenn du meine Wohnung siehst«, sagte Natalie. »Komm, wir nehmen die U-Bahn.«

Ich kann nicht mehr sagen, wohin wir genau gefahren sind. Ich stand neben ihr in der U-Bahn, war müde und ein bisschen enttäuscht. Dabei beneidete ich die anderen Fahrgäste, die sich in die Bahn drängten und genau wussten, wie sie hießen und wohin sie wollten. Ich wusste nichts, jedenfalls fast nichts. Zwar war mir diese Natalie sehr sympathisch, allerdings war ich mir nach wie vor nicht ganz sicher, ob ich sie von früher kannte.

Endlich standen wir vor ihrem Haus. Es war eines dieser modernen Hochhäuser, hatte mindestens 15 Stockwerke, vielleicht auch 20. Sie schloss die Haustür auf und zog mich mit meiner Reisetasche hinter sich her.

»Ich wohne im obersten Stock«, sagte sie, als wir im Lift standen. Leise summend fuhr der Fahrstuhl nach oben, dann hielt er, die Türen schoben sich beiseite und wir standen im Flur, der zu ihrer Wohnung führte. Durch das Flurfenster sah man das Lichtermeer der Stadt, Hafenkräne, Gewässer und Industriehallen.

»Ist das der Hafen?«, fragte ich.

»Ja, ein Teil davon, die Aussicht ist hier leider nicht so toll«, antwortete Natalie, »aber da ich ganz oben wohne, habe ich meine Ruhe.«

Sie schloss ihre Wohnung auf und ich folgte ihr. Eine winzige Diele, ein Wohnzimmer mit Blick über die Hafenanlagen, eine Küche mit Essplatz für zwei, ein Schlafzimmer mit französischem Bett, daneben ein kleines Bad – das war alles.

»Und, erinnerst du dich?«, fragte sie wieder, nachdem ich mich etwas umgeschaut hatte.

»Nicht wirklich«, antwortete ich. Das war die Formulierung, die ich mir inzwischen angewöhnt hatte, um nicht sagen zu müssen: Überhaupt nicht.

»Es ist aber alles sehr schön«, fügte ich schnell noch hinzu, um Natalie zu trösten. Irgendwie tat sie mir leid. Ich stellte mir vor, wie enttäuscht sie sein musste. Hatte mich den ganzen Nachmittag durch Hamburg geführt, gehofft, dass ich sie kannte und noch liebte, und jetzt erinnerte ich mich nicht einmal an ihre Wohnung.

»Ich decke den Tisch, Dieter«, sagte sie. »Du kannst dich im Bad etwas frisch machen.«

Obwohl mir dieses ›Dieter‹ völlig fremd vorkam, ließ ich es dabei. Schließlich wollte ich ihr nicht noch die letzte Illusion rauben. Vielleicht hatte ich mich ja tatsächlich einmal so genannt, als ich ihr Freund war. Und außerdem wusste ich sowieso nicht, wie ich wirklich hieß.

Sie hatte Lachs als Vorspeise vorbereitet, dann Tomaten mit Mozzarella, danach eine zünftige Wurstplatte, alles sehr schön angerichtet. Zum Lachs gab es Champagner, bei dem wir blieben und den wir nach und nach leerten.

Natalie wurde dadurch etwas ausgelassener, die Spannung des Tages schien von ihr abzufallen. Sie ging barfuß, hatte den obersten Knopf ihrer Bluse geöffnet, lachte bei jeder Gelegenheit und schien es sehr zu genießen, dass ich bei ihr war.

»Eigentlich ist es nicht so schlimm, wenn du dich an nichts erinnern kannst«, kicherte sie später, als sie neben mir im Wohnzimmer auf der Couch lag. »Wir fangen einfach noch mal ganz von vorn an.«

Was sie damit meinte, konnte ich mir vorstellen. Aber ich war zu müde, um darüber wirklich nachzudenken.

»Vielleicht wäre es das Beste«, sagte ich nur und sog den Duft ihrer blonden Locken, die auf meiner Brust lagen, ein.

Eine Zeit lang waren wir ganz still.

Sie hatte das Wohnzimmerfenster gekippt und man hörte das Summen der pulsierenden Stadt, deren Nachtleben gerade erst erwachte. Aus der Ferne drang das lang gezogene Tuten eines Schiffes herüber. In diesem Augenblick wusste ich, dass ich hier nicht zum ersten Mal auf der Couch lag und dass ich Natalie kannte.

Dieses Tuten, diese Geräusche der nächtlichen Stadt hatten sich so tief in meine Seele eingegraben, dass ich fühlte, hier schon einmal gewesen zu sein.

Später zog sich Natalie wie selbstverständlich vor mir aus. Sie schien keinerlei Scheu vor mir zu haben, weshalb ich glaubte, dass ich tatsächlich früher mit ihr zusammen gewesen war. Für mich war es komisch, denn sie war mir noch immer ein wenig fremd, so als ob ich sie zum ersten Mal sah. Interessiert hatte ich sie beobachtet, hatte festgestellt, dass sie sehr gut aussah, und stieg schüchtern in ihr breites französisches Bett.

»Bitte gib mir Zeit, Natalie«, sagte ich. »Für mich ist wirklich alles wie beim ersten Mal.«

»Wie beim ersten Mal?«, kicherte sie.

»Ja, du kannst es dir nicht vorstellen, aber es ist so. Für mich ist alles neu.«

Eine gewisse Zeit lag sie ganz still neben mir.

»Also gut, es reicht mir schon, wenn ich nur mit dir kuscheln kann.« Sie rutschte näher zu mir, legte sich ganz dicht an mich, sodass ich die Wärme ihres Körpers spürte und den Duft ihrer Haare erneut riechen konnte. Ihre Hand legte sich auf meinen Arm. Ihr Fuß berührte mein Bein. Ich hörte ihren Atem und ein leises »Gute Nacht«.

Ich lag noch lange wach, auch als sie schon längst neben mir schlief. Hunderte von Fragen geisterten durch mein Hirn: Wo hatte ich sie getroffen? Seit wann kannten wir uns? Weshalb wusste sie meine Adresse nicht? Eine erste kleine Luke zu meiner Vergangenheit hatte sie zwar geöffnet, aber kaum etwas war durch diese Luke zu erkennen. Morgen wollte ich mehr von ihr erfahren. Alles, was sie wusste, müsste sie mir sagen. Nichts durfte unversucht bleiben, um meine Vergangenheit zu erhellen.

Am nächsten Vormittag wachte ich erst um 10 Uhr auf. Das Bett neben mir war leer. Ich war allein in der Wohnung. Auf dem Küchentisch lag ein Zettel: ›Ich komme mittags zurück. Du findest alles im Kühlschrank. Schlüssel hängt am Schlüsselbrettchen. Natalie‹

Ich sah aus dem Wohnzimmerfenster über das Hafengelände. Die Kräne, die wie die Beine riesiger Spinnen in der Luft standen, arbeiteten schon fleißig. Unterhalb des Hauses zog der Verkehr auf einer breiten Straße vorbei.

Es tat gut, jetzt allein zu sein. Zu viele Eindrücke waren seit gestern auf mich eingestürmt und ich hatte Mühe, alles zu verarbeiten. Ich rasierte mich, duschte, frühstückte und ging hinunter auf die Straße. Das Hafengelände zog mich an und ich spazierte in Richtung der Kräne, deren Spinnenarme über dem Häusermeer in den Himmel ragten. Bald erreichte ich die St.-Pauli-Landungsbrücken und beobachtete die Barkassen, welche von dort zu ihren Hafenrundfahrten starteten.

Der Geruch des Wassers, das Klatschen der Wellen an die Stege, das Tuckern der Schiffsmotoren, das Tuten eines Schiffes in der Ferne, das alles kannte ich. So etwas wie Heimweh zog mir durch die Brust. Vielleicht hatte ich am Meer gelebt, in einer Hafenstadt wie Hamburg, vielleicht war ich sogar zur See gefahren. Alles war möglich. Wie ein Stück Heimkehr kam mir die Hafenrundfahrt vor, zu der ich eine der Barkassen bestieg. Ich ließ mir den Wind durch die Haare wehen, sog die Hafenluft ein, blickte wie ein Zwerg an den haushohen Schiffsrümpfen empor, die in den Docks noch riesiger erschienen als sonst.

Ich hatte das Gefühl, dass ich gerade mehr über mich erfuhr, als mir Worte hätten sagen können. Da war eine tiefe Sehnsucht nach Leben in mir, nach Freiheit, nach Abenteuer, auch wenn ich nicht genau sagen konnte, was das bedeutete.

Nach der Rundfahrt kehrte ich in Natalies Wohnung zurück. Sie war schon da und freute sich.

»Ich musste ins Büro, aber heute Nachmittag habe ich frei«, begrüßte sie mich und drückte mir einen scheuen Kuss auf die Wange.

»Wo arbeitest du?«, fragte ich und sie erzählte, dass sie Moderedakteurin sei. Man sah ihr den Beruf an, denn sie war perfekt geschminkt und flott gekleidet, mit einem geschlitzten Rock und kuscheligem Pulli.

»Komm, lass uns essen gehen«, sagte sie. »Ich habe heute keine Lust zu kochen.«

Wir nahmen die U-Bahn zum Jungfernstieg und bummelten zunächst die Promenade entlang bis zum Alsterpavillon. Sie hatte ihren Arm um meine Hüfte gelegt und ging neben mir, als ob es das Natürlichste der Welt sei. Ich legte meinen Arm um ihre Schulter und jeder, der uns sah, dachte bestimmt: Ein schönes Liebespaar.

Wir gingen durch die Straßen, die vom Jungfernstieg in Richtung Altstadt abzweigten, durchstreiften mehrere Passagen und landeten schließlich am Rathausplatz.

»Jetzt hab ich aber Hunger«, sagte Natalie. »Komm, ich kenne ein nettes Lokal.« Sie zog mich durch die Alsterarkaden zu einem Restaurant, wo man sogar draußen sitzen konnte.

»Hier ist es wunderschön«, musste ich zugeben.

»Ja, ich bin gern hier. Es erinnert mich ein bisschen an Venedig. Das Wasser, die Brücke, der Bogengang, die alten Laternen, die Arkaden – ich mag das alles sehr. Und mit dir ist es natürlich noch schöner.«

Sie legte ihre kleine, feingliedrige Hand auf meinen Arm und schaute mich an. Ich sah das Blau in ihren Augen, sah diese Sehnsucht in ihrem Blick und wusste, dass ich sie jetzt küssen müsste, aber ich konnte nicht. Irgendetwas sperrte sich in mir.

»Wir haben uns in Venedig getroffen«, erzählte sie mir. »Vor drei Jahren, in einem Straßencafé auf dem Markusplatz. Ich war zu Modeaufnahmen dort und du hattest geschäftlich in der Stadt zu tun. Aber du hast mir nie Näheres erzählt, warst sehr verschlossen, was das anging.«

»Hat dich das nicht gestört?«

»Nein. Es war Liebe auf den ersten Blick. Du hast bei mir eingeschlagen wie ein Blitz.« Sie lächelte mich schmachtend an und fuhr fort. »Ich wollte dich nicht durch dumme Fragen verlieren. Glaubte, dass du verheiratet seiest.«

»Und ich habe dir nie etwas über mein Leben erzählt?«

»Nein, nie. Auch nicht, als du mich später in Hamburg besucht hast. ›Genieße den Tag‹, sagtest du nur und das haben wir getan.«

Ihre Augen waren feucht geworden und mir steckte ein dicker Kloß im Hals. Konnte man eine schönere Liebeserklärung bekommen?

Wir bestellten Lasagne, um uns noch mehr an Venedig zu

erinnern. Sie erzählte mir begeistert von unserer gemeinsamen Gondelfahrt, dass ich in einem vornehmen Hotel gewohnt hatte, wie sie mich heimlich besuchte, wie wir uns bei offenem Fenster geliebt hatten und wie man dabei das leise Schlagen des Wassers gegen die Wand des Hotels gehört hatte, das direkt an einem der Kanäle lag.

»Es wäre mein größter Traum, mit dir wieder in Venedig zu sein«, sagte sie schließlich und war nicht mehr zu halten. Sie ergriff die Initiative, warf sich an mich, drückte ihre Lippen auf die meinen, küsste mich leidenschaftlich, sodass ich anschließend nach Luft schnappte.

»So«, lachte sie, »vielleicht erinnerst du dich jetzt?«

Ich blickte verstohlen zu den Nachbartischen, doch niemand starrte uns an. Alle waren in ihr Essen vertieft, nur eine ältere, schicke Dame im weiß-blauen Kostüm lächelte mich an. Sie lächelte wohlwollend, fast liebevoll und schien zu sagen: ›Nun freu dich doch, du Trauerkloß, nimm sie dir, wenn sie dich schon so liebt.‹

Ich lächelte zurück und nickte ihr zu.

»Kennst du die?«, fragte Natalie.

»Nein«, sagte ich, »aber sie scheint sehr nett zu sein. So eine richtig nette Hamburgerin.«

Wir durchstreiften den ganzen Nachmittag die Stadt, schlenderten abends über die Reeperbahn, obwohl mir das mit Natalie im Arm eher seltsam vorkam und wir auch einige Male angepöbelt wurden. Es war, als ob Natalie sich beweisen wollte, dass sie sogar dort mit mir gehen konnte, dass ich ihr ganz gehörte.

Schließlich waren wir zurück in ihrer kleinen Wohnung. Ich ahnte, was jetzt kommen würde und hatte Angst. Sie hatte mir begeistert erzählt, dass wir uns in Venedig geliebt hatten und trotzdem überfiel mich eine gewisse Unruhe, sobald wir allein in ihrer kleinen Wohnung waren.

Ich kuschelte auf der Couch mit ihr, lag kurz darauf mit ihr im Bett und bemerkte, dass sie mich wollte, aber ich fühlte mich nicht bereit dazu und konnte sie nur wiederholt darum bitten, mir noch etwas Zeit zu geben.

Zum Glück liebte sie mich wohl wirklich, denn sie bedrängte mich nicht weiter, schmiegte sich an mich und schlief kurz darauf ruhig ein.

Mir gingen jedoch noch viele Gedanken durch den Kopf. Woher kam diese Angst? Warum hatte ich Natalie nie etwas aus meinem wirklichen Leben erzählt? Weshalb war ich in Venedig gewesen? Leere! Nur gähnende Leere war die Antwort meines geschundenen Hirns.

Am nächsten Morgen fand ich wieder ihren kleinen Zettel: ›Sieh im Kühlschrank nach! Zeitung im Briefkasten, Schlüssel am Brettchen. Komme mittags zurück.‹

Sie war sehr nett, obwohl ich kläglich versagt hatte. Panik überfiel mich, während ich an die nächste Nacht dachte. Ich konnte ihr doch nicht ewig etwas von Gib-mir-noch-Zeit-Natalie vorjammern. Nein, das war unmöglich. Ich musste hier weg. Ich hatte sie besucht, hatte etwas von ihr erfahren, aber jetzt musste Schluss sein, bis ich wusste, was ich wollte, oder bis ich wusste, wer ich war.

Hektisch rasierte ich mich, zog mich an, packte meine Reisetasche und schrieb ihr auf die Rückseite ihres Zettels: ›Liebe Natalie, bitte entschuldige, ich muss erst selbst zu mir finden. Gib mir noch Zeit! Vielleicht fahren wir später nach Venedig? Viele Küsse, Dein Dieter‹

Hastig zog ich die Tür hinter mir zu, verließ das Haus, eilte zum Hauptbahnhof und nahm den nächsten Zug nach Aschaffenburg. Auf der Fahrt drehten sich meine Gedanken im Kreis. Wahrscheinlich hatte ich Natalie nun zum zweiten Mal verlassen. Aber ich konnte nicht anders.

10

Als ich mich nach der Rückkehr aus Hamburg Brenners Haus näherte, hörte ich schon von Weitem Oskar bellen. Er musste gespürt haben, dass ich zurückkam und überschlug sich förmlich, als ich endlich an der Haustür war. In der Eingangshalle warf er sich auf den Rücken, stieß begeistert mit seinen Beinchen in die Höhe und bellte wie ein Wilder. Dann raste er mit einem Affenzahn durchs Wohnzimmer, kam wieder auf mich zu, sprang an mir hoch, sah mich mit seinen dunklen Augen an und schleckte mir das Ohr ab, als ich ihn zur Begrüßung auf den Arm nahm. Ich spürte seine kleine, weiche Zunge und wusste, wie sehr er mich mochte.

»Ist ja gut, mein Kleiner«, besänftigte ich ihn, »alles gut. Alles gut. Ich bin ja wieder da.«

»Er hat drei Tage nicht richtig gefressen«, berichtete der kleine Paul ganz wichtig. »Wir haben alles versucht, aber er wollte nicht.«

»So einer bist du also. Was machst du denn für Sachen?«, sagte ich zu Oskar und kraulte ihn hinter den Ohren. Nach und nach beruhigte er sich und legte sich daraufhin auf seinen Platz neben der Terrassentür.

Auch Isabell schien erleichtert zu sein, dass ich wieder da war. Sie umarmte mich, als sie am späten Nachmittag aus dem Buchladen nach Hause kam.

»Schön, dich wieder hier zu haben«, begrüßte sie mich. »Du musst sofort Kommissar Rotfux anrufen. Er hat nach dir gefragt und klang sehr verärgert.«

»Wieso? Hast du ihm gesagt, wo ich bin?«

»Hätte ich lügen sollen …?«, fragte Isabell vorwurfsvoll und ich hatte das deutliche Gefühl, dass es ihr sehr recht war, wenn der Kommissar mich möglichst genau überwachte. »Er hat mir übrigens von diesem Drohbrief aus Frankreich erzählt«, fügte sie noch hinzu. »Du solltest dich wirklich in Acht nehmen.«

Ich brachte meine Sachen in mein Zimmer und rief danach Rotfux an.

»Hier Johann König«, meldete ich mich.

»Na, wird ja auch Zeit, dass Sie sich melden«, sagte der Kommissar unfreundlich. »Ich muss Sie dringend sprechen. Ich schicke einen Streifenwagen, der Sie abholt.«

»Ich möchte …«, setzte ich noch an zu sagen, aber da hatte er schon aufgelegt. Schien mächtig in Fahrt zu sein, der Gute.

»Musst du aufs Kommissariat?«, fragte Isabell scheinheilig, obwohl sie natürlich genau wusste, was die Stunde geschlagen hatte.

»Ja, er hat wohl noch ein paar Fragen«, tat ich ganz unbeteiligt.

Bald darauf hielt der Streifenwagen vor Brenners Haus. Ich kannte die beiden Beamten, die mich in Empfang nahmen, bereits von meiner letzten Fahrt. Unterwegs machten sich die Polizisten über den Kommissar lustig.

»Dem muss heute wohl mal wieder eine Laus über die Leber gelaufen sein«, sagte der eine.

»Und zwar eine ganz dicke«, antwortete der andere.

Dann flüsterten sie etwas, was ich auf der Rückbank des Streifenwagens nicht verstehen konnte. Schließlich parkten sie vor dem Kommissariat und brachten mich zu Rotfux.

»Hier ist Herr König«, meldete der ältere der beiden und es wunderte mich, dass er nicht noch die Hacken zusammenschlug und salutierte, so förmlich machte er seine Meldung.

»Sehr gut«, brummte der Kommissar und wies auf einen Stuhl vor seinem Schreibtisch.

Ich bemerkte sofort, dass er eine schwarze Augenklappe trug und damit wie ein Pirat aussah. Ich wagte es aber nicht, ihn darauf anzusprechen.

»Sie können gehen, meine Herren«, sagte Rotfux zu den beiden Polizisten und wandte sich mir zu.

»In Hamburg waren Sie also, Herr König. Und warum habe ich davon nichts gewusst?«

»Ich dachte, das sei nicht so wichtig.«

»So, dachten Sie …«, unterbrach mich Rotfux. »Ich will Ihnen mal sagen, was ich inzwischen denke. Ich denke, dass Sie mich von vorn bis hinten belügen und mir vom ersten Tag an nicht die Wahrheit gesagt haben.«

»Aber, Herr Kommissar!«

»Nix da! Ihr ›Herr Kommissar‹ können Sie sich sparen. Sagen Sie mir lieber, warum Sie nach Hamburg gefahren sind, obwohl Sie sich dadurch in höchste Gefahr gebracht haben!«

»Höchste Gefahr?«

»Ja, höchste Gefahr! Oder denken Sie, diese beiden Mafiosi, von denen ich Ihnen berichtet hatte, würden zimperlich mit Ihnen umgehen, wenn sie Sie erwischen?«

Rotfux lehnte sich in seinem Stuhl zurück und trommelte nervös mit den Fingern auf die Schreibtischplatte.

»Was haben Sie denn in Hamburg gemacht?«, fragte er dann.

»Ich habe eine alte Bekannte besucht.«

Er sah mich sehr verwundert an und ich merkte, dass er sich mit meiner Antwort nicht zufriedengab.

»Name?«, fragte Rotfux.

Er stellte seine Frage mit solchem Nachdruck, dass es mir gar nicht in den Sinn kam, nicht zu antworten.

»Natalie Bramhof«, sagte ich.

»Anschrift?«

Ich überlegte. »Weiß ich nicht.«

»Aber Sie haben Frau Bramhof doch besucht. Da müssen Sie doch wissen, wo sie wohnt.«

»Ja, schon, in der Nähe der Hafenanlagen, aber ich habe mir die Anschrift nicht gemerkt, es war ein Hochhaus.«

»Schon gut«, brummte Rotfux. »Wir werden das ermitteln.«

Er sprach von Ermittlungen und mich beschlich ein ungutes Gefühl.

»Woher kennen Sie die Dame?«, wollte der Kommissar noch wissen.

»Ich konnte mich nicht erinnern«, sagte ich. »Sie behauptete, mich in Venedig kennengelernt zu haben.«

»Aber wie sind Sie dann auf die Idee gekommen, Frau Bramhof zu besuchen, wenn Sie sich gar nicht an sie erinnern konnten?«

Rotfux nahm mich in die Zange. Er sah mich durchdringend an und trommelte wieder mit den Fingern auf die Schreibtischplatte.

Jetzt hat er dich erwischt, dachte ich. Ich konnte ihm doch nicht sagen, dass sie mich in der Talkshow gesehen und mir geschrieben hatte. Das hätte ich ihm schließlich melden müssen.

»Sie hat mich angerufen«, sagte ich.

»So, angerufen«, wiederholte Rotfux nachdenklich. Er legte seine Stirn in Falten und schien zu kombinieren. »Und woher sollte sie Ihre Telefonnummer haben? Woher sollte sie wissen, dass Sie in Aschaffenburg sind?«

Mir lief es heiß und kalt den Rücken herunter. Dieser Rotfux ließ nicht locker. Und er kombinierte. Also, leugnen war wohl zwecklos.

»Nun gut, Herr Kommissar«, sagte ich ziemlich unterwürfig, »sie hatte mir nach der Talkshow geschrieben. Aber ich dachte, das sei meine Privatangelegenheit, wollte Frau Bramhof nicht in die Sache hineinziehen.«

»Privatangelegenheit, Privatangelegenheit«, schimpfte Rotfux. »Sie haben wohl immer noch nicht begriffen, dass es hier möglicherweise um Leben und Tod geht.«

Er stand auf und ging unruhig im Zimmer hin und her, hielt vor mir inne und blieb ganz dicht bei mir stehen.

»Ich werde Sie in Unterbindungsgewahrsam nehmen. Ich muss Sie und andere vor Ihnen schützen.«

»Aber bitte, Herr Kommissar«, versuchte ich mich zu wehren.

»Nichts da, Herr König«, sagte Rotfux und ging zu seinem Platz zurück. »Sie haben mir nicht die Wahrheit gesagt, Sie haben Frau Bramhof in höchste Gefahr gebracht und sich selbst natürlich auch – das genügt.«

Rotfux griff zum Hörer und wählte. »Haben wir noch eine Zelle frei?«, hörte ich ihn fragen. »Gut, ich schicke Ihnen einen akuten Fall.«

»Aber, Herr Kommissar, Sie können mich nicht einfach einsperren«, wehrte ich mich.

»Und ob ich das kann«, gab Rotfux zurück. »Sie sind eine Gefahr für sich und andere. Das ist Grund genug. Morgen kann das durch den Richter geprüft werden.«

»Darf ich wenigstens Frau Brenner benachrichtigen?«

»Ich gebe ihr Bescheid«, sagte Rotfux.

Es war mir klar, dass die beiden irgendwie unter einer Decke steckten und mir war auch klar, dass sich Rotfux bei Isabell einschmeicheln wollte.

Wenig später erschienen wieder die beiden Beamten, die mich herbegleitet hatten. Der Jüngere legte mir Handschellen an. Dann brachten sie mich zur Justizvollzugsanstalt, wo ich in eine Zelle kam, in der nicht mehr als ein Bett, ein Tisch und ein Stuhl und hinter einer Mauernische ein Waschbecken und eine Toilette zu sehen waren.

»Sie bekommen gleich noch Bettwäsche und eine Zahnbürste«, sagte der Vollzugsbeamte, »und natürlich eine Kleinigkeit zu essen.«

Hinter ihm fiel die schwere Stahltür ins Schloss. Seine Schritte entfernten sich langsam, danach war alles ganz still. Ein kleines Fenster unterhalb der Zimmerdecke führte zu einem Lichtschacht, durch den die Dämmerung des nahenden Abends hereinfiel. Die kräftigen Gitterstäbe vor dem Fenster machten mir deutlich, dass ich wirklich eingesperrt war. Ich hatte das Gefühl, der Staatsmacht völlig ausgeliefert zu sein. Am liebsten hätte ich geschrien oder mit den Fäusten gegen die Stahltür getrommelt, aber ich ließ es bleiben, denn es war mir klar, wie sinnlos das gewesen wäre.

Nach einiger Zeit kam der ältere Vollzugsbeamte zurück. Er gab mir Bettwäsche und ein Kosmetikset mit Zahnbürste, Seife und Nassrasierer.

»Ihre Vesper bringe ich gleich«, sagte er und war schon wieder verschwunden.

Fast hatte ich den Eindruck, dass es ihm peinlich war, dass Rotfux mich hier eingesperrt hatte. Jedenfalls war er auffallend höflich, vielleicht weil er wusste, dass ich der König von Aschaffenburg war, der den Kindern Geschichten erzählte.

Nachdem er mir wenige Minuten später ein Tablett mit Wurst, Käse und Brot und eine Flasche Mineralwasser gebracht hatte, war ich ganz mir selbst überlassen. Mehr und mehr wurde mir deutlich, wie verlassen ich war. Niemand kannte mich. Kein Mensch außer Isabell würde nach mir fragen – nur die Kinder, die meine Geschichten hören wollten, die waren meine letzte Hoffnung.

Am Sonntag müsste ich Audienz im Schloss halten, sonst stünde am Montag in der Zeitung: ›König von Aschaffenburg in Haft!‹ Das konnte wohl auch Kommissar Rotfux nicht wollen, deshalb musste er mich in spätestens drei Tagen freilassen.

Mit solchen Gedanken kam mein Appetit zurück, der zunächst völlig verschwunden gewesen war. Ich aß meine Vesper und legte mich auf das Bettgestell. Draußen war es inzwischen fast dunkel geworden. Etwas Licht, das durch das kleine Fenster fiel, erhellte meine Zelle.

Am nächsten Morgen wachte ich durch das Geräusch von Schritten auf. Ich lag immer noch angezogen auf der Liege und schreckte hoch, als sich die Tür öffnete.

»Na, gut geschlafen?«, fragte Kommissar Rotfux.

»Es geht so«, antwortete ich. Er brauchte ja nicht gleich wissen, dass ich selten so gut geschlafen hatte wie in dieser Zelle.

»Ich habe erfreuliche Nachrichten für Sie, Herr König«, freute er sich. »Frau Brenner hat sich sehr für Sie eingesetzt. Sie hat mich überredet, Sie wieder freizulassen.«

Hinter Rotfux erschien jetzt Isabell in der Tür. Ihre dunklen Locken fielen ihr leicht über die Schulter, ein strahlendes Lachen schlug mir entgegen, das zu sagen schien: ›Da siehst du es, mir kannst du nicht entkommen.‹

Ich bemerkte, wie der Kommissar Isabell auffallend musterte. Ob sie Rotfux wohl mit mehr überzeugt hatte als nur mit Worten? Wahrscheinlich ein lächerlicher Gedanke, aber seit meiner Verhaftung traute ich dem Kommissar alles zu.

»Dann bin ich also wieder frei?«, wollte ich wissen.

»Ganz noch nicht. Sie müssen mir noch unterschreiben, dass Sie Aschaffenburg nicht ohne meine ausdrückliche Erlaubnis verlassen.«

Konnte er das wirklich von mir verlangen? Doch nach einigem Nachdenken unterschrieb ich das Papier, welches Rotfux auf den Tisch vor mich gelegt hatte. Somit hatte es Isabell geschafft, dass ich von nun an unter ihrer Beobachtung stand und mich sogar bei Rotfux abmelden musste, wenn ich Aschaffenburg verlassen wollte.

Auf der Rückfahrt zu Brenners Haus fragte ich Isabell, ob sie etwas über die Augenklappe des Kommissars wüsste.

»Er ist verletzt worden«, sagte Isabell. »Es muss bei einer Fahndung im Frankfurter Rotlichtmilieu passiert sein. Genaueres hat er mir nicht erzählt. Er gibt sich sehr zurückhaltend in dieser Angelegenheit.«

Anschließend wollte Isabell genau wissen, wie es mir in Hamburg ergangen war, da wir bislang keine Gelegenheit gehabt hatten, darüber zu reden.

»War ganz nett«, hielt ich mich bedeckt. »Hamburg ist wirklich eine tolle Stadt.«

Paul hatte ich einen Kompass von meiner kleinen Reise mitgebracht und bald war er damit im Garten, um die Richtung zu peilen. Corinna spielte ihre Musik-CD, die ich für sie gekauft hatte, und Isabell rutschte unruhig auf ihrem Stuhl hin und her. Ich war mir ganz sicher, dass sie mich am liebsten ins Kreuzverhör genommen hätte. Irgendwann, als die Kinder schon im Bett waren, rückte sie endlich mit ihren Fragen heraus. Sie wollte wissen, ob ich Natalie erkannt hatte, was sie über mich wusste, ob ich sie wieder besuchen würde. Kaum hatte ich eine ihrer Fragen beantwortet, stellte sie die nächste. Ich verriet ihr natürlich nicht alles, vor allem erzählte ich nichts über meine Nächte mit Natalie. Ich ließ sie in dem Glauben, dass ich mir nicht ganz sicher sei, ob ich Natalie wirklich kannte, und darüber schien sie sehr erleichtert zu sein.

»Am besten bleibst du hier bei uns, da weißt du, was du hast«, sagte sie und lächelte mich an. »Aschaffenburg braucht seinen König und wir brauchen dich.«

Als König von Aschaffenburg hatte ich tatsächlich großen Erfolg. Je wärmer es wurde, desto mehr schwoll die Zahl der Besucher an. Jeden Sonntag pünktlich um 11 Uhr und um

14 Uhr hielt ich Audienz im Aschaffenburger Schloss und erzählte den kleinen und großen Besuchern eine Stunde lang Geschichten. Manchmal war es mir schon lästig, im purpurroten Umhang und mit der Krone aufzutreten. Aber sobald ich die Kinder mit roten Wangen sah, wie sie mit offenen Mündern vor mir saßen und begeistert Beifall klatschten, machte es mir jedes Mal großen Spaß, den König zu spielen. Für die Kleinen war ich ja wirklich der König. Aufgeregt kamen viele am Ende der Audienz zu mir und baten um Autogramme. ›König von Aschaffenburg‹ schrieb ich auf Prospekte, Bierdeckel oder sogar Schulhefte und blickte dabei in leuchtende Augen. Manchmal schrieb ich den Namen des Kindes hinzu, was dazu führte, dass sie besonders strahlten und das Autogramm mit meiner königlichen Unterschrift sofort Mutti und Papa oder Oma und Opa zeigten.

Zum Glück fielen mir ständig neue Geschichten ein. Allerdings machte ich eine interessante Entdeckung: Am besten gerieten sie, wenn ich sie im Schloss erfunden hatte. Manchmal ging ich deshalb mit einem kleinen Notizblock durch die Zimmerfluchten und überlegte. Die Leute tuschelten dann: »Hast du gesehen, der König.« Dazu zeigten die Kinder mit den Fingern auf mich. »Er denkt über seine Geschichten nach.«

Ich hatte bei meinen Audienzen erwähnt, dass die besten Geschichten im Schloss wohnten, dass man sie nur zum Leben erwecken müsse, da sie dort schliefen und auf ihren Entdecker warteten. Die Kinder glaubten das und ich glaubte es, ehrlich gesagt, auch, denn nirgendwo fiel mir mehr ein als in diesem Schloss.

›König braucht Zimmer im Schloss‹, titelte im April die örtliche Tageszeitung. Ich hatte der Zeitung ein Interview gegeben und die Sache mit den Geschichten erwähnt, welche im Schloss schliefen. Sofort schaltete sich der Oberbürgermeister ein und bereits Ende des Monats konnte ich das Turmzimmer im zweiten Obergeschoss des Aschaffenburger Schlosses beziehen. Hier hatte man einen zusätzlichen Schreibsekretär für mich aufgestellt, der zum Stil der vorhandenen Möbel passte, und hatte für Schreibtischlampe und Laptop gesorgt, sodass ich gut an meinen Geschichten arbeiten konnte.

Einzige Bedingung des Oberbürgermeisters war es, dass ich nur als echter König dort arbeiten dürfe, also mit königlichem Umhang und mit Krone. »Wir werden das Turmzimmer durch Kordeln für die Besucher sperren. Als König muss er es aber gestatten, dass die Besucher einen Blick über die Absperrkordeln auf ihn werfen, auch wenn er bei der Arbeit ist«, lachte er. »Das passt wunderbar zu unserem 400-jährigen Schloss-Jubiläum.«

Natürlich fand eine Einweihungsfeier mit Presse statt. Nach meiner 14-Uhr-Audienz am dritten Sonntag im April zog ich feierlich zum Turmzimmer, begleitet von allen Besuchern und der Presse. Anschließend überreichte mir der Oberbürgermeister symbolisch den Schlüssel für das Turmzimmer, ich nahm vor dem Schreibsekretär Platz und verteilte Autogramme.

»Ist das nicht toll?«, freute sich der Oberbürgermeister. »Unser Schloss lebt, die Stadt lebt, das ist Kultur zum Anfassen.«

11

Am nächsten Sonntag, bei meiner Audienz im Schloss, passierte etwas Merkwürdiges. Ich hatte in meiner üblichen
Verkleidung auf meinem Thronsessel Platz genommen, als
ich unter den Zuschauern eine junge Frau entdeckte, die ich
kannte. Sie saß in der ersten Reihe und lächelte mich an. Ich
lächelte unwillkürlich zurück. Ich kannte ihr Lächeln, kannte
ihren schwarzen Bubikopf, der ihr zierliches Gesicht mit der
kleinen Stupsnase einrahmte. Ich kannte ihre schönen Beine,
die in schwarzen Lackstiefeln steckten – ja, ich kannte sogar
ihr Jeanskostüm mit den silbernen Knöpfen. Aber woher
kannte ich sie? Es fiel mir nicht ein. Trotzdem: Zum ersten
Mal konnte ich mich so gut an jemanden aus meiner Vergangenheit erinnern. Am liebsten wäre ich aufgesprungen und
hätte mich sofort mit ihr unterhalten. Aber das ging natürlich
nicht. Zuerst musste ich Audienz halten. Die Kinder warteten wie üblich auf meine Geschichten und hätten Privatge-
spräche sicher nicht verstanden.

So erhob ich mich, grüßte die kleinen Zuschauer mit meinem Zepter, stellte mich als König von Aschaffenburg vor und
begann mit den Geschichten. Die junge Frau in ihrem Jeans-
kostüm hörte sehr interessiert zu. Manchmal kam es mir so
vor, als ob sie schlecht verstand. Dann zog sie ihre Stirn in
Falten, dachte krampfhaft nach und sah mich fragend an. Die
Kinder saßen auch an diesem Sonntag mit offenen Mündern
da. Sie verschlangen die Geschichten wie immer. Ich selbst
allerdings hatte Mühe, mich zu konzentrieren. Meine Gedanken kreisten um diese junge Frau, die ein Stück meiner Ver-

gangenheit zu sein schien, sie schlugen Purzelbäume in meinem Hirn, versuchten herauszufinden, woher ich diese Frau kannte – jedoch ohne Erfolg. Zum Ende der Audienz gab ich wie üblich Autogramme, schrieb meinen Namen auf Prospekte und auf Postkarten, die es sogar mit meinem Bild gab.

»Hallo, Bertram«, grüßte mich endlich die junge Frau.

Straßburg, schoss es mir durch den Kopf. Sie musste aus Straßburg sein, da sie mich Bertram genannt hatte.

»Hallo«, sagte ich, denn mir fiel ihr Name nicht ein.

»Können wir uns unterhalten?«, fragte sie auf Französisch. Sie sprach perfekt Französisch.

Ganz automatisch sprach ich jetzt auch Französisch, sodass mich einige Kinder und Eltern, die noch um uns herumstanden, ganz seltsam ansahen.

»Komm mit«, sagte ich zu ihr. »Ich muss noch zu meinem Turmzimmer. Oskar wartet dort.«

»Du hast Oskar noch?«, wunderte sie sich.

»Er hat mich aus dem Main gerettet«, sagte ich und löste damit noch größere Verwunderung bei ihr aus.

Sie kannte Oskar, dem ich offensichtlich seinen richtigen Namen gegeben hatte. Wahnsinn! Die Tür zu meiner Vergangenheit schien etwas weiter aufgestoßen zu sein, eine Tür zur Gegenwart, eine Tür in mein neues Aschaffenburger Leben.

Auf unserem Weg zum Turmzimmer zogen wir natürlich einen ganzen Schwarm von Kindern hinter uns her, die mich begleiten wollten. Sie drängten sich um mich. Ich fühlte ihre kleinen Hände an meinem Mantel, die zaghaft den roten Samt befühlten. Ich sah leuchtende Kinderaugen, die meine Krone aus der Nähe betrachteten. Ich hörte die Kinder flüstern: »Ich glaube, er geht zu seinem Zimmer. Dort schreibt er die Geschichten.« Eine knisternde Spannung lag in der Luft. Diese Begeisterung meiner kleinen Anhänger war so wunderbar, dass ich sie niemals mehr missen wollte.

Beim Turmzimmer hob ich die goldene Kordel von ihrem Haken, öffnete den Durchgang, ging zu meinem Arbeitsplatz und hängte die Kordel wieder ein. Oskar schob seinen kleinen Kopf mit den großen Dackelohren aus seinem Körbchen, sprang auf, wedelte mit dem Schwanz, kam auf mich zu, hüpfte an mir hoch und begrüßte mich. Dann geschah das Unglaubliche: Er streckte seine Nase in die Höhe, ich sah, wie die kleine dunkle Nasenspitze sich schnüffelnd in der Luft bewegte, er machte eine Kehrtwendung und stürzte sich auf die junge Frau aus Straßburg, die zwischen den Kindern hinter der goldenen Kordel stand.

»Oskar, mein Süßer«, freute sie sich.

Man konnte sehen, dass der Hund sie kannte. Er sprang an ihr hoch und wedelte wie ein Weltmeister mit dem Schwanz.

Die Kinderschar beobachtete währenddessen mich. Ich wusste, dass sie jetzt noch etwa eine Viertelstunde zuschauen würden, bevor es ihnen langweilig wurde. So lange musste ich noch König bleiben und Geschichten an meinem Sekretär schreiben, erst danach konnte ich mich umziehen.

Endlich war es so weit. Ich legte meine Krone auf den Tisch mit der Marmorplatte, warf den purpurroten Mantel über einen Sessel und ging auf die junge Frau im Jeanskostüm zu, die ganz allein hinter der goldenen Absperrkordel stand.

»Ich freue mich sehr«, sagte sie und streckte mir ihren hübschen Mund entgegen, der einen Kuss von mir erwartete.

»Ich auch«, sagte ich, »ich weiß deinen Namen aber leider nicht mehr.«

Sie sah mich verwundert an und konnte ihre Enttäuschung kaum verbergen. »Melanie. Melanie aus Straßburg.«

»Melanie«, murmelte ich und ließ mir den Namen auf der Zunge zergehen. Ja, diesen Namen kannte ich. Meine Stimmbänder erinnerten sich. Melanie hatten sie schon oft gesagt, tags und nachts und immer wieder.

»Und du kennst Oskar?«, fragte ich sie.

»Natürlich kenne ich Oskar. Du hattest ihn doch immer bei dir.«

»Wo hatte ich ihn bei mir?«, fragte ich.

»Wenn du mich in Straßburg besuchtest. Du bist mit dem Zug gekommen und Oskar war immer mit dabei.«

Ich konnte es nicht fassen. Sie erzählte da mit einer Selbstverständlichkeit aus meiner Vergangenheit. Dabei saß Oskar neben ihr und schaute an ihr hoch, als ob er schon immer so neben ihr gesessen hätte. Ich zitterte innerlich, hätte sie am liebsten sofort in die Arme genommen, wollte ihr viele Fragen über mich stellen, wusste aber nicht einmal, wo ich anfangen sollte.

»Was sollen wir tun? Wie lange hast du Zeit?«, fragte ich sie.

»Ich wollte nur sehen, wie es dir geht«, erklärte sie. »Heute Abend fahre ich wieder zurück. Morgen früh muss ich zur Arbeit.«

»Wo arbeitest du?«

»Im Kaufhaus Galeries Lafayette, das weißt du doch«, antwortete sie.

Doch ich wusste nichts. Obwohl mir Melanie so bekannt vorkam wie kein anderer Mensch auf der Welt, konnte ich mich an keine Einzelheiten erinnern. Ich dachte krampfhaft nach, versuchte mich zu erinnern, wo sie wohnte, versuchte mich zu erinnern, woher ich sie kannte – ohne Erfolg.

»Ich kann mich leider an nichts mehr erinnern«, sagte ich, »weiß nicht einmal meinen Namen.«

»Aber du heißt doch Bertram«, sagte sie.

»Und weiter? Wie ist mein Nachname? Weißt du ihn?«

»Mhmm …«, sie zögerte. »Nein, tatsächlich nicht. Du hast nie viel von dir erzählt. Ich durfte dich nur auf dem Handy anrufen und habe dich nie besucht.«

»Siehst du«, sagte ich, »und das ist jetzt mein Problem. Es

hat sich niemand gemeldet, der mich wirklich kennt und mir sagen kann, wer ich bin. Es ist schrecklich, Melanie.«

»Aber ich kenne dich doch und ich liebe dich«, protestierte sie. »Wenn ich nur wüsste, wieso du so abweisend bist. Nicht einmal einen Kuss hast du mir gegeben.«

Sie kam wieder ganz dicht auf mich zu, ich sah das Leuchten in ihren dunkelbraunen Augen, die wie zwei Sterne funkelten, und dann spürte ich ihre Lippen auf den meinen und wusste, dass ich sie nicht zum ersten Mal küsste.

»Siehst du«, erklärte sie stolz. »Das ist deine Vergangenheit.«

Ich konnte ihr natürlich schlecht erzählen, dass es da auch noch Natalie in Hamburg und einige weitere Zuschriften gab, die ich erhalten hatte.

»Ja, du musst mir bitte alles über unsere Vergangenheit erzählen«, antwortete ich nur und küsste sie zum zweiten Mal.

Wir verließen das Schloss. Die Angestellte an der Kasse sah uns erstaunt nach, wahrscheinlich weil wir Französisch sprachen. Sie kannte mich und wunderte sich vielleicht auch über meine hübsche Begleitung.

»Wollen wir zum Pompejanum spazieren?«, fragte ich Melanie.

»Ich weiß nicht …, wenn es da schön ist. Eigentlich ist es mir nicht wichtig, wo wir hingehen«, antwortete sie. Dann sah sie mich unsicher an. »Wir müssen aber aufpassen, dass wir nicht verfolgt werden. Seit du verschwunden warst, habe ich immer das Gefühl, dass zwei Männer hinter mir her sind: Dunkle Haare, dunkle Hautfarbe, südländische Typen, vielleicht aus Algerien. Sie lassen mir keine Ruhe.«

»Und du meinst, dass sie auch nach Aschaffenburg gekommen sein könnten?«

»Ich weiß es nicht«, sagte Melanie leise und sah sich unsicher um. »Ich habe so ein komisches Gefühl.«

Wir gingen die Treppen hinab zur Mainterrasse und blieben eine Zeit lang an der Brüstung der Wappenmauer des Schlosses stehen. Ein Lastkahn tuckerte vorbei, Ausflügler saßen im Biergarten des Schlosskellers unter alten Bäumen und ein Stück flussabwärts war das Pompejanum zu sehen. Freundlich lag es in der Sonne, hoch über dem Fluss und den Weinbergen. Da wächst also der berühmte Pompejaner, den mir der Oberbürgermeister angeboten hat, dachte ich. Durch den Kapuzinergang, diesen romantischen Laubengang auf der alten Stadtmauer, gingen wir darauf zu.

»Es ist schön hier«, sagte Melanie.

Der Blick ging über den Main bis zu den Ausläufern des Spessarts. Links grüßte das Schloss, rechts das Pompejanum und unterhalb zog der Main seine Bahn.

»Ja, es ist wunderbar«, stimmte ich Melanie zu.

Für kurze Zeit waren wir die Einzigen im Kapuzinergang. Eine Amsel trug Gräser für ihr Nest zusammen und Oskar schnüffelte an der Mauer entlang, hob alle paar Meter sein Bein und hinterließ seine Duftmarken.

»Bevor du verschwunden bist, muss etwas Wichtiges geschehen sein«, sagte sie, »denn seit dieser Zeit werde auch ich beobachtet.«

»Wie meinst du das?«

»Sie beobachten mich, verfolgen mich.«

»Auch jetzt?«

»Ich weiß es nicht«, seufzte Melanie. »Ich habe immer das Gefühl, dass sie da sind, auch wenn ich sie nicht sehen kann.«

Sie trat dicht an mich heran. Wir standen beim Stamm einer uralten Eiche, die seitlich des Fußwegs knorrig in die Höhe strebte. Ich fühlte die Kraft des Baumes. Es war mir angenehm, durch ihn etwas Sichtschutz zu haben. Dann klammerte sich Melanie an mich und küsste mich, als ob sie dadurch ihre Angst vertreiben wollte. Sie sagte mir, dass sie ewig auf mich warten würde, dass sie ganz verzweifelt war, als sie so lange nichts mehr von mir gehört hatte und dass sie mich einfach sehen musste, nachdem sie erfahren hatte, dass ich der König von Aschaffenburg sei.

»Bist du denn nicht verheiratet?«, fragte ich sie.

»Nein, das weißt du doch, Bertram«, sagte sie entrüstet.

»Und du hast auch keinen Freund?«

»Nein, natürlich nicht. Nur dich, nur dich allein.«

Ich bekam ein ganz schlechtes Gewissen, als sie das sagte. Ich dachte an Natalie und an die vielen Zuschriften und fragte mich, wie ich zu all diesen hübschen Frauen gekommen war.

Wir hatten inzwischen das Pompejanum erreicht. Dreistöckig lag dieses römische Wohnhaus über dem Main in der Sonne. Tonkübel mit Agaven, rankende Glyzinien an der Südfassade und der Weinberg unterhalb machten einen fast glauben, man sei in Italien.

»Weißt du, ob ich verheiratet bin …« Mir stockte der Atem. »Oder weißt du sonst noch irgendetwas über mich?«, fragte ich Melanie.

»Ich glaube, dass du verheiratet bist«, kam leise die Antwort.

»Und – das macht dir nichts aus?«

»Ich weiß es ja nicht sicher«, sagte Melanie. »Ich glaube es nur. Und außerdem liebe ich dich – so oder so.«

»Und warum glaubst du es?«

»Weil ich immer schon den Eindruck hatte, dass du ein Geheimnis hütest. Nie durfte ich dir schreiben, immer nur auf dem Handy anrufen, und manchmal musstest du früher weg, als wir es vereinbart hatten. Was sonst sollte der Grund sein?«

Ich hatte das Gefühl, dass sie nicht mehr wusste, bohrte aus diesem Grund nicht weiter, sondern wechselte das Thema. Wir sprachen über die Zukunft. Sie wünschte sich, dass ich zu ihr kommen würde. Von Heirat sprach sie nicht, aber ich war mir sicher, dass sie an eine Beziehung dachte. Sie bot mir an, bei ihr zu wohnen, in einer kleinen Wohnung über den Dächern von Straßburg.

»Ich muss das erst alles noch verarbeiten«, sagte ich, um Zeit zu gewinnen.

»Dann besuch mich wenigstens in Straßburg oder lass uns noch einmal nach Paris fahren!«, bettelte sie.

»Wollen wir das Pompejanum besichtigen?«, fragte ich schnell, um abzulenken.

Unsicher sah sie sich wieder in alle Richtungen um.

»Na gut«, gab sie zurück, doch anscheinend war ihr nicht ganz wohl dabei.

Wir lösten Tickets an der Kasse und traten anschließend in das Atrium. Die Büsten von Caesar und Augustus begrüßten uns. Ich war beeindruckt von der Großzügigkeit und Offenheit dieser Säulenhalle, deren Lichtöffnung durch ein Glasdach verschlossen war. Mein Blick wanderte zur bemalten Kassettendecke, die in harmonischen Farben strahlte. Auch die übrigen Räume, Statuen, Vasen und sonstigen Utensilien beeindruckten mich sehr. Allerdings war ich mit meinen Gedanken mehr bei mir und Melanie als bei der Besichtigung.

Melanie ging es wohl ähnlich. Unruhig sah sie immer wieder zum Eingang, wo sie wahrscheinlich ihre Verfolger vermutete. Erst als wir die verschiedenen Schlafräume im Obergeschoss durchstreiften, beruhigte sie sich etwas, da hier oben niemand sonst war. Wir traten in den großzügigen Raum der Hausfrau. Sein prachtvoller Mosaikfußboden beeindruckte mich sofort. Ich spürte Melanie an meiner Hand, bewunderte die Schönheit dieses Raumes und fühlte mich einen Moment lang entführt in eine andere Welt, in die Traumwelt des Bayerischen Königs Ludwig I., der dieses Aschaffenburger Kleinod hervorgebracht hatte.

›Ich werde ewig auf dich warten‹, klangen mir Melanies Worte im Ohr. Selbst als ich sie schon längst zum Bahnhof gebracht hatte, geisterte dieser Satz durch meinen Kopf und ließ mir irgendwie keine Ruhe.

12

Müde kehrte ich mit Oskar zu Brenners Haus zurück. Der kleine Kerl freute sich, wieder zu Hause zu sein. Er sauste wie ein Wirbelwind durch die ganze Wohnung, begrüßte Isabell und die Kinder, marschierte in die Küche, trank aus seinem Napf und legte sich anschließend zufrieden auf seinen Platz in der Diele.

Nur sonst schien trübe Stimmung zu herrschen.

»Ulrich geht es sehr schlecht«, sagte Isabell leise. »Er hat schon den ganzen Tag nach dir gefragt.«

Es klang ein wenig vorwurfsvoll, als sie das sagte und ich bekam ein ganz schlechtes Gewissen. Paul und Corinna waren auffallend still. So kannte ich sie gar nicht. Ich wusste nicht, was ich sagen sollte.

»Es tut mir leid«, stammelte ich nur. »Ich kann ihn sofort besuchen, wenn du willst.«

»Vielleicht wäre das gut«, meinte Isabell. »Ich komme zwar gerade aus der Klinik zurück, aber vielleicht fahren wir besser noch mal, bevor es zu spät ist.« Sie sagte das so dramatisch, dass ich richtig Angst bekam.

Also wusch ich mir Hände und Gesicht, zog ein frisches Hemd an und war in wenigen Minuten mit Isabell auf dem Weg in die Klinik.

»Steht es wirklich so schlimm?«, fragte ich unterwegs, da ich in Gegenwart der Kinder diese Frage nicht hatte stellen wollen.

Isabell schluchzte. Das genügte als Antwort und ich fragte nicht mehr weiter. Wir gingen still durch die abendlichen

Gänge der Klinik, fuhren mit dem Aufzug zur Station, ich brachte kein Wort mehr hervor, denn ich hatte Angst, etwas Falsches zu sagen. Vor der Tür zögerten wir einen Augenblick, Isabell klopfte und drückte die Klinke herunter. Sie schob mich förmlich ins Zimmer vor Ulrichs Bett. Danach beugte sie sich tief zu ihm herunter und sagte ziemlich laut in sein Ohr: »Johann ist da.«

Ich begriff, dass ich damit gemeint war, obwohl ich diesen Vornamen beinahe vergessen hatte, auch wenn er in meinem Ausweis eingetragen war.

»Hallo, Ulrich«, sagte ich ebenso laut wie vorhin Isabell.

Seine Haut sah aus wie Pergament, sein Gesicht war eingefallen und machte den Eindruck, dass es nur noch aus Haut und Knochen bestand. Langsam öffnete Ulrich die Augen und den Mund.

»Gut, dass du endlich da bist«, konnte ich verstehen, wobei ich es mehr von seinen schmalen blauen Lippen ablas.

Das Sprechen schien ihn sehr anzustrengen, denn er atmete schwer und Schweiß stand auf seiner Stirn. Er hob die Finger der linken Hand und ich verstand, dass ich ganz dicht zu ihm kommen solle. Also nahm ich einen Stuhl, setzte mich direkt vor sein Bett und beugte mich ganz dicht über ihn, sodass sich unsere Nasenspitzen fast berührten. Ich spürte seinen Atem, der säuerlich roch, beinahe wie verwestes Fleisch, jedenfalls kam es mir so vor. Aber in diesem Augenblick störte es mich nicht. Ich sah nur seine wässerigen, blassblauen Augen, aus denen er mich ansah.

»Du musst dich um Isabell kümmern«, sagte er etwas lauter. Vielleicht hatte ich lediglich den Eindruck, als ob es lauter war. Diese Worte hinterließen das Gefühl, dass er sie mit letzter Kraft in sein Krankenzimmer geschrien hatte, damit ich sie niemals vergessen würde.

»Das ist doch klar«, sagte ich so laut, dass man es wahrscheinlich trotz der schweren Zimmertüren noch auf dem Gang der Station hören konnte.

Er sah mich an. Seine Augen flatterten. Schon kroch mir die Angst den Nacken hinauf, dass das Licht darin erlöschen könnte. Doch zum Glück sprach er weiter. »Versprich es mir«, sagte er mit einer Entschlossenheit in seinem Blick.

Ich wusste nicht, was ich entgegnen sollte. Irgendwie fühlte ich mich bedrängt. Ein solches Versprechen im Angesicht des Todes abzugeben, war mir unangenehm. Aber er ließ nicht locker.

»Gib mir die Hand und versprich es mir.«

Isabell stand am Fußende des Bettes und beobachtete uns.

»Natürlich«, sagte ich, »ich werde ihr helfen.«

Doch Ulrich schien damit nicht zufrieden zu sein. Er sah mich flehend an, anscheinend hatte er seit Stunden auf mich gewartet. Sein Atem ging schwer und dann quälte er nochmals diese drei Worte aus sich heraus: »Versprich es mir!«

Erschöpft sank er in sich zusammen und tat mir im selben Augenblick unendlich leid. Ich hätte ihm augenblicklich alles versprochen. Dies war sein letzter Kampf, den er unglaublich tapfer kämpfte. Er wusste genau, was er wollte, und es war zwecklos, ihm irgendwie ausweichen zu wollen. Ich sah, dass Tränen über seine Wangen rollten. Ich sah diesen schwachen, fast schon leblosen Körper, merkte, dass er kaum noch die Zunge bewegen konnte, und schließlich sagte ich, was er hören wollte, laut und deutlich: »Ich verspreche es.« Dabei drückte ich ganz fest seine Hand.

Ich spürte den Gegendruck seiner Finger, der nur kurz anhielt. Ich hörte noch ein leises »Danke«, das als letztes Wort über seine Lippen kam. Daraufhin erschlafften seine Finger, seine Hand sank auf die Bettdecke, sein Kopf fiel zur Seite, seine letzten Tränen rollten auf sein Kissen und sein Blick war still ins Leere gerichtet.

»Mein Gott, er ist tot!«, brach Isabell in sich zusammen. »Er hatte nur auf dich gewartet. Stündlich hat er nach dir gefragt. Es war grausam.«

Ich ging auf sie zu und nahm sie in den Arm. »Es tut mir leid, Isabell. Er hat jetzt seinen Frieden. Zum Glück kam ich noch rechtzeitig, um ihm seinen Wunsch abzunehmen.«

Ich sagte ›seinen Wunsch‹, denn so ganz sicher war ich mir noch nicht, ob es auch mein Wunsch war. Im Moment war das jedoch nebensächlich. Wir schlossen ihm gemeinsam die Augen und dabei bemerkte ich, dass er noch warm war, und ich hatte das Gefühl, dass er noch mehr lebte als tot war. Ich strich ihm übers Haar und über seine Stirn. Dann nahm ich seine Hand und sagte nochmals ganz laut in sein Ohr: »Ich verspreche es.«

Es war mir, als ob ich noch etwas Gegendruck spürte. Vielleicht bildete ich es mir auch nur ein. Aber ich war ziemlich sicher, dass er es noch gehört hatte, denn seine strengen Gesichtszüge entspannten sich und er sah auf einmal friedlicher aus.

Isabell stand hinter mir. Sie hatte ihre Hand auf meine Schulter gelegt.

»Wir müssen es der Stationsschwester melden«, sagte sie.

»Ja, ich kann das übernehmen«, bot ich an.

»Gut, dann bleibe ich bei ihm.«

Wir hatten wohl beide das Gefühl, ihn jetzt noch nicht allein lassen zu dürfen, und deshalb ging ich zur Stationsschwester und meldete, dass Ulrich Brenner verstorben sei, jedenfalls, dass wir das glaubten. Die Schwester benachrichtigte die Stationsärztin, die bald darauf erschien, sogar mit dem Oberarzt, der gerade zufällig auf der Station war. Der Tod wurde festgestellt. Alle sprachen Isabell das Beileid aus, die erstaunlich gefasst war, dann fuhren wir wieder zu Brenners nach Hause.

»Wie sag ich's nur den Kindern?«, weinte Isabell auf der Rückfahrt.

»Das wird schon. Wenn du willst, werde ich dir dabei helfen«, versuchte ich sie zu trösten.

Als ich an diesem Abend endlich im Bett lag, war ich sehr müde und konnte dennoch nicht einschlafen. Seltsamerweise hatte ich das Gefühl, dass Ulrich bei mir im Zimmer wäre und sich mit mir unterhalten wollte.

Ich hatte die Rollläden oben gelassen und den rechten Fensterflügel gekippt. Der leichte Wind bewegte die Vorhänge, die vom Licht der Straßenlaterne erhellt wurden. Ein Schatten huschte am Fenster vorbei. Dann knackte es, als ob jemand auf einen trockenen Zweig getreten wäre. Ich hielt den Atem an.

»Hallo!«, hörte ich es von draußen leise rufen.

Ich schlich zum Fenster, zog den Vorhang zurück und spähte in die Nacht. Doch nichts Ungewöhnliches war zu sehen. Der Ahornbaum hatte mit seinem Blütenstaub eine gelbliche Puderschicht auf den parkenden Autos hinterlassen, die Zweige des Schmetterlingsflieders neben dem Gartentor bewegten sich im Wind, sonst fiel mir nichts auf. Also ließ ich den Vorhang wieder fallen und legte mich zurück ins Bett.

Oskar schlief in seinem Körbchen. Er lag auf dem Rücken und streckte alle viere von sich, was er nur tat, wenn er mit allem sehr zufrieden war.

Wahrscheinlich fange ich an zu spinnen, dachte ich. Da war niemand vor dem Fenster gewesen, also konnte da auch keine Stimme sein, und an Geister glaubte ich nun wirklich nicht. Im nächsten Augenblick hörte ich wieder das leise Rufen.

»Hallo!«, kam es wiederholt von draußen.

»Hallo!«, antwortete ich unwillkürlich.

Dann wieder Stille. Totenstille.

Ich schlich dieses Mal nicht mehr zum Fenster, sondern blieb ganz ruhig in meinem Bett liegen und lauschte. Nichts rührte sich.

Ich dachte an Ulrich, überlegte mir, ob sie ihn bereits in einen Sarg gelegt hatten oder ob er in einer dieser Boxen gekühlt wurde, wie man sie aus Krimis kannte, zugedeckt mit einem weißen Tuch und mit einem Namensschild an der großen Zehe.

»Hallo«, hörte ich es wieder. Irgendwie wurde mir die Sache langsam unheimlich. Ich konnte mich nicht erinnern, mit Toten gesprochen zu haben, aber dieser hier wollte offensichtlich keine Ruhe geben.

»Hallo«, sagte ich also nochmals.

»Versprich es mir«, forderte die Stimme leise.

Es kam mir vor, als ob der Vorhang sich wie durch einen Luftzug bewegt hatte, obwohl ich sonst nichts sehen konnte.

Dieses ›Versprich es mir‹ konnte nur von Ulrich stammen. Ich war sicher, dass er hier war, und zog darum meine Zudecke bis zum Hals, denn ich begann mich zu fürchten.

»Wo steckst du?«, fragte ich in die Dunkelheit.

»Kannst du mich nicht sehen?«, fragte die Stimme leise. »Ich stehe direkt neben deinem Bett. Streck die Hand heraus, dann werde ich dich berühren.«

Meine Hand war plötzlich schwer wie Blei. Ich versuchte sie zu bewegen, aber es ging nicht. Wie erstarrt lag ich im Bett und lauschte.

Oskar schlief seelenruhig weiter, was mich daran zweifeln ließ, ob Ulrich tatsächlich im Raum war. Normalerweise hätte der Hund angeschlagen, wenn irgendetwas Ungewöhnliches im Zimmer gewesen wäre.

»Ich kann meine Hand nicht ausstrecken«, flüsterte ich. Eigentlich wollte ich gar nicht flüstern, sondern laut und deutlich sprechen, doch es ging nicht. Wahrscheinlich wollte ich die Totenruhe nicht stören und begann deshalb zu flüstern.

»Ich werde deine Stirn berühren«, hörte ich jetzt Ulrichs Stimme.

»Nein, bitte nicht«, brach es aus mir heraus. Ich hatte auf einmal höllische Angst vor der Berührung, obwohl ich mir das heute nicht mehr erklären kann. Meine Angst war so groß, dass ich mich unter der Bettdecke verkroch.

»Versprich es mir«, hörte ich wieder die Stimme.

»Ja, ja, ja, ich verspreche es!«, schrie ich. Diesmal klang meine Stimme laut und deutlich, vielleicht weil ich unter der Bettdecke mir fast selbst in die Ohren brüllte.

»Danke«, hörte ich Ulrichs Stimme. Dann war es mir, als ob der Fensterflügel schlug, es knackte wieder vor dem Fenster und endlich war es ganz still. Langsam kam ich zu mir, konnte meinen Arm wieder bewegen, schob den Kopf wieder unter der Bettdecke hervor und sah um mich.

Oskar lag wie ein kleiner Hundeengel in seinem Körbchen. Seine Brust hob und senkte sich und er schien tief zu schlafen. Die Straßenlaternen waren inzwischen erloschen, der Fenstervorhang bewegte sich leicht im Wind und sah im fahlen Mondlicht noch durchsichtiger aus als sonst.

Es hat ihm keine Ruhe gelassen, dachte ich. Er war in der Nacht seines Todes zu mir gekommen, ausgerechnet zu mir, dem Namenlosen, und hatte mir nochmals das Versprechen abgenommen. Ich lag noch lange wach, achtete auf jedes Geräusch, dachte, dass es dumm war, sich unter der Bettdecke zu verkriechen, nahm mir vor, ihm bei nächster Gelegenheit mutig entgegenzutreten, aber es gab keine nächste Gelegenheit, alles blieb still.

Irgendwann musste ich wohl eingeschlafen sein, aber ich träumte die ganze Nacht wirres Zeug. Mal sah ich Ulrich mit Melanie in Straßburg, mal lag ich im Sarg in der Stiftskirche und Ulrich stand davor, mal schritt ich als König durch das Aschaffenburger Schloss, aber nicht die Kinder lauschten meinen Geschichten, sondern hässlich klappernde Skelette aus der Unterwelt. Schweißgebadet und gerädert wachte ich morgens auf. Ich machte mich schnell frisch und wollte mit Oskar Gassi gehen. Als mir Isabell mit verweinten Augen auf dem Flur begegnete, wusste ich nicht, was ich sagen sollte.

»Ich muss gleich mit Oskar raus«, murmelte ich nur und drückte mich an ihr vorbei. Ich war erleichtert, für einen kurzen Augenblick dieses Trauerhaus verlassen zu können, und zog Oskar zum nächsten Ahornbaum, an dem er sein Bein hob und ausgiebig pinkelte.

13

Am Tag von Ulrichs Beerdigung lag ich nach einer unruhigen Nacht in meinem Bett und hörte, dass es an meiner Zimmertür klopfte.

»Hallo, Johann!«, rief Isabell.

»Ja, was gibt es?«

Oskar war jetzt auch aufgewacht und bellte. Ich öffnete die Tür einen Spalt und sah Isabell in ihrem schwarzen Kostüm vor meinem Zimmer stehen. Vorwurfsvoll sah sie mich an.

»Es ist schon spät. Du hast verschlafen«, sagte sie. »Wir müssen bald los.«

»Tut mir leid«, stammelte ich. »Ich mach mich ganz schnell fertig.«

Ich fühlte mich müde und erschöpft. Der Schlafanzug klebte mir am Körper und ich war froh, als ich endlich unter der Dusche stand. Ich rasierte mich in Windeseile, zog meinen dunklen Anzug an, mit dem sie mich aus dem Main gefischt hatten, und erschien etwas verspätet zum Frühstück. Die ganze Familie saß bereits am Tisch. Alle in Schwarz, sogar Corinna und der kleine Paul. Nur ein Platz war noch frei, direkt neben Isabell.

»Tut mir leid, dass ich mich verspätet habe«, sagte ich und setzte mich. Isabell sah gut aus in ihrem schwarzen Kostüm, zwar ziemlich blass, aber sehr hübsch. Wäre der Anlass nicht so traurig gewesen, hätte ich mich sicher gefreut, neben ihr zu sitzen.

Die Gespräche drehten sich nur um Ulrich und sein gutes Herz, und je mehr er gelobt wurde, desto schlechter kam ich mir vor. Er hatte sich wirklich bis zum letzten Atemzug für seine Familie eingesetzt. Aber ich? Unsicher begleitete ich Isabell und die Kinder zum Friedhof. Während der Aussegnungsfeier saß ich neben ihr und blieb an ihrer Seite auf dem Weg zum Grab, so wie sie es gewünscht hatte. Ich hatte das Gefühl, ihr das jetzt schuldig zu sein. Als der Sarg in die Erde gelassen wurde, klammerte sich Isabell an meiner Hand fest und ließ ihren Tränen freien Lauf. Auch ich war zutiefst bewegt und fühlte, wie auch mir die Tränen über die Wangen rannen.

Ich trat mit Isabell an Ulrichs Grab, hielt sie am linken Arm, dachte einen Moment lang, dass sie sich in das Grab stürzen würde, so verzweifelt, wie sie war. Aber ich hielt sie fest und zog sie sanft zurück vom Rand des Grabes. Von Tränen überwältigt, warf sie einen Strauß roter Rosen auf den Sarg, einen letzten Gruß, mit dem sie Ulrich ihre Liebe zeigte. Es war mir plötzlich nicht mehr unangenehm, neben Isabell zu stehen. Ich war sogar froh, sie an der Hand zu halten. Selbst in ihrer Schwäche gab sie mir Kraft, ein Stück Geborgenheit für mich, den Namenlosen. Ich fühlte, dass ich solche Beerdigungen kannte. Das Läuten der Glocken, das Gemurmel der Betenden, der Gesang der Trauergemeinde, die Schritte der Trauernden auf dem Kies der Friedhofswege, das Schluchzen der Angehörigen bei den Abschiedsworten am Grab – das alles kannte ich. Ich drückte Isabells Hand. Sie drückte zurück.

»Es wird schon wieder«, sagte ich.

Sie schluchzte nur. Dann standen wir etwas abseits, sahen zu, wie die Trauergemeinde am offenen Grab vorbeizog, wie die Blumensträußchen geworfen wurden, bis der Sarg mit einem Meer von Blumen bedeckt war. Wenn man jung stirbt, ist die Trauer größer, dachte ich. Viele Gäste kamen zu Isabell und sprachen ihr das Beileid aus. Einige schüttelten auch mir die Hand. Manche sahen mich dabei seltsam an und ich konnte mir vorstellen, was sie dachten. Ab und zu hörte ich auch: »Ist das nicht der König von Aschaffenburg?« Dann freute ich mich innerlich, obwohl ich mir nichts anmerken ließ.

»Ich glaube, es wird bald regnen«, sagte irgendwann Ulrichs Vater, der hinter uns stand.

Ich sah nach oben. Dunkle Wolken hatten sich am Himmel zusammengezogen, die sich dick und aufgeplustert über den Friedhof schoben. An den Rändern waren sie weiß und wurden von der Sonne etwas angeleuchtet. Wenig später fielen die ersten Tropfen. Nachdem die letzten Trauergäste sich verabschiedet hatten, hasteten auch wir zum Parkplatz.

»Danke, dass du bei mir geblieben bist«, sagte Isabell auf der Fahrt zum Restaurant, in dem der Leichenschmaus stattfinden sollte.

Ich spürte, dass sie mich mochte, und fragte mich, ob das gut war. Bisher hatte Ulrich zwischen uns gestanden, aber jetzt? Er hatte mich förmlich in ihre Arme getrieben, mich gebeten, dass ich mich um sie kümmern sollte, was immer das auch bedeutete.

Ich nahm auch im Restaurant neben ihr Platz und spielte meine Beschützer-Rolle.

Später am Nachmittag kehrten wir zum Haus zurück. Alle Trauergäste hatten sich verabschiedet, nur die Eltern von Ulrich blieben noch.

»Wir wollen etwas mit Paul und Corinna spielen«, hatte Ulrichs Vater gesagt, den ich vom ersten Augenblick an mochte. Er wusste, was im Moment wichtig war, und hatte große Ähnlichkeit mit Ulrich.

»Isabell muss erst einmal zu sich selbst finden«, sagte er. »Da ist es gut, wenn wir noch ein paar Tage für die Kinder da sind.«

Mir war das sehr recht, denn insgeheim fürchtete ich mich davor, plötzlich ganz allein mit Isabell unter einem Dach zu wohnen. Zwar lebte ich schon seit Monaten bei ihr, allerdings war Ulrich doch immer mehr oder weniger präsent gewesen. Das hatte sich mit seinem Tod natürlich radikal geändert. Deshalb war ich froh, dass Brenners für eine Weile blieben.

Am Abend wollte Isabell nochmals zum Friedhof.

»Das Grab wird jetzt geschlossen sein«, sagte sie. »Ich möchte gern hin und sehen, wie es mit den Kränzen aussieht.«

Sie sah mich auffordernd an und ich wusste, was das bedeutete.

»Geht nur«, sagte ihre Schwiegermutter, »wir bleiben bei den Kindern.«

Also fuhren wir zum Altstadtfriedhof und besuchten Ulrichs Grab, das ziemlich weit vom Eingang entfernt in Richtung der alten jüdischen Gräber lag. Es wurde bereits dämmrig und Isabell hakte sich bei mir unter. »Ich finde es unheimlich bei Dunkelheit auf dem Friedhof«, sagte sie und drängte sich etwas dichter an mich.

»Aber du wolltest doch hierher«, antwortete ich.

»Ja, schon, wegen Ulrich. Aber ohne dich würde ich vor Angst sterben.«

Wir gingen am Kriegerdenkmal vorbei, durchschritten die Reihen der Gedenksteine, die dort wie angetretene Soldaten standen, die Trauerbirken wölbten ihr zartgrünes Blätterdach über uns, dann wendeten wir uns nach links um eine Hecke herum und standen vor Ulrichs Grab. Es war geschmückt mit einem Berg von Kränzen.

»Schön sieht das aus«, sagte Isabell, »so hat er in der Nacht wenigstens etwas Schutz vor der Kälte.«

Im nächsten Augenblick stieß sie mich in die Seite. »Da, sieh mal.«

Jetzt entdeckte ich es auch. Ganz oben auf dem Grabhügel lag ein Kranz mit blutroten Rosen und einer schwarzen Schleife, auf der geschrieben stand: ›Wir kriegen dich!‹

Unwillkürlich zuckte ich zusammen, sah mich in alle Richtungen um und duckte mich. Ich hatte Angst. Nicht vor der Dunkelheit, sondern vor meinen Verfolgern.

»Komm«, sagte ich nur und zog Isabell in Richtung Friedhofsausgang. So schnell hatte ich einen Friedhof noch nie verlassen. Wir hasteten am Kriegerdenkmal vorbei, sahen den geöffneten Flügel des schweren Metalltores am Eingang, die Friedhofsgärtnerei auf der gegenüberliegenden Straßenseite und das Grab von Clemens von Brentano, das ich mir am Nachmittag im Vorbeigehen angesehen hatte. Wir rannten zum Passat, Isabell entriegelte, wir stiegen ein und rasten los. Die Straßen waren um diese Zeit leer. Ich sah mich um und bemerkte, dass uns ein dunkelblauer Mercedes folgte.

»Gib Gas!«, trieb ich Isabell an.

Sie donnerte um den Kreisverkehr an der Wermbachstraße, hinauf zur Sandkirche, hinein in die Fußgängerzone, quer durch den Roßmarkt, am Herstallturm rechts hinein in den Schöntal Park. Das war natürlich verboten, aber jetzt egal. Über die gekiesten Wege raste der Passat am Ententeich vorbei durch die Parkanlage. Einige der Vögel flogen auf, die eine solche Höllenfahrt sicher noch nie erlebt hatten. Isabell fuhr kaltschnäuzig. Sie hatte das Lenkrad fest umklammert und behielt die Richtung selbst dann bei, als sie am Ende des Parks ein Stück über die Wiese fuhr, um den Zugang zur Hofgartenstraße zu erwischen, der normalerweise nur für Fußgänger gedacht war.

»Ich kann sie nicht mehr sehen!«, rief ich. »Wir haben sie anscheinend abgehängt.«

Isabell raste trotzdem weiter. Durch die Lindenallee, dann die Ludwigsallee, den Berg hinauf Richtung Klinikum, über rote Ampeln und natürlich viel zu schnell.

»Was machst du? Wo fährst du hin?«, wunderte ich mich.

»Zum Klinikum.«

»Und was soll das?«

»Dort sind wir sicher.«

»Zieh den Parkschein«, rief sie, als wir die Zufahrt zur Klinik erreichten.

Erst direkt vor der Notaufnahme machte sie halt.

»Ich wollte nicht nach Hause, hatte Angst , dass den Kindern etwas passiert«, sagte sie, als wir ausstiegen. »Hier in der Klinik kann uns nichts passieren. Wir müssen erst den Kommissar benachrichtigen.«

Am Empfang des Klinikums riefen wir Rotfux an.

»Herr Kommissar, es ist etwas Seltsames passiert«, sagte ich zu ihm und erzählte ihm die Geschichte.

»Sie haben richtig gehandelt, als Sie in die Klinik gefahren sind. Ich schicke einen Streifenwagen, der Sie abholt. Ihr Haus und den Friedhof werden wir auch überprüfen. Vielleicht lässt sich ja feststellen, woher der Kranz stammt.«

Am nächsten Sonntag arbeitete ich nach der 14-Uhr-Audienz in meinem Turmzimmer. Ich hatte mich an die Besucher gewöhnt, die sich an meinem Arbeitsplatz vorbeischoben.

»Da sitzt der König«, hörte ich die Kinder begeistert flüstern.

»Ja, leise, sonst störst du ihn«, sagten dann die Eltern oder Großeltern und zogen die Kleinen weiter.

Am späten Nachmittag roch ich etwas, das ich kannte. Einen Duft, der mich an etwas erinnerte, einen Duft von Blüten oder Parfum, den ich bereits gerochen hatte. Langsam drehte ich mich zur Seite und sah zur Tür. Da stand sie. Pechschwarze Haare, ein voller Mund, perlweiße Zähne, strahlende dunkle Augen, eine prall gefüllte Bluse, ein dunkler, enger Rock, hochhackige Pumps und eine Kroko-Handtasche, die lässig über ihrer Schulter hing.

»Hallo«, sagte sie mit ihrer tiefen, rauchigen Stimme, die mir ebenfalls bekannt vorkam.

»Hallo«, antwortete ich unwillkürlich, als ob ich sie schon lange kannte. Ich wollte nicht wahrhaben, dass ich in Wirklichkeit verzweifelt in der hintersten Ecke meines Gehirns danach suchte, wer sie war und wo ich sie schon einmal gesehen hatte.

»Ich bin froh, dass ich dich gefunden habe«, sagte sie.

Ich wusste nicht, was ich antworten sollte. Mir fiel ihr Name nicht ein, ich konnte mich an nichts erinnern, nur diese Stimme und diesen Geruch kannte ich mit Sicherheit.

»Wie hast du mich gefunden?«

»Ich bekam einen Brief mit einem Bild von dir und einem Zeitungsbericht über den König von Aschaffenburg. Ich habe dich sofort erkannt, obwohl ich mich wunderte, was du jetzt machst.« Sie sagte das fast abfällig, als wäre König zu sein unter meiner Würde.

»Und von wem war der Brief?«

»Das weiß ich leider nicht. Kein Absender, keine Unterschrift, kein Hinweis, wer den Brief geschickt hat«, antwortete sie. »Aber es war mir auch egal. Hauptsache, ich wusste, wo du steckst.«

Sie duzte mich mit einer Selbstverständlichkeit, die mich fast erschreckte. Ich stand auf und ging auf sie zu. Nur die Kordel trennte uns. Sie war einen halben Kopf kleiner als ich, und nachdem sie einen Schritt näher herantrat, küsste ich sie zur Begrüßung zuerst auf die linke, dann auf die rechte Wange, als wäre es ganz natürlich und ich hätte nie etwas anderes getan. Ihre Haut war glatt und weich, schmeckte nach mehr und dieser Duft stieg mir noch stärker in die Nase.

»Ich bin heute früh direkt nach Frankfurt geflogen. War kein Problem. Hatte sogar vor deiner zweiten Audienz noch etwas Zeit«, sagte sie.

Ich schluckte. Ich konnte mich wieder einmal an nichts erinnern. Weder wusste ich, wo sie wohnte noch wer sie war.

»Wie war noch gleich dein Name?«, sagte ich, wie um mich zu entschuldigen. »Ich weiß nur, dass ich dich kenne, aber woher – keine Ahnung!«

Sie wirkte kurz verstört. »Du weißt gar nichts mehr?« Entsetzt starrte sie mich an.

»Überhaupt nichts«, stammelte ich und war erleichtert, das nun endlich klargestellt zu haben.

»Aber Dieter, erinnerst du dich an gar nichts mehr?«

Sie war mir jetzt ganz nahe gekommen. Ihre Nase berührte fast die meine, ich spürte ihren Atem, roch ihr Parfum, wusste, dass ich sie kannte, konnte mich aber an nichts erinnern, nicht einmal an ihren Namen.

»Ich bin Gina«, hauchte sie mit ihrer rauchigen Stimme. »Du musst zu mir kommen. Du wirst dich bestimmt erinnern«, fügte sie hinzu. Sie sprach perfekt Deutsch, allerdings mit einem Akzent, der sie noch interessanter erscheinen ließ. Sie erzählte mir, dass ich sie oft in Rom besucht hatte. Sie glaubte, ich sei Schriftsteller, denn ich hätte mir immer Notizen über alles gemacht, was ich sah, und ihr auch ein Gedicht gewidmet. Genaueres über mich wusste aber auch sie nicht.

»Du warst immer sehr schwer zu durchschauen«, sagte sie. »Aber für mich war das egal. Ich liebe dich, so wie du bist. Komm bitte mit nach Rom. Du wirst dich bestimmt erinnern.«

Zum Glück waren um diese Zeit keine anderen Besucher mehr da, sonst wäre mir die ganze Sache sicher peinlich gewesen. So aber begann ich die Situation zu genießen und ließ mich dazu hinreißen, ihr einen Kuss zu geben. Heiß lagen ihre Lippen auf den meinen. Sie hatte ihre Arme über meine Schultern gelegt, ich spürte ihre Brust an der meinen und merkte, wie sie mir ihre Hüfte entgegenschob.

»Ich will dich«, seufzte sie. »Kannst du nicht mitkommen? Mein Flugzeug geht in zwei Stunden. Sie haben sicher noch Plätze frei. Auch auf dem Hinflug war einiges leer.«

Im selben Moment bellte Oskar. Er hatte die ganze Zeit still auf seinem Kissen neben dem Sekretär gelegen und wurde langsam eifersüchtig.

»Du siehst, Oskar hat etwas dagegen«, sagte ich. »Ich kann hier tatsächlich nicht so Hals über Kopf verschwinden. Man würde mich vermissen. Ich muss mich beim Kommissar abmelden, wenn ich die Stadt verlasse.«

Ich erzählte ihr von Isabell, von Paul und Corinna und von meinen Audienzen, die ich regelmäßig abzuhalten hatte. Irgendwann sah sie unruhig auf ihre Uhr.

»Ich muss los, Dieter. Hier, meine Handynummer, ruf mich an!«, sagte sie und drückte mir ihr Kärtchen in die Hand. Sie warf sich an mich, küsste mich leidenschaftlich und riss sich von mir los. Dann drehte sie sich auf dem Absatz um und verschwand mit wiegenden Schritten in der Zimmerflucht des Schlosses.

›Halt!‹, wollte ich rufen. ›Halt, ich muss dich noch etwas fragen‹, doch ich brachte kein Wort über die Lippen. Wie benommen stand ich hinter der goldfarbenen Kordel im Turmzimmer des Schlosses und sah ihr hinterher. Wie ein Bote aus einer anderen Welt kam sie mir vor, der jetzt wieder verschwand und sein Geheimnis mit sich nahm. Erst als sie am Ende des Ganges um die Ecke gebogen war, löste sich meine Erstarrung. Ich warf meinen königlichen Umhang auf den Stuhl vor dem Schreibtisch, legte meine Krone ab, sagte zu Oskar »Bleib!« und eilte ihr hinterher. Am Eingang des Schlosses sah ich sie, wie sie über die steinerne Brücke hastete und in ein Taxi stieg, das dort auf sie gewartet haben musste. Dann war sie verschwunden.

Enttäuscht schlich ich zum Turmzimmer zurück. Im Treppenhaus und in den Zimmerfluchten hing noch der Duft ihres Parfums. Als ich mich meinem Schreibzimmer näherte, kam mir Oskar schwanzwedelnd entgegen.

»Hab ich nicht gesagt, du sollst bleiben?«, schimpfte ich mit ihm. Aber das kümmerte ihn wenig.

Müde sank ich auf den Schreibtischstuhl. Gedanken gingen mir durch den Kopf. Wer hatte dieser Gina den Brief mit meinem Bild und dem Zeitungsbericht geschickt? Wer steckte dahinter?

Oskar winselte. Er hatte jetzt wohl genug von diesem Turmzimmer, in dem mir heute keine Geschichten mehr einfallen wollten, und erinnerte mich daran, dass es höchste Zeit war, zu Brenners nach Hause zu gehen.

14

Zwei Wochen später saß ich im Flugzeug nach Rom.

Rotfux hatte mir wider Erwarten die Reise genehmigt, nachdem ich ihm die Handynummer von Gina gegeben und er noch am selben Abend länger mit ihr telefoniert hatte. Er hoffte so wie ich, dass ich bei Gina Hinweise auf meine Vergangenheit finden könnte. Natürlich war der Kommissar seit der Drohung mit dem Kranz auf Ulrichs Grabhügel noch vorsichtiger geworden, aber da bisher keine Verdachtsmomente in Verbindung mit Italien aufgetaucht waren, ließ er mich reisen.

»Sie sind natürlich vorsichtig, wenn Sie etwas Verdächtiges bemerken«, hatte er mir ans Herz gelegt. »Keine dunklen Gassen, keine zwielichtigen Kneipen, bleiben Sie bei Gina, das ist Ihre beste Tarnung.«

Die schneebedeckten Alpen, Florenz und Pisa hatte die Maschine schon überflogen und setzte nun zum Landeanflug auf die Ewige Stadt an. Von dem Fenster aus war auf meiner Seite das Meer zu sehen, dann sausten Bäume und Häuser unter mir vorbei, bevor die Maschine der Alitalia mit leichtem Ruck auf der Landebahn aufsetzte.

»Schön, dass du da bist«, begrüßte mich Gina, als ich das Empfangsgebäude mit meinem Koffer verließ. Sie warf sich mir entgegen, gab mir einen leidenschaftlichen Begrüßungskuss und lag einen Moment lang in meinen Armen. Ich roch erneut den Duft ihres Parfums, fühlte ihre Lippen auf den meinen und spürte ihren warmen Körper, der sich sehnsüchtig an mich presste. Sie sah bezaubernd aus, trug eine enge

Hose und eine sportliche sonnengelbe Bluse, über die ihre dunklen Haare locker fielen.

»Auch ich freue mich«, sagte ich, während wir Hand in Hand zu den Taxis gingen, die in einer langen Reihe vor der Ankunftshalle warteten. Gina verhandelte mit einem der Fahrer, mein Koffer wurde eingeladen und los ging's in Richtung Lido di Ostia.

»Wir fahren zu unserem Ferienhaus am Strand«, sagte Gina, die sich auf der Rückbank des Taxis an mich kuschelte. »Francesco ist für zwei Tage auf der Messe in Milano. Der wird uns nicht stören.«

»Francesco?«, fragte ich unsicher.

»Ja, Francesco, du weißt schon, mein Mann!«

Nein, ich wusste wie immer nichts. Ich hatte keine Ahnung, dass sie einen Mann hatte, sonst hätte ich mich nicht mit ihr verabredet. Für sie aber schien das nichts Besonderes zu sein. Sie kuschelte sich unbeirrt an mich, als ob es völlig normal war, einen Mann und zusätzlich einen Freund zu haben.

Nach etwa einer halben Stunde erreichten wir den Lido von Ostia, den Strand der Römer mit seinen Villen und Ferienhäusern.

»Und? Erkennst du Ostia wieder?«, fragte Gina interessiert.

Wir fuhren an der Strandpromenade entlang. Viele der Restaurants hatten noch geschlossen. Je näher wir aber zum Hauptabschnitt der Promenade kamen, desto mehr erwachte sie zum Leben.

»Irgendwie kenne ich den Strand und irgendwie auch nicht«, antwortete ich.

Gina legte ihre linke Hand auf meinen Oberschenkel. »Das kommt wieder in Ordnung«, sagte sie.

Ich spürte, wie sie ihre Finger hin und her bewegte, sah das Meer, den Strand, die Sonne, roch wieder ihr Parfum, welches das ganze Taxi erfüllte, und ließ einfach geschehen, was mit mir passierte. Irgendwann bog das Taxi in eine schmale Seitenstraße ab und hielt gleich an der Ecke.

»Wir sind da«, sagte Gina, bezahlte und wir stiegen aus. Alle Rollläden des Eckhauses, das Blick zum Meer hatte, waren geschlossen. Es wirkte in der Nebensaison ausgestorben und verlassen, so wie die meisten Häuser, die mir im Vorbeifahren aufgefallen waren.

»Die wohlhabenden Römer ziehen im Sommer, wenn es heiß wird, ans Meer. Jetzt sind die meisten noch in der Stadt«, erklärte mir Gina, während sie die Haustür aufschloss.

Ich versuchte, mich an das Treppenhaus zu erinnern, an das Bild, welches im Wohnzimmer hing, an die Kommode, die dort stand, die Couch, die Stehlampe in der Ecke – aber es kam mir alles erwartungsgemäß fremd vor. Gina zog die Rollläden hoch und riss alle Fenster auf.

»Wenn einige Zeit niemand hier war, muss man erst mal kräftig lüften«, sagte sie und trat zu mir auf den Balkon, von dem man direkt aufs Meer sah.

Mein Blick wanderte über den Strand, zuerst nach links, dann nach rechts, so weit man sehen konnte. Eine leichte Brise wehte vom Meer. Ich sog die Seeluft ein, die im Frühjahr erfrischend war, ließ den Blick bis zum Horizont wandern, wo ein Schiff als winziger Punkt seine Bahn zog, und fühlte, dass das Meer die Heimat meiner Seele war. Wie ich hieß, wusste ich nicht, wo ich herkam, wusste ich nicht, aber ich liebte das Meer, das war klar. Und ich liebte Gina, die mich zurück ins Schlafzimmer zog, die sich nahm, wonach sie sich so gesehnt hatte, bei offenem Fenster, in dieser sanften Frühlingsluft von Ostia.

»Und, erinnerst du dich?«, fragte sie hinterher.

»Es war noch schöner als sonst«, antwortete ich leise, obwohl es für mich kein Sonst und kein Früher gab.

Sie kuschelte neben mir, völlig nackt und schön wie Eva aus dem Paradies. Ihre Nägel leuchteten rot, sie duftete wunderbar und lag jetzt wie ein aufgeklapptes Buch bei mir, in dem man gerade ein spannendes Kapitel gelesen hat.

Eine Zeit lang sagten wir nichts. Ich genoss einfach die Ruhe, den Frieden in diesem kleinen Zimmer, in dem ich das Meer spürte, dessen Aroma mit einem leichten Windhauch durchs Fenster kam und über unsere Körper strich.

»Ich bin so froh, dass du hier bist«, sagte sie irgendwann. »Ohne dich war ich schrecklich einsam.«

Ich fragte mich zwar, wie man verheiratet und zugleich einsam sein konnte, aber ich sagte dazu nichts. Das war auch besser so, denn sie erzählte mir bald ganz von allein, dass Francesco nur mit seinem Geschäft verheiratet sei, dass er außerdem eine Freundin habe, zehn Jahre jünger als Gina, und dass sie nur wegen der Kinder noch bei ihm bliebe.

Nun gut, dachte ich, wenn das nicht genügend Entschuldigungen für mich waren. Durfte man eine reife Frucht, die einsam und verlassen auf der Straße lag, nicht aufheben und genießen?

Etwas dumm hatte ich mich angestellt, alles war so neu für mich gewesen, aber sie hatte das ganz toll gefunden, so unschuldig geliebt zu werden, von einer reinen Seele, die sich an nichts erinnern konnte.

Für kurze Zeit dachte ich sogar, dass der Main mir ein Geschenk gemacht hatte. War es nicht wunderbar, keine Vergangenheit zu haben? Unschuldig war ich, unbeschrieben wie ein weißes Blatt, auf dem jetzt allerdings mein erster Fehltritt eingetragen wurde.

Gut, nicht ich hatte Francesco betrogen, sondern Gina. Nicht ich war mit ihm verheiratet, sondern sie. Aber ich hatte mitgemacht, es war mir egal gewesen, dass sie verheiratet war, ich war ihrer Schönheit und ihrer Liebe verfallen, dieser betörenden Seeluft, die mir immer noch die Sinne raubte. Zum ersten Mal beschlich mich das Gefühl, dass es besser wäre, nicht mehr über meine Vergangenheit zu erfahren, diese Vergangenheit, in der ich offensichtlich verschiedene Frauen geliebt hatte, die voneinander nichts wussten.

»Wo haben wir uns eigentlich kennengelernt?«, fragte ich Gina.

Sie sah mich überrascht an, schien dann aber zu verstehen, dass ich mich natürlich auch daran nicht erinnern konnte.

»Am Trevi-Brunnen«, antwortete sie. »Ich kam dort vorbei und habe mich neben dich auf den Brunnenrand gesetzt. Du hast mir vom ersten Augenblick an gefallen. Und noch am selben Abend haben wir uns verabredet.«

»Weißt du, weshalb ich in Rom war?«

»Ich glaube, du wolltest in Rom einen Roman schreiben. Du hast dir überall Notizen gemacht. Aber ich habe nicht viel nachgefragt, denn für mich zählte nur unsere Liebe.«

Ich gab mich damit zufrieden und zog die Bettdecke ein Stück weit über mich. Dann musste ich eingeschlafen sein, meine linke Hand auf ihrem Bauch und mein Bein neben ihrem.

Am nächsten Vormittag fuhren wir in die Stadt.

»Ich werde dir Rom zeigen«, freute sich Gina. »Du wirst alles wiedererkennen und wenn nicht, siehst du es eben mit neuen Augen.«

Ich wunderte mich, wie schnell wir im Zentrum waren. Von der Station Lido Centro etwa eine Viertelstunde mit dem Zug, umsteigen bei der Metrostation EUR Magliana und schon wenig später kamen wir beim Kolosseum wieder an die Erdoberfläche.

»Erkennst du es?«, fragte Gina, als wir Hand in Hand die Metro-Station verließen.

»Ich denke schon«, sagte ich. »Es kommt mir sehr bekannt vor.«

Gina war glücklich darüber, obwohl ich nicht wusste, ob ich das Kolosseum tatsächlich kannte oder nur aus dem Reiseführer, den ich inzwischen über Rom gelesen hatte. Wir mussten fast eine ganze Stunde anstehen, um in das Kolosseum zu gelangen, aber Gina machte das nichts aus. Sie hielt Händchen mit mir, gab mir ab und zu einen Kuss, umarmte und drückte mich immer wieder, sodass die Zeit in der endlos langen Menschenschlange bis zu den Kassen der Arena wie im Flug verging. Dann führte sie mich durch die beiden Etagen des Kolosseums, die für Besucher zugänglich waren. Gina war begeistert von den Überresten dieses antiken Theaters, das mehr als 50.000 Zuschauern Platz bot und in dem vor mehr als 1.000 Jahren Gladiatorenkämpfe stattgefunden hatten.

Den Rest des Tages zogen wir ziemlich planlos durch Rom. Es war mir eigentlich auch egal, was wir besichtigten. Das Forum Romanum und den Palatin durchwanderten wir am Vormittag, die Gässchen der Altstadt bei der Spanischen Treppe am Nachmittag. Zwischendurch aßen wir Pizza, die man in Rom an jeder Straßenecke kaufen konnte. Und abends saßen wir schließlich müde auf der Spanischen Treppe und beobachteten die Touristen, die sich hier versammelt hatten.

Gina hatte ihre Sandalen ausgezogen und entspannte ihre hübschen Füße an der frischen Luft. Es war noch angenehm auf den Stufen, welche die Wärme des Tages gespeichert hatten. Oberhalb der Treppe, auf der Piazza Trinità dei Monti, boten Maler ihre Bilder feil oder versuchten, Kunden für Porträts zu finden. Von dort ging der Blick über die Kuppeln der Stadt und ich spürte, dass ich hier etwas näher am Herzen der Erde war als anderswo.

»Hast du keine Angst, dass dich jemand erkennen könnte?«, fragte ich Gina leise.

»Eigentlich nicht«, sagte sie und rückte ihre dunkle Sonnenbrille zurecht. »Aber du hast recht, vielleicht sollten wir jetzt lieber gehen. Es ist schon reichlich spät.«

In der Metro fiel sie mit ihrer Sonnenbrille überhaupt nicht auf, da viele Römer eine trugen. Ich fragte mich, ob alle fremdgingen oder warum sie im Neonlicht der U-Bahn ihre Brillen trugen.

Am nächsten Tag besuchten wir die Katakomben.

»Wir nehmen einen Picknickkorb mit«, verkündete Gina begeistert. »Es wird dir dort sicher gefallen.«

Ich wusste zwar nicht, was mir an den Katakomben so gefallen sollte, diesen unterirdischen Höhlengräbern, aber ich wollte mich gern überraschen lassen.

Gegen 11 Uhr am Vormittag erreichten wir mit dem Bus der Linie 1 die Piazza dei Navigatori und gingen von da an das letzte Stück zu Fuß zu den Katakomben der Domitilla. Schon von Weitem waren Reisebusse zu sehen. Also wussten wir, dass wir richtig waren.

Wir hatten Glück. Gerade als wir den Eingang der Katakomben erreichten, begann eine deutschsprachige Führung.

»Wenn Sie schnell hinuntergehen, kommen Sie noch mit. Ihren Korb können Sie hier abstellen. Der behindert Sie unten nur«, sagte das Mädchen an der Kasse.

Wir beeilten uns und standen wenig später mitten in einer Touristen-Gruppe aus dem Rheinland.

»Dat wär für mich abber zu eng«, witzelte ein besonders dicker, älterer Herr, als er die schmalen Grabnischen in den Gängen der Katakomben sah, die in drei bis vier Stockwerken übereinander angeordnet waren, um Platz zu sparen. Einige Gräber waren noch verschlossen, die meisten hingegen geöffnet und leer. Gina schlenderte Hand in Hand mit mir durch die engen Gänge. Wir hatten es nicht eilig, sondern hielten uns am Ende der Gruppe auf. Ich hatte sogar das Gefühl, dass Gina sich am liebsten völlig von der Gruppe abgesetzt hätte, um mit mir in den Katakomben allein zu sein.

Nach einiger Zeit waren wir tatsächlich ganz am Ende der Gruppe. Vor uns war der dicke, ältere Herr, der inzwischen außer Atem war und seine lustigen Sprüche eingestellt hatte. Die Gänge waren mittlerweile so schmal, dass man nur noch hintereinander gehen konnte. Auch waren wir über eine Treppe eine Etage tiefer in die Grabanlagen gestiegen und befanden uns nach Angaben des Führers etwa 30 Meter unter der Erdoberfläche. Die Luft war stickig und geschwängert von Schweiß und sämtlichen Parfums der Reisegruppe. Die wenigen elektrischen Lampen entlang der Gänge brachten nicht mehr als ein düsteres Dämmerlicht zustande. Gina befand sich direkt vor mir. Irgendwann blieb sie stehen und ließ den älteren Herrn noch ein Stück vorausgehen.

»Was machst du denn?«, fragte ich besorgt. »Wir dürfen nicht den Anschluss verlieren.«

Sie sagte darauf nichts, drehte sich nur um, legte ihre Arme um mich und im nächsten Augenblick spürte ich ihre Lippen auf den meinen.

»Gina, nicht«, wehrte ich mich. »Wir finden hier nicht mehr raus.«

Aber das schien sie nicht zu kümmern.

»Na und?«, sagte sie nur und küsste mich mit aller Leidenschaft der Welt – oder besser würde man wohl sagen, der Unterwelt.

»Ich könnte hier unten ewig mit dir bleiben«, seufzte sie. Sie war wie von Sinnen, drängte sich an mich und wollte mehr, als ich ihr zu geben bereit war.

»Bitte, Gina, lass uns weitergehen«, versuchte ich sie zur Vernunft zu bringen.

Ich fürchtete mich. 30 Meter unter der Erde in diesen düsteren Gängen, weit hinter der Gruppe zurück, deren Gespräche man nur noch in der Ferne als undeutliches Gemurmel hörte. Hatte sie das gemeint, als sie sagte, es würde mir hier bestimmt gefallen? War sie jetzt total verrückt geworden? Wollte sie mich tatsächlich hier zwischen all den Toten lieben?

»Gina, bitte, lass uns der Gruppe folgen.« Ich wurde energischer und schob von hinten, damit sie vorwärtsging.

»Lieber würde ich ewig mit dir hier unten bleiben, als bei Francesco am Tageslicht zu sein«, flüsterte sie und begann wieder, mich so heftig zu küssen, dass mir fast die Luft wegblieb.

»Das geht doch nicht«, stammelte ich. »Gina, bitte«, wehrte ich mich. »Wir können doch nicht hier …«

»Warum nicht?«, hauchte sie mir entgegen.

Die Stimmen der Gruppe waren inzwischen völlig verstummt. Totenstill war es. Nur das Atmen von Gina war zu hören. Sie atmete schneller und ich begann zu begreifen, dass ich keine Chance hatte, ihr zu entkommen. Langsam knöpfte sie ihre Bluse auf. Sie trug keinen BH darunter. Dann öffnete sie ihre Jeans. Sie sah schön aus im düsteren Licht der Katakomben.

»Komm jetzt«, sagte sie ganz ruhig.

Wir waren allein und doch umgeben von Tausenden von Toten. Es war mir, als ob sie in den zugemauerten Nischen ihre Totenschädel an die Wände drängten, um uns besser hören zu können. Es war mir, als ob sie lüstern lauschten, nachdem endlich Abwechslung in ihre düsteren Gänge kam. Ich sah unsere Schatten an den Wänden des Ganges, sah das Gesicht von Gina und hörte unseren Atem, der langsam heftiger wurde.

Die Toten schwiegen, wie sie schon 1.000 Jahre geschwiegen hatten. Auch wenn sie lauschten, waren sie diskret. Sie würden ihr Geheimnis für sich behalten. Sie konnten schweigen, dafür waren sie bekannt. Höchstens würden sie mit ihren knöchernen Fingern einen Strich in die feuchte Wand ihrer Grabkammer ritzen als Erinnerung an ein schönes Erlebnis, das wir ihnen geboten hatten. Plötzlich ging das Licht aus. Gina merkte es nicht einmal. Vielleicht dachte sie, dass das dazugehörte. Vielleicht wollte sie im Dunkeln geliebt werden. Und mir war es jetzt auch egal. Darauf kam es nun nicht mehr an. Wenn die Toten das Licht ausschalten wollten, bitte. Vielleicht konnten sie besser sehen, wenn es dunkel war? Bestimmt fühlten sie sich wohler in ihrer gewohnten Dunkelheit.

»Nie habe ich dich mehr geliebt als heute«, flüsterte Gina anschließend.

Wir zogen uns im Dunkeln wieder an und tappten langsam vorwärts, immer mit den Händen an den Wänden der Gänge entlangtastend.

»Warum sie wohl das Licht abgeschaltet haben?«, dachte Gina laut nach.

»Vermutlich Mittagspause«, brummte ich.

»Bist du böse?«

»Nein, böse nicht. Aber toll finde ich es nicht gerade in dieser Finsternis.«

Wir setzten unseren Weg schweigend fort und nur unsere tastenden Schritte waren zu hören.

Irgendwann ging das Licht wieder an. Wir sahen ziemlich schmutzig aus. Vor allem Ginas weiße Bluse war an den Ärmeln braun von der Erde.

»Hallo?«, hörten wir wenig später eine weit entfernte Stimme.

»Hallo!«, antworteten wir.

Das Ganze war mir ziemlich peinlich. Ich zog meine Hose und mein Hemd glatt und hoffte, damit die Spuren unseres Abenteuers beseitigen zu können.

»Hallo?«, kam die Stimme näher.

»Hallo!«, gaben wir erneut zurück.

Endlich erschien ein dickbäuchiger Pater in seiner braunen Kutte mit einer Lampe in der rechten Hand.

Er wirkte ärgerlich. »Wir hatten schon alles abgeschaltet und haben dann Ihren Picknick-Korb entdeckt.«

»Wir haben uns verlaufen«, erklärte Gina. Ob sie dabei rot wurde, konnte ich nicht erkennen. Dafür fiel mir im selben Augenblick auf, dass sie ihre Bluse falsch zugeknöpft hatte. Alle Knöpfe waren um eine Reihe verschoben und der oberste Knopf baumelte frei ohne passendes Knopfloch neben dem Kragen. Am liebsten wäre ich vor Scham im Boden versunken, aber dazu ließ mir der Pater keine Gelegenheit.

»Gehen Sie bitte schnell nach oben«, sagte er. »Wir haben schon genügend Zeit verloren.«

Als wir wieder ins Freie kamen, blendete uns das Sonnenlicht. Die Palmen, welche auf der Anhöhe ihre schuppigen Stämme in die Höhe reckten, warfen bizarre Schatten. Der kleine Park, der die Katakomben umgab, war inzwischen fast menschenleer. Die Touristenbusse hatten ihn verlassen. Nur wenige Einzelbesucher saßen an den steinernen Tischen, die zum Picknick einluden.

Wir suchten einen Tisch aus, etwas abseits im Halbschatten der Palmen, dann verschwand Gina zu den Toiletten. Als sie zurückkam, hatte sie ihre Bluse wieder richtig geknöpft und deren Ärmel gesäubert.

»Ich habe sie schnell mit Seife gewaschen«, flüsterte sie, als sie an den Tisch zurückkam. Die feuchten Ärmel klebten ihr an den schlanken Armen. Zum Glück schien die Sonne um die Mittagszeit kräftig, sodass Gina nicht fror und die Bluse schnell trocknete.

Ich verstand jetzt, warum sie den Picknick-Korb mitgenommen hatte. Es war hier sehr gemütlich während der Mittagspause. Weil die Katakomben früher weit außerhalb der Stadt angelegt worden waren, lagen sie auch heute noch am Stadtrand im Grünen. Das pulsierende Rom schien weit weg zu sein und ich begann, die ländliche Ruhe zu genießen.

Gina breitete auf dem Tisch eine karierte Leinendecke aus und legte Brot und Käse und ein Stück italienische Salami darauf. Dann schnitt sie das Brot auf und reichte mir eine Scheibe Käse.

»Lass es dir schmecken«, sagte sie. »Du hast es dir verdient, mein Liebling.«

Dabei lächelte sie so glücklich, dass sie aussah wie ein Engel, den sie hier zu den Gräbern bestellt hatten. Ihre Bluse war inzwischen wieder getrocknet, genüsslich schob sie sich Brot und Käse zwischen die vollen Lippen und man sah ihr an, dass sie sich sehr wohlfühlte.

Nach dem Essen legte ich mich auf die steinerne Bank neben unserem Tisch und blinzelte in den Himmel. Über mir bewegten sich die Palmwedel im leichten Wind. Wir waren jetzt die Einzigen, die sich noch in diesem Park aufhielten. Gina kam zu mir, nahm meinen Kopf auf ihren Schoß und streichelte mir über die Stirn.

»Schade, dass ich heute nicht mit an den Lido fahren kann«, sagte sie. »Ich muss am Nachmittag wieder nach Hause, damit ich da bin, wenn Francesco kommt.«

Während sie redete, bemerkte ich am Hügel bei den Toiletten eine Gestalt, die uns beobachtete: dunkelhaarig, mit Sonnenbrille, Jeans und Lederjacke.

»Gina, schau dort hinten, ein Typ, wir werden beobachtet«, flüsterte ich.

Sie blickte in Richtung der Toiletten, konnte aber nichts erkennen. Auch ich sah den dunkelhaarigen Kerl nicht mehr.

»Ich glaube, du leidest unter Verfolgungswahn«, lachte Gina. Sie beugte sich über mich und küsste mich zärtlich. Für einen Moment vergaß ich meine Angst und begann unsere romantische Pause wieder zu genießen. Aber nicht lange. Im nächsten Augenblick sah ich am Rand des Parks, seitlich neben dem Stamm einer Palme, einen dunkelhaarigen Kopf und einen Fotoapparat mit Teleobjektiv.

»Gina, sieh da, wir werden fotografiert«, deutete ich in die Richtung der Palme.

Sie schien das alles nicht ernst zu nehmen.

»Nun beruhige dich doch, mein Liebling. Du bist in Rom, weit weg von deinen Problemen. Bleib am besten bei mir, dann wird alles wieder gut.«

Der Kopf mit dem Fotoapparat war verschwunden und ich begann mich zu fragen, ob ich das wirklich nur träumte. Aber ich hatte Angst. Ich musste an die Entführung und an die großbrüstige Lilly denken, sah mich in diesem Holzhaus auf dem kalten Kellerboden liegen, in dem sie mich eingesperrt hatten, dachte an den Kranz auf Ulrichs Grab und diese schreckliche Drohung: ›Wir kriegen dich!‹

»Gina, ich fühle mich unwohl, wir sollten lieber gehen«, sagte ich.

»Liebling, wir haben nur noch wenig Zeit, bis ich wieder zu Francesco muss. Nun verdirb nicht alles. Lass uns die restlichen Stunden genießen.«

Sie streckte sich zu mir und küsste mich, aber im selben Augenblick sah ich ganz deutlich: Da war wieder dieser Fotoapparat neben der Palme und bei den Toiletten tauchte ein zweiter Kerl auf, in Jeans und Lederjacke.

»Gina, sie sind zu zweit. Ich habe es genau gesehen«, riss ich mich von ihr los.

Sie starrte mich nur verständnislos an, schaute in alle Richtungen, konnte niemanden entdecken und sagte dann: »Armer kleiner Liebling, wir sind doch hier ganz allein. Ich weiß nicht, was du hast … Ach, wärst du doch der König von Rom«, flüsterte sie und küsste mich. »Oder der König der Katakomben. Mein König bist du sowieso.«

Als sie das sagte, lächelte sie liebevoll. Ich begann an mir zu zweifeln, musste daran denken, dass auch Melanie sich verfolgt fühlte, dass auch sie von zwei Ganoven gesprochen hatte, die hinter ihr her waren. Weiterhin sah ich diese beiden dunkelhaarigen Männer, mal allein, mal zu zweit, mal an den Toiletten, mal hinter den Palmen. Aber Gina beruhigte mich jedes Mal wieder und so langsam begann ich zu glauben, dass ich mir die beiden nur einbildete.

Auf einmal raste mit quietschenden Reifen ein feuerroter Ferrari auf den Busparkplatz vor der Katakombe, bremste, verschwand in einer riesigen Staubwolke, ein dunkelhaariger Kerl stürzte heraus, schrie etwas und kam auf uns zu.

»Du musst verschwinden!«, kreischte Gina. »Hau schnell ab, ich komme schon klar.«

Sie sprang auf und eilte den Hang hinauf, der sich seitlich vom Busparkplatz bis zum Hügel mit den Toiletten ausdehnte.

Ich rannte ebenfalls los. Nur wohin? Vom Eingang kam der Kerl aus dem Ferrari gerannt, von den Toiletten der mit der Lederjacke, von den Palmen der mit dem Fotoapparat. In die Katakomben, schoss mir ein Gedanke durchs Hirn. Das war meine letzte Chance!

Ich rannte nur noch, sah mich nicht um, stürzte in den Vorraum zu den Katakomben, das Mädchen an der Kasse sah mich entsetzt an, ihr Mund stand offen, als ob sie schreien wollte, aber sie schrie nicht, ich rannte weiter, die Treppen zu den Katakomben hinunter, hinein in die dunklen Gänge, die jetzt nicht beleuchtet waren, die mich empfingen wie dunkle Höhlen, die ihre Arme ausbreiteten, die mich retten wollten, die sich aber auch wehrten, mit Ecken und Kanten an mich stießen, wenn ich nicht achtgab. Ich lief schnell, immer weiter, immer tiefer in die Katakomben hinein. Irgendwann hielt ich inne und lauschte. Kamen sie näher? Würden sie mich gleich erwischen, mich vielleicht töten und einfach hier entsorgen, hier unten, bei meinen Freunden, den Toten, die schon lange in ihren Grabnischen ruhten? Aber ich hörte nichts. Nur meinen Atem, der heftig ging, und mein Herz, das schlug wie eine Trommel, die die Toten benachrichtigen wollte über den Neuankömmling, der sich in ihr Reich gewagt hatte. Ich kauerte mich in eine der Grabnischen und wartete ganz still. Ich war gefangen. Wenn sie nun kämen, könnte ich nur noch tiefer in die Katakomben fliehen, so tief, dass sie mich nie mehr finden würden, so tief, dass ich unter meinesgleichen wäre, unter meinen Brüdern, den Toten, die mir zu Freunden würden, mir, dem Namenlosen, der in der Unterwelt saß, gepeinigt von Angst vor seinen Verfolgern. So kauerte ich in meiner Nische im Staub der Jahrtausende, dachte an Gina, dachte an Melanie, dachte an Isabell, dachte an den Kommissar, der wohl recht gehabt hatte mit seinen Warnungen, die ich in den Wind geschlagen hatte, wofür ich grausam bestraft wurde.

Irgendwann hörte ich Schritte. Mein Gott, was nun? Ich kroch vorsichtig aus meiner Nische und ging weiter in die Katakomben hinein. Die Schritte kamen näher, sie gingen schnell, hatten wahrscheinlich Licht, während ich mich in der Dunkelheit durch die Gänge tasten musste. Ich versuchte zu rennen, stieß mir Stirn und Gesicht blutig, hastete weiter, immer voran, weg von den Verfolgern. Lieber wollte ich in die Tiefe, als wieder entführt werden, lieber ins Ungewisse als in Gefangenschaft. Ich atmete heftig, war total verschwitzt, schmutzig, blutig an Händen und Kopf. So langsam verließen mich meine Kräfte. Lange würde ich dieses Fliehen nicht mehr durchhalten, müsste mich wieder verstecken, in eine der Grabnischen schlüpfen, mich ganz kleinmachen, die Luft anhalten, warten, bis sie vorbei wären, warten bis zum nächsten Tag, warten bis zur nächsten Reisegruppe, unter die ich mich mischen könnte, bei der ich in den Bus einsteigen würde, fahren, wohin sie wollten, nur weg hier, weg von den Katakomben, weg aus Rom, weg aus Italien, zurück nach Aschaffenburg, zurück zu Rotfux, dem ich mich anvertrauen würde.

Ich hörte die Schritte knapp hinter mir, konnte nicht mehr, schlüpfte in eine Grabnische und wartete. Vielleicht würden sie ja an mir vorbeigehen, dann könnte ich sie überlisten, würde warten, bis sie weit genug voran waren, würde zurückrennen, hinauf ans Tageslicht, zurück zum Eingang und schnell weg.

Fast waren die Schritte bei mir. Ich versuchte zu erkennen, ob es mehrere Personen waren, aber es gelang mir nicht. Die Schritte gingen langsam, schlurfend, so als ob meine Verfolger etwas suchten, so als ob sie in alle Grabnischen leuchteten. Gleich haben sie dich, dachte ich. Ich hielt den Atem an, war mucksmäuschenstill, schloss die Augen, so wie ich als Kind unter dem Küchentisch die Augen geschlossen hatte, weil ich dachte, dass Mutter mich dann nicht sehen würde, aber es half alles nichts.

Eine Hand rüttelte an meiner Schulter. Es ist alles aus, dachte ich. Ich wagte nicht, die Augen zu öffnen, versuchte vor der Wirklichkeit zu fliehen, machte mich in meiner Nische noch kleiner, wäre am liebsten zu einem winzigen Käfer geworden, der sich in einem Spalt in der Grabnische verkriechen konnte, aber die Hand rüttelte unbarmherzig an mir.

»Sind Sie denn verrückt geworden?«, vernahm ich eine Stimme, die mir bekannt vorkam. »Ganz allein in den Katakomben, und auch noch in den Gängen, die für Besucher gar nicht geöffnet sind.«

Die Stimme klang sehr vorwurfsvoll, ärgerlich, etwas müde und enttäuscht. Ich öffnete die Augen und sah den dickbäuchigen Pater vor mir, der uns schon vor der Mittagspause aus den Katakomben gelotst hatte.

»Ich werde verfolgt«, flüsterte ich. »Drei Männer, sie verfolgen mich.«

»Blödsinn«, schimpfte der Pater. »Es ist immer noch Mittagspause und niemand in der Katakombe. Kommen Sie. Oben muss ich das der Polizei melden.«

Ich wunderte mich einmal mehr, dass er gut Deutsch sprach, aber vielleicht war er mehrsprachig, um die vielen Touristen betreuen zu können.

»Nein, bitte, keine Polizei. Ich habe schon genügend Ärger«, bettelte ich.

Ich hing förmlich an der Kutte des Paters, ging dicht hinter ihm, erzählte ihm meine Geschichte, verriet ihm, dass ich nicht einmal meinen Namen kannte und danach auf der Suche war. Als ich das sagte, blieb er stehen, hob seine Lampe hoch, leuchtete mir ins Gesicht, als ob er prüfen wollte, ob ich ehrlich war.

»Na gut. Ich lasse Sie laufen, vorausgesetzt, Sie kommen nie mehr hier her.«

Mir fiel ein Stein vom Herzen. Vorsichtig schlich ich aus den Grabkammern und sah mich nach allen Seiten um, konnte jedoch weder meine Verfolger noch Gina entdecken. Lediglich die karierte Leinendecke lag auf dem Tisch und der Picknickkorb stand auf der Bank. Alles sah danach aus, dass auch Gina hastig geflohen war oder sie womöglich verschleppt wurde. Der rote Ferrari war verschwunden und der Park völlig leer. Auf der Toilette bemerkte ich, wie schrecklich ich aussah: blutige Schrammen im Gesicht, aufgescheuerte Stellen an den Händen, das Hemd und die Hose verschmutzt und die Schuhe staubig von den Gängen der Katakombe. Notdürftig reinigte ich mich und verließ fluchtartig das Gelände. Sofort fuhr ich mit einem Taxi zum Flughafen. Nur weg aus Rom, nur weg von hier, dachte ich. Mein Gepäck ließ ich in Ginas Ferienwohnung zurück. Viel war es nicht und ich wollte in dieser Stadt kein Risiko mehr eingehen. Die Nacht verbrachte ich am Flughafen, immer wieder den Standort wechselnd und stundenweise auf Ruhesesseln schlafend. Ich war froh, als am nächsten Tag endlich mein Flug nach Frankfurt ging. Als wir die Alpen überflogen, war es, als ob ich einen bösen Traum hinter mir ließ. Ich schwor mir, Rotfux zunächst nichts von dem Vorfall in Rom zu verraten. Ich hatte Angst, dass er mich sonst nicht mehr verreisen lassen würde, denn ich wollte ja reisen, wollte nach meiner Vergangenheit suchen, wollte meinen Namen finden, den ich im Main verloren hatte. Der König kehrte heim, wenn auch mit Schrammen im Gesicht, aber doch mit der Erkenntnis, dass in Rom nichts mehr für ihn zu holen war.

15

Zwei Wochen später, als ich am Sonntag nach meiner Audienz vom Aschaffenburger Schloss nach Hause ging, war es schon dämmrig. Ich hatte lange an neuen Geschichten gearbeitet und war rechtschaffen müde. Oskar kannte den Heimweg und als wir in den Bessenbacher Weg einbogen, zog er noch stärker an der Leine als sonst. Kein Mensch war auf der Straße zu sehen. Nur Oskar und ich strebten dem Haus von Brenners entgegen. Plötzlich wurde es stockdunkel um mich herum. Ich spürte eine Decke oder Plane, die über mich geworfen wurde. Kräftige Hände packten mich. Oskar bellte. Dann hörte ich, dass er wild tobte und knurrte, vielleicht auch um sich biss. Schließlich jaulte er jämmerlich, bis nur noch ein gurgelndes Röcheln von ihm zu hören war, als ob er erstickte. Ich versuchte, die Decke oder Plane, die sie über mich geworfen hatten, von mir zu reißen, jedoch ohne Erfolg. Ich fühlte, wie sie mir gegen die Beine traten, kippte um und fiel der Länge nach hin. Oskar war inzwischen ganz still. Mir gab das einen Stich ins Herz. Ob er wohl tot ist?, fragte ich mich. Sie schleiften mich in der Decke ein Stück weit über den Gehweg, vermutlich zu einem parkenden Auto. Ich hörte das Schlagen von Autotüren, spürte, dass ich hochgehoben wurde, und schlug auf einer harten, kalten Fläche auf. Ich merkte, dass sie einen Strick um mich banden, fühlte mich eingeschnürt in meiner Decke, anschließend hörte ich wieder die Autotüren, die zugeschlagen wurden. Sie klangen wie die Türen eines Lieferwagens.

Einen Moment lang war es ruhig. Mir fiel auf, dass meine Entführer bisher kein Wort gesprochen hatten. Bis ich auf einmal Stimmen von vorne aus dem Fahrzeug hörte, auch eine Frauenstimme. Daraufhin startete der Wagen und ich wurde auf der harten metallischen Fläche kräftig durchgeschüttelt.

»Gut, den haben wir«, sagte eine dunkle Männerstimme. »Sein Köter hat ja getobt wie ein Wilder.«

»Oh, der Sack mit dem Hund, den haben wir ja ganz vergessen! Dreh sofort um«, rief die Frauenstimme ganz aufgeregt. Ihre Stimmen klangen dumpf. Wahrscheinlich hatten sie Mützen über den Gesichtern oder sich sonst irgendwie vermummt. Bremsen quietschten, der Wagen wendete, ich wurde gegen die Seitenwand der Ladefläche geschleudert, dann hielten wir an, es dauerte einen Augenblick, die Türen wurden wieder aufgerissen und ich spürte, wie mich ein Sack traf, den sie zu mir auf die Ladefläche warfen.

Mein Gott, Oskar, musste ich denken.

Ich spürte den Sack neben meinem Körper. Oskar war noch warm, aber ich konnte nichts für ihn tun, da ich fest im meiner Decke eingeschnürt war. Es war so schrecklich für mich, Oskar nicht helfen zu können. Vergeblich versuchte ich, mich aus der Decke zu befreien, aber es gelang mir nicht, ich war gefesselt.

Die Fahrbahn musste einige Schlaglöcher haben, es war auf alle Fälle sehr holprig und ich wurde im Laderaum hin und her geworfen. Irgendwann ging es bergauf, wahrscheinlich Richtung Haibach, danach bogen wir scharf links ab, das Auto fuhr langsam und schwankte und es kam mir vor, als ob wir über einen Wald- oder Feldweg fuhren. Meine Peiniger schienen sich nicht ganz einig zu sein.

»Hier geht es ab«, sagte der Mann.

»Nein, noch ein Stück weiter«, widersprach die Frau.

Dann drehten sie das Radio laut auf und ich konnte nichts mehr verstehen. Nach einiger Zeit stoppte das Auto, rangierte mehrmals und blieb schließlich stehen. Ich hörte die vorderen Türen, das Radio wurde ausgeschaltet, sie flüsterten.

»Nimm das Brett hoch«, konnte ich hören.

»Gut so, jetzt rein mit ihm.«

Ich bemerkte, dass sie mich aus dem Wagen hoben, einige Meter vom Auto wegtrugen und schließlich in ein Loch oder eine Höhle fallen ließen.

»Wirf den Sack mit dem Hund dazu«, flüsterte der Mann.

»Können sich ja gegenseitig wärmen«, kicherten beide.

Ich spürte, dass sie meine Fesseln lockerten.

»Wirf das Mineralwasser ins Loch«, flüsterte die Frau, »und mach schnell noch ein Foto!«

Ich versuchte, aus der Decke freizukommen, aber es gelang mir nicht schnell genug. Dann hörte ich, dass sie das Brett über mich schoben und sogleich polterte Erde darauf. Ich hatte inzwischen meine Hände aus der Decke befreit und stemmte mich gegen das Brett über mir. Allerdings ohne Erfolg. Wahrscheinlich standen die Entführer darauf oder hatten es bereits so mit Erde bedeckt, dass ich es nicht mehr anheben konnte. Ich geriet in Panik. Sie würden mich jämmerlich ersticken lassen, diese Schweine … Ich hatte das Gefühl, keine Luft mehr zu bekommen, hörte das Poltern der Erde auf dem Brett, fing an, um mich zu schlagen, merkte, dass Oskars Sack neben mir lag, blieb schließlich an etwas Hartem hängen, das rechts neben mir in dem Erdloch steckte. Was war das? Eine Röhre? Ich tastete das harte Teil ab. Es war geriffelt, erinnerte mich an diese Kunststoffschläuche, die man beim Bauen zur Dränage verwendet. Ich konnte mit der Hand ein Stück hineingreifen, bemerkte einen Luftzug und wusste, sie hatten einen Luftschlauch gelegt und wollten mich somit eine Zeit lang am Leben erhalten.

Ich fragte mich, was das alles bedeutete. Wenn sie mich beseitigen wollten, hätten sie es einfacher haben können. Ein Schuss hätte genügt, Loch zu, Leiche weg. Warum der Aufwand?

Das Poltern wurde etwas leiser, die Erdschicht über mir war bestimmt schon so dick, dass ich das Schaufeln kaum noch hören konnte. Ich tastete meine Umgebung ab. An meinen Beinen lag ein Sechserpack Mineralwasser, links neben mir der Sack mit Oskar, rechts neben mir spürte ich etwas Kaltes, Metallisches. Das Brett über mir war eine Armlänge entfernt, rechts und links gab es wenig Platz, vielleicht 30 Zentimeter, anschließend berührte ich die feuchte Erde. Die Länge des Erdloches war ziemlich gut an mich angepasst. Mein Kopf berührte mit den Haaren die Erde und wenn ich die Beine ganz ausstreckte, konnte ich das Ende des Erdloches fühlen.

Wie aus weiter Ferne hörte ich das Motorengeräusch eines wegfahrenden Autos. Dann war es ganz still. Der Sack mit Oskar war immer noch warm. Mein Gott, ich musste nach ihm sehen, musste ihm helfen! Ich nahm den Sack vorsichtig an mich, legte ihn auf meinen Bauch, tastete nach einer Öffnung, spürte, dass er zugebunden war, probierte, die Schnur zu öffnen, mit welcher er verknotet war. Zunächst gelang es mir nicht, aber ich hatte ja Zeit, viel Zeit. Ich wusste nicht, ob es eine halbe Stunde oder eine Stunde gedauert hatte, irgendwann löste sich der Knoten und ich konnte meine Hand in den Sack schieben. Ich fühlte den warmen kleinen Hundekörper, die Beinchen mit den weichen Pfoten, die zarten Schlappohren und die Schnauze. Am Kopf war etwas Klebriges, Feuchtes.

Blut!, schoss es mir wie ein Blitz durch den Kopf.

Ich zog meine Hand zurück, wollte ihn nicht weiter verletzen. Gleichzeitig registrierte ich, dass er noch atmete. Ganz leicht nur, doch sein Brustkorb bewegte sich, hob sich und senkte sich, gleichmäßig und ruhig. Das ließ mich hoffen.

Für einen Augenblick blieb ich ganz still liegen.

Was tun?, fragte ich mich.

Ich ließ Oskar in seinem Sack auf meinem Bauch und tastete nochmals die Umgebung ab. Außer diesem metallischen

Gegenstand konnte ich nichts entdecken. Sorgfältig befühlte ich ihn. Bald darauf bemerkte ich, dass es eine Taschenlampe war. Eine dieser viereckigen, die den Schalter seitlich hatten. Ich schob den Schalter nach unten und die Lampe leuchtete, was mir in dem Moment wie ein kleines Wunder vorkam. Ich betrachtete das Brett über mir und die Seitenwände des Erdloches. Dann schaltete ich die Taschenlampe sofort wieder aus, um nicht zu viel Batterie zu verbrauchen. Ich holte Oskar vorsichtig aus seinem Sack, legte ihn neben mich auf meine Decke, zog eine der Mineralwasserflaschen zu mir und schaltete die Taschenlampe wieder ein. Ich leuchtete Oskar von Kopf bis Fuß ab. Sein Körper schien beinahe unverletzt. Nur sein linkes Auge war stark geschwollen und blutunterlaufen. Eine dicke Beule zog sich bis über seine Stirn. Wahrscheinlich hatten die Schweine ihn mit ihren Stiefeln getreten und er war bewusstlos oder hatte sogar Gehirnblutungen. Vorsichtig reinigte ich mit meinem Taschentuch und etwas Mineralwasser die Wunde. Dann legte ich Oskar auf meinen Bauch, deckte ihn mit dem Sack zu und schaltete die Taschenlampe wieder aus.

Ruhig lag ich mit ihm da. Ich spürte, dass er atmete, fühlte seinen kleinen Körper auf mir, legte meine Hände um seine Brust, in der dieses kleine Herz schlug, das mich so liebte. Ich hatte plötzlich keine Angst mehr. Ich wusste, wenn ich sterben würde, dann wäre es mit diesem Dackel auf meiner Brust, dem besten Freund, den ich auf der Welt hatte. Er hatte mich aus dem Main gezogen, er hatte mich bei der Entführung in diesem Keller von der Kapuze befreit, jetzt musste ich ihn retten oder wir würden beide gemeinsam enden. Ich streichelte ihm über seinen Rücken, legte seinen Schwanz um den Körper, wie er das selbst tat, wenn er sich zum Schlafen einrollte. Ich strich ihm sanft über seinen kleinen Kopf, der ganz flach auf meiner Brust lag.

»Schlaf gut, Oskar«, sagte ich leise, »schlaf dich aus und werde wieder gesund, mein Kleiner«.

Ich musste daraufhin selbst eingeschlafen sein und wurde erst wieder wach, als Oskar sich bewegte. Ich merkte, wie er versuchte, sich hinzustellen, es jedoch nicht klappte, da er unter seinem Sack gefangen war. Deshalb bellte er. Nur leise, aber er bellte. Und anschließend wurde es nass auf meiner Brust. Nass und warm. Er hatte mich angepinkelt.

»Was machst du denn, Oskar?«, sagte ich zu ihm.

Aber ich war ihm natürlich nicht böse, sondern freute mich, dass er noch lebte und anscheinend die Nacht gut überstanden hatte. Ich schaltete kurz die Taschenlampe ein und sah, dass die Schwellung an seinem Auge etwas zurückgegangen war. Dann gab ich ihm Wasser zu trinken und nahm selbst aus der Flasche einen Schluck. Die Taschenlampe schaltete ich wieder aus, da ich nicht wusste, wie lange die Batterien halten würden. Mir war zwar nicht ganz klar, wofür ich sparte, denn eigentlich war meine Situation ja aussichtslos, aber irgendwie hoffte ich dennoch, dieses Erdloch wieder lebend verlassen zu können.

Da sie mich nicht gleich umgebracht hatten, würden sie mich vielleicht wieder befreien. Irgendeinen Sinn musste das Ganze ja haben. Vielleicht war es ein neuerlicher Erpressungsversuch des Frankfurter Tittenkönigs und sie würden Geld erhalten, wenn sie mich auslieferten ... Oder Kommissar Rotfux würde mich finden. Isabell hatte bestimmt eine Vermisstenanzeige aufgegeben und Rotfux würde sicher seine Suchtrupps in Bewegung setzen.

Von Zeit zu Zeit nahm ich einen meiner Schuhe und trommelte von unten gegen das Brett, um Krach zu machen. Ich hoffte, Spaziergänger könnten die Geräusche hören. Oder ich schrie in das Lüftungsrohr laut um Hilfe, allerdings ohne Erfolg. Mehrere Tage verbrachte ich so in diesem Erdloch. Ich roch den Gestank schon gar nicht mehr, der mich umgab.

Ich verrichtete meine Notdurft im hinteren Teil des Erdloches. Zwar deckte ich alles so gut es ging mit Erde zu, doch das half nicht viel.

Wie ich so aussichtslos in diesem Erdloch dahinvegetierte, bereute ich, an der Talkshow im ZDF überhaupt teilgenommen zu haben. Obwohl ich Angst gehabt hatte und eigentlich nicht mitmachen wollte, hatte mich Rotfux überredet. Er war sich sicher, dass er mich schützen könnte. Nun lag ich hoffnungslos in diesem Erdloch und ärgerte mich über den Kommissar, der den Mund wohl etwas voll genommen hatte.

Ich teilte das Mineralwasser mit Oskar. Er wurde zunehmend kräftiger und bellte immer intensiver. Als wir die letzte Flasche fast geleert hatten, begann ich mich zu fragen, wie es weitergehen sollte. Wahrscheinlich würden wir jämmerlich verdursten, wenn nicht bald Hilfe käme. Ich legte Oskar auf meine Brust und wartete. Die letzten Schlucke tranken wir im Abstand von Stunden, dann war der ganze Wasservorrat aufgebraucht.

»Ich kann dir jetzt nichts mehr geben, Oskar«, tröstete ich ihn.

Schwerer als mein eigener Durst war für mich das Winseln des Hundes zu ertragen, der nach Wasser und nach Fressen bettelte und wahrscheinlich nicht verstehen konnte, dass ich nichts besorgen konnte. Dabei quälte mich wahrscheinlich genauso wie Oskar mein leerer Magen. Ich fühlte meine Kräfte immer mehr schwinden.

»Ich hab doch nichts«, sagte ich immer wieder zu ihm und konnte nur hoffen, dass er verstand.

Irgendwann wurde er so unruhig, dass er nur noch bellte. Es mussten Stunden gewesen sein, die er bellend zubrachte. Ich konnte machen, was ich wollte, ich schaffte es nicht, ihn zu beruhigen. Ich weinte vor Erschöpfung und er schleckte meine Tränen ab. Ich spürte seine kleine weiche Zunge in meinem Gesicht und dachte, dass dies vielleicht die letzte Zärtlichkeit war, die er mir geben konnte.

Mitten in diese verzweifelten Überlegungen hinein hörte ich ein Bellen über uns. Zuerst ganz leise, dann kräftiger. Auch war es mir, als ob ich Schaufeln ausmachen konnte.

Waren womöglich die Ganoven zurückgekommen? Hatten sie den Wasservorrat so berechnet, dass er genau bis zu ihrer Rückkehr reichte?

Ich schrie erneut durch den Luftschlauch um Hilfe und vernahm eine Antwort: »Wir kommen.«

Nach einiger Zeit, die mir wie eine Ewigkeit vorkam, vernahm ich Schritte auf dem Brett und einige Stimmen. Schließlich bewegte sich das Brett und wurde vom Erdloch weggezogen. Ich war geblendet vom grellen Tageslicht, konnte zuerst nichts erkennen. Dann sah ich Beine, die um das Erdloch herumstanden, und wie die Personen, die zu den Beinen gehörten, entsetzt in meine Erdhöhle blickten.

»Du lieber Himmel«, rief Isabell, »das ist ja schrecklich!«

»Wahnsinn«, murmelte Kommissar Rotfux, »vier Tage in einem solchen Loch zu liegen.«

»Brav«, lobte ein Herr seine Schäferhündin. »Wenn Alexa ihn nicht gefunden hätte, hätte er sicher keine Chance gehabt.«

Mir kam der Mann bekannt vor und Isabell schien ihn auch zu kennen, vielleicht aus einem Geschäft, ich konnte das gerade nicht sagen. Ich versuchte aufzustehen, aber es ging nicht. Zu steif waren meine Knochen. Rotfux stieg ins Erdloch hinab und half mir auf. Ich war beeindruckt, denn das hätte ich nicht von ihm erwartet.

»Sie werden sich wieder besser fühlen. – Aber es braucht alles Zeit«, sagte er.

Ich muss total verwildert ausgesehen haben: Schmutzig, ungewaschen, mit Bartstoppeln im Gesicht und bestimmt roch ich nicht so gut, da Oskar mich ja angepinkelt hatte.

»Geben Sie mir mal den Hund«, sagte Rotfux, »damit Sie besser gehen können.«

»Der bleibt bei mir«, wehrte ich mich.

Dann erzählte ich allen Anwesenden die Geschichte meiner Entführung und man hätte eine Stecknadel im Wald fallen hören können.

»Also ist dir Oskar ein zweites Mal zur Seite gestanden«, sagte Isabell. »Zuerst zieht er dich aus dem Main, danach rettet er dich aus diesem Erdloch. Unglaublich!«

Kommissar Rotfux gab seine Anweisungen an die Spurensicherung. »Überall Fingerabdrücke nehmen, Reifenspuren untersuchen, DNA-Proben sichern«, sagte er. »Alles genauestens prüfen. Wir müssen die Täter erwischen.«

Inzwischen füllte sich der Wald mit Schaulustigen. Es schien sich wie ein Lauffeuer herumgesprochen zu haben, dass ich in der Nähe der Teufelskanzel, einem Aussichtspunkt im Wald, in einem Erdloch gefunden worden sei. Ganz Aschaffenburg hatte natürlich mitbekommen, dass der Märchenkönig verschwunden war, die Bürger waren zur Suche aufgefordert worden, was sicher mit ein Grund dafür war, dass die Schäferhündin Alexa Oskar gewittert und uns entdeckt hatte.

Nachdem sich die erste Aufregung gelegt hatte, ließ Kommissar Rotfux mich zum Haus von Brenners bringen.

»Machen Sie sich erst mal frisch«, sagte er zu mir. »Anschließend komme ich vorbei. Ich muss Ihnen ein paar Fragen stellen.«

Da waren sie wieder, die Fragen des Kommissars. Doch diesmal nahm ich mir vor, sie alle zu beantworten, denn es war mir erneut klar geworden, dass mein Leben am seidenen Faden hing und mit diesen Ganoven sicher nicht zu spaßen war.

16

Das 400-jährige Jubiläum des Aschaffenburger Schlosses steuerte im Juni auf seinen ersten Höhepunkt zu. Meine Audienzen waren brechend voll und es fanden zusätzliche Termine am Samstagnachmittag statt. Dadurch erhielt ich auch mehr Honorar und konnte Isabell sogar eine Miete zahlen, die für mein Zimmer angemessen war.

Doch je besser alles lief, desto mehr wurde auch das zum Problem. Isabell zeigte mir immer deutlicher, dass sie mich mochte, und es fiel mir zunehmend schwerer, mich abends in mein Zimmer zurückzuziehen und mich dort allein in mein Bett zu legen. Es war, wie wenn man den Duft eines leckeren Bratens aus der Backröhre riecht, aber genau weiß, dass man niemals davon wird kosten dürfen. Ulrich stand zwischen uns, und ich hatte das Gefühl, dass er eifersüchtig über Isabell wachte.

Anfang Juni erhielten schlagartig die Gedanken an meine Vergangenheit neue Nahrung. Kommissar Rotfux war wieder aktiv geworden. Er hatte mich angerufen und mich darum gebeten, bei ihm im Büro vorbeizukommen.

»Ich habe Neuigkeiten für Sie«, begrüßte er mich.

»Haben Sie etwas gefunden?« Ich zitterte vor Aufregung und merkte bei der Gelegenheit, wie wichtig mir meine Vergangenheit doch immer noch war.

»Nicht direkt«, sagte Rotfux, »aber es könnte sein, dass Sie in schwere Straftaten verwickelt sind.«

»In Straftaten verwickelt?« Ich war sprachlos. »Und was soll das sein? Welche Art von Straftat?«, wollte ich wissen.

Rotfux, der wie üblich einen gelben Pulli trug, sah mich prüfend an. »Sie haben also wirklich keine Ahnung?«, fragte er, wobei sein rotbrauner Oberlippenbart auf seiner Lippe tanzte.

»Nein! Wovon denn?«

»Man hat Bilder von Ihnen in der Wohnung einer jungen Frau gefunden, die ermordet wurde.«

»Bilder von mir?«, stammelte ich.

»Ja, Bilder von Ihnen.«

»Und wo bitte?«

»Das müssten Sie eigentlich besser wissen als ich«, sagte Rotfux und sah mich wieder prüfend an, als ob er mich mit seinem Blick durchbohren wollte. Sein Blick war mir unangenehm und es wurde mir klar, dass er mich soeben verhörte.

»Wo waren Sie am vergangenen Dienstag?«, fragte er.

»Am Dienstag?« Ich überlegte. Dann sagte ich, dass ich tagsüber bei Brenners im Garten gewesen sei und abends mit Isabell und den Kindern das Restaurant Zum Ochsen besucht hatte.

»Mhmmm«, brummte Rotfux nachdenklich. »Kennen Sie eine Maria Oberwiesner?«

Ich zögerte. Irgendwie kam mir der Name bekannt vor, aber ich wusste nicht, woher.

Rotfux schaute mich fragend an. »Nun?«, sagte er. »Kennen Sie Maria?«

In meinem Hirn arbeitete es fieberhaft, ich konnte mich jedoch nicht wirklich erinnern. »Den Namen kenne ich, bloß woher? Vielleicht hat sie mir nach der Talkshow geschrieben. Woher stammt diese Maria denn?«

»Haben Sie wirklich keine Ahnung?«, fragte Rotfux.

Er konnte es wohl einfach nicht fassen, dass ich mich an nichts erinnern konnte.

»Nein, es tut mir leid«, sagte ich. »Ich weiß es wirklich nicht.«

»Sie wohnte in München. Man hat sie tot in der Isar gefunden. Könnten dieselben Täter gewesen sein, die Sie in den Main gestoßen haben«, sagte Rotfux jetzt.

»In München«, meinte ich, »ja, aus München hatte ich eine Zuschrift.«

Rotfux zog ein Foto aus seinem Aktenhefter. »Hier. Kennen Sie die?«

Ich sah mir das Bild sorgfältig an. Die Person darauf kam mir irgendwie bekannt vor.

»Ich glaube, so sah die Frau aus, die mir aus München geschrieben hat«, sagte ich.

»Warum haben Sie mir davon nicht berichtet?«, fragte Rotfux vorwurfsvoll. Er legte seine Stirn in Falten und sah mich ärgerlich an.

»Ich weiß nicht. Ich dachte, es sei nicht so wichtig.«

»Nicht so wichtig, nicht so wichtig. Das überlassen Sie mal besser uns, was wichtig ist oder nicht«, brummte er. »Die Frau ist tot! Vielleicht hätte man sie retten können. Man hat sie gestern tot aus der Isar gezogen und heute kam die Mitteilung, dass man auch Fotos von Ihnen in ihrer Wohnung gefunden hat«, sagte Rotfux. »Können Sie sich das erklären?«

»Vielleicht kannte ich sie früher«, antwortete ich kleinlaut.

»Und in den letzten Monaten haben Sie Maria nie mehr gesehen?«, hakte Rotfux nach.

»Nein. Nie mehr«, antwortete ich.

»Haben Sie die Zuschrift von dieser Frau noch?«

»Ja, die habe ich aufgehoben. Ich dachte, dass ich sie vielleicht besuchen würde, um sie etwas über mich fragen zu können.«

»Ich lasse Sie jetzt nach Hause bringen«, sagte der Kommissar, »und Sie geben Ihre Zuschriften den Beamten mit. Wir müssen die natürlich alle überprüfen.«

Mist, dachte ich. Wenn er sämtliche Zuschriften überprüfen würde – auch die von Melanie. Das wäre ja schrecklich.

Ich nahm mir vor, ihm auf keinen Fall den Brief von Melanie zu geben.

»Sie müssen uns unbedingt die Wahrheit sagen«, beschwor mich der Kommissar, als ob er Gedanken lesen konnte. »Vielleicht sind noch weitere Mädchen in Gefahr.«

Irgendwie hatte ich das deutliche Gefühl, dass mir Rotfux nicht wirklich glaubte. Wahrscheinlich dachte er sogar, die ganze Geschichte mit meinem Gedächtnisverlust sei in Wirklichkeit nur der Trick eines ausgebufften Ganoven.

Rotfux telefonierte kurz mit dem Streifendienst und ließ mich mit einem Polizeiauto bis vor Brenners Haus fahren. Wie ein Verbrecher kam ich mir vor, es war mir unangenehm, dass der Streifenwagen direkt vor Brenners Haus hielt. Zum Glück saßen Paul und Corinna in der Schule und Isabell arbeitete im Buchladen, sodass ich mit den beiden Polizisten unbemerkt ins Haus gehen konnte.

Oskar begrüßte mich wie immer. Ihn schienen die Polizisten nicht zu interessieren. Er wedelte mit dem Schwanz, sprang an mir hoch und folgte mir in mein Zimmer, wo ich nach den Zuschriften suchte. Zum Glück hatte ich sie an verschiedenen Stellen im Kleiderschrank gut versteckt, da ich verhindern wollte, dass Isabell sie fand. So gelang es mir, die Zuschrift von Maria Oberwiesner aus München, die Briefe von Natalie und Gina, zwei Zuschriften aus Berlin, eine aus Freiburg und eine aus Frankfurt aus meinen Wäschefächern zu ziehen, ohne dass ich Melanie verraten musste.

»Sind das auch alle Briefe?«, fragte der eine der beiden Streifenpolizisten. »Nicht, dass Sie noch etwas in Ihrer Wäsche vergessen haben.«

Er schmunzelte und fand es anscheinend lustig, dass ich meine Post zwischen der Unterwäsche aufhob.

»Die Zuschriften der Frauen waren mir peinlich«, erklärte

ich mein Versteck. »Ich wollte nicht, dass die Kinder oder Frau Brenner sie entdecken.«

Um die Polizisten zu beruhigen, tat ich so, als ob ich meine Wäsche nochmals komplett durchsuchte. »Nein, das sind wirklich alle Briefe«, sagte ich.

»Na gut, dann fahren wir wieder zum Revier zurück und übergeben dem Kommissar die Zuschriften.«

Ich begleitete die Streifenpolizisten noch nach draußen.

Es bedrückte mich, dass ich jetzt quasi eingesperrt war. Der ewige Trott, das tägliche Einerlei ließen mich am Sinn meines Lebens zweifeln. Samstags und sonntags Audienz als König von Aschaffenburg, die Woche über Gartenarbeit, Schularbeiten mit den Kindern, Plaudern mit Isabell – das alles frustrierte mich.

»Wir haben etwas sehr Interessantes entdeckt«, sagte Kommissar Rotfux zu mir, als ich zwei Wochen später wieder sein Büro betrat.

»Ja? Was denn, bitte?«, fragte ich.

»Alle Frauen, die Ihnen Briefe geschrieben haben, kannten Sie tatsächlich«, sagte Rotfux stolz.

»Ach, wirklich?«, wunderte ich mich. »Und woher?«

»Na, raten Sie mal«, machte es Rotfux spannend.

»Keine Ahnung.«

»Da kommen Sie nie drauf«, feixte Rotfux.

Er lächelte und fuhr mit seiner Zunge über seinen schmalen Oberlippenbart, als ob er sich eine Köstlichkeit auf der Lippe zergehen ließ.

»Venedig«, sagte er dann. »Sie haben sich mit allen in Venedig getroffen. Nur Gina haben Sie in Rom kennengelernt.«

»Ach?«, wunderte ich mich.

»Und das Verrückteste«, fuhr Rotfux fort, »das Verrückteste ist, alle Frauen behaupten, sie hätten sich unsterblich in Sie verliebt.«

»Dann wissen Sie jetzt sicher wenigstens meinen Namen.«

»Sagen wir mal so, den Namen, den Sie dafür verwendet haben. Sie nannten sich Dieter von Franca, was sicher geschwindelt war, denn einen solchen Namen haben wir nicht im Personenregister feststellen können.

»Dieter von Franca«, stammelte ich. Jetzt hatte ich einen Namen, der aber bestimmt nicht mein richtiger war. »Dann sind wir ja so klug wie zuvor«, murmelte ich.

»So kann man es sagen«, nickte Rotfux.

»Und es gibt keine sonstigen Spuren?«

»Noch keine, Herr … äh … Herr König. Aber wir werden weiter nachforschen.«

Er hatte mich König genannt, da ihm von Franca wohl zu albern vorkam, und ich war ihm dafür dankbar, denn ich sah das genauso.

Die Informationen des Kommissars machten mich noch ratloser. Ich schien ein rechter Casanova gewesen zu sein, und das unter falschem Namen, was mich keinen Millimeter weiterbrachte. Warum gerade Venedig?, fragte ich mich. Natalie fiel mir ein. Auch sie hatte erzählt, dass wir uns in Venedig kennengelernt hatten und dass sie die Stadt gern noch einmal mit mir besuchen würde. Ich fragte mich, ob ich mit Natalie das Geheimnis lüften könnte. Ob bei einer Venedigreise irgendeine Erinnerung in mir wach würde? Nur, wie sollte das gehen?

Mit solchen Gedanken kehrte ich zu Isabell und den Kindern zurück. Sie bemerkte gleich, dass mich etwas beschäftigte.

»Gibt es etwas Neues vom Kommissar?«, fragte sie schon an der Haustür.

Ich zögerte.

»Nicht wirklich«, brummte ich.

»Aber aus irgendeinem Grund muss er dich doch einbestellt haben …«

Da sie nicht locker ließ, entschloss ich mich, ihr die Wahrheit zu sagen. »Die Frauen, von denen ich Zuschriften erhalten habe, kannten mich alle«, sagte ich, »und alle haben sich in mich verliebt!«

»Alle Achtung«, lachte Isabell, wobei ihr Lachen nicht wirklich fröhlich klang. »Du warst ja ein richtiger Draufgänger!«

»Sieht so aus …«, seufzte ich. »Aber das bringt mich leider nicht weiter! Sie nannten mich alle Dieter von Franca, was aber wohl ein erfundener Name ist.«

Es war mir nicht recht, gegenüber Isabell alles zu offenbaren, was der Kommissar rausgefunden hatte. Am liebsten hätte ich ihr gar keine Auskunft gegeben oder sie angelogen, was sie aber bemerkt hätte. Andererseits verstand ich, dass sie alles über mich wissen wollte und sich wünschte, mit mir zusammen zu sein.

»Vielleicht sollte ich nach Venedig reisen, um meinem Geheimnis auf die Spur zu kommen«, dachte ich laut nach. »Vielleicht kommt dort meine Erinnerung wieder zurück …«

»Ja, super, in den Schulferien, wenn die Kinder mitkönnen, wäre es doch toll, Venedig zu besuchen!«, freute sich Isabell.

Sie hatte den Vorschlag wie selbstverständlich auf sich und ihre Kinder bezogen und dachte gar nicht daran, dass ich eventuell hätte allein fahren wollen. Ich erwiderte nichts, denn ich wollte sie nicht schon wieder vor den Kopf stoßen. Doch vorstellen konnte ich es mir nicht, mit einer Familie im Schlepptau durch Venedig zu ziehen. Schließlich ging es darum, etwas über mich und meine Vergangenheit herauszufinden – und das konnte ich sicher am besten allein oder mit Natalie, die wenigstens mit mir in Venedig gewesen war.

Allmählich hatte ich das Gefühl, dass sich die Schlinge um

meinen Hals enger zuzog. Isabell hatte es sich angewöhnt, mich am Sonntag zu meinen Audienzen zu begleiten. Sie saß in der ersten Reihe und lauschte meinen Geschichten. Ich fühlte mich beobachtet und eingeengt. So kam es, wie es kommen musste: Bei meiner Nachmittags-Audienz am dritten Sonntag im Juni saß Isabell wie üblich in der ersten Reihe und drei Plätze weiter entdeckte ich gleich zu Beginn Melanie in ihrem Jeans-Kostüm.

Mir rutschte vor Schreck das Herz in die Hose und ich verhaspelte mich beim Erzählen.

»Der König ging in den Keller, um sich dort ein Ei kochen zu lassen«, sagte ich, »äh … in die Schlossküche ging er natürlich, um sich ein Ei kochen zu lassen.«

Die Kinder grölten. Sie freuten sich über meinen Versprecher und warteten auf den nächsten, der prompt folgte. Ich war mit meinen Gedanken bei Isabell und Melanie und sagte: »Der König küsste Melanie, sodass ihm der Koch eine Ohrfeige gab.«

Erneutes Gelächter der Kinder folgte. Sie waren vor Begeisterung nicht mehr zu halten. Minutenlang tobte der Beifall, bis ich endlich sagen konnte: »Der Koch küsste natürlich die Prinzessin, sodass ihm der König eine Ohrfeige gab.«

Mir war die ganze Sache peinlich und ich wäre am liebsten im Boden versunken, obwohl die Kinder vor Begeisterung tobten. Ich merkte auch, dass Isabell und Melanie unruhig auf ihren Stühlen hin und her rutschten, seit mir der zweite Versprecher passiert war. Je näher das Ende der Audienz rückte, desto mehr beschäftigte mich die Frage, wie ich die Situation retten könnte.

Nachdem die Audienz beendet war und die Kinder uns verlassen hatten, standen tatsächlich nur noch Isabell und Melanie hinter der Kordel bei meinem Turmzimmer. Ich ging auf die beiden zu und lächelte sie an. Beide lächelten zurück.

»Und, was machen wir nun?«, fragte ich und übersetzte die Frage gleichzeitig ins Französische.

Beide Frauen sagten nichts, sondern sahen mich nur verlegen an.

»Wollen wir einen Kaffee trinken gehen?«, fragte ich. Was sollte man sonst schon fragen in einer solchen Situation?

Sie nickten zustimmend und schienen froh zu sein, dass sich etwas tat.

»Vielleicht auf den Schlossterrassen?«

Sie nickten wieder. Also legte ich Umhang und Krone ab und wir machten uns auf den Weg zum Ausgang des Schlosses.

Als wir die Schlossterrasse durch das Schlossgartentor und über die Treppenanlage erreicht hatten, wurde zum Glück gerade ein Tisch frei.

»Kommt, den nehmen wir«, sagte ich.

Sie nickten wieder und wir setzten uns unter einen weit ausladenden Baum mit Blick über den Main.

»Schön ist es hier«, sagte Melanie und ich übersetzte erneut.

»Ja, sehr schön. Ich war oft mit Ulrich hier«, stimmte Isabell zu und ich übersetzte.

Wir unterhielten uns über Ulrich und es kam mir so vor, als ob so etwas wie Verständnis zwischen Isabell und Melanie wuchs. Je länger das Gespräch dauerte, desto lockerer wurden die beiden. Sie kramten sogar einige wenige Brocken Englisch hervor, die sie beherrschten, und versuchten, sich direkt zu verständigen.

Ab und zu grüßten mich Spaziergänger, die am Sonntagnachmittag über die Schlossterrasse in Richtung Pompejanum zogen. Man kannte den König von Aschaffenburg und die Leute freuten sich, mich auf der Terrasse zu sehen.

»Der König trinkt ein Bier«, flüsterten sie ihren Kindern zu, die mit rückwärts gewandten Köpfen an ihrer Hand hingen und mit großen Augen in meine Richtung starrten.

»Du bist hier sehr bekannt«, stellte Melanie beeindruckt fest.

»Ja, ja, unser König«, lachte Isabell. »Was wäre Aschaffenburg ohne ihn?«

Isabell erzählte von Ulrich und von mir, von meinem Versprechen, das ich Ulrich gegeben hatte, und von der großen Hilfe, die ich für sie sei. Melanie wurde zunehmend stiller. Ich glaubte, sie fühlte sich zwischen all den deutschen Terrassengästen als Fremdkörper und wurde durch die endlosen Berichte über mich und Ulrich geradezu erdrückt.

Irgendwann sagte sie auf Französisch: »Ich glaube, es ist besser, wenn ich jetzt gehe.« Dabei klang sie sehr enttäuscht und traurig.

»Wenn du meinst«, antwortete ich. Mir fiel im Augenblick keine Lösung ein, wie ich den Nachmittag hätte retten können.

»Besuch mich mal in Straßburg«, setzte sie noch leise hinzu. Dann stand sie auf und verabschiedete sich. Ich wagte es nicht, sie auf den Mund zu küssen, sondern gab ihr nur rechts und links zwei Küsschen auf die Wange, wie das in Frankreich üblich ist. Isabell schloss sich dieser Geste an, obwohl ich glaubte, dass sie ihr lieber die Augen ausgekratzt hätte, als sie zu küssen.

17

Drei Tage später saß ich im Intercityexpress nach Straßburg. Wie eine stählerne Schlange trug er mich durch das Rheintal nach Süden. Mannheim, Karlsruhe, Baden-Baden – Stationen einer Reise in die Vergangenheit, von der ich mir die Zukunft erhoffte. Oskar lag neben mir auf einem Handtuch.

»Bald sind wir da«, sagte ich zu ihm, als wir Baden-Baden passierten.

Er sah kurz auf, rollte sich wieder zusammen und schlief weiter. Als Reisebegleiter war Oskar ideal. Er wusste offensichtlich, wenn Ruhe angesagt war, gab keinen Mucks von sich und wartete geduldig bis zur Ankunft.

Ich hatte Aschaffenburg kurz nach 8 Uhr morgens verlassen, nachdem die Kinder in der Schule waren und Isabell auf dem Weg zum Buchladen. Jetzt zeigte die Uhr kurz nach zehn und Isabell ahnte noch nicht einmal, dass ich bereits zu Melanie nach Straßburg unterwegs war.

Jede Diskussion wäre zwecklos gewesen. Freiwillig hätte sie mich niemals fahren lassen. Also hatte ich nur einen Zettel auf den Küchentisch gelegt: ›Bin ein paar Tage weg, komme spätestens am Samstag wieder.‹ Ich nahm zwar an, dass sie sich denken konnte, wen ich besuchte, aber ich war zu feige gewesen, es ihr direkt zu sagen. Außerdem hatte ich diesmal auch Rotfux nicht informiert. Ich wollte Melanie unbedingt besuchen und konnte keine Ablehnung durch Kommissar Rotfux riskieren.

Am Bahnhof in Straßburg begrüßte mich Melanie mit einer langstieligen roten Rose. Sie hielt mir zunächst die Blume entgegen und danach ihren Mund. Ich nahm beides dankbar an.

»Ich freue mich sehr«, sagte sie auf Französisch, während Oskar zwischen ihren Beinen tänzelte. Dann beugte sie sich zu ihm herab und kraulte ihn hinter den Ohren. Oskar bellte und sprang an ihren Beinen hoch, sodass ich schon glaubte, er würde sie mit seinen Krallen kratzen.

»Nein, nicht! Komm her!«, sagte ich und nahm ihn auf den Arm. »Du bist doch ein alter Schlingel. Willst wohl Melanie gleich fressen?«

Sie lachte. Ich sah ihre weißen Zähne und ihren hübsch geschwungenen Mund, ihre leuchtenden Augen neben der kleinen Stupsnase, ihre braune Haut, die nach Sommer roch, ihre feinen Hände, die sich mir entgegenstreckten – und schon lag sie mir in den Armen, mit Oskar dazwischen, den wir fast zerquetschten.

»Hast du schon gefrühstückt?«, fragte sie. Ihr Französisch klang wie Musik in meinen Ohren. Es war mir, als ob Melanies Stimme und ihre Sprache ganz tief in meiner Seele Töne anschlugen, die nur darauf warteten, gespielt zu werden. Im Moment hatte ich das Gefühl, mehr Franzose als Deutscher zu sein.

»Ich habe etwas im Zugrestaurant gegessen«, antwortete ich.

»Dann lass uns zuerst deine Tasche zu mir bringen. Bestimmt erinnerst du dich an meine kleine Wohnung.«

Ein Taxi brachte uns zum Quai des Bateliers am Ufer der Ill. Ich konnte mich zunächst nicht erinnern, hier jemals gewesen zu sein. Ich hatte alle Hände voll mit meiner Reisetasche und dem Hund zu tun, als wir aus dem Taxi ausstiegen und Melanie zielstrebig auf ein älteres Haus zusteuerte.

»Hier ist es«, sagte sie. »Soll ich Oskar nehmen?«

»Wenn du möchtest«, antwortete ich und gab ihr den Hund. Er ließ sich anstandslos von ihr tragen, sah interessiert in alle Richtungen und reckte seine Nase in die Höhe, als wir das Haus betraten. Ich beobachtete, wie er schnüffelte. Es roch nach altem Holz, nach Jahrhunderten, die uns hier empfingen, nach Generationen von Bewohnern, die hier gelebt hatten, bevor dieses alte Straßburger Haus jetzt mich empfangen durfte, um mir zu sagen, wer ich war.

›Du bist Franzose‹, raunten mir die Balken des Fachwerks zu. ›Du kennst uns Häuser, die nicht perfekt sind, aber liebevoll. Du kennst unseren Geruch der Geborgenheit, den wir verströmen, um eure Seelen zu beruhigen, die immer unruhig nach Neuem suchen.‹

Kann sein, dachte ich. Der Geruch kommt mir bekannt vor.

»Und? Erinnerst du dich?«, frage mich Melanie im Treppenhaus.

»Irgendwie schon«, antwortete ich. »Das Holz, der Geruch, das Dämmerlicht …«

Die Treppenstufen knarrten. ›Wir leben! Wir leben viel mehr als Beton!‹, flüsterten sie. ›Wir haben ein Herz. Wir werden gebohnert. Wir sind die besten Stufen der Welt.‹

Stimmt, dachte ich. Hier war Leben. Hier lebten sogar die Stufen. Sie konnten knarren, sie hatten ihre Sprache noch nicht verloren wie diese grauen, blassen Betonstufen, die tot waren, in diesen hässlichen Betonklötzen, die sie Häuser nannten.

»Ich wohne ganz oben unter dem Dach«, sagte Melanie.

Sie ging mir voraus. Im Halbdunkel des Treppenhauses sah ich ihre nackten Beine vor mir, welche die Stufen knarren ließen, obwohl sie schlank und zierlich waren. Oskar war ganz still. Wahrscheinlich hatte er Angst, weil er mich nicht sehen konnte, aber immerhin bellte er nicht.

»Hier sind wir«, verkündete Melanie endlich. Das Treppenhaus endete in einer kleinen hölzernen Empore mit Geländer, von der zwei Türen abgingen.

»Wer wohnt hier noch?«, fragte ich.

»Nur ich«, antwortete sie.

»Aber die zweite Tür da?«

»Ach die, die geht nur auf den Dachboden. Da wohnt niemand.«

Sie hatte inzwischen mit einem langen, fast antiken Schlüssel ihre Wohnungstür aufgeschlossen und setzte Oskar zu Boden. Der stellte seinen Schwanz in die Höhe und stolzierte wie ein König durch die Wohnung. Fast konnte man meinen, er sei der König von Straßburg. Zuerst sah er sich in der kleinen fensterlosen Diele um, danach lief er ins Wohnzimmer, das durch zwei Dachgauben recht hell war. Eine Kommode an der Wand, eine ältere Couch und zwei Ohrensessel und einige Bücherregale verbreiteten eine gemütliche Stimmung. Nur an den Bildern und den Gläsern in einer Vitrine sah man, dass hier eine junge Frau wohnte.

Während ich noch durch eine der Dachgauben auf den Fluss blickte, war Oskar schon in der Küche, die ebenfalls zum Quai gerichtet war. Eine große Wohnküche war das, mit Eckbank und einem alten Küchenschrank gegenüber einer modernen Küchenzeile.

»Der Schrank ist noch von meiner Großmutter«, erklärte Melanie, als sie merkte, dass ich die Möbel musterte.

Schließlich steuerte Oskar zielstrebig ins Schlafzimmer, das zum Innenhof gerichtet war und durch eine weitere Dachgaube Licht erhielt. Er stolzierte einmal um das französische Doppelbett herum und legte sich auf den Bettvorleger auf der linken Seite, als ob er dort schon immer gelegen hätte.

»Du kennst ja deinen Platz noch«, freute sich Melanie. »Ja, da darfst du liegen. Du bist sicher müde.«

Sie kraulte ihn kurz hinter den Ohren und zeigte mir dann zwei Fächer in ihrem alten Kleiderschrank.

»Die sind für dich, so wie immer«, sagte sie.

So wie immer?, dachte ich. Wenn ich nur gewusst hätte, was dieses ›so wie immer‹ bedeutete. Gut, ich war mir sicher, dass ich Melanie kannte. Ich sah auch, dass Oskar sich hier zu Hause fühlte. Aber ich konnte mich nicht daran erinnern, wann und wie oft ich hier gewesen war.

»Es ist alles sehr gemütlich bei dir«, meinte ich.

»Ja, meine Großmutter hatte diese Wohnung, bevor sie starb. Sonst bekommt man hier nicht so leicht etwas«, sagte sie. »Komm. Jetzt machst du dich etwas frisch, ich räume deine Sachen ein und dann gehen wir in die Stadt zum Mittagessen. Kochen will ich heute nicht. Dafür ist mir die Zeit mit dir zu schade.«

So stand ich wenig später in ihrem kleinen Bad und rasierte mich. Sonst tat ich das mittags eigentlich nie, doch ich hatte das Gefühl, mich für Melanie glätten zu müssen. Auch putzte ich mir die Zähne und wusch mir das Gesicht. Danach zog ich mein Hemd an und ging zurück ins Wohnzimmer.

»Können wir?«, fragte Melanie.

»Wenn du möchtest, gern«, sagte ich und holte Oskar aus dem Schlafzimmer.

Kurz darauf traten wir auf die Straße, durch die sich der Verkehr schob. Am gegenüberliegenden Ufer der Ill legte soeben ein Glasdachboot mit Touristen ab. Da die Sonne schien, war das Glasdach offen und die Besucher hatten freien Blick über den Fluss und die Altstadt. Hinter den Fachwerkhäusern sah man den Turm der Kathedrale, auf dem die Mittagssonne glänzte.

»Lass uns zuerst zur Kathedrale gehen«, sagte ich spontan.

Ich wusste nicht, warum, aber ich hatte das Gefühl, die Kathedrale begrüßen zu müssen wie einen alten Freund, den man lange nicht gesehen hatte.

»Ganz wie du willst«, sagte Melanie.

Sie legte ihren Arm um meine Hüfte, wir gingen über die Brücke beim alten Zollamt, dann nach rechts zur Rue du Maroquin, in der sich ein Souvenirgeschäft an das andere reihte.

Kitsch hoch drei, musste ich denken, als ich die weißen, rotschnäbligen Elsässer Störche sah, die in allen Größen in den Souvenirgeschäften hingen. Trotzdem vermittelten mir diese Geschäfte ein Gefühl von Heimat und Geborgenheit, als ob ich bereits als Kind mit glänzenden Augen durch diese Gassen gegangen war und in meinem Herzen nichts anderes als den Wunsch nach einem solchen Storch aus Plüsch getragen hatte, den ich anschließend wie eine Trophäe nach Hause tragen durfte.

»Und? Erinnerst du dich an diese Gasse?«, fragte Melanie.

»Ja«, sagte ich, »tief in meinem Herzen ist da ein Gefühl, dass ich schon mal hier war, wahrscheinlich sogar als Kind.«

Melanie sah mich glücklich an. »Na, siehst du«, sagte sie. »Es wird doch langsam.«

Wenig später traten wir auf den Place de la Cathédrale, den Platz vor dem Straßburger Münster. Es gibt Dinge, die man wohl nicht vergessen kann, selbst wenn sonst alles verloren ist. Ich wusste, dass ich das Hauptportal mit der Rosette darüber früher gesehen haben musste. Es hatte sich tief in meine Seele eingebrannt, dieses Kunstwerk aus Glas und Stein. Nicht die einzelne Figur, nicht das einzelne Fensterglas verliehen dem Werk Unsterblichkeit, sondern die Harmonie des Ganzen warf sich mir entgegen und entzückte meine Sinne.

In einer Weinstube in der Rue des Tonneliers aßen wir zu Mittag. Es war beinahe zwei Uhr und wir hatten beide richtig Hunger. Oskar kuschelte auf der Eckbank zwischen uns. Ich hatte meinen Pullover für ihn ausgezogen, der nach dem ausgiebigen Stadtbummel sicher gut nach mir roch und ihm das Gefühl von Geborgenheit gab, nach dem er sich so sehnte. Wie ein kleiner Hundeengel lag er da, alle viere in die Luft gestreckt, während wir Elsässer Sauerkraut mit Kartoffeln, Würstchen und Speck aßen.

»Ich bin froh, dass du dich erinnern kannst«, sagte Melanie und legte ihre kleine Hand auf die meine. »Es muss schrecklich sein, wenn man keine Vergangenheit mehr hat.«

»Nun ja, das kommt auf die Vergangenheit an«, lachte ich. »Ein Verbrecher würde sie wahrscheinlich gern im Fluss versenken.«

Wir tranken Elsässer Riesling und das nicht wenig. Ich freute mich über Straßburg und das Münster und auch Melanie. Ich schenkte ihr und mir nach und ich streichelte ihr über den Arm, den sie auf meinen Schoß gelegt hatte. Ich betrachtete ihre dunklen Augen und ihren hübschen Mund. Ich roch den Duft ihres Parfums, das sich mit dem Geruch von Sauerkraut und Speck mischte.

»Du bist sehr schön«, sagte ich.

Sie drückte meine Hand und küsste mich.

Unter dem Tisch spürte ich ihren Fuß auf dem meinen.

»Ich bin so froh, dass du da bist«, sagte sie.

Oskar lag immer noch zwischen uns und hatte seinen Kopf diskret zur Seite gedreht. Melanie lächelte.

»Er stört uns nicht. Einen braven Hund hast du«, sagte sie.

Wir bestellten noch zwei Creme Caramel, dann nochmals Riesling, bis mein Französisch etwas schwerfälliger wurde und ich dauernd kichern musste. Endlich verließen wir beschwingt das Lokal und gingen Arm in Arm Richtung Fluss. Wir waren bereits ein ganzes Stück in Richtung Ancienne Douane gegangen, als ich plötzlich Oskar bellen hörte. Mein Gott! Den haben wir ganz vergessen, schoss es mir durchs Hirn.

Da kam er gerannt. Seine Leine zog er hinter sich her. Der Metallverschluss klirrte über das Kopfsteinpflaster. Ich sah den kleinen Kerl mit wehendem Fell auf uns zu jagen.

»Komm, mein Schatz«, rief ich und beugte mich zu Boden.

Er galoppierte förmlich auf uns zu, fegte mit seiner Leine durch die Gasse, überschlug sich auf den letzten Metern fast und sprang mir in den Arm. Ich spürte dieses treue kleine Etwas, dieses kleine hechelnde Hundeknäuel, das sich an mich presste, als ob ich ihm diesmal das Leben gerettet hatte.

»Wie konnten wir dich nur vergessen«, sagte ich und streichelte ihn.

Er war noch völlig außer Atem, als ob er um sein Leben gerannt war. Sein Herzchen bummerte gegen meine Brust und ich trug ihn ein Stück, bis er sich etwas erholt hatte. Melanie hatte ihren Arm jetzt wieder um meine Hüfte gelegt und führte mich zu sich nach Hause.

Wir gingen durch die Rue des Tonneliers, vorbei am alten Fischmarkt und lasen hier und da die Speisekarten der Restaurants. Oskar tänzelte vor uns auf dem Kopfsteinpflaster und zeigte uns, wie wohl er sich in Straßburg fühlte. Plötzlich blieb Melanie stehen und zog mich in einen Hauseingang. Ich packte Oskar und nahm ihn auf den Arm.

»Pssst, ganz still, ich glaube, sie verfolgen uns«, flüsterte Melanie.

»Wer verfolgt uns?«

»Die beiden Typen ...«

»Wo sind sie?«

»Da vorne, in der Rue de la Douane, dort haben sie um die Ecke geschaut«, presste Melanie hervor. Sie war ganz außer sich vor Angst.

»Dann lass uns zurückgehen, zurück zum Place Gutenberg«, schlug ich vor.

»Wir warten lieber noch.«

»Ja, okay.«

So standen wir im Hauseingang und warteten. Melanie drängte sich an mich. Ich bemerkte, dass sie zitterte. Sie schien plötzlich so zerbrechlich, so schutzbedürftig und ich nahm sie in den Arm und drückte sie an mich.

»Gut, dass du da bist«, flüsterte sie.

Fast war ich den Ganoven dankbar, dass sie mir Melanie so in die Arme getrieben hatten. Ich begriff, wie sehr sie sich vor ihnen fürchtete. Ich konnte verstehen, warum sie sich ständig bedroht fühlte. Oskar war ganz ruhig und ahnte womöglich die Gefahr. Nach einiger Zeit rannten wir los, zurück durch die Rue des Tonneliers, quer über den Place Gutenberg, hinüber zur Kathedrale und von dort durch die Rue du Maroquin in Richtung Fluss. Oskar hatte ich wieder auf den Boden gesetzt und er bellte wie ein Verrückter. Sollten sie nur hören, dass wir einen Hund hatten, dass man nicht unbemerkt an uns herankam. Bei einem der Souvenirgeschäfte in der Rue du Maroquin machten wir halt, fanden zwischen den Ständern mit den Elsässer Störchen etwas Sichtschutz und sahen uns vorsichtig in alle Richtungen um.

»Ich glaube, wir haben sie abgehängt«, raunte Melanie.

»Bist du sicher?«

»Ich denke schon. Ich kann sie jedenfalls nirgends entdecken.«

Eine Zeit lang hielten wir uns noch bei den Souvenirgeschäften auf. Anschließend nahmen wir den Weg zur Rabenbrücke. Auch dort schien die Luft rein zu sein und Melanie beruhigte sich langsam.

»Lass uns einen Mittagsschlaf machen. Ich bin so richtig schön müde«, sagte sie.

Mir war alles recht. Ich war erleichtert, dass die Verfolgungsjagd beendet war, und froh, als wir Melanies Wohnungstür erreichten. Melanie traf das Schlüsselloch nicht gleich. Der Elsässer Riesling zeigte noch seine Wirkung.

»Nun komm schon«, sagte sie und stieß den Schlüssel ins Loch, drehte um und öffnete die Tür. Oskar marschierte direkt ins Schlafzimmer und legte sich auf seinen Platz. Ich folgte ihm, zog die Schuhe aus, ohne die Schnürsenkel zu öffnen, und ließ mich auf das Doppelbett fallen, wie ich war. Schließlich warf sich auch Melanie aufs Bett und legte sich neben mich. Sie roch nach Parfum, Sauerkraut und Riesling. Vor allem aber roch sie nach Liebe und nach Glück. Ich spürte ihre Lippen auf den meinen, spürte ihr drängendes Begehren, merkte, wie sie sich mit ungelenken Bewegungen versuchte auszuziehen, hörte ihre Schuhe neben das Bett fallen und dann lag sie auf mir, knöpfte mir das Hemd auf, bis sie endlich meinen Körper spürte und ich den ihren.

Unsere Liebe hatte nichts Verwerfliches an sich. Es war, als ob das Rosettenauge des Münsters ins Zimmer sah, voller Wohlwollen und voller Verständnis. Sogar die Dachbalken des Schlafzimmers schienen ihre Freude zu haben und beugten sich schützend über uns. Selbst als das alte Doppelbett stöhnte und ächzte, wusste ich, dass es uns gern aushielt und selten ein solches Vergnügen erlebt hatte.

Irgendwann kehrte Ruhe ein. Melanie lag in meinem Arm und ich wusste, dass sie mich liebte. Sie lag in meinem Arm wie ein schwarzhaariger Engel, der vom Himmel gefallen war. Leise ging ihr Atem, ihre Brust hob und senkte sich und wir glitten beide hinüber in einen sanften Schlaf. Für uns war die Welt in Ordnung, in diesem Zimmer über den Dächern von Straßburg. Nichts störte uns, das Haus liebte und beschützte uns, es war ein kleines Paradies, das ich hier mit Melanie gefunden hatte.

18

Am nächsten Morgen stieg mir der Duft von frischem Kaffee in die Nase. Melanie war bereits auf und hatte in der Küche den Tisch gedeckt.

»Während du dich wäschst, hole ich Baguettes«, sagte sie. »Und Oskar nehme ich gleich mit, damit er Pippi macht.«

So gut war es mir schon lange nicht mehr gegangen. Nachdem ich mich gewaschen und rasiert hatte, öffnete ich im Wohnzimmer das linke der beiden Dachgaubenfenster. Der Turm des Münsters leuchtete in der Morgensonne. Gegenüber am Kai wurden die Ausflugsboote gesäubert, der morgendliche Verkehr zog an der Ill entlang, Fußgänger hasteten über die Brücke beim alten Zollamt und tief in mir drin kam mir das alles sehr bekannt vor. Straßburg erwachte und ich erwachte mit.

Kurz darauf hörte ich Schritte im Treppenhaus. In diesem Haus lebte alles. Die hölzernen Stufen meldeten Melanie, der Schlüssel drehte sich im Schloss, die Tür quietschte, dann war sie da, mit zwei Baguettes unter dem Arm und einer Tüte mit Croissants.

»Komm, lass uns frühstücken«, sagte sie.

Ich nahm eine große Schale Milchkaffee, ein Croissant mit Butter und ein Stück vom Baguette, einfach abgebrochen, dieses herrliche französische Stangenweißbrot, das nirgends so frisch und knusprig war wie in Frankreich. Ich wusste sofort, das war mein Leben. Baguette, Käse, Pastete – vive la France, dachte ich. Ich fühlte, dass ich schon als Kind so gefrühstückt hatte. Darin lag eine Art Seelenheimat für mich, das war klar.

Ich beobachtete Melanie, wie sie ihr Brot aufschnitt, danach mit Konfitüre bestrich und Stück für Stück mit ihren zarten langen Fingern in ihren Kussmund schob. So konnte ein Frühstück nur in Frankreich schmecken.

»Ich könnte ewig so mit dir sitzen«, schwärmte ich.

»Ich auch«, kam lachend die Antwort. »Bleib doch einfach hier. Vielleicht brauchen sie in Straßburg auch noch einen König.«

Sie wusste natürlich, dass das nicht möglich war.

Nach dem Frühstück kramte sie einen Notizblock aus ihrer Kommode.

»Sieh mal, was ich gefunden habe.«

Ich sah mir den Block genauer an. Tatsächlich! Das war meine Handschrift. Notizen über Straßburg, über das Münster, über la Petite France und seine Fachwerkhäuser, über das Maison Kammerzell am Münsterplatz.

»Woher hast du das?«, fragte ich.

»Du musst den Block bei deinem letzten Besuch vergessen haben. Irgendwann fand ich ihn, dachte aber nicht, dass er besonders wichtig sei.«

»Wann war mein letzter Besuch?« Ich merkte, wie sehr mich meine Vergangenheit plötzlich wieder beschäftigte, und wurde ganz aufgeregt.

»Das war so ziemlich genau vor einem Jahr. Danach habe ich lange nichts mehr von dir gehört, bis ich diese Fernsehsendung mit dir sah«, antwortete Melanie.

»Und warum hast du mich nicht angerufen oder mir geschrieben?«

»Das hattest du mir verboten. Ich hatte auch keine Anschrift. Nur du hast angerufen. Du hast nie viel von dir preisgegeben. Ich weiß nicht, warum. Ich dachte, dass du verheiratet bist oder als Schriftsteller deine Ruhe haben wolltest, und war sehr froh, wenn ich dich überhaupt sehen konnte«, sagte sie.

»Du meinst, ich bin Schriftsteller?«

»Jedenfalls hast du das gesagt«, antwortete Melanie. »Zwar hast du mir nie ein Buch gezeigt, aber immer warst du mit diesen Blöcken unterwegs und machtest dir Notizen.«

Ich nahm den Notizblock an mich. »Darf ich ihn behalten?«

»Klar, ist schließlich deiner.«

Ich blätterte nochmals in dem Block, der ein Stück meiner Vergangenheit war. Ein kostbares Souvenir für mich, das immerhin bewies, dass Melanie die Wahrheit sagte.

»Wollen wir in die Stadt gehen?«, schlug sie vor.

Ich hatte das deutliche Gefühl, dass ihr meine Fragen lästig wurden. Sie wollte sich nicht nur mit unserer Vergangenheit beschäftigen. Sie wollte in der Gegenwart mit mir leben.

»Gern«, sagte ich also.

Wir fütterten Oskar mit seinen Körnern und etwas Pastete, dann machten wir uns auf in Richtung la Petite France. Bislang waren nur wenige Touristen unterwegs. Ich ertappte mich dabei, dass ich nach den beiden von gestern Ausschau hielt.

»Wie sahen denn die Männer aus, die uns gestern verfolgt haben?«, fragte ich Melanie.

Über Melanies Gesicht huschte ein dunkler Schatten und ich bereute, das Thema angesprochen zu haben.

»Es waren schwarzhaarige Typen, südländisch, vielleicht Algerier. In Jeans, mit dunklen Lederjacken und das Gesicht versteckt hinter großen Sonnenbrillen.«

Sie sah jetzt wieder unruhig in alle Richtungen, musterte die Touristen, die durch die Gassen bummelten und drängte sich dichter an mich.

»Ich kann nichts erkennen. Sie scheinen nicht da zu sein«, sagte sie.

»Dann vergiss sie einfach und lass uns den Morgen genießen.«

Oskar hatte das schon längst begriffen. Er zog freudig durch die Gassen, markierte Hausecken, Geländerpfosten und Baumstämme, wohl um seinen französischen Hundefreundinnen zu zeigen: Ich war hier, kommt, sucht nach mir.

Die Fachwerkhäuser beim Maison des Tanneurs spiegelten sich im Kanal und erinnerten mich an meinen Notizblock, in dem ich sie exakt beschrieben hatte, als wäre ich erst gestern da gewesen.

Irgendwann am späten Vormittag klingelte mein Handy. Isabell war am Apparat.

»Hallo, wie geht es dir?«, meldete sie sich.

»Gut«, antwortete ich. »Dir hoffentlich auch?«

Darauf erwiderte sie nichts.

»Der Kommissar hat angerufen. Er wollte wissen, wo du bist«, brach es aus ihr heraus.

»Und? Was hast du ihm gesagt?«

»Die Wahrheit natürlich. Dass du nicht da bist. Ich konnte doch nicht lügen«, gab sie sich entrüstet, wobei ich das Gefühl nicht loswurde, dass sie dem Kommissar gern die vollständige Wahrheit gesagt hatte.

»Du sollst dich bei ihm melden«, fügte sie dann noch hinzu.

»Gut, das werde ich machen«, sagte ich. »Und sonst? Mit dir und den Kindern alles okay?«

»Na ja, geht so. Wir freuen uns schon auf dich.«

»Dann mach's gut, bis Samstag«, verabschiedete ich mich. Ich war froh, dass das Telefonat vorbei war, und lächelte Melanie an.

»Tut mir leid«, sagte ich. »Sie lässt mir keine Ruhe.«

»Und was ist mit dem Kommissar?«, fragte Melanie.

»Ich soll mich bei ihm melden«, sagte ich, »aber ich weiß

nicht, ob ich das mache. So eilig wird es ja auch nicht gleich sein.«

Ich erzählte Melanie von der Toten, Maria Oberwiesner aus München, bei der man meine Fotos gefunden hatte.

»Und? Warst du in München?«, wollte sie wissen.

»Eventuell früher einmal. Irgendwoher muss sie ja meine Bilder haben. Aber ich kann mich an nichts erinnern.«

Die Leichtigkeit des Tages war plötzlich verflogen. Melanie sah mich besorgt an. »Vielleicht solltest du dich tatsächlich beim Kommissar melden«, meinte sie.

»Ich weiß nicht«, zögerte ich. »Was ist, wenn er verlangt, dass ich zurückkomme? Eigentlich hätte ich mich bei ihm abmelden müssen, als ich nach Straßburg fuhr. Sich jetzt erst hinterher zu melden, bringt doch auch nichts.«

Je länger ich allerdings wartete, desto mehr merkte ich, dass aus dem Tag nichts mehr werden würde, solange diese quälende Geschichte in der Luft lag. Also wählte ich um halb zwölf die Nummer von Rotfux.

»König – aus Aschaffenburg«, sagte ich. »Ich soll mich bei Ihnen melden.«

»Na endlich«, brummte Rotfux am anderen Ende der Leitung. »Sie hätten sich schon längst melden sollen. Ich habe Ihnen doch gesagt, dass Sie Aschaffenburg nicht ohne mein Wissen verlassen dürfen.«

»Tut mir leid«, antwortete ich kleinlaut. »Ich dachte, Straßburg – das ist doch nur ein Katzensprung.«

»Katzensprung, Katzensprung«, fluchte Rotfux. »Darum geht es nicht. Wir haben Anhaltspunkte, dass Sie in großer Gefahr sind.«

»In Gefahr?«

»Ja – oder glauben Sie, dass Sie per Zufall im Main gelandet sind? Haben Sie denn die Tage im Erdloch schon völlig vergessen?« Rotfux kochte vor Wut.

»Was für eine Gefahr?«, fragte ich nach.

»Das kann ich Ihnen am Telefon nicht sagen. Nehmen Sie sich in Acht! Keine Frauenbekanntschaften, keine dubiosen Kneipen. Und kommen Sie so schnell wie möglich zurück und rufen bei mir an!«

»Aber …«, wollte ich gerade fortfahren, doch ich hörte ein Knacken in der Leitung und wusste, Rotfux hatte verärgert aufgelegt.

Enttäuscht steckte ich mein Handy wieder ein.

»Und? Was hat er gemeint?«, fragte Melanie.

»Ach, Mist«, fluchte ich. »Ich muss zurück und soll mich sofort mit ihm in Verbindung setzen.«

Dann beugte ich mich ganz dicht zu Melanie, als ob ich ihr das größte Geheimnis der Welt verraten würde, und flüsterte: »Sie meinen, ich sei in Gefahr. Keine Frauenbekanntschaften, keine dubiosen Kneipen, sagte der Kommissar zu mir.«

»Wenn der wüsste«, lachte Melanie leise. Sie legte ihren Arm um meine Hüfte und zog mich an sich.

»Komm, ich bringe dich in Sicherheit. Wir gehen einfach in meine Wohnung.«

Fast hatte ich den Eindruck, dass es ihr Freude bereitete, mich zu bewachen. Sie ließ mich keine Sekunde mehr los und schaute aufmerksam nach rechts und nach links.

»Geschafft«, seufzte Melanie, als wir ihr Haus erreichten. »Bei mir passiert dir sicher nichts.«

Na, Gott sei Dank, dachte ich, endlich zu Hause.

Wir öffneten die Fenster der Dachgauben und ließen die frische Luft durch die Wohnung streichen. Vom Wohnzimmer sah man den Fluss, auf dem die Glasdachboote ihre Runden drehten. An den Anlegestellen herrschte Hochbetrieb und durch die Gassen, soweit man das von oben sehen konnte, schoben sich die Touristen. Ich zog meine Schuhe aus und legte mich auf die Couch. Melanie kam zu mir und setzte sich neben mich.

»Na? Geht es dir schon besser?«, fragte sie.

»So einigermaßen«, sagte ich. »Aber ich bin enttäuscht. Ich wäre gern noch länger geblieben.«

Melanie strich mir übers Haar. »Du kannst doch bald wiederkommen.«

Oskar hatte sich unter die Couch gelegt. Er suchte immer meine Nähe, was in mir das Gefühl hervorrief, bewacht zu werden.

Eine Weile saß Melanie ganz still neben mir. Ich dachte nach: Warum ließ mir meine Vergangenheit keine Ruhe? Warum schnüffelte dieser Rotfux darin herum? Konnte es keinen Schlussstrich geben? Zum ersten Mal beschlich mich die Angst, dass meine Vergangenheit so schrecklich sein könnte, dass sie meine Zukunft völlig zerstörte.

»Wie lange kennen wir uns schon?«, fragte ich Melanie.

»Schon mehr als sechs Jahre.«

»Und wo haben wir uns kennengelernt?«, bohrte ich weiter.

»In Südfrankreich, in Saint-Tropez, am Hafen«, kam die Antwort. »Du lagst mit einer Jacht vor Anker und hast mich eingeladen und ich konnte dem nicht widerstehen«, lachte sie.

»Ich besaß eine Jacht?«, wunderte ich mich.

»Ich weiß nicht, ob sie dir gehörte, aber du hattest sogar einen Butler, der den Hund ausführte, und einen Koch an Bord. Wir haben Ausflüge gemacht und sind in verschiedenen Orten vor Anker gegangen.«

Wahnsinn! Das wurde ja immer besser mit meiner Vergangenheit. Wenigstens hatte sie nichts von Venedig erzählt, aber die Sache mit der Jacht machte mich mindestens genauso stutzig.

»Und außer mir war niemand an Bord? Keine Familie? Keine Frau? Keine Kinder?«

»Nein. Nur dein Hund und die Notizbücher, die du auch damals schon ständig bei dir hattest.«

Ich war sprachlos. Auf diese Geschichte konnte ich mir keinen Reim machen.

»Hast du sonst noch etwas Besonderes mit mir erlebt?«, fragte ich sie.

Ich war froh, dass ich sie nun endlich ausfragen konnte.

»Eigentlich nicht«, antwortete sie. »Nur in Südfrankreich waren wir auf einer Halbinsel mit einem Schloss, wo du behandelt wurdest wie ein Graf. Alle verbeugten sich vor dir und das beeindruckte mich sehr.«

Das nahm ja gar kein Ende mit den Überraschungen! Entweder erfand sie jetzt Geschichten oder ich musste wirklich eine außergewöhnliche Vergangenheit haben.

»Würdest du die Insel wiederfinden?«

»Ich weiß nicht. Wir sind mit der Jacht dorthin gefahren. Es war in der Nähe von Le Lavandou. Aber sonst weiß ich natürlich nichts Genaues.«

Ich wunderte mich, dass sie so einfach mit mir mitgefahren war, ohne zu wissen, wohin. Und ich wunderte mich, dass ich sie so einfach mitgenommen hatte, ohne sie näher zu kennen.

»Du wusstest nicht, wohin?«, fragte ich.

»Ich war bis über beide Ohren in dich verliebt, Bertram. Bin ich doch heute noch.«

»Und in dem Schloss war sonst niemand? Keine Familie, keine Frau, keine Kinder?« Ich konnte es nach wie vor nicht fassen.

»Nein. Nicht, dass ich wüsste. Nur ein alter Mann ist uns begegnet. Er saß im Park auf einer Bank und ich hatte das Gefühl, dass es dir unangenehm war, dort mit mir vorbeizukommen.«

»Und später, waren wir später nochmals dort?«

»Nein, nie. Später hast du mich nur immer hier in Straßburg besucht und einmal sind wir nach Paris geflogen.«

»Geflogen«, wunderte ich mich.

»Ja, geflogen«, sagte sie. »Du warst sehr großzügig. Geld schien keine Rolle für dich zu spielen.«

Ich hatte jetzt mehr über mich erfahren als in all den vergangenen Monaten und wusste trotzdem nicht, was das zu bedeuten hatte. Ich sah die Fachwerkbalken über mir und war froh, dass dieses alte Haus mich momentan beschützte. Ich hatte den Eindruck, dass ich zurück nach Hause gekehrt sei, auch wenn ich mir nicht erklären konnte, woher dieses Gefühl kam.

Irgendwann fielen mir die Augen zu. Ich fühlte das alte Großmutter-Sofa unter mir, spürte Melanie neben mir, ich hörte das Summen der Stadt durch die offene Dachgaube, wähnte mich auf einer Insel, die im Strom der Zeit trieb, weit weg von allen Problemen, die ich hatte.

»Mein Gott, habe ich tief geschlafen«, seufzte ich, als ich später wieder aufwachte.

»Ich war auch eingeschlafen«, flüsterte Melanie.

Draußen war es noch hell. Durch die Dachgaube sah ich das Münster und rundherum die Dächer von Straßburg, die in der Abendsonne glänzten.

»Ich gehe noch kurz in den Supermarkt«, verkündete Melanie. »Hast du einen besonderen Wunsch?«

»Ich kann doch mitkommen, dir tragen helfen.«

»Besser nicht. Denk an den Kommissar!«, sagte sie. Sie schien Gefallen daran zu finden, mich zu bewachen und zu beschützen. »Du kannst ja aus dem Fenster schauen«, rief sie noch und schon hörte ich sie auf den Holztreppen nach unten eilen.

Ich ging zur Dachgaube, welche zum Quai des Bateliers gerichtet war. Auf der Ill fuhren ununterbrochen die Ausflugsboote mit ihren gläsernen Dächern und vor dem Haus sah ich den Verkehr am Fluss entlangbrausen. Melanie ging ein Stück auf der Straße, drehte sich um und winkte mir zu. Ich konnte sie gut erkennen. Sie lachte. Sie strahlte mich an und ich wusste, dass sie glücklich war. Ich winkte zurück und sah, wie sie die Straße überquerte. Mitten auf der Straße drehte sie sich wieder um und blickte zu mir hoch. Trotzdem lief sie weiter. Ich wollte schreien. Ich sah den schweren grauen Lieferwagen kommen. Zwei dunkle Männer saßen darin. Sie lachte mich nur an. So schön konnte nur sie lachen. Ich fuchtelte verzweifelt mit den Armen. Warum bremsen die denn nicht?, dachte ich. Um Gottes willen, warum bremsen die denn nicht? Dann der Schlag.

Ich war vor Entsetzen wie gelähmt, sah alles wie in Zeitlupe. Melanie wirbelte hoch, schlug auf der Kühlerhaube auf, wurde über die Windschutzscheibe geschleudert, sauste aufs Dach und fiel seitlich wieder auf die Straße. Mein Gott, dachte ich, und raste nach unten. Melanie, Melanie, Melanie – hämmerte es hinter meiner Stirn. Mein Gott, hilf ihr! Lass es nicht schlimm sein! Bitte, bitte, bitte.

Die Treppen knarrten, aber ich hörte jetzt nicht auf sie. Ich stürmte nur nach draußen und sah die Menschenmenge, die sich sofort gebildet hatte. Der Verkehr staute sich. Jemand schrie um Hilfe. Ich drängte mich vor, schob mich durch die Menge und dann sah ich sie. Seltsam verrenkt lag sie neben dem Lieferwagen. Die Augen weit aufgerissen und starr. Etwas Blut lief aus ihrem Mund. Sonst schien sie nicht groß verletzt zu sein. Aber ihr Kopf, der Kopf war ganz verdreht, hing seltsam schräg auf ihrem Körper, als ob er innerlich abgerissen war. Ich wollte zu ihr, wollte mich über sie beugen, doch irgendetwas hielt mich zurück. Langsam, sagte eine innere Stimme zu mir. Nimm dich in Acht, sagte sie. In diesem Augenblick beugte sich ein Herr über Melanie und fühlte ihren Puls.

»Elle est morte«, sagte er.

Sie ist tot? Nein! Das darf nicht sein, wollte ich schreien, aber ich schrie nicht.

Ich sah nur, wie der Herr seine Nase an ihren Mund hielt und sagte: »Oui, elle est morte! C'est fini.«

Die Menge schwieg.

Nur der Fahrer des Lieferwagens war außer sich. Ein dunkelhäutiger Mann, mit langen schwarzen Haaren, vielleicht ein Marokkaner oder ein Algerier. So hatte sie die Männer beschrieben, musste ich denken. Irgendwie kam mir die Sache komisch vor. Aber ich konnte mir nicht vorstellen, dass man einen solchen Unfall planen konnte. Sie hatten doch nicht wissen können, wann Melanie über die Straße rennen würde. Wahrscheinlich war alles nur Zufall und meine Gedanken spielten jetzt verrückt.

Sie habe nur zum Himmel geschaut, sei plötzlich vor sein Auto gerannt, er habe nichts machen können, stammelte der Fahrer des Lieferwagens. Ich wusste, wo der Himmel war. Ich wusste, wer der Himmel für Melanie gewesen war, und mir wurde ganz übel.

Wenig später kam mit Blaulicht ein Krankenwagen. Der Notarzt fühlte Melanie ebenfalls den Puls und leuchtete ihr mit einer Taschenlampe in die Pupillen, anschließend wurde sie auf die Trage gelegt und in den Wagen geschoben.

Verschwinde, bevor die Polizei kommt, sagte mir meine innere Stimme. Verschwinde, bevor sie dich befragen. Ich ging langsam zu Melanies Haus zurück, schob die Eingangstür nach innen, die zum Glück nicht zugefallen war, und stieg die Treppe nach oben. An der obersten Treppenstufe saß Oskar und wartete. Er gab seltsamerweise keinen Mucks von sich, als ob er wusste, was passiert war. Ich nahm ihn in die Wohnung und zog die Tür hinter mir zu. Dann ging ich zum Fenster und sah nochmals hinab. Kein Lachen mehr!

Kein Glück! Nur Tod und Trauer wohnten dort unten. Mein Glück wurde abtransportiert in einem Krankenwagen. Von einer Sekunde zur anderen war alles ausgelöscht, all meine Hoffnung vorbei. Was tun? Ich sah mich in der Wohnung um. Überall lag etwas von mir. Wann würden sie kommen? Wann würden sie mich befragen? Was würden sie zu meinem Ausweis sagen? Wie würde Rotfux toben, wenn er es erführe? Fragen über Fragen jagten durch mein Hirn. Und diese Fragen gaben mir alle gemeinsam nur eine Antwort: Schnell weg von hier.

Ja, ich musste weg, bevor man mich hier fand. Ich musste weg, bevor sie mich befragten. Im Haus hatte mich niemand gesehen, also konnte ich unerkannt entwischen. Ich packte in Windeseile meine Reisetasche, nahm meinen Notizblock an mich, wischte alle Türklinken und das Waschbecken mit einem Handtuch ab, setzte Oskar oben in die Reisetasche, schloss die Fenster, zog die Wohnungstür hinter mir zu und war auf dem Weg nach unten.

Hoffentlich begegnet mir niemand, dachte ich. Die Stufen knarrten unter dem Gewicht meiner Reisetasche. Aber ich gab jetzt nicht auf die Stufen acht, hatte keine Zeit, wollte nur fort, raus aus diesem Haus, weg von dieser Straße, weit weg von diesem Ort.

Unten schob ich vorsichtig die Haustür auf und spähte auf die Straße. Ein Polizeiauto stand jetzt neben dem Krankenwagen, der immer noch nicht abgefahren war. Also stimmte es. Sie war tot. Ich ging unauffällig in die andere Richtung, zur Pont du Corbeau, der Brücke, die zur Altstadt führte. Nach einigen Metern ließ ich Oskar aus der Tasche. Er zog sofort an der Leine und wollte wohl zu Melanie. Nur durch ein scharfes »Bei Fuß!« konnte ich ihn dazu bringen, mich zu begleiten. Erst als ich die Pont du Corbeau überquert hatte und auf der anderen Seite des Flusses war, ließ meine Angst etwas nach.

Ich ging zu einer Bank direkt am Fluss, stellte meine Reisetasche ab und setzte mich. Melanies Haus lag in der Abendsonne. Der Krankenwagen fuhr gerade ab, aber ohne Blaulicht und mit normaler Geschwindigkeit, sodass auch dies mir keine Hoffnung mehr gab. Die Polizisten befragten offensichtlich weiterhin den Fahrer des Lieferwagens. Die Menge hatte sich aufgelöst und der Verkehr floss wieder.

Mir stiegen Tränen in die Augen. Ich konnte noch gar nicht begreifen, was passiert war. Melanie war tot, aber ich wusste in diesem Moment nicht, was das bedeutete. Oskar lag still neben mir auf der Bank. Mir war jetzt alles egal. Ich blieb einfach sitzen.

Die letzten Ausflugsschiffe kamen zurück und machten für die Nacht fest. Spaziergänger gingen in Richtung la Petite France, doch das interessierte mich nicht. Ich glaube, es hätte der Sensenmann zu mir kommen können, der soeben meine schöne Melanie geholt hatte, und ich hätte ihm ruhig die Hand gereicht und gesagt: ›Ja, bring mich zu ihr, damit wir wieder zusammen sind.‹

19

Als es dunkel wurde, saß ich immer noch auf meiner Bank am Ufer der Ill. Ich war unfähig, irgendetwas zu tun. Ich saß einfach nur da, sah ins Wasser und beobachtete die Passanten, die an mir vorbeizogen. Nicht einmal denken wollte ich. Ich hatte Oskar neben mich auf einen Pullover gesetzt und war froh, dass er jetzt bei mir war. Ich haderte mit meinem Schicksal.

Gegen 22 Uhr stoppte ein Auto der Gendarmerie vor Melanies Haus. Zwei Beamte stiegen aus und gingen hinein. Es dauerte, bis ich Licht durch die Fenster der Dachgauben sah. Jetzt waren sie also dort oben, durchwühlten ihre Sachen und prüften, ob es Hinweise auf Bekannte oder Verwandte gab. Jetzt trampelten sie mit ihren schweren Stiefeln auf Oskars Bettvorleger herum, entweihten die kleine Wohnung, in der unser Glück ein Zuhause gehabt hatte. Ich konnte und wollte nicht zusehen.

»Komm«, sagte ich zu Oskar, »unsere Zeit in Straßburg ist abgelaufen.«

Als ob er mich verstanden hätte, stellte er sich auf seinen Pullover, machte einen runden Buckel wie eine Katze, gähnte mit weit aufgerissenem Maul, schüttelte sich kurz und sprang dann mit einem weiten Satz von der Bank auf die Uferpromenade. Ich nahm meine Reisetasche und stieg über eine steinerne Treppe hinauf zur Pont du Corbeau, zur Rabenbrücke. Ich winkte ein Taxi herbei und wir fuhren zum Bahnhof. Dort sah ich mir die Zugverbindungen an und stellte fest, dass ich die ganze Nacht unterwegs sein würde. Um kurz nach Mitternacht ging der Zug ab, woraufhin Aufenthalte in Offenburg und Frankfurt folgten, und erst um 5.38 Uhr kam ich schließlich todmüde und unrasiert in Aschaffenburg an. Ich nahm mir direkt vor dem Bahnhof ein Taxi und traf gegen 6 Uhr zu Hause ein. Oskar wedelte mit seinem Schwanz, was immer ein untrügliches Zeichen seiner Freude war. Sofort beschnüffelte er alle Büsche und pinkelte gegen mehrere, bis wir den Hauseingang erreicht hatten. Vorsichtig schloss ich die Tür auf. Alles war still. Ich nahm Oskar auf den Arm und schlich ganz leise in mein Zimmer. Gott sei Dank, geschafft, dachte ich und ließ mich auf mein Bett sinken. Oskar hüpfte sofort in sein Körbchen und rollte sich zusammen. Auch er war wohl froh, wieder zurück zu sein. Im Haus blieb alles ruhig. Isabell und die Kinder schliefen noch. So blieb ich regungslos auf meinem Bett liegen und musste bald darauf eingeschlafen sein.

Am späten Vormittag besuchte ich Kommissar Rotfux.

»Ich sollte mich bei Ihnen melden, Herr Kommissar«, sagte ich betont höflich.

»Allerdings«, schlug es mir entgegen. »Sie sollten sich schon längst bei mir gemeldet haben.«

»Tut mir leid, ich habe Ihnen doch schon erklärt …«, setzte ich an, aber er ließ mich nicht ausreden.

»Sehr geehrter Herr König … oder König von Aschaffenburg … oder wie immer Sie heißen«, sagte er ärgerlich. »Jetzt hören Sie mir mal gut zu: Es kann sein, dass Sie in Lebensgefahr schweben. Da darf ich wohl von Ihnen erwarten, dass Sie mir Bescheid geben, wenn Sie verreisen möchten. Ich habe es langsam satt mit Ihnen. Falls Ihnen etwas zustoßen sollte, lehne ich jede Verantwortung ab.«

Ich schluckte. So rasend vor Wut hatte ich Rotfux noch nie erlebt.

»Wir haben Anhaltspunkte, dass bei der ganzen Sache eine internationale Erpresserbande im Spiel sein könnte«, sagte Rotfux. »Sie führen Auftragsmorde aus und erpressen später die Auftraggeber.«

»Und was hat das mit mir zu tun?«, fragte ich.

»Wahrscheinlich sollten Sie ermordet werden, und wenn die Täter jetzt herausfinden, dass Sie noch leben, könnten sie auf die Idee kommen, dem Tod bei Ihnen noch etwas nachzuhelfen.«

»Wie sind Sie denn auf diese interessante Idee gekommen?«, fragte ich. Dabei legte ich so viel Anerkennung in diese Frage, dass sich der Kommissar zufrieden in seinem Schreibtischstuhl zurücklehnte und lächelte.

»Der Tod dieser Maria Oberwiesner hat uns darauf gebracht«, sagte er stolz. »Sie war wohlhabend und ist wahrscheinlich durch eine solche internationale Bande ermordet worden. Immerhin ein erster Anhaltspunkt in Ihrem Fall, nachdem wir fast ein Jahr im Dunkeln getappt sind.«

»Haben Sie eigentlich in Straßburg etwas über sich herausgefunden?«, erkundigte er sich.

Ich zögerte. »Nicht wirklich. Ich kannte Straßburg, ich kannte das Münster, ich hatte das Gefühl, dass ich schon als Kind dort war, aber sonst – eigentlich nichts.«

Während ich sprach, sausten wilde Gedanken durch meinen Kopf: Der Tod von Melanie, meine französische Vergangenheit, die Geschichte mit der Insel und dem Schloss im Mittelmeer, aber von all dem erzählte ich dem Kommissar nichts.

»Ich glaube, dass ich vielleicht mehr in Frankreich gelebt habe als in Deutschland«, sagte ich nur. »Jedenfalls kam mir dort alles so vertraut vor.«

»Ist ja interessant«, sagte Rotfux. »Dann werden wir den französischen Teil dieser Mafia mal besonders unter die Lupe nehmen.«

»Wo haben Sie eigentlich gewohnt?«, fragte er dann.

»Gewohnt ... äh ..., ich weiß nicht, Herr Kommissar. Ist das denn wichtig?«

»Und ob das wichtig ist«, brummte der Kommissar. »Außerdem habe ich Ihnen schon mehrfach gesagt, dass Sie die Fragen uns überlassen sollen.«

»Bitte, Herr Kommissar, es ist mir unangenehm«, sagte ich, »ich habe mich eine Nacht im Straßburger Münster versteckt und die zweite im Zug und auf Bahnhöfen verbracht. Ich muss immer noch sparen.«

Rotfux schaute mich erstaunt an. »Kann man denn im Straßburger Münster so einfach übernachten?«

Ich erzählte ihm, dass das Münster um 19 Uhr geschlossen wird und man sich deshalb rechtzeitig verstecken müsse. Dafür habe man dann auch die ganze Nacht seine Ruhe. Rotfux sah mich zwar etwas ungläubig an, schien mir jedoch die Geschichte abzunehmen.

Wir unterhielten uns etwas über Straßburg. Rotfux erzählte mir, dass er immer gern zum Einkaufen ins Elsass fahre, und kurz darauf verabschiedete er sich von mir.

»Also, wir bleiben in Kontakt, Herr König. Und wenn Sie unbedingt wieder verreisen wollen, dann lassen Sie es mich wissen.«

»Mach ich, Herr Kommissar«, sagte ich und schüttelte ihm die Hand. Ich hatte nach unserem Gespräch über das Elsass das Gefühl, dass mich Rotfux jetzt besser verstand. Deshalb fasste ich Mut und gestand ihm: »Venedig würde ich gern besuchen, um herauszufinden, warum ich da mit all den Frauen war.«

Rotfux lächelte. »Ja, ja, Ihre Frauen. Sie scheinen ja einige gekannt zu haben. Man könnte direkt neidisch werden.«

Er wirkte plötzlich richtig menschlich und ich hatte den Eindruck, dass er nichts gegen Venedig einzuwenden hätte, wenn ich ihn darum bitten würde.

Die nächsten Tage waren sehr schlimm für mich. Oft musste ich an Melanie denken. Ich sah sie zu mir nach oben winken, sah ihr glückliches Lachen und hörte diesen Schlag, diesen schrecklichen Schlag, der in einem Augenblick ihr Leben beendete. Und das Schlimmste war: Ich konnte mit niemandem darüber reden.

Isabell fragte mich natürlich, wie es in Straßburg gewesen war, sie quälte mich mit unendlich vielen Fragen, aber ich erzählte ihr nichts von Melanie und erst recht nichts von ihrem Tod. Besonders hart war es, als ich am Sonntag wieder der König von Aschaffenburg war und Audienz im Schloss hielt. Eine Absage der Veranstaltung kam für mich natürlich nicht infrage. Als König hielt man sein Wort und erfüllte seine Pflichten. So fand die Audienz statt und Isabell saß in der ersten Reihe, wie immer in den letzten Wochen. Aber der Stuhl drei Plätze neben ihr blieb leer. Als ob der Himmel diesen Platz für Melanie freihalten wollte, blieb ausgerechnet dieser Platz, auf dem sie noch vor einer Woche gesessen hatte, unbesetzt. Keiner legte einen Blumenstrauß auf ihren Stuhl, achtlos gingen sie an ihrem Platz vorbei, nur ich wusste, dass sie dort saß und noch einmal meine Geschichten hören wollte. Ich war so gerührt von dem Gedanken, dass mir eine Träne über die Wange rollte. Ja, nicht nur eine Träne rollte, nein, gleich mehrere flossen, sodass ich mein Taschentuch aus dem purpurnen Königsmantel ziehen musste, um mir über die Augen zu wischen.

»Der König weint«, hörte ich die Kinder aus der ersten Reihe flüstern.

»Seht nur, er weint. Er hat sich gerade die Augen mit einem Taschentuch abgewischt.«

Für die Kinder war das etwas Besonderes und so erzählte ich ihnen die Geschichte vom traurigen König, der seine liebste Prinzessin verloren hatte. Natürlich war sie nicht von einem Auto überfahren worden, sondern von einer bösen Fee entführt, aber der König war sehr betrübt und weinte jeden Tag. »Nun ließ der König die Prinzessin im ganzen Königreich suchen und sogar über die Grenzen des Reiches hinaus – doch nirgendwo war die Prinzessin zu finden.«

Die Kinder lauschten gespannt und einige blickten beinahe genauso verzweifelt drein wie ich. Geweint hat zum Glück keines, das wäre auch zu schlimm gewesen, aber ich glaubte, einige waren nahe daran, in Tränen auszubrechen.

»Doch eines Abends«, erzählte ich weiter, »als der König wieder weinend mit seinem Hund am Brunnen des Schlossparks saß, kam ihm die rettende Idee. Er ließ Boten ins ganze Reich aussenden, die Folgendes verkünden sollten: Der junge Mann, der die Prinzessin finden und befreien würde, sollte sie zur Frau bekommen und einmal sogar König werden. Nun könnt ihr euch sicher denken, wie die Geschichte endete. Genau: Ein hübscher, stolzer Prinz aus dem Nachbar-Königreich fand die Prinzessin in einem dunklen Zauberwald und führte einen Kampf gegen die böse Fee. Dann brachte er die Prinzessin zum König. Ach, was war das für eine Freude! Das ganze Volk feierte drei Tage lang und der König gab ein großes Fest zu Ehren des mutigen Prinzen.«

Die Kinder saßen begeistert vor mir. Ihre eben noch ängstlichen Gesichter strahlten jetzt und man sah ihnen die Freude über das glückliche Ende der Geschichte an. Vor lauter Aufregung konnten sie kaum noch ruhig sitzen und dann geschah es: Ein kleines, dunkelhaariges Mädchen sprang in der ersten Reihe auf, rannte zu mir, jubelte über die Rettung der Prinzessin und setzte sich vor lauter Aufregung auf den freien Platz von Melanie.

»Ja, wir wollen uns alle freuen, dass sie gerettet ist, und ein Lied singen«, schlug ich vor. »Kennt ihr ›Nun danket alle Gott‹?«

»Ja«, brüllten die Kinder und obwohl sie den Text nicht konnten, ergab sich ein feierlicher Gesang, der aus der vielfachen Wiederholung von ›Nun danket alle Gott‹ bestand. Mir rollten wieder einige Tränen über die Wangen.

»Jetzt sind es Freudentränen«, hörte ich es aus der ersten Reihe. »Der König weint Freudentränen.«

Irgendwie fühlte ich mich anschließend besser. Es war, als ob sich Melanie von mir verabschiedet hatte. Ich glaubte ganz sicher, dass sie im Raum war und dass sie mir durch das kleine, schwarzhaarige Mädchen ein Zeichen geben wollte. Meine Seele beruhigte sich. Ich gab den Kindern Autogramme und begleitete anschließend Isabell nach Hause.

»Das war heute eine besonders schöne Geschichte«, sagte sie. »Man könnte meinen, du seist wirklich traurig gewesen.«

»Bin ich ja auch«, antwortete ich. »Ich sehe einfach keinen Ausweg mehr. Ich sitze hier fest, weiß nicht, wer ich wirklich bin, muss mich beim Kommissar melden, wenn ich verreisen möchte, und erzähle jeden Sonntag den Kindern Geschichten. Ist das ein Leben?«

»Manche wären froh darüber«, sagte Isabell leise.

Ich weiß nicht, ob sie damit Ulrich meinte oder vielleicht die Fließbandarbeiter in einer Fabrik, aber irgendwie hatte sie natürlich recht.

Wir gingen zu Fuß durch die Steingasse.

»Hast du Lust auf ein Eis?«, fragte ich sie beim italienischen Eiscafé, wo Tische und Stühle in der Fußgängerzone aufgestellt waren.

»Ja, gern«, sagte sie, »ich habe schon lange keins mehr gegessen.«

Isabell trug immer noch Schwarz. Derzeit, am Sonntagnachmittag, fiel sie damit nicht besonders auf, zumal ihr Kostüm flott aussah und ihre kurvige Figur besonders zur Geltung brachte. Sie aß einen Kirschbecher, auf dem sich eine strahlend weiße Sahnehaube türmte. Sie wirkte sehr ausgelassen und löffelte voller Genuss ihr Eis mit Sahne, schleckte sich genießerisch über die Lippen, sodass man sah, dass es ihr schmeckte.

»Ach, man genießt das Leben viel zu wenig«, seufzte sie. »Schön, dass wir mal zusammen ein Eis essen.«

Dabei betonte sie dieses ›wir mal zusammen‹ so auffallend, dass ich lieber nichts dazu sagte.

Immer wieder grüßten mich Passanten.

»Hallo, Herr König«, sagten manche, die ich allerdings nicht kannte.

»Du mauserst dich zur Berühmtheit«, freute sich Isabell.

»Das kann man sagen, aber was hab ich davon? Manchmal wird mir der ganze Rummel schon zu viel.«

Gerade, als ich das gesagt hatte, stieß mich Isabell an und zischte: »Dreh dich nicht um. Bleib ganz still sitzen.«

Ich gehorchte aufs Wort und starrte geradeaus.

»Dein Schuh ist offen. Binde ihn zu«, presste Isabell jetzt hervor.

Ich bückte mich und sah erstaunt unter den Tisch. Meine Schuhe waren beide fest gebunden. Ich wusste nicht, was sie meinte.

»Bleib unten«, zischte sie.

Was nur in sie gefahren ist, fragte ich mich. So energisch kannte ich sie gar nicht. Ich sah unter den Tischen zwischen all den verschiedenen Beinen hindurch, konnte aber nichts Besonderes entdecken. Dass Isabells Beine wohlgeformt waren, sah ich auch, aber das hatte ich vorher schon gewusst. Also tauchte ich langsam wieder auf.

»Was soll das, Isabell?«, wollte ich von ihr wissen. »Treibst du Scherze mit mir? Meine Schuhe sind beide zu.«

Sie sah plötzlich ganz blass aus und stand auf, obwohl wir unser Eis noch nicht ganz aufgegessen hatten. Ob ihr schlecht war?

»Komm schnell«, flüsterte sie, »ich erklär es dir später.«

Sie legte ihren Arm um meine Hüfte und zog mich mit sich fort. Zuerst durch die Steingasse, dann zum Herstallturm und von dort in den Park Schöntal.

»Was ist denn los?«, fragte ich unterwegs.

»Bitte, nicht hier. Lass uns schnell nach Hause gehen. Ich erklär es dir später.«

Wir hasteten durch den Park, vorbei am Ententeich zum Hofgarten, wo die Gäste im Biergarten saßen. Endlich verlangsamte Isabell ihre Schritte. Sie sah sich vorsichtig um und zog mich in das Hofgarten-Restaurant hinein, wo wir am runden Stammtisch Platz nahmen. Kein Mensch saß innen, alle genossen das schöne Wetter im Biergarten vor dem Lokal, aber Isabell wollte sich drinnen verstecken.

»Wir warten hier eine Zeit lang«, sagte sie leise. »Ich hoffe, wir haben die Typen abgehängt.«

»Welche Typen?«

»Die Männer, die uns bei der Eisdiele beobachtet haben. Dort kamen zwei dunkelhaarige Gestalten vorbei, die in den letzten Tagen um unser Haus geschlichen sind. Ich glaube, dass sie dich verfolgen«, sagte Isabell. »Rotfux lässt jetzt verstärkt Streife in unserem Viertel fahren. Seitdem sind sie aus unserer Wohngegend verschwunden.«

Ich war sprachlos. Die Schlinge um meinen Hals schien sich langsam zuzuziehen. Zuerst der Mord in München, dann der Tod von Melanie in Straßburg und jetzt diese Ganoven in Aschaffenburg.

»Und du bist dir sicher, dass es die gleichen Typen waren?«

»Ziemlich sicher.«

»Sollten wir dann nicht Rotfux informieren?«

»Ich weiß nicht. Ich dachte, am Sonntagnachmittag sei das übertrieben«, meinte Isabell. »Der Kommissar will doch sicher auch mal seine Ruhe haben.«

Isabells Wangen glühten. Sie sah noch hübscher aus als sonst. Für einen Moment musste ich an den Buchladen denken, in dem ich sie in meinem zerknautschten Regenmantel zum ersten Mal gesehen hatte. Das war mittlerweile mehr als ein halbes Jahr her. Damals war ich noch unschuldig, hatte nichts über meine Vergangenheit gewusst. Wie ein Kind war ich, ein unbeschriebenes Blatt, das für das Leben bereitstand.

Aber jetzt? Schon lange hatte ich meine Unschuld verloren. Das Leben hatte seine Spuren bei mir hinterlassen und fast fürchtete ich mich davor, noch mehr über meine Vergangenheit zu erfahren.

»Ich glaube, jetzt können wir es wagen«, sagte Isabell, als wir unsere Gläser ausgetrunken hatten.

Wir zahlten und eilten durch die Lindenallee nach Hause. Isabell drehte sich immer wieder um. Es folgte uns jedoch niemand. Als wir endlich das Gartentor erreichten, sah sie nochmals prüfend in alle Richtungen und sagte dann: »Gott sei Dank! Die scheinen wir wirklich abgeschüttelt zu haben oder sie wagen sich tatsächlich nicht mehr in unser Gebiet.«

20

Am Montagvormittag rief ich Kommissar Rotfux an.

»Herr Kommissar, ich muss etwas melden«, sagte ich. »Ich bin gestern auf dem Rückweg vom Schloss von zwei dunkelhaarigen Männern verfolgt worden, die auch schon bei mir ums Haus geschlichen sind.«

»Und warum haben Sie mich nicht sofort benachrichtigt?«, fragte der Kommissar. Er klang wütend und ich hatte das Gefühl, wieder einen Fehler gemacht zu haben.

»Wir wollten Sie am Sonntag nicht stören«, stammelte ich kleinlaut.

»Nicht stören, nicht stören. Für mich gibt es keinen Sonntag. Es wäre viel besser gewesen, wir hätten die beiden erwischt. Jetzt bleibt mir nichts anderes übrig, als Ihre Audienzen ab sofort unter Polizeischutz zu stellen und Ihr Haus rund um die Uhr beobachten zu lassen.«

Polizeischutz rund um die Uhr – ich verlor auch noch mein letztes Stück Privatsphäre, nur wegen dieser Ganoven. Enttäuscht legte ich auf.

Am liebsten wäre ich geflohen, nach Venedig gereist, weit weg von diesen zwielichtigen Typen, die hier ihr Unwesen trieben. Aber so einfach war das nicht mehr. Ich wurde überwacht, den ganzen Tag über, und Rotfux würde sofort merken, wenn ich verschwunden war. Deshalb blieb mir nichts anderes übrig, als sonntags brav meine Audienzen zu geben, Paul und Corinna bei den Hausaufgaben zu helfen, den Garten von Brenners zu versorgen und mich abends mit Isabell zu unterhalten, welche die Situation offensichtlich genoss.

Nach zwei Wochen hielt ich es nicht mehr aus. Ich ließ mir einen Termin bei Kommissar Rotfux geben und bat ihn, nach Venedig reisen zu dürfen.

»Wie wollen Sie dorthin?«, fragte er mich.

Ich verstand Rotfux nicht ganz und musste ihn ziemlich dumm angesehen haben.

»Mit dem Flugzeug oder per Bahn?«, fragte er nach.

»Ach so – mit der Bahn«, antwortete ich.

»Und wo werden Sie übernachten?«

»Das weiß ich noch nicht.«

»In der Markuskirche kann ich Sie nicht übernachten lassen, mein Freund«, lachte er. »Sie müssen mir schon ein Hotel nennen.«

»Wenn es sein muss. Ich werde mich erkundigen.«

»Reisen Sie allein?«, kam die nächste Frage.

»Ja, schon«, antwortete ich. »Die Kinder haben noch Schule und Frau Brenner arbeitet.«

Von Natalie erwähnte ich natürlich nichts, obwohl ich sie bereits angerufen und mit ihr einen Treffpunkt vereinbart hatte.

»Gut«, sagte der Kommissar, »nennen Sie mir noch das Hotel und den genauen Abreisetag, dann können Sie fahren. Sollte natürlich in Venedig irgendetwas Besonderes sein, rufen Sie mich bitte sofort an.«

Drei Tage später, am Sonntag, war ich unterwegs. Ich hatte noch Audienz gehalten, danach schnell meine Reisetasche gepackt und saß um 19.45 Uhr mit Oskar im ICE nach München.

Das Wetter war schlecht. Wasserpfützen des letzten Regens, einsame Feldwege zwischen den Hochspannungsmasten, Baustoffhandlungen neben den Gleisen, verlorene Dörfer zwischen den Hügeln, ein Ententeich, eine Forellenzucht, dann wieder Fichtenwälder, dunkel in den Abendhimmel ragend, begleiteten meine Fahrt. Zuerst Würzburg, dann Nürnberg. Häuser rasten am Zug vorbei, Fabriken, Gewächshäuser, Laubwaldinseln zwischen den Wiesen.

Bei Ingolstadt brach die Abendsonne durch die dick aufgeplusterten Wolken. Die Dächer der Vorstadthäuser glänzten in der Sonne. Mir gegenüber saß eine weißhaarige Oma, mit der linken Hand den Bügel ihrer Reisetasche fest umklammernd, den Blick sinnend in die Landschaft gerichtet.

Endlich frei, dachte ich. Eine Woche hatte ich für mich, würde Venedig sehen, zusammen mit Natalie, die bereits auf mich wartete.

Mein Gegenüber packte eine Banane aus. Genüsslich biss sie ab, Stück für Stück verschwand die gelblich geriffelte Frucht in ihrem kauenden Mund. Unsicher schaute sie mich an, ob ich das Kauen hörte. Aber die ratternden Räder des Zuges übertönten alles und die Schale verschwand säuberlich in einem Papiertaschentuch und anschließend in ihrer Tasche. Oskar hatte das Ganze beobachtet. Er schleckte sich übers Maul, obwohl ich mir ziemlich sicher war, dass er Bananen nicht mochte.

Umsteigen in München, dann Rosenheim, Kufstein, Innsbruck, Brenner. Die Nacht hatte sich längst über die Berge gelegt. Die Alpen schienen schwarz und drohend meine Fahrt aufhalten zu wollen, aber der Nachtzug stampfte tapfer durch das Gebirge. Um halb drei nachts erreichten wir Bozen. Mein Abteil leerte sich. Neben mir lag der Streckenfahrplan mit den Stationen. Ich sah, dass die Fahrt nun über Trento, Verona, Vicenza und Padua ging. Italien bei Nacht, historische Städte, die mich nur aus der Dunkelheit mit ihren Lichtern grüßen würden. Ich versuchte, draußen etwas zu erkennen, aber es waren nur die schwarzen Umrisse der Berge zu erahnen, die sich gegen den Nachthimmel abhoben. Irgendwann muss ich beim gleichmäßigen Rattern des Zuges eingeschlafen sein.

Erst gegen halb acht kam ich wieder zu mir. Der Zug wand sich über die Brücke von Mestre, die Venedig mit dem Festland verband. Die Lagune empfing mich im Morgenlicht. Still lag sie da. Möwen kreisten über der glatten Wasserfläche oder saßen auf den Bricole, diesen hölzernen Pfählen, welche die Fahrrinnen der Schiffe begrenzten. Ich stand auf, öffnete das Abteilfenster einen Spalt und hielt mein Gesicht in den Wind. Die Morgenluft war noch kühl, ich roch das Meer, hörte ein Schiff in der Ferne tuten und dann sah ich die erste Gondel, die sich auf die Lagune hinausgewagt hatte, als ob sie mir einen guten Morgen wünschen wollte.

Oskar hatte die ganze Nacht neben mir auf meinem Pulli geschlafen, den ich für ihn auf dem Sitz ausgebreitet hatte. Jetzt stand er auf, machte einen Buckel wie eine Katze, gähnte mit weit aufgerissenem Maul und legte sich wieder hin.

»Wir müssen gleich los, alter Junge«, sagte ich zu ihm und kraulte ihn hinter den Ohren. Er streckte sich ganz lang, schloss die Augen und genoss diese morgendliche Zärtlichkeit. Wenig später fuhr der Zug in den Bahnhof Santa Lucia ein. Ob sie wohl da ist?, dachte ich. Ich hatte Natalie die Ankunftszeit des Zuges mitgeteilt und sie wollte mich direkt am Bahnsteig abholen. Irgendwie erinnerte mich das Ganze an Hamburg. Ich wusste nicht, ob ich schon einmal in Santa Lucia gewesen war, hörte die Lautsprecherdurchsagen, sah den Bahnsteig entlang und wurde fast von einer dicken italienischen Mamma umgerannt, die mit ihrem riesigen Ziehkoffer in Richtung Ausgang hastete. Sie hatte Glück, dass Oskar sie nicht in ihre kräftigen Waden biss. Ich konnte ihn noch im letzten Augenblick an der Leine zurückreißen, als er sich bellend auf sie stürzte.

»Komm! Ist alles gut«, sagte ich zu ihm. »Ich nehm dich lieber auf den Arm, nicht dass du noch von einem Koffer zerquetscht wirst.«

Ich nahm ihn hoch, und er legte seinen Kopf an meine Brust und schien froh, in Sicherheit zu sein. Die Henkel der Reisetasche schnitten mir in die Hand und mit dem Hund vor der Brust quälte ich mich in Richtung Ausgang. Der Bahnsteig leerte sich nach und nach, aber nirgendwo war Natalie zu sehen. Wo sie nur blieb?

Am Ende des Bahnsteiges setzte ich die Reisetasche ab und blickte mich suchend um. Nirgendwo war Natalie. Ich sah nochmals in alle Richtungen, konnte sie jedoch nicht entdecken. Dafür kam eine alte Frau direkt auf mich zu, in einem dunklen Kleid, das bis zum Boden reichte, und mit dunklem Kopftuch, unter dem ihre weißen Haare hervorschauten. Tiefe Falten durchfurchten ihr Gesicht. Nachdem sie fast bei mir war, lächelte sie. Ihre gelblichen Zähne sahen aus, als könnten sie jeden Moment abbrechen, und eine Zahnlücke im Oberkiefer glotzte mich an wie eine dunkle Höhle aus der Unterwelt.

»Ich dir Zukunft sagen«, murmelte die Alte und griff nach meiner linken Hand.

Noch bevor ich mich wehren konnte, strich sie mit ihren dürren Fingern über die Handinnenfläche und flüsterte: »Schöne Zukunft, schöne Zukunft!«

Ich zog meine Hand zurück und hatte das Gefühl, dass sie soeben vom Teufel berührt worden war. Oskar bellte und knurrte die Alte böse an. Er schien zu spüren, dass ich mit der Wahrsagerin nichts zu tun haben wollte.

»Sag mir lieber die Vergangenheit«, scherzte ich mit der Frau, die jetzt ihr schwarzes Kopftuch noch tiefer in die Stirn gezogen hatte. Eigentlich war es kein richtiger Scherz, sondern ich meinte es bitterernst, aber das begriff die alte Frau natürlich nicht.

»Vergangenheit weißt du«, murmelte sie, »ich dir Zukunft sagen.«

Sie konnte ja nicht ahnen, dass ich ein Unglücklicher war, der seine Vergangenheit nicht kannte.

»Schöne Zukunft! Schöne Zukunft!«, murmelte sie immer wieder. »Nur 20 Euro. Schöne Zukunft!«

Sie hatte wohl entdeckt, dass sich mit einer schönen Zukunft besser Geld verdienen ließ. Wie anders war es sonst zu erklären, dass sie von meiner schönen Zukunft sprach, bevor sie richtig in meiner Hand gelesen hatte?

»No, no«, wehrte ich ab. Ich hatte keine Lust, mir irgendeine Zukunft von ihr sagen zu lassen, die sie bestimmt doch nur erfinden würde. Aber die Alte blieb hartnäckig.

»Schöne Zukunft! Schöne Zukunft!«, wiederholte sie gebetsmühlenartig und umklammerte wieder meine linke Hand. Zum Glück kam im selben Augenblick Natalie auf mich zugestürmt.

»Gott sei Dank, dass du noch da bist!«, rief sie völlig außer Atem. »Ich hatte schon Angst, dich nicht mehr zu finden.«

Sie entschuldigte sich und erzählte mir, dass sie ein Vaporetto knapp verpasst hatte und das nächste reichlich spät erschien.

»Schöne Zukunft! Schöne Zukunft!«, murmelte die Alte nach wie vor. Inzwischen hatte sie meine Hand losgelassen, da sie wohl erkannte, dass bei mir nichts mehr zu holen war.

»Was will die Frau von dir?«

»Sie will mir die Zukunft deuten, aber ich möchte nicht.«

»Die Zukunft?«, fragte Natalie interessiert.

Sofort war die Alte bei ihr, ergriff ihre linke Hand, strich mit ihren dürren Fingern über Natalies Handinnenfläche und murmelte wieder: »Schöne Zukunft! Schöne Zukunft!«

Ich glaube, verliebte Frauen sind anfällig für Wahrsagerinnen. Jedenfalls kam mir Natalie sehr begeistert vor, vielleicht wollte sie etwas Positives über unsere gemeinsame Zukunft hören. Doch ich zog sie mit mir fort, da ich keine Lust hatte, mir die Geschichten dieser Alten anzuhören.

»Komm«, sagte ich, »Venedig hat uns sicher mehr zu bieten.«

Als wir aus dem Bahnhof traten, glaubte ich, in eine andere Welt einzutauchen. Fast erschlug mich das venezianische Leben, das augenblicklich alles um mich herum erfüllte. Der Canal Grande glänzte in der Morgensonne. Lastkähne schoben sich an Santa Lucia vorbei, schwer beladen mit Obst- und Gemüsekisten, die so hoch gestapelt waren, dass man meinen konnte, sie müssten jeden Moment kippen und in den Canal stürzen. Wassertaxis suchten sich zwischen den größeren Booten ihren Weg und überholten die Vaporetti, diese schwimmenden Omnibusse, die bei Santa Lucia an- und ablegten.

»Wir nehmen ein Wassertaxi zum Danieli. So wie wir das immer gemacht haben.«

»Zum Danieli?«, fragte ich. Ich konnte damit absolut nichts anfangen. »Wollen wir nicht erst zum Hotel?«, wandte ich ein. »Ich würde gern meine Reisetasche loswerden.«

»Das Danieli ist unser Hotel«, sagte sie stolz. »Ich habe dort bis Samstag für uns reserviert.«

»Aber das geht nicht«, wehrte ich mich.

»Warum nicht?«, fragte Natalie.

»Es geht einfach nicht. Ich habe dem Kommissar ein anderes Hotel genannt, das ähhh ... ich weiß jetzt gerade nicht mehr, wie es heißt, jedenfalls ein anderes.«

»Ist das denn so wichtig?«

»Wichtig, wichtig«, brummte ich. »Was wichtig ist oder auch nicht, bestimmt der Kommissar. Ich habe schon genügend Ärger mit ihm gehabt.« Während ich das sagte, bemerkte ich, dass ich inzwischen schon die Worte von Rotfux wiederholte und ärgerte mich innerlich darüber.

»Nun komm doch erst mal mit«, versuchte Natalie mich zu beschwichtigen. »Ich habe meine Sachen im Danieli. Die müssen wir auf jeden Fall holen.«

Also saßen wir wenig später in einem dieser Wassertaxis und fuhren auf dem Canal in Richtung Markusplatz.

»Und? Erinnerst du dich?«, fragte Natalie gespannt.

»Irgendwie schon«, antwortete ich, aber ich wusste nicht genau, was dieses ›irgendwie‹ bedeutete.

Erst als die Rialtobrücke weiß glänzend vor uns aufstieg, wurde mir endgültig klar, dass ich bereits hier gewesen war.

»Ja, diese Brücke kenne ich«, sagte ich und Natalies blaue Augen strahlten.

»Du wirst dich an alles erinnern. Ganz bestimmt!«, freute sie sich.

Ihre blonden Locken wehten im Fahrtwind des Wassertaxis. Sie sah hübsch aus in ihrem leichten, hellblauen Sommerkleid und ich wusste nicht, wo ich hinsehen sollte.

Dieses Venedig faszinierte mich vom ersten Augenblick an. Der Geruch des Wassers, das lebendige Treiben auf dem Canal Grande, die stolzen Paläste, die ihn säumten, die Kirchen, deren Kuppeln in der Morgensonne glänzten, das alles hatte sich in meine Seele eingebrannt und wurde jetzt zu neuem Leben erweckt.

»Wir sind gleich da«, riss mich Natalie aus meinen Gedanken und im selben Augenblick öffnete sich der Markusplatz vor meinen Augen. Vom Wasser aus sah ich den Campanile in den Himmel streben, die Markuskirche und den Dogenpalast und wenig später legten wir direkt beim Hotel Danieli an. Wie ein prächtiger venezianischer Palast wirkte das Hotel auf mich. Die azurblauen Markisen an den Fenstern und Balkonnischen hoben sich von dem südländischen Braunorange der Fassade ab. Die Fensternischen waren weiß abgesetzt.

»Glaubst du, das ist wirklich das Richtige für uns?«, fragte ich Natalie unsicher, als wir die Eingangshalle betreten hatten. Man meinte, den Treppenaufgang eines prächtigen Schlosses vor sich zu haben. Rote Teppiche auf den Stufen und kostbare Teppiche in der Halle. »Das vornehmste Hotel am Platz, das kostet doch sicher ein Vermögen«, fügte ich unter dem Eindruck dieser Pracht noch hinzu.

Allerdings schien das Natalie nicht zu kümmern.

»Hier haben wir doch immer gewohnt«, antwortete sie nur. »Ich habe genau das Zimmer genommen, welches wir auch beim letzten Mal hatten.«

Ich staunte nicht schlecht, als der Page die Zimmertür öffnete: Mit Stilmöbeln eingerichtet, Kronleuchter an der Decke, schwere Vorhänge bis zum Boden, ein prächtiges Doppelbett, Blick auf die Promenade und den Canal di San Marco – wie in einem Schloss wohnte man hier.

Als ob sie Gedanken lesen konnte, sagte Natalie: »Schließlich bist du ja der König von Aschaffenburg!«

»Ja, ja, der bin ich«, lachte ich, obwohl mir eigentlich nicht zum Lachen zumute war. »Aber ich bin ein König ohne Land. Ich kann das hier leider nicht bezahlen, Natalie.«

Jetzt war es heraus und ich war froh, dass ich meinem Herzen Luft gemacht hatte. Aber Natalie schien das nicht zu beunruhigen.

»Das weiß ich doch, Dieter«, sagte sie und lächelte. »Diesmal bist du von mir eingeladen. Ich habe mich seit Monaten darauf gefreut. Es soll alles sein wie immer.«

Wenn ich nur gewusst hätte, was ›wie immer‹ war. Aber ich wusste es nicht. Auch Oskar kam mir nicht so vor, als ob er schon einmal in diesem Zimmer gewesen war. Er marschierte unruhig auf und ab, erkundete alles ganz genau und legte sich schließlich unter einen der beiden Sessel in der Sitzecke des Zimmers.

»War der Hund beim letzten Mal auch mit?«, fragte ich Natalie.

»Nein, den kenne ich nicht«, kam die Antwort. »Ich wusste gar nicht, dass du überhaupt einen Hund hast.« Natalie sagte das eher abweisend, als ob sie von Oskars Anwesenheit nicht gerade begeistert war. Was jetzt?, fragte ich mich. Jedoch war ich zu müde, um mir eine Antwort zu geben. Die Nacht im Zug steckte mir noch in den Knochen. Ich zog die Schuhe aus und legte mich auf das breite Doppelbett. Ich sah den schweren Kronleuchter über mir, wahrscheinlich aus Muranoglas. Gedanken tanzten in meinem Kopf. Reich musste ich wohl gewesen sein, wenn ich Natalie und all die anderen Frauen in dieses Hotel eingeladen hatte. Vielleicht war ich immer noch reich? Vielleicht wusste ich es nur nicht. Vielleicht hatten sie versucht, mich im Main zu ertränken, weil ich reich war, weil ich ihnen im Weg stand, oder – was immer auch der Grund sein mochte. Und jetzt war ich arm. Natalie musste für mich bezahlen. Ein Vermögen gab sie aus, nur um mit mir wieder hier zu sein. War das nicht die schönste Liebeserklärung, die man bekommen konnte? Trotzdem war mir nicht wohl dabei. Ich sah plötzlich Melanie wieder vor mir, sah ihr glückliches Lachen, als sie zu mir nach oben schaute, ich hörte den Schlag, der ihr das Leben raubte, sah den schrecklichen Unfall in Straßburg, bis mir das Hotelzimmer vor den Augen verschwamm, die Vorhänge zu wehenden Nebeln wurden, die mich hinwegtrugen in einen lang verdienten Schlaf.

21

Nachdem wir uns etwas ausgeruht und anschließend geduscht hatten, verließen wir das Hotel. Die Mittagshitze schlug uns entgegen, als wir von der kühlen Eingangshalle des Danieli auf die Promenade traten. Die Gondeln tänzelten auf dem Canal di San Marco und ein Gondoliere kam sofort auf uns zu. Sicher witterte er gute Geschäfte, denn wer aus diesem Hotel kam, konnte sich eine Gondelfahrt locker leisten.

»Alles Halsabschneider«, sagte ich und zog Natalie in Richtung Markusplatz. »Wir wollen erst einmal etwas essen, dann sehen wir weiter.«

Natalie war glücklich. Sie fragte mich immer wieder, ob ich mich an dieses und jenes von Venedig erinnern könne, und freute sich jedes Mal, wenn ich etwas erkannte. Der Campanile, der Dogenpalast, die Markuskirche – alles kam mir vertraut vor, ohne dass ich wirklich wusste, ob ich tatsächlich hier gewesen war oder ob sich lediglich die Bilder der Reiseführer in meiner Erinnerung widerspiegelten.

»Lass uns zu unserer Lieblingspizzeria gehen«, hatte Natalie vorgeschlagen. So führte sie mich durch die Gassen von Venedig. Zunächst vom Markusplatz durch die Merceria dell'Orologio, diese belebte Einkaufsgasse von Venedig. Ihren Hunger schien Natalie sofort vergessen zu haben. Gucci, Versace, alle großen Designer dieser Welt waren hier versammelt und Natalie begrüßte sie freudig.

»Sieh mal hier« und »schau mal dort«, ging ihr hübscher Mund und ihre schmalen Ledersandalen bekamen schon bald ein paar Freunde in einem kleinen Schuhgeschäft.

»In Italien haben sie so schöne Schuhe«, schwärmte Natalie und hätte wohl den ganzen Tag nichts gegessen, wenn ich sie nicht irgendwann an ihren Hunger erinnert hätte. Aus diesem Grund erreichten wir endlich die Rialtobrücke und ganz in der Nähe, direkt am Canal Grande gelegen, unsere Lieblingspizzeria. Romantisch war sie, wie aus dem Bilderbuch. Man saß unter einem Blätterdach an kleinen Holztischen mit rot karierten Decken und sah direkt auf den Canal.

»Du hast mir immer Schuhe geschenkt, wenn wir in Venedig waren«, sagte Natalie. »Schön, dass ich auch heute ein Paar gefunden habe.«

Sie war begeistert von ihrem Einkauf, packte unter dem Tisch die neuen Sandalen aus und zog sie nochmals an.

»Sind doch super«, freute sie sich und streckte mir ihre zarten Füße mit den neuen Sandalen entgegen. Oskar beschäftigte sich sofort mit dem Schuhkarton. Nichts tat er lieber als Schuhkartons zu zerfetzen.

»Sehr schön. Die sind natürlich ein Geschenk von mir«, sagte ich. »So wie immer.«

Dieses ›So wie immer‹ machte Natalie überglücklich.

Nach dem Essen bummelten wir an den Souvenirshops auf der Rialtobrücke entlang. Es grenzte an ein Wunder, dass diese Brücke unter der Last des versammelten Kitsches nicht zusammenbrach. Gegen Abend nahmen wir ein Vaporetto der Linie 82 zurück zum Markusplatz. Nach der Rückkehr ins Hotel ließen wir uns in die schweren, dunkelrot bezogenen Sessel fallen, die in der Eingangshalle zum Verweilen einluden. Eine Oase der Ruhe war das, verglichen mit dem geschäftigen Treiben in den Gassen und auf den Kanälen dieser Stadt. Ich war plötzlich richtig froh, in diesem Hotel zu sein. Trotzdem ging mir einen Moment lang Kommissar Rotfux durch den Kopf. Ihm hatte ich das Adriatico, ein kleines Hotel in Bahnhofsnähe, genannt und konnte nur hoffen, dass er nicht versuchte, mich dort zu erreichen.

Das Abendessen nahmen wir auf der Dachterrasse des Hotels. Es war noch warm, obwohl die Sonne schon im Dunst am Horizont stand und den Himmel rötlich färbte. Der Blick ging von der Terrasse über den Canal di San Marco. Gondeln tanzten im sanften Licht des Abends auf dem Wasser, die Linienschiffe zogen ihre Bahn, dazwischen hüpften Wassertaxis über die leichten Wellen, die der Wind im Canal aufwarf. Ewig hätte ich diesem friedlichen Schauspiel zusehen können, wäre da nicht Natalie gewesen, die meine Blicke auf sich zog. Im hauchzarten Trägerkleid saß sie mir gegenüber. Ihre leicht gebräunte Haut glänzte im Abendlicht, ihre blonden Locken fielen ihr über die Schulter, ihre Lippen hatte sie dunkelrot geschminkt und in ihren strahlend blauen Augen lag das Glück einer verliebten jungen Frau.

»Davon habe ich seit Monaten geträumt«, seufzte sie zufrieden und neigte dabei ihren Kopf leicht nach links.

Sie hatte es gut. Sie wusste, was sie wollte. Aber ich?

»Waren wir schon früher auf dieser Terrasse?«, fragte ich.

Das hätte ich besser nicht tun sollen. Sie griff nach meiner Hand und drückte sie ganz fest, ich sah, dass ihre Augen feucht wurden und dann sagte sie: »Mein Gott, Dieter, weißt du das denn wirklich alles nicht mehr?«

Es schien für sie unfassbar zu sein, dass ich mich an die Zeit mit ihr nicht mehr erinnern konnte. Nur die gemeinsame Zeit in Hamburg war uns geblieben.

Ich bestellte Champagner, um sie abzulenken. »Zur Feier des Tages«, sagte ich und Natalie strahlte.

Jenseits des Kanals lag die Insel San Giorgio Maggiore im Abendlicht. Weiß grüßten die Säulen ihrer Kirche herüber. Aufrecht trugen sie ihren Dreiecksgiebel, der sich schützend vor die Kuppeln schob, die alles überragten. Natalie war glücklich. Vorspeise, Hauptgericht, Nachtisch – alles aß sie mit großem Appetit. Sie erzählte von unseren früheren Besuchen in Venedig, schwärmte von gemeinsamen Abenden auf der Dachterrasse, rief mir eine nächtliche Gondelfahrt in Erinnerung und sprach ganz ungeniert über unsere Liebesnächte im Hotel. Jedes Mal, wenn ihre Stimme leise wurde, wenn sie sich ganz dicht zu mir beugte, wenn sie nur noch in mein Ohr flüsterte, wusste ich, dass sie begeistert über unsere Liebe sprach.

Die Nacht hatte sich inzwischen über Venedig gesenkt. Die Schiffe waren beleuchtet, an den Gondeln hingen Laternen, der Campanile hob sich dunkel gegen den Nachthimmel ab und auf den Tischen der Dachterrasse des Danieli brannten Kerzen in eleganten Kelchen aus Muranoglas. Natalie legte ihre Hand auf meine.

»Du bist sicher müde«, sagte sie. »Wollen wir schlafen gehen?«

Dabei schaute sie mich so auffordernd an, dass ich genau wusste, was das bedeutete.

»Ich denke, es ist Zeit«, antwortete ich, »ja, lass uns gehen.«

Wir ließen Essen und Getränke auf die Zimmerrechnung schreiben und gingen nach unten. Kaum hatten wir die Zimmertür geöffnet, kam mir auch schon Oskar entgegen. Er sprang an mir hoch, winselte und bellte sogar.

»Hallo, mein Kleiner! Wir müssen ja noch Gassi gehen«, sagte ich und sah die Enttäuschung in Natalies Augen.

»Kommst du mit?«, fragte ich sie.

»Ich warte hier auf dich. Aber komm bald zurück!«

Wahrscheinlich wollte sie sich frisch machen und dann würde sie auf mich warten, bereit für die Liebe mit mir, von der sie den ganzen Abend geschwärmt hatte.

Eigentlich war ich froh, dass mir Oskar noch etwas Aufschub verschaffte. Ich nahm ihn auf den Arm und ging mit ihm hinunter vors Hotel. Auch um diese Zeit war die Promenade am Canal di San Marco noch belebt und so zog ich es vor, durch die Calle delle Rasse, vorbei am Seitenflügel des Hotels, mit Oskar in die kleineren Gässchen zu spazieren. Venedig war in die Höhe gebaut. Drei oder vier Stockwerke hatten die Häuser, manchmal auch mehr. Wäsche hing selbst um diese Zeit quer über den Gassen, Kanarienvögel saßen in ihren hölzernen Käfigen direkt vor den kleinen Fenstern. Kleine Bogenbrücken überspannten die Kanäle, welche die Gassen kreuzten. Venedig war hier ganz Venedig. Es hatte die Touristen abgeschüttelt, es ließ seine Katzen durch die Gassen schleichen, die Oskar jeweils bellend verscheuchte, es plätscherte mit dem Wasser seiner Kanäle gegen die Häuser, die im Wasser standen, als ob sie sich von der Hitze des Tages kühlen wollten. Durch die offenen Fenster hörte man Stimmen, Musik, die Geräusche der Fernseher. Hier lebte Venedig, hatte seine touristische Maske abgeworfen, war zu der zauberhaften Stadt geworden, die ich mir vorgestellt hatte.

Oskar schnüffelte unablässig an den feuchten Ecken, die es hier überall reichlich gab. Er schien ebenso begeistert wie ich, gefangen von den Gerüchen dieser einmaligen Stadt. Wir überquerten eine der steinernen Bogenbrücken über den Rio di Santa Maria Formosa. Ich hielt mich rechts, in der Meinung, damit den Rückweg zum Hotel anzutreten.

»Wir müssen zurück«, sagte ich zu Oskar, »sonst wird Natalie böse sein.«

Er sah mich an, als ob er mich verstand, und ging brav bei Fuß neben mir. Über mir hörte ich wieder lebhafte Stimmen aus einem Fenster im zweiten Stock. Verstehen konnte ich nichts, aber es klang nach Italien, es klang nach Venedig, es klang nach prallem Leben, das hier in den Gassen pulsierte.

Als ich nach oben sah, blieb mir fast das Herz stehen. Ich sah die alte Wahrsagerin, die mir schon am Bahnhof Santa

Lucia begegnet war. Hier wohnte sie also. Sie trug jetzt kein Kopftuch und ihre Haare waren geöffnet. Schneeweiß und kräftig hingen sie ihr über den Schultern.

»Ich wusste, du kommen«, rief sie von oben.

Augenblicklich verstummte das Stimmengewirr über mir.

»Du warten, ich dich holen«, rief sie und zog ihren Kopf aus dem geöffneten Fenster zurück.

Ich dachte natürlich gar nicht daran, auf sie zu warten. Im Gegenteil! Ich sagte: »Oskar, Fuß!«, zog kurz an der Leine und ging schnell an diesem Haus vorbei. Doch bald hörte ich Schritte auf dem Pflaster hinter mir. Ich sah mich um und wunderte mich, wie viel Kraft und Schnelligkeit in der alten Frau steckten. Mit wehenden Haaren kam sie mir in ihrem dunklen Kleid, das bis zum Boden reichte, hinterher.

Ich beschleunigte meine Schritte. Oskar musste fast rennen. Er flog mit seinen kleinen Dackelbeinen förmlich über das Pflaster.

»Stopp. Du halten! Schöne Zukunft!«, rief sie.

Sie war etwas außer Atem, ließ jedoch nicht locker. An der nächsten Ecke bog ich rechts in eine schmale Gasse ab. Sie war so schmal, dass ich mit ausgebreiteten Armen fast die gegenüberliegenden Hauswände berühren konnte. Ein feuchter Geruch lag in der Luft. Aus einem Fenster hörte man Musik. Sonst war die Gasse finster und verlassen, und Oskar spähte aufmerksam in die Dunkelheit. Ich sah, dass er den Schwanz senkte und ihn dann einzog. Es schien ihm hier unheimlich zu sein.

Wir mussten nun langsamer gehen, um nicht gegen Hausecken zu rennen oder über Gerümpel zu stolpern, das vor den Eingängen der verfallenen Häuser lag. Das war natürlich die Chance der Alten. Ich hörte hinter mir wieder ihre Schritte auf dem Pflaster und sah sie langsam näher kommen. Gespenstisch sah sie aus. In der Dunkelheit war nur ihr Kopf zu sehen, dessen weiße Haare sich leuchtend vom Schwarz der Nacht abhoben. Es sah aus, als ob mir ein Kopf ohne Rumpf folgte, da ihr Körper in dem schwarzen bodenlangen Kleid in der Dunkelheit nicht zu sehen war.

Plötzlich stieg vor mir eine Häuserwand aus der Dunkelheit auf. Mist! Sackgasse, schoss es mir durch den Kopf.

»Du Vorsicht! Du halten«, rief die Alte von hinten.

Jetzt saß ich in der Falle. Ich fing mich an zu fragen, ob es nicht das Beste wäre, der alten Frau ihre 20 Euro zu geben und dafür meine Ruhe zu haben.

»Achtung, kommt Wasser«, rief die Alte.

Ich verstand nicht gleich, was das bedeutete. Erst als Oskar bellend stehen blieb und rückwärts an der Leine zog, sah ich den Kanal. Wenige Schritte vor mir endete die Gasse ganz abrupt an einer schmalen Wasserstraße. Endstation, dachte ich.

Nicht einmal richtig beleuchtet war die Stelle und ich verstand inzwischen, warum die Alte Vorsicht gerufen hatte. Sie kam näher. Ein zufriedenes Lächeln lag auf ihrem Gesicht.

»Ich wusste, du kommen«, sagte sie noch etwas außer Puste.

Dann griff sie wieder nach meiner linken Hand und strich mit ihren dürren Fingern darüber. Ich zog meine Hand diesmal nicht weg und war ihr auch nicht mehr böse. Ich roch das Wasser des Kanals, hörte es gegen die Grundmauern der Häuser plätschern und hatte das Gefühl, dies war ihr Revier. Hier hatte nur sie etwas zu sagen.

Oskar saß neben mir am Boden und hatte immer noch den Schwanz eingezogen. Er knurrte die Wahrsagerin an, bellte aber nicht.

»Du schöne Zukunft«, sagte die Alte. »Heute nur zehn Euro, weil du gekommen.«

Aha, Haustarif, dachte ich und zückte meinen Geldbeutel.

»Erst Zukunft, dann zahlen«, lachte sie.

Sie zog mich zur Hausecke direkt am Kanal und ich sah, dass dort eine steinerne Bank aus Ziegelsteinen an das Haus gemauert war. Sie setzte sich und als ihr Kleid sich etwas nach oben schob, sah ich ihre Füße in einfachen Plastiksandalen stecken, derbe, dickhäutige Füße, die zu dieser Gasse in Venedig passten.

»Du dich setzen«, sagte sie. Ich wunderte mich, dass sie ziemlich gut Deutsch sprach, wenn auch ihre Sätze nicht ganz stimmten. Ich setzte mich neben sie und entdeckte, dass sie in ihrer Jugend sicher eine Schönheit gewesen war, mit pechschwarzem vollem Haar. Wie eine rassige Südländerin kam sie mir vor, die sich hier in Venedig zur Ruhe gesetzt hatte und ab und zu ihren Geschäften nachging.

Sie nahm meine Hand und strich mit ihren Fingern über die Linien, die dort zu sehen waren. Oskar saß auf einmal ganz still neben der steinernen Bank.

»Du große Liebe finden«, sagte die Alte.

Dabei lächelte sie vielversprechend und man hätte denken können, sie selbst hätte sich gerade in mich verliebt.

»Wer? Wo?«, fragte ich die Wahrsagerin.

Mich begann die Sache langsam zu interessieren. Was ich am Bahnhof noch inbrünstig abgelehnt hatte, faszinierte mich gerade umso mehr. Die Wahrsagerin schloss ihre dunklen Augen und das bleiche Licht des Mondes, der sich im Kanal spiegelte, schimmerte auf ihrem Gesicht.

»Ich sehen eine Insel«, murmelte sie.

»Wo? Wo ist diese Insel?«, fragte ich ganz aufgeregt.

Meine Hand zitterte, doch die Alte hielt sie fest.

»Insel im Meer«, sagte sie, »im Meer und viel Sonne und Wein.«

»Wo? Wo im Meer?«

»Große Liebe, schwarze Haare, schöne Frau«, murmelte sie.

Die Wahrsagerin sah jetzt aus, als ob sie schlief, der Welt entrückt, eine Botin aus dem Jenseits. Oskar hatte sich auf das Pflaster neben der Bank gekuschelt. Er schien sich von den Strapazen unseres Eilmarsches zu erholen und hatte sich an die Wahrsagerin gewöhnt. Nicht einmal eine dicke schwarze Katze brachte ihn aus der Ruhe, die beim gegenüberliegenden Haus über eine alte, vor der Tür liegende Matratze stieg.

»Schloss auf Insel, böser Mann, Sarg auf Friedhof«, krächzte die Alte.

Sie sprach abgehackt, Wort für Wort, presste die Silben förmlich aus sich heraus, während sie meine Hand fest umklammerte.

Ich spürte, dass es ernst wurde. Das war kein Spiel mehr, sie war in Trance, sprach aus einer anderen Welt, zu der nur sie und ihresgleichen Zugang hatten.

»Du große Liebe, du zu Insel fahren.«

Das Ganze wurde mir unheimlich und ich war froh, dass wenigstens Oskar bei mir saß. Die Wahrsagerin schnappte nach Luft und rang nach Worten.

»Du Graf, du stolzer Graf«, krächzte sie. Ihre Stimme klang diesmal anders, als ob sie nicht mehr selbst sprach, sondern aus ihr heraus gesprochen wurde. Wie eine Bauchrednerin hörte sie sich an, die ihre Wahrheiten verkündete.

»Wo bin ich Graf, wo ist das, wie heiße ich?«, fragte ich. Ich schrie ihr meine Fragen förmlich ins Ohr, weil ich Angst hatte, dass sie mich in ihrem Zustand nicht hören konnte. Doch sie hörte mich gut.

»Ich sehe, was ich sehe«, sagte sie, »du große Liebe.«

Mehr war nicht aus ihr herauszuholen. Irgendwann erschlaffte ihre Hand und sie ließ meine los. Sosehr ich auch nachbohrte, sosehr ich bat und bettelte, sie konnte oder wollte mir nicht mehr verraten.

»Ich jetzt müde«, sagte sie, »ich zurück nach Hause.«

Dann stand sie auf und ich hatte den Eindruck, sie sei um Jahre gealtert. Sie ging jetzt schleppend und schien plötzlich so hinfällig, dass ich ihr meinen Arm anbot und sie zurück durch die Gassen führte.

»Ich mit Mann in Deutschland gewesen«, erzählte sie unterwegs, »jetzt sage ich Zukunft für Touristen.«

Ein Kater huschte vor uns in einen Hauseingang. Oskar war wieder munter und bellte sofort.

»Du schöne Hund«, sagte die alte Frau.

Ich erzählte ihr, dass er mich aus dem Main gezogen hatte, was sie vielleicht nicht richtig verstand, denn sie sagte nur: »Schöne Hund, schöne Hund.«

Irgendwann näherten wir uns ihrem Haus. Im zweiten Stock ging es immer noch hoch her. Stimmen, Musik und Lachen drangen durch das Fenster nach draußen. Ich zückte meinen Geldbeutel und reichte der Wahrsagerin 20 Euro.

»Aber heute nur zehn Euro, weil du selbst gekommen«, wehrte sie ab, wobei ich das Leuchten in ihren Augen sah, als sie den Zwanzig-Euro-Schein berührte.

»Schon gut«, sagte ich und schob ihre Hand zurück, die sie mir mit dem Schein entgegenstreckte. »Schöne Zukunft hat ihren Preis!«

Zum Glück hatte ich Oskar bei mir. Er half mir, den Rückweg zu finden, indem er immer wieder Hausecken beschnüffelte und zielstrebig in Richtung Hotel zog. Allerdings war es schon weit nach Mitternacht, als wir vor unserem Zimmer erschienen. Zaghaft klopfte ich an die Zimmertür. Ein furchtbar schlechtes Gewissen plagte mich. ›Komm bald wieder‹, hatte Natalie gesagt und was hatte ich getan? War bei dieser Wahrsagerin gewesen, statt mich um sie zu kümmern und sie zu lieben.

Gut, schwarze Haare hatte sie nicht, aber meine große

Liebe konnte sie dennoch sein, ich musste ja nicht jedes Wort der Wahrsagerin auf die Goldwaage legen.

Als Natalie die Tür öffnete, sah sie verweint aus. »Wo kommst du denn her? Ich habe die ganze Zeit auf dich gewartet. Habe mir schon Sorgen gemacht, dass etwas passiert sein könnte.«

»Tut mir leid, Natalie. Das ist eine längere Geschichte. Ich bin der Wahrsagerin begegnet und sie hat mir die Zukunft gedeutet.«

»Die Zukunft gedeutet?«, stammelte Natalie. Sie war sprachlos vor Überraschung.

»Und?«, fragte sie neugierig.

»Das erzähl ich dir morgen«, sagte ich. »Sie sieht eine große Liebe für mich.«

Natalie strahlte. Sie zog mich ins Zimmer und drückte mir einen innigen Kuss auf den Mund.

»Ich bin ja so froh, dass du wieder da bist«, seufzte sie.

Dass meine große Liebe schwarze Haare haben sollte, wenn es nach der Wahrsagerin ging, konnte sie ja nicht wissen und ich sagte es ihr in dieser Nacht auch nicht.

Am Mittwoch besuchten wir die kleineren Inseln Murano und Burano. Am Donnerstag ließen wir uns einfach durch die Gassen treiben. Zwischendurch kaufte Natalie Schuhe, Shirts und ein Sommerkleid und verführte mich danach im Hotel bei einer kleinen privaten Modenschau. Den Freitag verbrachten wir am Lido, dem Strand von Venedig. Wir waren beide der Meinung, dass wir schon früher hätten im Meer baden sollen, so schön, wie das war.

Abends lud ich sie zu einem festlichen Essen ins Hotelrestaurant ein.

Nach der Vorspeise ging der Chef des Restaurants durch die Reihen, begrüßte die Gäste, wünschte einen guten Appetit und fragte, ob alles in Ordnung sei. Als er mich sah, blieb ihm zunächst der Mund vor Überraschung offen stehen, dann lachte er mich an und verbeugte sich.

»Mamma mia, il Conte del vino«, sagte er. »Welche Überraschung! Der Graf des Weines ist wieder da.«

Er schien mich zu kennen, obwohl ich mich nicht an ihn erinnern konnte.

»Graf des Weines?«, fragte ich zurück. »Ich soll der Graf des Weines sein?«

»Aber sicher, Monsieur le conte, wissen Sie denn nicht? Ihr Weingut auf der Île du vin in Frankreich«, sagte der Restaurantchef. Er schien meine Unwissenheit für einen Scherz zu halten.

»Er scheint dich zu kennen«, flüsterte Natalie.

»Ja, sieht so aus. Kennst du ihn denn auch?«

»Nein, aber wir haben damals auch nicht in diesem Restaurant gegessen«, antwortete sie.

Der Restaurantchef stellte sich mit Luigi Buonarotti vor. Er beteuerte, mich von früher zu kennen, und verschwand dann für einen Moment. Gleich darauf kam er mit einer Flasche Wein zurück und zeigte mir das Etikett.

»Sehen Sie«, sagte er, »Ihr Wein, Herr Graf. Wir haben nur noch wenige Flaschen davon.«

Ich sah mir die Flasche genau an. Eine Insel im Meer war darauf abgebildet und ›Île du vin‹ war darauf zu lesen.

Die Insel kam mir irgendwie bekannt vor, aber dass ich ein Graf sein sollte, konnte ich mir nicht vorstellen.

»Ich weiß nicht, vielleicht verwechseln Sie mich«, sagte ich zu Signor Buonarotti.

»Nein, nein, bestimmt nicht«, widersprach er heftig. »Alle paar Monate sind Sie gekommen und haben uns Wein verkauft, Herr Graf.« Daraufhin beugte er sich tief zu mir herunter und flüsterte mir ins Ohr: »Immer mit hübschen

Damen, Herr Graf.« Dabei zwinkerte er mir mit einem Seitenblick auf Natalie zu.

Mir war das Ganze eher peinlich.

»Ich kann mich leider nicht erinnern, Signor«, sagte ich, was auf dem Gesicht von Signor Buonarotti einen Ausdruck der Verzweiflung auslöste. Er schien die Welt nicht mehr zu verstehen. Er wischte sich mit einem Taschentuch den Schweiß von der Stirn und sah mich völlig ratlos an.

»Ich hätte schwören können«, murmelte er nur. »Entschuldigen Sie, Signor. Vielleicht doch eine Verwechslung.«

Er verbeugte sich, ging dienernd rückwärts und verschwand in Richtung Küche. Den Wein der Île du vin hatte er vor lauter Aufregung auf dem Tisch stehen gelassen.

»Er schien dich wirklich zu kennen«, sagte Natalie. »Vielleicht bist du tatsächlich ein Graf.«

Ich merkte, wie ihre Fantasie arbeitete. Wahrscheinlich sah sie sich schon als Schlossherrin, während ich mir krampfhaft überlegte, ob ich diesen Signor Buonarotti nicht doch schon einmal gesehen hatte. Ich nahm die Weinflasche in die Hand und sah sie ein weiteres Mal genau an. ›Mise en bouteille par Domaine de l'Île du vin. Produit de France‹, las ich auf der Rückseite.

Wenn ich von dort kam, wenn ich der Graf der Île du vin war, dann hatte ich den ersten wirklichen Anhaltspunkt über meine Vergangenheit gefunden.

Ich winkte den Ober zum Tisch und bat ihn, die Flasche zu öffnen. Er verbeugte sich, drehte den Korkenzieher ein und zog den Pfropfen aus der Flasche. Er roch an der Unterseite des Korkens, schien zufrieden, rückte unsere Rotweingläser zurecht, goss mir einen Schluck ein und ließ mich probieren. Ich schwenkte den Wein zunächst im Glas, sah mir an, wie er an den Wänden des Glases herabfloss, hielt die Nase über die Öffnung, genoss das Bouquet und trank einen Schluck.

»Sehr gut«, sagte ich und nickte. Daraufhin schenkte der Ober Natalie und mir ein.

»Auf dein Wohl«, prostete ich Natalie zu.

Sie strahlte. »Wenn das dein Wein ist, dann schmeckt er bestimmt gut«, sagte sie und nahm einen kräftigen Schluck.

Wir genossen das Essen und wir genossen den Wein. Natalie wurde zunehmend lustiger und schwärmte von mir als Graf in Südfrankreich.

»Das würde gut zu dir passen«, lachte sie, »nachdem du schon König von Aschaffenburg bist, kannst du ruhig auch noch der Graf dieser Insel sein.«

Ihre Wangen glühten, ihre blauen Augen leuchteten und ihr roter Mund versprach viel.

»Lass uns aufs Zimmer gehen«, sagte sie. »Es ist unsere letzte Nacht.«

Wir tranken die Weinflasche leer und ich zahlte. Eine saftige Rechnung war zusammengekommen, wobei der Wein der Île du vin ganz schön zu Buche schlug. 159 Euro kostete die Flasche, mehr, als ich erwartet hatte. Als wir vom Tisch aufstanden, nahm ich die leere Weinflasche an mich.

»Eine kleine Erinnerung«, sagte ich zum Ober, der mit einem Seitenblick auf Natalie zustimmend lächelte.

22

Am Samstag kehrte ich mit Oskar nach Aschaffenburg zurück. Kurz nach 18 Uhr erreichten wir den Hauptbahnhof. Oskar schien zu merken, dass er diese Stadt kannte. Gleich am Bahnhof markierte er einige Pfosten und die Ecke eines Kiosks, bevor uns ein Taxi zu Brenners Haus brachte. Als wir uns dem Haus näherten, fiel mir gleich ein Polizeiauto auf, das direkt davor parkte. Dann sah ich die Bescherung. Die Scheibe an meinem Fenster war eingeschlagen und die Beamten waren bei der Spurensicherung. Kommissar Rotfux stolzierte im Vorgarten herum und als er mich sah, kam er sofort auf mich zu.

»Hallo, Herr ... König«, begrüßte er mich. »Da kommen Sie ja gerade richtig. Bei Ihnen ist eingebrochen worden.«

»Bei mir?«, fragte ich verwundert.

»Ja, ganz offensichtlich«, sagte Rotfux mit diesem bestimmten Unterton, der keinen Widerspruch duldete.

»Aber bei mir gibt es doch nichts zu holen. Ich bin arm wie eine Kirchenmaus«, wunderte ich mich.

»Vielleicht geht es nicht um Geld«, murmelte Rotfux. »Vielleicht geht es um Informationen oder sie hatten es ganz einfach auf Sie abgesehen, Herr ... König.«

Rotfux zögerte jedes Mal, bevor er meinen Namen aussprach, in ihm schien sich etwas dagegen zu sträuben.

»Hier, sehen Sie mal, ein Drohbrief, den wir gefunden haben.«

Der Kommissar reichte mir ein weißes Blatt, auf das mit ausgeschnittenen Buchstaben aus einer Zeitung folgender Satz geklebt war: ›Wir kriegen dich!‹

»Aber das ist ja …«, wollte ich sagen.

»Genau. Es ist derselbe Satz, mit dem Ihnen auf dem Friedhof gedroht wurde. Könnten also die gleichen Täter sein«, unterbrach mich Rotfux. »Übrigens, wissen Sie, wo Natalie Bramhof steckt? Man hat mir gemeldet, dass sie schon die ganze Woche verschwunden sei.«

Ich fühlte, dass mich diese Frage kreidebleich werden ließ.

»Natalie Bramhof«, stammelte ich.

»Ja, Sie wissen schon, die Dame aus Hamburg«, hakte der Kommissar nach.

»Ich weiß nicht«, schwindelte ich, um nicht gleich unsere gemeinsame Woche in Venedig beichten zu müssen.

»Sie haben also letzte Woche nichts von ihr gehört?«

»Nein, wie sollte ich? Ich war die ganze Woche in Venedig.«

Im Moment gab sich Rotfux damit zufrieden.

»Wir werden ja sehen«, murmelte er und ging zurück zu seinen Männern. »Ist das nicht schrecklich, Johann?«, kam mir im selben Augenblick ganz aufgelöst Isabell entgegen. »Man hat bei dir eingebrochen.«

»Ich habe es schon vom Kommissar gehört«, sagte ich.

Sie umarmte mich zur Begrüßung, als ob sie mich wegen des Unglücks trösten wollte. Aber irgendwie konnte ich mich des Eindrucks nicht erwehren, dass Isabell nicht so entsetzt war, wie sie tat. Ich glaubte sogar, sie genoss es, dass endlich einmal etwas los war in ihrem Haus.

Oskar freute sich. Er nahm wenig Notiz von den Beamten, sondern beschnüffelte seine Büsche am Zugangsweg zum Haus. Paul und Corinna kamen mir mit roten Wangen entgegen. Für sie war dieser Einbruch sicher ein ganz besonderes Erlebnis.

»Grüß euch«, sagte ich, zog den Reißverschluss meiner Reisetasche auf und überreichte den beiden ihre Plastikgondeln, die ich für sie aus Venedig mitgebracht hatte.

Im Flur stellte ich meine Reisetasche ab, dann ging ich zusammen mit Isabell zu meinem Zimmer, in dem zwei Polizisten bei der Arbeit waren. Sie waren dabei, überall Fingerabdrücke zu nehmen, vor allem an den Türen des Kleiderschranks.

»Wir sind bald fertig«, entschuldigten sie sich, »höchstens noch 30 Minuten.«

Mein Zimmer sah chaotisch aus. Alles lag am Boden zerstreut, sogar meinen dunklen Anzug hatten sie samt Bügel aus dem Schrank gerissen und er lag total zerknittert davor.

»Was die nur gesucht haben?«, dachte ich laut nach.

»Das wüssten wir auch gern«, sagte einer der beiden Beamten.

Isabell erzählte mir, dass sie mit den Kindern nachmittags am Baggersee beim Baden gewesen sei und etwa um halb sechs den Einbruch bemerkt habe, als sie wieder zurückkam.

»Ich habe gleich Kommissar Rotfux angerufen und er war in Windeseile da.«

»Und sonst fehlt nichts im Haus?«, fragte ich.

»Nein, sie waren nur in Ihrem Zimmer, aber was fehlt, wissen wir auch noch nicht«, mischte sich einer der Beamten ein. »Wenn Sie dazu eine Idee hätten, wäre das eine große Hilfe.«

Nachdem die Spurensicherung abgeschlossen war, stellte mir der Kommissar noch einige Fragen. Ob ich irgendetwas Wichtiges im Zimmer versteckt habe, wollte er wissen.

»Nicht, dass ich wüsste«, sagte ich, »weder Geld noch Wertsachen, eigentlich nichts von Bedeutung.«

Rotfux musterte mich kritisch. Er zog die Augenbrauen nach oben und legte seine Stirn in Falten. »Kennen Sie eine Melanie aus Straßburg?«

Mir lief es eiskalt den Rücken herunter. Leugnen war zwecklos. Er hatte bestimmt schon längst den Brief gefunden und wusste Bescheid.

»Sie hat mich mal besucht«, sagte ich leise.

»Und warum wusste ich nichts davon?«, fragte Rotfux vorwurfsvoll.

»Ich dachte, es ist nicht so wichtig«, sagte ich kleinlaut.

»Nicht so wichtig, nicht so wichtig«, brummte Rotfux. »Wie oft habe ich Ihnen schon gesagt, dass Sie das Denken uns überlassen sollen! Jetzt liegt Melanie in einem Krankenhaus in Straßburg und die Ärzte haben wenig Hoffnung.«

»Sie liegt im Krankenhaus?«, stammelte ich. Ich konnte vor Überraschung kaum sprechen.

»Ja. Sie hatte einen schweren Unfall, wobei wir auch einen Mordversuch nicht ausschließen können. Wir prüfen das gerade.«

Gedanken tanzten in meinem Hirn. Wenn es stimmte, was der Kommissar da gerade gesagt hatte, dann lebte Melanie – jedenfalls noch. Ich war sprachlos.

Schließlich wollte Rotfux wissen, ob ich noch weitere Frauen kannte, über die er nicht informiert war. Ich verneinte, aber vermutlich glaubte er mir nicht.

»Übrigens«, fragte er zum Schluss, »haben Sie in Venedig etwas über sich herausgefunden?«

»Nicht direkt.«

Ich hatte mir vorgenommen, Rotfux nichts zu verraten, doch augenblicklich zögerte ich. Ich war durch das ganze Verhör eingeschüchtert und hatte das Gefühl, dem Kommissar irgendeinen Hinweis geben zu müssen.

»Und indirekt? Nun mal raus mit der Sprache! Wir haben hier nicht unendlich Zeit für Sie«, schimpfte er.

»Eine Wahrsagerin hat mir gesagt, dass ich von einer Insel in Südfrankreich komme und dass ich dort mein Glück finden würde«, sagte ich leise, als ob es ein großes Geheimnis war.

»Eine Wahrsagerin.« Dem Kommissar blieb der Mund offen stehen. Er schnappte förmlich nach Luft. »Eine Wahrsagerin«, wiederholte er mehrmals ungläubig. »Und Namen und Adresse hat sie Ihnen sicher auch gegeben«, fügte er abfällig hinzu.

»Nein, leider nicht«, stammelte ich. »Ich weiß auch nicht, was das bedeuten soll.«

»Und das war alles?«, fragte der Kommissar.

Ich erzählte ihm, dass ich Venedig kannte, dass ich sicher war, dort schon einmal gewesen zu sein, dass mir jedoch sonst nichts Besonderes aufgefallen sei. Zufrieden war er damit nicht, doch er verabschiedete sich und zog mit seiner Mannschaft ab.

Isabell half mir anschließend, mein Zimmer wieder aufzuräumen. Sie bestand darauf, meine Kleidung zu waschen und den Anzug in die Reinigung zu geben. Sie bezog mein Bett neu und gab mir für das Bad frische Handtücher. Den Rollladen an meinem Fenster ließen wir ganz herunter. So blieb zwar das Loch in der Scheibe, aber das Fenster war doch verschlossen. Als alles erledigt war, nahm sie mich in den Arm, um mich zu trösten.

»Es wird schon wieder«, sagte sie. »Der Kommissar findet bestimmt heraus, wer dahintersteckt.«

Ich spürte ihren warmen Körper an dem meinen, ich merkte, wie sie sich an mich drängte, und um ein Haar wäre ich schwach geworden an diesem Samstagabend in Aschaffenburg. Ich fühlte mich eingesperrt, eingesperrt in diesem Haus, hinter dem Rollladen, der unten bleiben musste, als König an das Schloss gekettet, in dem ich morgen Audienz halten würde. Mir fehlten das Meer und die Freiheit, mir fehlten das Rauschen der Wellen, das Salz in der Luft und der Wind in den Haaren.

Unruhig wälzte ich mich in meinem Bett hin und her. Die Wäsche duftete frisch, aber es war der Geruch des Kerkers.

Lieber hätte ich auf Sand geschlafen, auf dem Sand meiner Insel, die in meinem Herzen wohnte und von der ich immer stärker fühlte, dass es sie wirklich gab. Doch wie sollte ich sie finden? Rotfux würde mich bestimmt nicht mehr reisen lassen. Ich stand unter Beobachtung, ich war eingesperrt, jeden meiner Schritte würde er bewachen, es sei denn, kam mir eine Idee, es sei denn, ich würde mit Isabell und den Kindern in die Ferien fahren, zum Beispiel nach Südfrankreich, um die Insel zu suchen. Meine Gedanken drehten sich im Kreis, bis ich irgendwann erschöpft einschlief. Wie auf sanften Händen trugen mich meine Träume durch die Nacht.

Am nächsten Morgen riss mich unbarmherzig der Wecker aus dem Schlaf. Ich rieb mir die Augen. Sonntag, Audienz im Schloss. Ich erinnerte mich daran, dass ich wieder in Aschaffenburg war und dass die Pflicht rief. Schnell stand ich auf, um wenigstens noch mit Isabell und den Kindern frühstücken zu können.

»Und, gut geschlafen?«, begrüßte sie mich.

»Es geht so. Ich habe wirres Zeug geträumt.«

»Oh, ich hatte einen wunderbaren Traum«, erzählte Isabell. »Ich habe von dir geträumt. Es war wunderschön.«

Ihre dunklen Augen leuchteten, als sie das sagte, aber Einzelheiten erzählte sie nicht, wahrscheinlich wegen der Kinder.

»Wie lange dauert es eigentlich noch bis zu den Ferien?«, fragte ich Paul und Corinna.

»Noch zwei Wochen«, sagten sie wie im Chor.

»Gut, dass du das ansprichst«, mischte sich Isabell ein. »Wir wollten dich schon lange fragen, ob du mit uns in die Ferien kommst.«

»Ich weiß nicht«, zögerte ich. »Ich kann wahrscheinlich gar nicht weg. Muss Audienz halten im Schloss. Ein König hat seine Pflichten.«

»Aber ein König braucht doch auch mal Ferien«, protestierte der kleine Paul.

»Und wo soll's hingehen?«, fragte ich.

»Das wollten wir mit dir besprechen«, sagte Isabell. »Wir haben einen Wohnwagen und können eigentlich Urlaub machen, wo wir wollen.«

»Einen Wohnwagen? Und ihr dachtet, ich könnte einfach mitkommen? Aber …«, setzte ich an, doch dann besann ich mich eines Besseren.

»Wir haben Einzelbetten in einer extra Schlafkabine«, sagte Isabell und schien meine Gedanken gelesen zu haben. »Das ist also kein Problem.«

Ich hatte keine Ahnung, ob ich jemals in meinem Leben mit einem Wohnwagen unterwegs gewesen war. So richtig vorstellen konnte ich es mir jedenfalls nicht.

»Ich weiß nicht, ob das passt«, sagte ich. »Ich glaube, ich war noch nie mit einem Wohnwagen in den Ferien.«

»Wir zeigen dir alles«, rief Paul ganz begeistert. »Es wird dir bestimmt gefallen.«

Corinna nickte und Isabell lächelte mich an, während sie ein Stück Toastbrot mit Marmelade in den Mund schob.

»Du darfst auch bestimmen, wohin wir fahren«, sagte sie.

Ich konnte mich trotzdem nicht entschließen. Für mich kam das alles viel zu plötzlich. Ich wollte zu meiner Insel nach Südfrankreich, aber mit Wohnwagen und einer Familie im Schlepptau schien mir das eher zu beschwerlich.

»Vielen Dank für euer tolles Angebot«, sagte ich deshalb. »Aber gebt mir etwas Zeit. Ich muss jetzt erst Audienz im Schloss halten, dann will ich gern darüber nachdenken.«

Nach der Audienz, bei der ich die Geschichte vom vergesslichen König erzählt hatte, verließ ich zusammen mit Isabell das Schloss. Zwei Polizisten in Zivil folgten uns unauffällig.

Jetzt wurde ich also rund um die Uhr bewacht. Ein schreckliches Gefühl war das.

»Wollen wir noch ein Eis essen?«, fragte Isabell.

»Gern«, sagte ich.

Bei unserer Eisdiele in der Steingasse bekamen wir einen Tisch im Schatten. Glück gehabt, freute ich mich, denn es war der letzte freie Tisch gewesen. Die beiden Polizisten taten mir leid, denn sie mussten sich in einiger Entfernung in der Steingasse aufhalten und uns stets im Auge behalten, jedoch durften sie sich nicht zu uns setzen. Isabell bestellte einen Schwarzwaldbecher und ich ein Spaghetti-Eis.

»Mhmm, das tut gut bei der Hitze«, sagte sie und löffelte genüsslich die kühle Köstlichkeit. »Gut, dass bald Ferien sind. Hast du dir die Sache mit dem Wohnwagen mal durch den Kopf gehen lassen?«

Ich zögerte. Die beiden Polizisten gingen gerade an unserem Tisch vorbei. Da wollte ich über das Thema lieber nicht sprechen.

»Noch nicht so richtig«, sagte ich. »Ich war zu sehr mit meinen Geschichten beschäftigt.«

»Schade. Ich fände es toll, wenn du mitkommst. Wir könnten doch nach Italien fahren.«

»Italien?« Ich tat so, als ob ich nachdachte.

»Wenn überhaupt, möchte ich lieber nach Frankreich«, sagte ich dann. »Das würde mir besser gefallen. Ich spreche gut Französisch. Da fühle ich mich wohler.«

»Kein Problem. Wir können auch nach Frankreich fahren. Mir geht es hauptsächlich um die Kinder«, sagte Isabell.

Zwar glaubte ich nicht, dass sie nur an die Kinder dachte, aber ich konnte verstehen, dass sie es so darstellte.

Die Polizisten waren jetzt ein Stück weit in die Steingasse gegangen, sodass sie uns auf keinen Fall mehr hören konnten. Ich beugte mich ganz dicht zu Isabell, roch ihr Parfum, sah ihr in die dunklen Augen und teilte ihr mein kleines Geheimnis mit: »Wenn ich mitkomme, brauche ich aber etwas Urlaub von den Ferien.«

Isabell sah mich verwundert an. »Urlaub von den Ferien? Das verstehe ich nicht.«

Ich sah mich nach den Polizisten um. Sie waren noch weit genug weg.

»Ich muss in Südfrankreich etwas herausfinden und euch für einige Tage allein lassen«, erklärte ich Isabell. Dann beugte ich mich nochmals ganz dicht zu ihr und flüsterte: »Der Kommissar darf davon aber nichts wissen.«

Die Zivilstreifen kamen wieder näher und Isabell schwieg zum Glück. Sie aß still von ihrem Schwarzwaldbecher und redete darüber, wie lecker er schmeckte. Erst als die Polizisten weit in Richtung Stadthalle gegangen waren, sprach sie wieder von den Ferien.

»Wenn du hoffentlich nicht zu lange weg bist, wäre das nicht so schlimm«, sagte sie. »Die Kinder würden sich bestimmt trotzdem sehr freuen.«

»Also gut«, stimmte ich zu, »aber ich kenne mich mit einem Wohnwagen überhaupt nicht aus. Ihr werdet mir wirklich alles zeigen müssen.«

Isabell schien darin kein Problem zu sehen. Noch in der Eisdiele fing sie an, darüber zu sprechen, was man alles vorbereiten müsse. Es war, als ob ein Knoten in ihr geplatzt wäre. Sie redete begeistert von den Ferien und schien schon in der Vorbereitung ihr Glück zu finden. Als wir nach Hause kamen, erzählte sie die Neuigkeit sofort den Kindern. Auch der kleine Paul und Corinna waren begeistert.

23

In den nächsten Tagen ging wirklich alles Schlag auf Schlag. Isabell sprach gleich am Montag mit dem Kommissar und holte sich die Erlaubnis, dass ich mit ihnen in den Urlaub fahren durfte. Zunächst war er zwar strikt dagegen, dass wir ausgerechnet nach Südfrankreich reisen wollten, aber nachdem ihm Isabell erklärt hatte, dass wir einen sehr gut gesicherten Campingplatz besuchen würden, an dem sogar die Zugänge zum Strand in der Hochsaison permanent bewacht wurden, ließ er sich überreden.

»Ich habe Glück gehabt. Es sind ältere Leute wegen Krankheit zurückgetreten und wir bekommen einen schönen Stellplatz mit Blick aufs Meer«, freute Isabell sich, nachdem sie beim Campingplatz telefonisch reserviert hatte.

Sie dachte wirklich an alles. Es wurden Badehosen für mich gekauft, auch ein kurzer Schlafanzug und einige Freizeitkleidung. Oskar bekam eine Transportbox, in der er während der Fahrt kuscheln konnte. Der Wohnwagen wurde überprüft, die fast leeren Gasflaschen gegen volle ausgetauscht und zwei Tage vor dem Start stellten wir den Wohnwagen vor das Haus. Mit dem Oberbürgermeister hatte ich drei Wochen Sommerpause meiner Audienzen vereinbart. An den betreffenden Wochenenden sollten meine Geschichten nur als Film vorgeführt werden, sozusagen als Ersatz für meine Auftritte. Ich hatte dafür drei DVDs mit neuen Geschichten aufnehmen lassen. Um die Urlaubszeit möglichst gut zu nutzen, wollten wir am Sonntag direkt nach meiner Audienz starten, so waren es fast fünf Wochen, bis wir zurück sein mussten.

Am Vorabend der Abreise war ich selbst ganz aufgeregt. Isabell ging mit mir nochmals ihre Listen durch, wir überprüften, ob nichts fehlte, und dann wollten wir früh ins Bett gehen. Kurz vor 20 Uhr klingelte das Telefon. Isabell nahm den Hörer ab.

»Hier Brenner«, meldete sie sich. »Hallo, Herr Kommissar«, hörte ich sie sagen. Dann bekam ich eine Zeit lang nichts mit, sondern hörte nur Wortfetzen. Isabell wurde unruhig. Sie ging nervös hin und her, bis sie endlich den Hörer an mich übergab.

»Rotfux«, tönte es am anderen Ende der Leitung.

Der Kommissar sprach ganz langsam und deutlich. »Alle Spuren führen zu diesem internationalen Erpresserring, von dem ich Ihnen schon berichtet habe. Sie setzen Algerier und Marokkaner ein, die vor nichts zurückschrecken«, sagte er. »Also nehmen Sie sich in Acht. Kein wildes Campen, keine überfüllten Autobahnrastplätze, keine einsamen Ausflüge! Am besten, Sie bleiben immer bei Frau Brenner und den Kindern. Das ist wie gesagt die beste Tarnung für Sie.«

Rotfux klang sorgenvoll und sehr menschlich.

»Ich werde Ihren Rat befolgen, Herr Kommissar«, versprach ich und bedankte mich dafür, dass er mich so eindringlich gewarnt hatte.

»Du musst wirklich auf dich aufpassen«, sagte Isabell, nachdem ich aufgelegt hatte. »Ich habe dem Kommissar nichts von deinen Plänen verraten, aber eigentlich solltest du lieber die ganzen Ferien bei uns bleiben.«

»Das kann ich nicht, Isabell«, widersprach ich heftig. »Ich muss da etwas klären. Es geht um meine Vergangenheit.«

Isabell schwieg enttäuscht. »Ist denn das so wichtig?«, fragte sie nach einiger Zeit. »Könntest du nicht lieber an deine Zukunft denken?«

Was sie mit Zukunft meinte, konnte ich mir vorstellen. Sie war noch beim Friseur gewesen und sah mit ihren dunklen, welligen Haaren ganz verlockend aus. Trotzdem versuchte ich ihr klarzumachen, wie wichtig diese Sache für mich war.

»Ich kenne meinen Namen nicht, kenne Vater und Mutter nicht, weiß nicht, wie alt ich bin und nicht, woher ich komme. So kann ich nicht leben.«

Isabell stand im Wohnzimmer vor dem Fenster und sah mich traurig an. »Ich glaube, ich verstehe.«

Doch ich bezweifelte, dass sie es wirklich tat. Sie dachte an sich und die Kinder. Sie nahm mich, wie ich war. Sie wollte mich als Begleitung und da konnte meine Vergangenheit höchstens hinderlich sein.

Am Sonntag gleich nach meiner Audienz ging es los. Es war 13 Uhr, wir hatten noch in einem Schnellimbiss etwas gegessen und waren schon bald auf der Fahrt in Richtung Frankreich.

»Wenn wir heute bis Straßburg kommen, bleiben wir die erste Nacht im Elsass«, sagte Isabell.

Sie saß hinter dem Steuer. Paul und Corinna hatten auf der Rückbank die Box mit Oskar zwischen sich, der zusammengerollt in seiner Transportbox lag und schlief. Gegen 17 Uhr erreichten wir tatsächlich Straßburg. Isabell fuhr auf der Schnellstraße in Richtung Obernai, da es dort einen Campingplatz Municipal gab, bei dem in der Nähe sogar ein Freibad sein sollte. Der abendliche Straßburger Verkehr brauste in alle Richtungen und wir passten höllisch auf, dass wir uns nicht verfuhren. In der Ferne sah ich das Straßburger Münster zwischen dem Häusermeer der Stadt. Einen Moment lang musste ich an Melanie denken. Doch genau in diesem Augenblick überholte uns ein französischer Lieferwagen wie ein Verrückter und setzte sich dann ganz dicht vor uns. Isabell bremste scharf und der Wohnwagen hinter unserem Passat begann zu tanzen.

»Idioten!«, fluchte sie.

Es saßen zwei dunkelhaarige junge Männer in dem grauen Wellblech-Lieferwagen, der wie ein ausgebauter Campingbus aussah.

»Je jünger sie sind, desto verrückter fahren sie«, sagte ich. Während ich das von mir gab, kamen mir der Lieferwagen und die darin befindlichen Männer auf einmal bekannt vor. Genauso hatte der Lieferwagen ausgesehen, von dem Melanie in Straßburg überfahren worden war. Aber ich war jetzt in Urlaubsstimmung und verdrängte den Gedanken, obwohl es mir schwerfiel, sofort wieder. Oskar schien das alles nicht zu berühren. Er kuschelte in seiner Transportbox, als ob nichts geschehen sei.

»Da, Obernai stand auf dem Schild«, meldete sich Corinna von hinten. Von der Schnellstraße ging es rechts ab und wir waren wenig später in diesem malerischen Fachwerkstädtchen im Elsass.

»Ist das schön hier«, freute sich Isabell beim Anblick der blumengeschmückten Fachwerkhäuser. Ich befürchtete schon, dass sie vor lauter Begeisterung mit unserem breiten Wohnwagen eine Hauswand rammen könnte, aber sie fuhr sicher durch den Ort in Richtung Campingplatz, der etwas außerhalb direkt neben dem Freibad lag.

»Da können wir noch baden«, freuten sich hinten Paul und Corinna. Wir meldeten uns an der Rezeption des Campingplatzes an und fuhren langsam über das Gelände, auf dem zwischen noch jungen Pappeln die Wohnwagen der anderen Camper standen.

»Da sind ja die Verrückten mit dem Lieferwagen«, äußerte Isabell, als wir uns dem Waschhaus näherten. Sie bog in einen Weg nach links ab.

»Bei denen müssen wir nicht unbedingt stehen«, sagte sie und hielt ein Stück weiter ganz am Rande des Platzes an.

»Hier haben wir unsere Ruhe, hoffe ich«, sagte sie mit Blick auf die Maisfelder, die sich hinter dem Campingplatzgelände über die Ebene zogen. Wir hängten den Wohnwagen von der Anhängerkupplung des Passats ab, Isabell fuhr das Auto ein Stück auf die Seite, dann schoben wir den Anhänger zusammen mit zwei Niederländern unter eine Pappel. Isabell zeigte mir, wie man ihn mithilfe der Wasserwaage waagerecht stellte.

»Wenn wir etwas kochen, sollte die Pfanne gerade stehen, damit das Fett nicht in eine Richtung wegläuft«, kommentierte sie.

Corinna und der kleine Paul hatten schon Oskar an der Leine und erkundeten mit ihm den Campingplatz. Isabell holte aus dem Kofferraum des Passats ein Sonnensegel, das wir auf drei Aluminiumstangen vor dem Wohnwagen aufspannten.

»So, jetzt wird's gemütlich«, freute sie sich, während sie zusammen mit mir einige Klappstühle und einen Campingtisch aus dem Kofferraum des Passats lud. Sie konnte anpacken, das sah man. Gleich nachdem wir angekommen waren, hatte sie eine kurze Bermuda und ein leichtes Trägershirt angezogen und jetzt sank sie zufrieden in einen der Campingstühle.

»Zieh dir doch eine Badehose an«, sagte sie mit Blick auf meine Jeans. »Es ist noch ziemlich warm.«

Ich fühlte mich unsicher, was mir verdeutlichte, dass dies mein erster Campingurlaub war. Ich konnte mich nicht erinnern, jemals vor einem solchen Wohnwagen gesessen zu haben, womöglich noch in einer Badehose, während die Nachbarn gerade ihr Abendessen zubereiteten. Die Sonne lag gelb auf den Maisfeldern. Überall auf dem Campingplatz tat sich etwas. Auf dem Weg vor uns spielten zwei Mädchen Federball. Schräg gegenüber schnitt sich eine dunkelhaarige

Französin mit Lockenwicklern auf dem Kopf die Fingernägel. Ein Stück weiter legte ein dickbäuchiger Deutscher ein paar Steaks auf seinen Holzkohlegrill. Isabell schien das alles nicht zu stören. Es war, als ob sie es gar nicht sah. Sie saß in ihrem Stuhl, schaute verträumt in die Gegend, schloss dann die Augen und ließ die Abendsonne auf ihr Gesicht scheinen. Ich wagte es nicht, sie zu stören.

Kurz darauf kamen Corinna und Paul mit Oskar wieder. »Wir waren beim Schwimmbad«, jubelten sie. »Es hat noch bis 19 Uhr auf. Kommst du mit, Onkel Johann?«

Sie nannten mich Onkel, seit Ulrich gestorben war und ich ein wenig die Vaterrolle für sie übernommen hatte. Ihren großen, bittenden Augen konnte ich nicht widerstehen. Also ging ich in den Wohnwagen, zog meine Badehose an, nahm ein Handtuch und machte mich mit ihnen auf den Weg.

»Kannst du auf Oskar aufpassen?«, bat ich Isabell, die lächelte und mit dem Kopf nickte und offensichtlich sehr glücklich war, dass ich mit den Kindern noch ins Schwimmbad ging. Wir passierten das Sanitärgebäude des Campingplatzes und mir fiel wieder dieser graue Lieferwagen auf, der uns so verrückt überholt hatte. Die beiden schwarzhaarigen jungen Männer sahen mich seltsam an, als ob sie wussten, wie dumm sie sich benommen hatten. Sie lagen auf ihren Luftmatratzen vor dem Auto, der eine rauchte eine Zigarette, der andere las in einem Taschenbuch.

»Kommt«, zog ich Paul und Corinna weiter, welche die beiden anstarrten, als ob sie hier soeben das achte Weltwunder entdeckt hatten. Der Weg zum Schwimmbad führte über einen ausgetrockneten Pfad, der sich durch ein kleines Waldstück schlängelte und schließlich nach etwa zehn Minuten beim Parkplatz des Schwimmbades endete.

»Hier geht's rein«, sagte stolz der kleine Paul, der sich freute, dass er schon Bescheid wusste und mich führen konnte.

Wenig später saßen wir am Beckenrand und ließen unsere Beine ins Wasser baumeln. Ich musste zugeben, dass mir das sehr angenehm war nach der Hitze des Tages. Ich fühlte die Kühle, die mir die Beine hochstieg, fühlte den feuchten Hintern in meiner Badehose, rutschte langsam über den Beckenrand ins Wasser und war schon untergetaucht. Herrlich, dachte ich. Als ich wieder auftauchte, sah ich Paul, der mit Anlauf ins Wasser sprang, und Corinna, die langsam über die Badeleiter ins Becken stieg. Prustend kamen beide auf mich zugeschwommen.

»Ist doch toll hier«, freute sich Paul. »Gut, dass wir noch ins Bad gegangen sind.«

Ich schwamm langsam in den tieferen Bereich des Beckens. Erfrischend war das. Mein Blick ging über die grünen Wiesen, die das Schwimmbecken umgaben. Unter Bäumen lagerten die Badegäste auf ihren Handtüchern und am Imbissstand hatte sich eine kleine Schlange gebildet. Hier lässt es sich ein paar Tage aushalten, dachte ich.

Im selben Augenblick spürte ich zwei kräftige Hände im Genick. Ich fuhr herum und glaubte noch aus den Augenwinkeln einen der beiden jungen Männer zu erkennen, die in dem grauen Lieferwagen gesessen hatten. Im nächsten Moment war ich unter Wasser. Der Kerl drückte kräftig zu. Ich strampelte und schlug um mich, aber er hatte meinen Hals so fest im Griff, dass ich mich nicht befreien konnte. Scheißkerl, dachte ich, und versuchte ihm in den Bauch zu treten. Aber er schien sehr stark zu sein. Ich trommelte mit beiden Fäusten auf seinen Bauch, doch meine Schläge prallten ab wie an einem Betonklotz, völlig ohne Wirkung. Allmählich wurde mir die Luft knapp. Sterne begannen vor meinen Augen zu tanzen und ich schluckte Wasser, aber der Kerl ließ nicht locker. Er drückte mich jetzt noch tiefer unter Wasser, bis ganz auf den Grund, stellte sich mit seinen Füßen auf mich, ließ mich dort so liegen, bis es mir schwarz vor Augen wurde. Ich kam erst wieder zu mir, als ich auf der Liegewiese des Schwimmbades lag, um mich herum sah ich nackte Beine und Bäuche und neugierige Augen, die mich anstarrten.

Der Bademeister kniete über mir, hatte seinen Mund auf meine Nase gepresst und blies mir seinen Atem ein.

»Er öffnet die Augen«, hörte ich die Leute auf Französisch sagen.

»Er lebt noch«, murmelten sie.

Ich suchte nach dem schwarzhaarigen Kerl, aber der war nicht in der Menge zu sehen. Dann hörte ich die Sirene eines Krankenwagens. Zwei Feuerwehrleute kamen auf die Wiese, legten mich auf eine Bahre und trugen mich vor das Freibad. Ich sah Paul und Corinna, die neben der Bahre gingen, ich wollte etwas sagen, aber ich brachte kein Wort heraus. Die beiden sahen mich entsetzt an. Ich hätte sie so gern getröstet, jedoch kam kein Laut über meine Lippen. Im Krankenwagen setzten sie mir eine Sauerstoffmaske aufs Gesicht, ich spürte den Stich einer Spritze, dann war da nichts, einfach nur nichts, bis ich in einem Krankenzimmer wieder zu mir kam, wo mich mein Bettnachbar freundlich begrüßte.

»Hallo«, sagte er auf Französisch, »wieder munter?«

Er stellte sich als Monsieur Legrand vor.

»König, Johann König«, sagte ich.

Gott sei Dank, dachte ich. Wenigstens wusste ich noch, dass ich der König von Aschaffenburg war, und hatte nicht wieder alles vergessen. Fast begann ich mein zweites Leben zu akzeptieren, das ich mir inzwischen in Aschaffenburg aufgebaut hatte. War man nicht der, zu dem man sich machte? Und ich war nun eben der König von Aschaffenburg.

»Sie haben Glück gehabt, wären fast ertrunken«, unterbrach mein Zimmernachbar meine Gedanken. »Professor Ducrot meinte, es grenze an ein Wunder.«

Glück gehabt, zum zweiten Mal Glück gehabt, dachte ich. Zuerst im Main, jetzt in diesem Schwimmbad. Aber irgendjemand wollte mich ins Jenseits befördern, das war sicher. Demnach hatte Kommissar Rotfux recht mit seinem südfranzösischen Erpresserring. Etwa eine halbe Stunde später ging die Tür auf und Isabell kam mit den Kindern ins Zimmer.

»Du machst ja Sachen«, begrüßte sie mich.

Sie kam ganz dicht ans Bett und gab mir einen Kuss auf die Stirn.

Paul und Corinna sahen blass aus.

»Wir dachten, du bist tot«, sagte der kleine Paul und drückte meine Hand. In diesem Moment merkte ich, wie sehr er mich mochte.

»So schnell geht das schon nicht«, lachte ich, obwohl mir in Wirklichkeit gar nicht zum Lachen zumute war. Meine Gedanken kreisten um diesen schwarzhaarigen Kerl, der mich unter Wasser gedrückt hatte. Ich wollte Isabell warnen, denn wer wusste, was die beiden mit ihrem grauen Lieferwagen sonst noch im Schilde führten. Ich winkte sie also ganz dicht zu mir her und sagte ihr dann leise etwas ins Ohr.

»Nimm dich in Acht. Ich glaube, einer der beiden mit dem Lieferwagen hat mich unter Wasser gedrückt«, flüsterte ich.

Sie sah mich erstaunt an.

»Die … die sind wieder abgefahren«, stammelte sie.

»Wann?«

»Vorhin, vielleicht vor einer Stunde.«

Seltsam, dachte ich, man fährt doch nicht auf einen Campingplatz, ohne dort zu übernachten.

»Vielleicht sind sie mit ihrem Lieferwagen nur beim Supermarkt«, sagte ich leise. »Sei jedenfalls vorsichtig!«

Isabell stellte sofort die wildesten Spekulationen an.

»Wir müssen Kommissar Rotfux informieren.«

24

Am nächsten Morgen hörte ich noch im Halbschlaf Stimmen. Zuerst erkannte ich nicht, wer es war. Wie aus weiter Ferne sprachen sie.

»Er hat großes Glück gehabt, wenige Minuten später und da wäre nichts mehr zu machen gewesen«, sagte eine kräftige Männerstimme.

»Ja, es ist fast wie ein Wunder«, hörte ich die Stimme von Isabell.

»Kann ich ihm ein paar Fragen stellen?«, fragte eine dritte, mir bekannte Stimmte.

Der Kommissar kann doch nicht hier sein, dachte ich. Ich versuchte, langsam die Augen zu öffnen. Schwer wie Blei schienen meine Augenlider und erst nach und nach wurde das verschwommene Bild, das ich sah, klarer. Ein groß gewachsener Arzt im weißen Kittel stand an meinem Bett und musterte mich durch seine Nickelbrille.

»Na, wieder munter?«, wollte er freundlich wissen.

»Ich bin Professor Ducrot«, stellte er sich vor. »Sie haben großes Glück gehabt. Um ein Haar hätten wir uns nicht mehr unterhalten können.«

Hinter dem Professor stand Kommissar Rotfux. Er trat unruhig von einem Bein aufs andere und konnte es anscheinend kaum noch erwarten, mich zu befragen.

»Wie geht es Ihnen, Herr König?«, forschte der Professor weiter. »Meinen Sie, Sie könnten dem Kommissar ein paar Fragen beantworten?«

»Ich denke schon«, sagte ich leise, »es geht mir bereits wieder besser.«

Ich sah, wie sich Rotfux jetzt nach vorn schob. Er trug wie üblich einen gelben Pulli und hielt einen Notizblock in der Hand.

Er lächelte. »Frau Brenner hat mich benachrichtigt. Also legen Sie mal los. Wie ist es passiert?«

Ich sagte ihm alles, was ich wusste.

»Und Sie sind sich sicher, dass es einer dieser beiden schwarzhaarigen Typen mit dem Lieferwagen war?«

»Hundertprozentig natürlich nicht«, sagte ich, »aber im letzten Augenblick, bevor er mich unter Wasser drückte, glaube ich, ihn erkannt zu haben.«

Rotfux sah mich ziemlich ernst an.

»Es tut mir leid, Herr ... äh, Herr König«, sagte er, »wenn Sie wieder auf den Beinen sind, kann ich Sie nicht weiter in die Ferien fahren lassen. Das wäre zu gefährlich. Wenn es wirklich diese Erpresserbande ist, die hinter allem steckt, sind Sie in großer Gefahr. Ich lasse Sie in der Klinik abholen und nach Hause bringen, wo wir besser auf Sie aufpassen können.«

»Aber unser schöner Urlaub ...«, stammelte ich.

Die Worte von Rotfux waren wie Schläge in mein Gesicht. Ich fühlte mich eingesperrt, meiner Freiheit beraubt und ich begann mich darüber zu ärgern, dass Isabell den Kommissar überhaupt benachrichtigt hatte.

»Was hilft uns aller Urlaub, wenn du in Gefahr bist«, sagte sie, wie um sich zu entschuldigen.

Rotfux nickte zustimmend.

»Wir hoffen ja, diese Bande zu stellen, dann haben Sie Ruhe«, erklärte er.

Der Professor war die ganze Zeit still gewesen.

»Ich sage es Ihnen, wie es ist«, fügte er nun an. »Ich denke, in zwei Tagen sind Sie wieder völlig hergestellt. Wir machen noch einige Untersuchungen, um sicherzugehen, dass alles in Ordnung ist. Dann muss ich Sie dem Kommissar übergeben.«

Er verabschiedete sich und ging aus dem Zimmer. Rotfux hingegen trat wieder von einem Bein auf das andere, als ob er noch etwas auf dem Herzen hatte.

»Wir haben festgestellt, dass Sie mit dieser Natalie aus Hamburg in Venedig waren«, sagte er dann. »Sie ist wieder aufgetaucht und hat uns alles erzählt.«

Hätte ich nicht im Bett gelegen, wäre ich am liebsten im Boden versunken. Isabell sah mich vorwurfsvoll an und Rotfux schien auf eine Antwort von mir zu warten. Ich sagte jedoch nichts, denn was hätte ich dazu auch sagen sollen?

»Nun, stimmt das, Herr … äh, Herr König?«, fragte Rotfux nach. Er sah mich durchdringend an und ich hatte das Gefühl, jetzt nicht schwindeln zu können.

»Ja, ich wollte etwas über mich herausfinden«, sagte ich kleinlaut. »Natalie hatte mir erzählt, dass wir früher schon einmal in Venedig gewesen waren und sie wollte mir die Stadt zeigen – ist das denn verboten?«

Isabell stand am Fußende meines Bettes und hielt sich dort fest. Sie schien Halt zu brauchen angesichts dieser Neuigkeiten.

»Verboten, verboten«, brummte Rotfux. »Verboten ist das natürlich nicht«, sagte er. »Aber Sie hätten mich nach Ihrer Rückkehr nicht belügen dürfen, als ich Sie nach Natalie fragte.«

Er klang sehr ärgerlich, als er das sagte, und fast hatte ich den Eindruck, dass er sich freute, mich in der Klinik zu wissen.

»Tut mir leid«, sagte ich und ließ mich müde in mein Kissen zurückfallen.

Mein Bettnachbar war inzwischen auch wach und lauschte aufmerksam. Ob er etwas verstand, wusste ich natürlich nicht, aber ich nahm es an, da die meisten Elsässer Deutsch verstanden.

»In Zukunft erwarte ich von Ihnen hundertprozentige Ehrlichkeit«, forderte Rotfux und er sagte das in einem Ton, der mich unwillkürlich unter meiner Bettdecke Haltung annehmen ließ. »Wenn Sie mich noch einmal belügen, wird das Folgen für Sie haben, Herr … äh, Herr König. Also dann, bis bald.«

Mit diesen Worten verabschiedete er sich von mir, gab mir die Hand und verließ das Krankenzimmer. Isabell blieb noch. Sie setzte sich auf den Stuhl neben meinem Bett und schwieg. Auch ich sprach nicht, denn ich war müde. Irgendwie schien mich das Ganze doch sehr geschwächt zu haben.

»Was wirst du jetzt mit den Kindern machen?«, fragte ich nach einiger Zeit.

»Ich weiß es nicht«, sagte sie traurig. »Vielleicht bleiben wir einfach hier auf diesem Campingplatz. Den Kindern gefällt es und es ist besser als gar nichts.«

Sie tat mir leid. Gestern hatte sie noch glücklich vor ihrem Wohnwagen in der Abendsonne gesessen, als ich mit Paul und Corinna zum Schwimmbad gegangen war. Jetzt war ihr Glück wie weggeblasen. Sie sah müde und niedergeschlagen aus.

»Wenn du willst, können wir diesem Rotfux entkommen«, sagte ich leise und nahm ihre Hand.

»Aber Johann, wie willst du denn mit einem Wohnwagen der Polizei entkommen?«, antwortete sie. »Und außerdem wäre das viel zu gefährlich. Stell dir vor, diese Typen erwischen dich noch einmal.«

Da war nichts zu machen. Isabell war zu ängstlich und zu korrekt, um eine Flucht vor dem Kommissar zu riskieren.

»Dann wirst du mir vor der Entlassung ein paar Kleider bringen müssen und meine Geldbörse mit dem Ausweis«, sagte ich. »Ich habe ja nur meine Badehose hier. Und bring Oskar in seiner Transportbox mit. Der stört euch doch nur in den Ferien.«

Isabell nickte. Einen Moment lang sah es mir so aus, als ob sie feuchte Augen bekam. Dann drückte sie mir einen Kuss auf die Stirn und verließ das Zimmer.

»Ist sie gar nicht Ihre Frau?«, fragte mich Monsieur Legrand, nachdem Isabell die Tür geschlossen hatte.

Eigentlich war ich viel zu müde, um mich mit ihm zu unterhalten. Aber natürlich wäre es unhöflich gewesen, ihm nicht zu antworten. Also erzählte ich Monsieur Legrand meine Geschichte und er hörte erstaunt zu.

»Das ist ja fast wie in einem Kriminalroman«, sagte er. »Zweimal hat man schon versucht, Sie zu ersäufen. Und Sie wissen nicht, wer Sie wirklich sind.«

Er sagte ›ersäufen‹, was mir seltsam vorkam, aber vielleicht wusste er als Elsässer kein besseres Wort, obwohl er sonst sehr gut Deutsch sprach.

Manchmal wechselte er die Sprache sogar mitten im Satz.

Wir unterhielten uns noch eine Zeit lang und mein Bettnachbar fand, dass ich doch ein fantastisches Leben hatte. Die vielen Frauen, die vielen Reisen, meine Audienzen als König von Aschaffenburg, das alles beeindruckte ihn sehr. Er konnte nicht verstehen, dass ich so sehr nach meiner Vergangenheit suchte.

»Es geht Ihnen doch sehr gut, Herr König«, sagte er. »Viele würden gern mit Ihnen tauschen.«

Trotzdem drehten sich anschließend meine Gedanken wieder nur um diese Insel in Südfrankreich und um das Etikett dieser Weinflasche von der Île du vin, das ich in meinem Geldbeutel aufbewahrte. Dort musste ich hinkommen, um mehr über meine Vergangenheit zu erfahren. Aber jetzt saß ich in der Falle. Rotfux würde mich nach Aschaffenburg zurückbringen und dort bewachen lassen, sodass keine Flucht mehr möglich war.

Tagsüber wurden noch einige Untersuchungen vorgenommen und abends kam Isabell wieder zu mir. Sie brachte Kleider und meinen Geldbeutel mit.

»Oskar habe ich bei den Kindern am Wohnwagen gelassen«, sagte sie. »Im Krankenhaus ist Hundeverbot und Oskar würde sich hier bestimmt auch nicht wohlfühlen.«

Sie erzählte, dass die Kinder fast den ganzen Tag im Schwimmbad waren und dass es ihnen gut gefiele.

»Mittags haben wir gegrillt«, sagte sie und ich hatte das Gefühl, dass es ihr wieder deutlich besser ging.

»Weißt du schon, wann du abgeholt wirst?«, fragte Isabell.

Ich erzählte ihr, dass man mich morgen entlassen würde und Rotfux bestimmt zur Stelle wäre. Nur die Uhrzeit konnte ich ihr nicht sagen. Also nahm sie sich vor, mit den Kindern am Vormittag vorbeizuschauen.

»Wir möchten dich natürlich verabschieden«, sagte sie, »und Oskar bringen wir dir dann mit.«

Sie erzählte mir, dass das Baguette auf dem Campingplatz super gut schmecke, dass sich Paul und Corinna schon mit den Kindern der niederländischen Nachbarn angefreundet hatten, dass der graue Lieferwagen nicht mehr aufgetaucht sei und dass auch sie heute im Schwimmbad war. Sie sah gut aus, war bereits etwas gebräunt, trug die Strahlen der Sonne förmlich im Gesicht, hatte ein leichtes Sommerkleid an und Monsieur Legrand musterte sie auffällig, wie sie so verlockend neben meinem Bett saß. Als sie gerade wieder gehen wollte, kam der Professor zur Visite. Auch er taxierte Isabell von Kopf bis Fuß.

»Gut, dass ich Sie treffe«, sagte er. »Herr König wird morgen um 10 Uhr entlassen. Der Kommissar schickt einen Wagen mit Chauffeur. Wenn Sie wollen, können Sie sich dann von ihm verabschieden.«

Während er das sagte, zog er Isabell förmlich mit seinen

Blicken aus, und ich bemerkte, dass so etwas wie Eifersucht in mir hochstieg, obwohl ich dazu eigentlich gar keinen Grund hatte.

»Mit Ihnen ist alles in Ordnung. Alle Werte sind wieder normal«, sagte der Professor zu mir. »Sie haben wirklich einen Schutzengel gehabt.«

Er verabschiedete sich und sprach noch mit Monsieur Legrand. Isabell kam an mein Bett und drückte mir einen Kuss auf die Stirn.

»Bis morgen«, sagte sie und verließ das Zimmer.

Nachdem alle gegangen waren, wurde mir meine Lage schrecklich bewusst. Morgen um 10 Uhr war es aus mit dem bisschen Freiheit, das ich bisher kannte. Ich würde abtransportiert wie ein Gefangener, beobachtet, bewacht, durfte unter Polizeischutz im Aschaffenburger Schloss Audienz halten, aber ich würde nie meine Insel sehen, wenn es sie wirklich gab, so wie sie auf dem Etikett der Weinflasche abgebildet war. Nein, das wollte ich nicht! Jetzt kam meine letzte Chance. Ich würde fliehen, würde nach Südfrankreich fahren, je schneller, desto besser, bevor sie bemerkt hatten, dass ich nicht mehr da war. Morgen um 10 Uhr würde ich bereits über alle Berge sein. Ich hätte mich noch so gerne nach Melanie erkundigt, um zu erfahren, wie es ihr ging, aber dafür war einfach keine Zeit. Außerdem wäre es viel zu riskant gewesen.

Ich wartete, bis die Schwester mit unserem bräunlichen Schlaftrunk kam, beobachtete, wie Monsieur Legrand den Saft trank, schüttete meinen einfach ins Bett, als sich die Nachtschwester einen Moment abwandte, und tat dann so, als ob auch ich schlafen würde. Monsieur Legrand wünschte mir noch eine gute Nacht und wenig später verriet sein gleichmäßiger Atem, dass er eingeschlafen war. Adieu, guter Freund, dachte ich, während ich in meine Kleider schlüpfte. Ich stopfte ein

Kissen und eine Decke, die ich als Reserve in meinem Schrank gefunden hatte, unter meine Bettdecke. Sie sah dadurch so aus, als ob darunter jemand lag, jedenfalls bemerkte man im Dämmerlicht nicht sofort, dass mein Bett leer war. Meine Badehose steckte ich in die Plastiktüte, in der mir Isabell meine Wäsche gebracht hatte. Mehr Gepäck besaß ich nicht.

Leise schlich ich aus dem Zimmer und ging direkt zum Lift, der sich schräg gegenüber befand. ›rez-de-chaussée‹ drückte ich und betete, dass mir nur niemand begegnen möge. Noch nie kam mir eine Fahrt mit dem Fahrstuhl so lange vor, jede Sekunde empfand ich wie eine Ewigkeit, bis der Aufzug endlich unten hielt und sich die Schiebetür öffnete. Ich wagte einen Blick in die Eingangshalle der Klinik. Die Luft war rein. Jedenfalls sah ich niemanden, den ich kannte. Hoch erhobenen Hauptes ging ich an der Pforte vorbei, nickte sogar dem Pförtner zu, der sicher nicht auf die Idee kam, dass ich ein Patient sein könnte, der gerade aus der Klinik floh. Ich sah mich nicht um, als ich auf die Straße trat, ging einfach geradeaus, bis zur nächsten Kreuzung, dann ein Stück nach links und von dort sah ich schon eine breite Straße vor mir, auf der sich die Fahrzeuge zweispurig durch das Dämmerlicht schoben. ›Quai Louis Pasteur‹ las ich auf dem Straßenschild an der Ecke und ging ein Stück die Uferstraße entlang. Es war ziemlich genau 22 Uhr und das Leben in Straßburg pulsierte noch. Ich hielt Ausschau nach einem Taxi, aber im Augenblick war keines zu sehen. Dafür bemerkte ich, dass mir zwei schwarzhaarige dunkle Männer in Lederjacken folgten.

Bloß weg hier, dachte ich.

Ich eilte wieder aufs Klinikgelände zurück, hastete an mehreren Gebäuden vorbei und hoffte, damit die beiden Gestalten abgehängt zu haben. Aber sie verfolgten mich weiter. Ich hörte ihre Schritte, sie waren dicht hinter mir. Einen Moment lang musste ich an den schrecklichen Unfall von Melanie denken und mir lief es heiß und kalt den Rücken herunter. Ich fing an zu rennen, rannte quer übers Gelände, vorbei an der Kinderklinik in die Rue Kirschleger und von dort zur Rue Finkwiller. Ich sah mich nicht um, rannte einfach weiter, rannte um mein Leben, war schon völlig außer Atem, würde nicht mehr lange durchhalten, aber ich wollte kämpfen, kämpfen für meine Freiheit und kämpfen für die Klärung meiner Vergangenheit. Doch meine Verfolger ließen nicht locker. Ich hastete zum Place Henri Dunant. Dort sah ich ein Taxi, das an der Ampel hielt, stürzte darauf zu, riss die Tür auf, warf mich auf die Rückbank und schrie nur noch: »Hilfe, au secours, schnell weg, Gare Centrale, vite, Gare Centrale!«

Die ältere Dame, die schon im Taxi saß, klammerte sich entsetzt an ihrer Handtasche fest. Im nächsten Augenblick hatte einer der Verfolger das Taxi erreicht und riss an der hinteren rechten Tür. Ich hielt sie von innen fest. Dann betätigte der Fahrer zum Glück die Zentralverriegelung.

»Vite, Monsieur, partez, fahren Sie schnell. Gare Centrale, bitte!«

Die ältere Dame fing an zu kreischen. »Vite Monsieur, partez, partez«, rief sie. Vermutlich hatte sie jetzt Angst um ihre Handtasche, die sie noch fester umklammerte. Endlich sprang die Ampel auf Grün und das Taxi fuhr weiter. Der Ganove, welcher an der Tür gerissen hatte, fiel der Länge nach hin.

Gott sei Dank, dachte ich. Ich war froh, den beiden schwarzhaarigen Verfolgern in ihren Lederjacken zunächst entkommen zu sein. Die ältere Dame sagte nichts mehr. Sie war wahrscheinlich völlig fertig mit den Nerven. Ich kramte einen Zwanzig-Euro-Schein aus meiner Geldbörse und hielt ihn dem Fahrer hin.

»Schnell, Monsieur, schnell zum Hauptbahnhof, Gare Centrale, bitte schnell …« Ich sprach wieder mal Deutsch und Französisch im Wechsel, weil man in Straßburg meist beides verstand und ich in der Aufregung völlig durcheinander war. »Der Rest ist für Sie«, sagte ich und entschuldigte mich bei der Dame für die Unannehmlichkeiten. Sie sagte immer noch nichts, sah mich misstrauisch an, hielt ihre Handtasche umklammert und war bestimmt froh, als ich vor dem Straßburger Hauptbahnhof das Taxi verließ.

Ich eilte in das Bahnhofsgebäude, sah mich um, bemerkte allerdings nichts Verdächtiges. Schnell löste ich ein Ticket für den Nachtzug nach Toulon, der um 22.40 Uhr gehen würde. Noch 15 Minuten waren es bis dahin. Auf dem Bahnhofsgelände war es mir zu gefährlich. Schließlich hatten die Ganoven womöglich gehört, dass ich zum Gare Centrale wollte, und konnten jede Minute ebenfalls am Bahnhof sein. Ich musste mich verstecken, nur wo? Auf den Toiletten, schoss mir ein Gedanke durchs Hirn. Ich folgte dem Toilettensymbol, sah mich noch kurz um, konnte aber keine Verfolger entdecken. Schnell hinein in die Männertoilette, vorbei an den Pissoirs, Tür einer Kabine auf, Klodeckel runter und erst mal durchschnaufen. Mein Gott, war das knapp gewesen. Wenn mich die beiden erwischt hätten, hätte ich keine Chance mehr gehabt. Und bestimmt war es immer noch gefährlich hier auf der Bahnhofstoilette. Mir geisterte diese Drohung durch den Kopf: ›Wir kriegen dich!‹

Ich beobachtete den Sekundenzeiger meiner Uhr. Er schien langsamer zu laufen als sonst, viel langsamer sogar. Wie im Schneckentempo drehte er seine Runden, während ich wie auf heißen Kohlen saß. Ich hörte Schritte. Zwei Männer, die sich unterhielten, kamen näher, blieben zum Glück bei den Pissoirs. Ich hörte, wie sie pinkelten. Es klang echt. Also waren es wohl nicht meine Verfolger. Drei Minuten waren inzwischen vergangen. Die Zeit schien so gut wie stillzustehen. Dann wieder Schritte. Direkt auf meine Kabine zu. Ich zog die Beine nach oben, kauerte auf dem Klodeckel, hielt den Atem an, bis ich die Tür der Nachbarkabine hörte und erleichtert war, dass die Schritte nicht mir gegolten hatten. Ich hörte das Geräusch der sich öffnenden Gürtelschnalle, den Reißverschluss, das Rascheln der Hose, anschließend ein genüssliches Stöhnen, sobald sich mein Nachbar gesetzt hatte, und schließlich einen donnernden Furz, der durch die Toilettenanlage dröhnte. Selten hatte ich mich über einen solchen Knaller so gefreut, denn der war ohne Zweifel echt gewesen und gehörte wohl kaum zu einem Ganoven, der nur wegen mir in den Toiletten herumschnüffelte.

Fast fing ich an, mich in den Toiletten wohlzufühlen, da geschah es: Fäuste trommelten gegen meine Tür und jemand rief: »Ouvrez! Aufmachen!«

Mir blieb fast das Herz stehen. Ich rührte mich nicht. Wieder trommelte es gegen meine Tür und im unteren Bereich wurde mit Füßen dagegengetreten. Verzweifelt sah ich auf meine Uhr. Noch vier Minuten bis zur Abfahrt meines Zuges. Jetzt schien plötzlich die Zeit zu rasen. Ich stellte mich auf den Toilettendeckel, krallte mich mit den Händen an der Oberkante der Nachbarkabine fest und zog mich nach oben. Dann sah ich ihn: Ein Penner mit einer Schnapsflasche in der linken Hand, der gegen meine Tür trommelte und wieder rief: »Ouvrez! Aufmachen!«

Ich ließ mich nach unten gleiten und öffnete die Tür meiner Toilettenkabine. Die Plastiktüte mit meiner Badehose in der Hand, rannte ich los. Noch zwei Minuten. Der Zug stand schon da, als ich zum Gleis kam. Ich stürzte in einen der ersten Waggons. Puh, geschafft, dachte ich. Noch bevor ich meinen Platz gefunden hatte, fuhr der Zug an. Das leise Rattern der Waggons klang wie Musik in meinen Ohren. Jetzt war ich frei! Bereits morgen früh würde ich in Toulon sein, würde nach meiner Insel suchen, von der Melanie erzählt und von der auch die Wahrsagerin in Venedig gesprochen hatte.

Nur Oskar tat mir leid. Ihn hatte ich natürlich nicht mitnehmen können, denn Isabell hätte mich bestimmt nicht gehen lassen, wenn ich beim Campingplatz aufgetaucht wäre, um den Hund zu holen. Also tröstete ich mich damit, dass es ihm bei Isabell und den Kindern bestimmt gut ginge.

Bald fand ich meinen bequemen Schlafsessel. Die Lichter Frankreichs rauschten an mir vorbei. Zwischenhalte in Colmar, Mulhouse, Belfort, Besançon, später kleine Orte im Rhônetal, die schon ganz fest schliefen, während ich zu aufgeregt war, um wirklich zur Ruhe zu kommen. Ich musste an Monsieur Legrand denken. Der schlief sicher tief, nachdem er brav seinen bräunlichen Saft getrunken hatte. Ich aber war hellwach und gespannt wie ein Flitzebogen, ob ich meine Insel finden würde. Irgendwann musste ich dann doch eingeschlafen sein und erwachte erst wieder, als die Sonne schon hell am Himmel stand. Zuerst wunderte ich mich, warum mein Krankenbett mit mir durch die Landschaft fuhr, bis mir klar wurde, dass ich im Zug nach Toulon saß, um meine Insel zu finden.

›Avignon Centre‹, tönte es aus den Lautsprechern. Türen schlugen, Reisende hasteten mit schweren Koffern über den Bahnsteig, dann ein leises Rattern, der Bahnsteig glitt am Fenster vorbei, mir gegenüber nahm eine ältere Dame Platz, der Morgenkaffee wurde durch die Gänge geschoben, ich besuchte die Toilette, Zwischenhalte in Arles und Marseille und dann, um kurz nach 9 Uhr, erreichten wir Toulon, die Hafenstadt am Mittelmeer. Wie neu geboren stand ich vor dem Bahnhof, so frei wie schon lange nicht mehr. Ich dachte an Rotfux, freute mich insgeheim, ihm entkommen zu sein, und stellte mir vor, wie er mich jetzt in der Klinik suchen würde.

Ich ging zu Fuß durch diese Stadt, sog die südländische Morgenluft ein, überquerte den Boulevard de Tesse, bog in die Rue de Chabanne ein und erreichte den Place de la Liberté. Ja, das war mein Platz. Platz der Freiheit. Für mich hatten sie ihn sicher so genannt, für mich ließen sie den Springbrunnen seine Fontänen gen Himmel schleudern, zu meinem Empfang war das alles bereitet, um mich in meiner Heimat zu begrüßen, die ich so lange vermisst hatte. Ich fühlte, dass ich Toulon kannte, ich wusste, dass ich schon auf diesem Platz gewesen war, auch wenn ich immer noch nicht sagen konnte, wann und mit wem.

Nach einem Croissant und einem Milchkaffee spazierte ich durch die schmalen Gassen der Altstadt zum Hafen. Hoch ragten die braungrauen Häuserschluchten in den Himmel, der sich dunkelblau dazwischen zeigte. Irgendwo musste das Meer sein, das wusste ich. Ich roch es, bevor ich es endlich sah, und merkte, wie sehr ich es seit Venedig vermisst hatte. Dann hörte ich seine Wellen gegen den Kai schlagen, sah die Boote, die zur Hafenrundfahrt einluden, sah die Souvenirgeschäfte, welche sich an der Promenade die schönsten Plätze gesucht hatten, und die Möwen, die über dem Hafen kreisten.

Irgendwo dort draußen auf dem Meer musste meine Insel liegen, dachte ich. Aber wo?

Zunächst kaufte ich mir in einem der Souvenirgeschäfte eine Karte der Region, aber eine Île du vin war nirgendwo zu finden. Daraufhin erkundigte ich mich bei der Kasse für die Hafenrundfahrten, aber auch dort konnte man mir nicht weiterhelfen. Die junge dunkelhaarige Angestellte rief sogar bei ihrem Chef an und fragte nach der Insel, doch keiner kannte sie. Ich zeigte ihr wie zum Beweis das Etikett meiner Weinflasche.

»Ja, ja«, sagte sie, »ich kann lesen«, und lachte mich dabei mit ihren strahlend weißen Zähnen an, »aber pardon, Monsieur, niemand kennt hier diese Insel. Vielleicht ist es nur ein Werbe-Gag?«

Die Angestellte war so lebhaft und fröhlich, dass ich für einen Moment fast meinen Kummer vergaß. Ich kaufte bei ihr ein Ticket für eine Hafenrundfahrt. Warum, wusste ich eigentlich auch nicht. Ich glaube, es war das Gefühl, ihr meine Dankbarkeit zeigen zu wollen, das mich trieb. Und es war diese südfranzösische Hafenluft, die mich beflügelte. Irgendwie erinnerte mich die Angestellte an Melanie. Sie hatte ihre dunklen Augen, ihre dunklen Haare, zwar nicht ganz ihr Lächeln, aber sehr freundlich war sie, sodass ich noch stundenlang hätte Fahrkarten bei ihr kaufen können.

»Monsieur, das Schiff fährt gleich ab«, riss sie mich aus meinen Gedanken. Sie lächelte. Wahrscheinlich hatte sie bemerkt, dass ich sie verträumt angesehen hatte, und freute sich darüber.

Ich eilte an Bord, stieg die eiserne Treppe zum Oberdeck hoch und setzte mich dort ziemlich weit nach vorn auf eine der holzbelatteten Sitzbänke. Das Schiff war jetzt, am frühen Vormittag, noch nicht sehr voll. Auf dem Oberdeck saßen nur ein junges Pärchen und ein älterer Herr mit einem Strohhut, den ich um seine Kopfbedeckung fast beneidete, denn die Sonne brannte bereits um diese Zeit kräftig vom azurblauen Himmel. Der Kapitän kam an Bord, die Motoren begannen zu stampfen, das Schiff legte langsam vom Kai ab und fuhr in weitem Bogen hinaus ins Hafengelände. Der Kapitän begrüßte uns und stellte sich als alter französischer Haudegen heraus, der schon in Vietnam gekämpft hatte. Er lobte die französische Flotte, die hier in diesem Kriegshafen lag, über den grünen Klee, wusste zu jedem Schiff Einzelheiten zu erzählen, die man sich gar nicht alle merken konnte, und lobte besonders zwei atomgetriebene U-Boote, die hier auf Reede lagen. Der ältere Herr fotografierte fast jedes Schiff mit seiner Digitalkamera.

»Ich kann die schlechten Bilder ja wieder löschen«, lachte er mir zu, als er bemerkte, dass ich ihn beobachtete.

Das junge Pärchen schien mit sich selbst zufrieden zu sein. Sie küssten sich ab und zu und ich hatte den Eindruck, dass dieser Hafen nur die Kulisse für ihre junge Liebe darstellte, sie sich aber für die Kriegsschiffe nicht im Geringsten interessierten. Gegen Ende der Rundfahrt stand ich auf, ging etwas auf dem Deck hin und her und zum Steuerstand des Kapitäns.

»Herr Kapitän«, sprach ich ihn höflich auf Französisch an, »darf ich Ihnen eine Frage stellen?«

Er sah mich etwas verwundert an, nickte jedoch freundlich.

»Kennen Sie hier in der Gegend eine Île du vin?«, fragte ich ihn. »Sie soll irgendwo in der Nähe von Le Lavandou sein.«

Er überlegte, zog die Stirn in Falten, strich sich über seinen grauen Backenbart, der sein rundliches Gesicht umrahmte, dann schüttelte er den Kopf und lächelte verlegen.

»Nein, Monsieur«, sagte er, »von einer solchen Insel habe ich noch nie gehört.«

Enttäuscht wollte ich mich abwenden.

»Aber warten Sie«, sagte der Kapitän, »sehen Sie dort drüben, diese alte hölzerne Segeljacht, auf der wohnt ein uralter Seebär, der müsste es wissen. Fragen Sie den. Wenn der die Insel nicht kennt, gibt es sie nicht.«

25

Nachdem unser Schiff wieder am Kai angelegt hatte, winkte ich der schwarzhaarigen Französin in ihrem Kartenhäuschen zu, sie winkte fröhlich zurück, und anschließend machte ich mich gleich auf den Weg zu der alten hölzernen Jacht, die mir der Kapitän gezeigt hatte. Meine Hoffnung trieb mich vorwärts. Ich hinterließ eine Spur von Schweißtropfen auf den schweren Granitblöcken, welche die Hafenmole bildeten, aber ich spürte kaum die Hitze, die über dem Hafengelände lag. Ich sah nur die Jacht vor mir und trug den Traum im Herzen, meine Insel zu finden. Wenn ich von dieser Insel kam, wenn dort meine Vergangenheit lag, dann musste ich sie einfach finden. Die letzten Meter flog ich förmlich über die Granitblöcke und kletterte dann zwischen zwei der riesigen Gesteinsbrocken zum Wasser hinab, wo die Jacht leise auf den leichten Wellen schaukelte.

Ein Holzbrett bildete den schmalen Steg von den Steinen zum Boot. Ich sah mich um, konnte jedoch niemanden an Bord entdecken. Ein Sonnensegel war über den Baum gespannt, die Kajütentür stand offen, eine Angel lag an Deck, daneben stand ein Eimer mit etwas Wasser, ein offenes Messer glänzte neben der Angel in der Sonne und ein Handtuch hing über dem Steuer.

»Hallo«, rief ich, »ist da wer?«

Nichts rührte sich. Das Sonnensegel bewegte sich leicht im Wind, die Wellen plätscherten gegen den Bootskörper, die Wanten klirrten leise, aber sonst war nichts zu hören und zu sehen.

»Hallo«, rief ich nochmals, jetzt schon etwas lauter.

Auf dem Nachbarboot, einer heruntergekommenen Motorjacht, zeigte sich eine stämmige Frau, die nur ein Badetuch um den Körper gewickelt hatte und sonst ganz nackt zu sein schien.

»Er schläft bestimmt«, rief sie. »Morgens schläft er immer.«

Ich nickte ihr freundlich zu und entschloss mich, auf die Jacht zu klettern. Mit meiner Plastiktüte in der linken Hand balancierte ich über die Holzplanke, die den Zugang bildete, kletterte über die Reling und stand dann auf dem schwankenden Boot. Zwischen der Angel und dem Eimer setzte ich vorsichtig Schritt vor Schritt in Richtung Kajütentür, um dort einen Blick hineinwerfen zu können.

Tatsächlich. Da lag er im Bug der Jacht auf einer Pritsche, nur mit einer blauen Baumwollhose bekleidet, sonst völlig nackt. Eine ausgemergelte Gestalt, gebräunt und gegerbt von Salz und Sonne, die Schnapsflasche neben sich, wie seine Freundin, mit der er die Nacht verbracht hatte. Da es inzwischen fast 12 Uhr war, wagte ich es, nochmals zu rufen.

»Hallo, Monsieur!«, rief ich so laut ich konnte.

Er drehte sich auf die andere Seite, sodass ich eine tiefe Narbe sah, die sich über seinen Rücken zog. Er brummte etwas von »merd' alors«, was so viel wie ›Scheiße‹ hieß. Besonders gut schien dieser alte Seebär nicht aufgelegt zu sein. Ein lautes Schnarchen sagte mir wenig später, dass er wieder eingeschlafen war und nicht die Absicht hatte, wegen mir aufzuwachen. Etwas ratlos setzte ich mich auf die hölzernen Planken der Jacht, mit dem Rücken an die Kajütentür gelehnt, und sah über das Hafenbecken von Toulon. Ich schmeckte die salzige Luft, roch das Meer und verspürte Lust, einfach ins Wasser zu springen, um mich abzukühlen. Einzig die stolzen französischen Kriegsschiffe hielten mich davon ab, denn ich war mir nicht sicher, ob das Wasser hier wirklich sauber war. Eine Möwe landete auf dem Ruder der Jacht. Frech sah sie sich um und wagte sich sogar auf die Planken des Decks. Sie pickte am Messer, das neben dem Eimer lag, stolzierte quer über die Angel, bevor sie wieder auf das Ruder flog und in die Lüfte stieg.

Ein Boot der Gendarmerie fuhr durch den Hafen. Jetzt suchten sie bestimmt schon in ganz Straßburg nach mir, oder sogar in ganz Frankreich, dachte ich. Aber auf diesem Seelenverkäufer würden sie mich nicht vermuten. Hier war ich zunächst in Sicherheit. Ich spähte wieder durch die Kajütentür, doch der Alte schlief weiterhin fest. Muss wohl kräftig gebechert haben, dachte ich. Seine Fußsohlen waren schwarz, ein schmutziger Kochtopf stand auf einem Gaskocher, gleich links neben der Kajütentür. Ganz vorn im Bug sah ich säuberlich zusammengelegte Segel, scheinbar das einzig Ordentliche an Bord. Der Seebär schlief, als ob er meine Geduld auf die Probe stellen wollte. Ich merkte, wie ich unruhig wurde, wie ich alle paar Minuten auf die Uhr schaute, während er seelenruhig schnarchte und heute wohl nicht mehr aufwachen wollte.

»Hallo, Monsieur«, versuchte ich es nochmals.

Diesmal schreckte er hoch, riss die Augen auf, starrte mich an, als ob zum ersten Mal in seinem Leben einen Menschen sah, stieß mit dem rechten Fuß seine Schnapsflasche beiseite und schrie mich an: »Was willst du auf meinem Boot?«

»Der Kapitän schickt mich«, sagte ich.

»Welcher Kapitän?«

»Der von der Hafenrundfahrt«, antwortete ich. »Er sagte mir, Sie kennen sich hier am besten aus.«

Ich versuchte, ihm zu schmeicheln, und meine Worte taten ihre Wirkung. Der schmächtige Mann setzte sich auf seiner Pritsche auf, strich sich die langen weißen Haare ins Genick, rieb sich die Augen und kam dann gebeugt auf die Kajütentür zu.

»Was willst du wissen?«, fragte er mich.

»Ich suche eine Insel.«

Er lachte. Dabei sah man eine ganze Galerie von Goldplomben in seinen Zähnen, die ich diesem armen Kerl überhaupt nicht zugetraut hätte.

»Inseln gibt es hier wie Sand am Meer«, sagte er. »Such dir einfach eine aus!«

Er war inzwischen an Deck gekommen, streckte sich und blieb neben dem Steuer mit dem Handtuch stehen.

»Ich suche eine bestimmte Insel. Kennen Sie die Île du vin?«

Um meine Frage zu unterstreichen, zog ich mein Weinetikett aus dem Geldbeutel und reichte es ihm.

»Ein guter Wein«, murmelte er, »ein sehr guter Wein.«

»Kennen Sie die Insel?«, hakte ich nach.

Er sagte lange nichts, anscheinend überlegte er sich die Antwort reiflich.

»Warum willst du dorthin?« Seine Augen musterten mich jetzt lebhaft, wahrscheinlich kannte er die Antwort, überlegte allerdings, ob er sie einem Fremden geben sollte.

Sollte ich ihm die Wahrheit sagen? Würde er mich verstehen?

»Es kann sein, dass ich dort geboren wurde«, sagte ich, »aber ich weiß es nicht genau.«

»Aber man weiß doch, wo man geboren wurde«, lachte er. »Ich zum Beispiel kam in einem Taxi auf die Welt, im Zentrum von Marseille, weil es meine Mutter nicht mehr in die Klinik geschafft hat, und noch heute fahre ich gern Taxi.«

Ich lachte lauthals über seinen Witz und er freute sich darüber. Dann erzählte ich ihm, dass ich fast im Main ertrunken wäre und mich seitdem an nichts mehr erinnern konnte.

»Donnerwetter«, sagte er.

Er strich sich nachdenklich durch sein schneeweißes Haar, das sich glänzend von seiner dunkelbraunen, faltengegerbten Haut abhob.

»Die Île du vin kennt kaum jemand, jedenfalls nicht unter diesem Namen«, sagte er. »Es ist eigentlich auch nur ein Teil einer größeren Halbinsel, die einen ganz anderen Namen trägt.«

»Aber Sie kennen diese Halbinsel?«, fragte ich nach.

»Ja, ich kenne sie, aber ich war ewig nicht mehr dort«, sagte er ganz leise, als ob niemand außer uns dieses Geheimnis erfahren durfte.

Er zog eine zerknautschte Schachtel Gauloises aus seiner Hose, entnahm eine Zigarette, holte hinter dem Steuer ein Feuerzeug hervor, zündete die Zigarette an und blies feine Ringe in die Luft.

»Ich glaube nicht, dass dich jemand hinbringt«, sagte er. »Man erzählt sich die verrücktesten Geschichten von diesem Inselgebiet. Viele sollen dort schon verschwunden sein.«

Er blies weiter seine Ringe in die Luft und das Thema schien damit für ihn beendet. Allerdings änderte sich seine Meinung schlagartig, als ich eine Fünfhundert-Euro-Note aus meinem Geldbeutel zog. Das war zwar fast mein ganzes Urlaubsgeld, welches ich mir mühsam zusammengespart hatte, jedoch wollte ich meine Insel so gern erreichen, dass ich alles auf eine Karte setzte.

»Das ist etwas anderes, Monsieur«, sagte er und lächelte. Er griff nach dem Schein, doch ich zog ihn schnell zurück.

»Erst auf der Île du vin«, sagte ich.

»Aber wir brauchen Proviant«, versuchte er es weiter.

»Den werde ich bezahlen. Sagen Sie mir, was wir benötigen.«

Er zählte alles auf, was seiner Meinung nach nötig war, wobei immerhin sechs Flaschen Cognac, zehn Flaschen Rotwein und 30 Schachteln Gauloises auf seinem Programm standen. Ich versprach, den Proviant zu beschaffen, und wir vereinbarten, dass ich die Dinge kaufen und damit in zwei Stunden zum Kai kommen würde, wo die Boote für die Hafenrundfahrten lagen. Dort wollte er mich mit seiner Jacht abholen. Ich war erstaunt, wie viel Energie plötzlich in dem ausgemergelten, sonnenverbrannten alten Mann steckte, seit er den Geldschein gesehen hatte.

Zwei Stunden später ließ ich mich mit einem Taxi zum Kai bringen. Der alte Kapitän wartete bereits, trug ein Shirt über seiner blauen Hose, hatte sogar das Deck geschrubbt, die Angel aufgeräumt und machte den Eindruck, wirklich auf große Fahrt gehen zu wollen.

Wir luden die Vorräte an Bord: Mineralwasser, einige Konserven mit Obst und Gemüse, Nudeln, Zucker, mehrere Flaschen Ketchup und was er sonst noch vorgeschlagen hatte. Besonders wichtig waren ihm natürlich Cognac und Zigaretten und ich musste innerlich schmunzeln, als ich sah, wie liebevoll er sie unter seiner Pritsche verstaute.

Er wies mir die gegenüberliegende Pritsche zu und zeigte mir, dass ich meine privaten Dinge darunterlegen sollte.

»Falls wir Seegang bekommen, muss alles gut verstaut sein«, sagte er.

Also legte ich die Plastiktüte mit meiner langen Hose und meiner Wäsche in das Fach unter der Pritsche und schob auch mein Handy in die Tüte, das ich noch vor dem Urlaub in Aschaffenburg angemeldet hatte. Ich trug inzwischen eine Bermuda, ein Shirt und Sandalen aus dem Supermarkt, da mir meine bisherigen Kleider für die Fahrt auf der Jacht zu unbequem erschienen.

»Dann kann's ja losgehen, ich bin Marcel«, stellte sich mein Kapitän vor, als wir alles an Bord hatten.

»Ich bin Johann«, sagte ich und war froh, nicht gleich mit Cognac anstoßen zu müssen.

Marcel warf den Außenborder am Heck an und wir tuckerten durch das Hafenbecken hinaus aufs offene Meer. Er stand hinter dem Steuer wie eine Eins. Er war nicht wiederzuerkennen seit dem Vormittag, wohl weil er jetzt einen Auftrag hatte, den nur er ausführen konnte. Sobald wir das Hafenbecken verlassen hatten, drosselte er den Motor und setzte Segel. Zuerst die Fock, danach das Großsegel und dann glitten wir ganz ruhig zwischen den leichten Wellen in Richtung Horizont. Außer dem Plätschern der Wellen gegen die Bordwand und dem Kreischen der Möwen war nichts zu hören. Ab und zu ächzte das Boot, als ob es sich über seine Last beklagen wollte. Doch meist zog es ganz ruhig seine Bahn.

Was war das für ein Gefühl: Eine weiße Sonnenmütze auf dem Kopf, die geblähten Segel über mir, den Horizont und die Îles d'Hyères vor mir, die Küste und das Massif des Maures seitlich von uns und die Hoffnung auf meine Insel im Herzen.

Marcel hielt genau auf die Inseln zu, die im Dunst zu sehen waren, und ich fragte ihn, ob dort auch die Île du vin läge. Er lachte und seine Goldplomben glänzten in der Abendsonne.

»Nein, nein«, sagte er, »aber wir werden bei den Inseln heute Nacht vor Anker gehen. Bei Dunkelheit bin ich nicht gern mit dem Segelboot unterwegs. Es gibt heute so viele Verrückte mit den Motorbooten, vor allem im Sommer, wenn die Touristen da sind.«

Das leuchtete mir ein und da ich inzwischen selbst ziemlich müde war, hatte ich gegen eine Pause nichts einzuwenden. So gingen wir um 21 Uhr abends in einer Bucht bei der Insel Port-Cros vor Anker. Marcel holte das Großsegel ein, warf dann in weitem Bogen den Anker mit der Ankerkette über Bord, wartete, bis er sich im Boden festgefressen hatte, und holte daraufhin die Fock ein. Bei ihm saß jeder Handgriff und ich hatte kaum etwas zu tun. Natürlich half ich ihm dabei, das Großsegel um den Baum zu binden, aber sonst brauchte er keine Unterstützung. Zufrieden holte er zwei

Klappstühle und einen Klapptisch aus der Kajüte, stellte sie auf das Deck, zündete sich eine Zigarette an und blies seine Ringe in die Luft.

»Wie lange werden wir brauchen?«, fragte ich ihn.

»Ist das wichtig?«

»Es würde mich interessieren«, ließ ich nicht locker.

»Kommt auf den Wind an. Bis jetzt läuft es gut«, sagte er.

»Vielleicht sechs Stunden, vielleicht acht. Ich weiß es nicht.«

»So lange?«

»Ich sagte doch, die Halbinsel liegt weit entfernt«, brummte er und ich hatte das deutliche Gefühl, dass ich ihn mit meinen Fragen nervte.

Er hatte inzwischen Baguette und Camembert aus der Kajüte geholt und natürlich auch eine Flasche Wein zur Kühlung ins Wasser gehängt.

»Heute haben wir noch frisches Brot. Das müssen wir genießen«, sagte er und ließ es sich schmecken.

Inzwischen war es ganz dunkel geworden. In der Ferne sah man die Lichterkette der Küstenorte. Cabasson mit seinem Fort, Bormes-les-Mimosas am Hang gelegen, Le Lavandou und Cavalaire-sur-Mer in ihren schützenden Buchten. Marcel wurde zunehmend lustiger.

»Lange war ich nicht mehr unterwegs«, erzählte er. Nachdem der Wein geleert war, holte er eine Cognacflasche aus der Kajüte. Wir tranken ihn aus den Weingläsern und ich wunderte mich, wie schnell Marcel davon trank. Bald war die halbe Flasche leer. Er spielte Seemannslieder auf der Mundharmonika, was mir zwar kitschig vorkam, aber doch irgendwie schön war an diesem lauen Sommerabend. Als auch der Cognac alle war, legten wir uns in die Kojen und wenig später hörte ich das gleichmäßige Schnarchen von Marcel. Ich selbst allerdings musste mich erst an die Nacht auf einer Segeljacht gewöhnen und lag noch lange wach, obwohl ich eigentlich total übermüdet war.

Ich hörte das Plätschern der Wellen am Bootskörper, sah durch die offene Luke über mir die Sterne leuchten, spürte das leichte Schwanken des Bootes unter mir, hörte, wie die Wanten leise klirrten, hörte in der Ferne Motorboote übers Wasser brausen und ich wusste, dass dies meine Heimat war. Ich fühlte, dass hier meine Seele zum Leben erweckt worden war, dass sie sich hier vollgesogen hatte mit all diesen Tönen und Gerüchen, die es anderswo so nicht gab. Ganz sanft schlief ich ein, träumte nichts, weil ich selbst diesen Traum erlebte, der jetzt in Erfüllung gehen sollte.

Am nächsten Morgen weckte mich ein klatschendes Geräusch. Dann waren da Quietschlaute, die ich mir nicht erklären konnte. Schnell stieg ich an Deck und traute meinen Augen kaum. Eine Gruppe Delfine tanzte durch die leichten Wellen. Sie schossen aus dem Wasser empor, schienen kurz Sonne zu tanken, um dann mit einem klatschenden Geräusch wieder im Wasser zu versinken.

Marcel schlief noch tief. Ich wagte es auch nicht, ihn zu wecken, denn er hätte über die Delfine vermutlich nur gelacht. Doch für mich waren es die Brüder meiner Jugend. Ich wusste, dass ich dieses Klatschen kannte, und ich freute mich sehr, dass ich nun zu den Delfinen zurückgekehrt war. Jetzt im Tageslicht sah ich die Palmen am Ufer von Port-Cros, die sich, struppig und vom Wind zersaust, wie ein grünes Band um die Insel zogen. Darüber stieg der Mont Vinaigre in die Höhe, bewachsen von wilden Ölbäumen und Macchiagestrüpp.

Da Marcel keine Anstalten machte, endlich aufzuwachen, zog ich meine Badehose an und stieg ins Wasser. Glasklar war es. Bis auf den Grund konnte man sehen. Die Felsen am Boden schimmerten ockergelb, darüber wuchsen Seegräser und Pflanzen, zwischen denen Fische wie schwerelos schwebten. Als ich wieder an Deck kam, war Marcel endlich aufgewacht.

»Kein Wind heute«, sagte er, setzte sich an den Tisch vom gestrigen Abend und zündete sich eine Gauloise an.

Es schien ihn nicht zu kümmern, ob wir vorwärts kamen. Er rauchte seine Zigarette gemütlich zu Ende, stieg dann ebenfalls ins Wasser, schwamm eine Runde und setzte sich wieder an Deck.

»Vielleicht kommt mittags Wind«, sagte er, blies Ringe aus und blickte übers Meer. Er hatte sich bereits wieder eine neue Zigarette angesteckt.

Mich machte das ganz kribbelig.

»Können wir denn nicht mit dem Motor weiter?«, fragte ich.

Er sah mich nur verständnislos an.

»Wir sind auf einem Segelboot. Wenn du Motorboot fahren wolltest, hättest du ein anderes Boot chartern müssen.«

Selbst am Mittag kam kein Wind und auch abends hielt die Flaute. So lagen wir den ganzen Tag fest und ich begann bereits zu bereuen, dass ich mich überhaupt auf diesen Handel mit dem alten Seebären eingelassen hatte.

»Es wird schon Wind kommen«, sagte er immer wieder, aber es schien ihm völlig gleichgültig zu sein, wann.

Ich verstand jetzt, warum wir 30 Päckchen Gauloises an Bord hatten, und es war mir auch klar, weshalb er sechs Flaschen Cognac benötigte.

Endlich, am Nachmittag des zweiten Tages, zogen Wolken über der Küste auf.

»Die bringen sicher Wind«, brummte er und begann die Segel zu überprüfen.

Und tatsächlich: Es dauerte keine halbe Stunde, da begann sich das Wasser in der Bucht zu kräuseln und man spürte den Luftzug an Deck.

»Jetzt geht's gleich los«, verkündete er. »Wir müssen Tisch

und Stühle nach unten bringen. Und sieh nach, ob alles richtig verstaut ist.«

Er schien mit stärkerem Wind zu rechnen und er sollte recht behalten. Kaum waren wir ausgelaufen, blies der Wind kräftig vom Land her und wir ritten mit der Jacht förmlich auf den Wellen.

»Da, leg den Gurt an und häng ihn an der Reling ein«, sagte er und machte sich selbst am Steuerstand fest.

Die Jacht zischte über die Wellen. Das Meer war mit weißen Schaumkronen bedeckt und Land war in keiner Richtung mehr zu entdecken.

»Siehst du, das ist Wind«, lachte Marcel. »Du wolltest doch Wind, jetzt hast du ihn. Es ist der Mistral, der bläst drei Tage.«

Ich erwiderte nichts, sondern beobachtete bloß, wie Marcel geschickt mit dem Boot umging. Die Wolken lösten sich über dem Meer auf, aber der Wind blieb und trieb uns unaufhörlich weiter. Selbst als es dunkel wurde, gab es kein Halten mehr.

»Wir können bei diesem Wind nicht vor Anker gehen«, erklärte Marcel. »Wir werden einfach durch die schwarze Nacht reiten.«

Ihm schien das gar nichts auszumachen, mir hingegen war es schon leicht schlecht.

26

Der Wind trieb uns durch die Nacht. Irgendwann kreuzten mehrere Ozeanriesen unsere Route, wahrscheinlich Handelsschiffe, die nach Toulon fuhren. Marcel nahm das zum Anlass, unseren Kurs zu korrigieren. Die Jacht legte sich schräger, die Wellen zischten noch heftiger an Backbord vorbei und Marcel wies mich an, ich solle mich ganz nach Steuerbord setzen.

»Lange kann es nicht mehr dauern«, meinte er und hielt die Nase in den Wind, als ob man eine Halbinsel riechen könnte. Wahrscheinlich hat er sie sogar gerochen, denn kurze Zeit später tauchte tatsächlich ein winziges Licht am nächtlichen Horizont auf.

»Das muss sie sein«, sagte er zu mir. »Es ist gut, wenn wir schon am frühen Morgen ankommen. Ich hoffte, es bemerkt uns dann noch niemand. Ich werde mich mit der Jacht wieder aus dem Staub machen, sobald ich dich abgesetzt habe.«

Ich bat ihn zwar, noch etwas zu bleiben, aber da war nicht mit ihm zu reden. Ich könne froh sein, dass er mich überhaupt zu dieser gottverdammten Halbinsel bringe, sagte er und er hoffte, dass wir dort keine Schwierigkeiten bekämen. Obwohl er sonst ein Haudegen war, schien er Angst vor diesem Inselgebiet zu haben.

Das Licht leuchtete weit übers Meer. Deshalb dauerte es lange, bis wir die Halbinsel tatsächlich erreichten. Ein erster Hauch von Dämmerung stieg am Horizont auf und ließ die Konturen der Halbinsel vor dem graublauen Nachthimmel erscheinen. Ich kannte diese Konturen. Wie eine Schablone hatten sie sich seit meiner Kindheit in meine Seele eingebrannt und ich wusste, dass dies meine Insel war. Hügelig war sie in ihrem Zentrum und fiel nach den Seiten flach ab. In den Bergen hingen Wolken, obwohl der Himmel über dem Meer völlig klar war.

»Die Geisternebel liegen über der Halbinsel. Kein gutes Zeichen«, murmelte Marcel.

Abergläubisch scheint er auch noch zu sein, dachte ich.

»Ich werde dich beim Hafen absetzen. Pack am besten deine Sachen in meinen alten Rucksack. Ich schenke ihn dir. Er ist in den 500 Euro inbegriffen, die ich von dir erhalte«, sagte Marcel.

Ich fand den Rucksack gleich neben der Kajütentür, packte meine Plastiktüte mit den Kleidern und dem Handy hinein, zusätzlich drei Flaschen Mineralwasser, etwas Zwieback und ein Messer, das mir Marcel ebenfalls geschenkt hatte. Dann übereichte ich ihm die 500 Euro.

»Natürlich gehören sie dir nur, wenn du mich auf der Halbinsel absetzt«, lachte ich, wobei ich mich lockerer gab, als ich tatsächlich war, denn es war schon ein komisches Gefühl, auf die eigene Insel zu kommen und nicht zu wissen, was einen dort erwartete.

Inzwischen lag die Halbinsel direkt vor uns. Die Weinberge stiegen bestimmt 200 Meter in die Höhe und darüber waren Hügel zu sehen, die sich in der Dämmerung graublau vor dem Morgenhimmel abhoben. Auf dem höchsten Hügel thronte ein Schloss mit mehreren Türmen, von denen ich schon als Junge übers Meer geschaut hatte. Am Fuße der Berge dehnten sich Maisfelder aus, die fast bis ans Meer reichten, wo der felsige Strand von stacheligem Gestrüpp gesäumt wurde. Das war meine Heimat, von der die Wahrsagerin in Venedig gesprochen hatte. Insel im Meer, viel Sonne und Wein, hatte sie gesagt. Jetzt lag sie vor mir, diese Insel. Allerdings schlichen sich auch dunkle Gedanken an mich heran. ›Schloss auf Insel, böser Mann, Sarg auf Friedhof‹, hatte die alte Wahrsagerin gekrächzt. Was sie damit wohl gemeint hatte?

Der Friedhof lag am Rande des kleinen Ortes, der hinter dem Hafen den Hang emporstieg. In den wenigen Häusern, die sich um die Kirche scharten, blickten im Morgengrauen lediglich dunkle Fenster übers Meer. Nur beim Bäcker brannte Licht. Alle anderen schliefen. Der Hafen lag nur noch wenige Hundert Meter vor uns. Plötzlich schlugen Hunde an. Im Haus des Hafenwärters flackerte Licht auf und ein Vorhang bewegte sich hinter den Scheiben.

»Scheiße«, fluchte Marcel und drehte ab, »so habe ich mir das vorgestellt.«

»Aber wir hätten doch anlegen können«, sagte ich.

»Kennst du den Wärter?«

»Nein, natürlich nicht.«

»Na also«, brummte er und schoss seitlich am Hafen vorbei.

»Zieh deine Badehose an und pack alles andere in den Rucksack«, wies er mich an. »Und nimm mein Handtuch mit. Ein letztes Geschenk von mir.«

Ich merkte, dass Diskussionen mit ihm jetzt keinen Zweck hatten, und machte alles genau, wie er sagte. Etwa 1.000 Meter weiter die Küste entlang, im Sichtschutz von Felsblöcken und Gestrüpp, brachte mich Marcel an Land. Er stellte die Jacht in den Wind, half mir über die Badeleiter ins brusttiefe Wasser, sagte, ich solle den Rucksack über dem Kopf halten, und verabschiedete sich von mir.

»Viel Glück, alter Freund. Und halt die Ohren steif!« Dabei fuhr er mir mit der Hand durchs Haar, als ich schon im Wasser stand. So viel Zärtlichkeit hätte ich dem alten Seebären gar nicht zugetraut, aber auch bei ihm schien zu gelten: Raue Schale, weicher Kern. Er wartete mit dem Ablegen, bis ich das Ufer erreichte. Dann sah ich, wie sich die Segel blähten und die Jacht Fahrt aufnahm. Marcel winkte mir zu, aber nur einmal, anschließend drehte er sich nicht mehr um.

Für mich war es ein seltsames Gefühl, mutterseelenallein mit diesem alten Rucksack auf der Halbinsel zu stehen – meiner Halbinsel. Ich trocknete mich ab, denn der Morgen war noch frisch, zog meine Sandalen an, nahm den Rucksack auf die Schulter und ging den Uferweg in Richtung Hafen. Ob ich einfach den Bäcker besuchen sollte?, überlegte ich. Wenn er lange hier arbeitete, könnte er mich kennen und ich würde mich eventuell an ihn erinnern. Aber – wenn nicht? Rotfux kam mir in den Sinn. Er hätte sicher zur Vorsicht geraten, hätte mich an die Erpresserbande erinnert, die schon dreimal versucht hatte, mich ins Jenseits zu befördern. Also entschloss ich mich, lieber erst einmal zum Friedhof zu schleichen, um dort zu sehen, ob es neue Gräber gab. Dann wüsste ich wenigstens, wer gestorben war und wer noch lebte. Die Menschen waren hier wie eine Familie, ich müsste sie alle kennen und ich würde mich sicher erinnern, wenn ich die Grabkreuze sah.

Das Morgenrot färbte inzwischen den Himmel und das Meer. Meine Uhr zeigte halb fünf. Auf der Île du vin gab es für niemanden, außer dem Bäcker, einen Grund, so früh aufzustehen. Dementsprechend war es kein Problem für mich, leise an den dunklen Häusern vorbeizuschleichen und unerkannt zur Kirche zu gelangen. Vorsichtig drückte ich die schwere hölzerne Kirchentür nach innen.

Langsam ging ich durch die Bankreihen zum Altar. Ich erinnerte mich, dass ich diesen Weg bereits bei meiner Firmung gegangen war und bei verschiedenen Familienfesten. Ich erkannte auch meinen Sitzplatz, denn unsere Familie hatte spezielle Plätze im Chor der Kirche, hölzerne Kirchenstühle, kunstvoll geschnitzt und unter dem Familienwappen mit dem Namen versehen. Plötzlich bekam ich ganz feuchte Hände.

Gleich würde ich meinen richtigen Namen erfahren, dachte ich. In wenigen Augenblicken würde ich ihn lesen. Auf meinem Kirchenstuhl müsste er stehen, so wie er in meinen Ausweis gehörte, um diesen lächerlichen Johann König wieder zu ersetzen. Ich rannte nahezu zu meinem Stuhl, beugte mich über die Lehne, versuchte zu lesen, aber ich konnte nichts erkennen. Man hatte meinen Namen entfernt, die hölzernen Buchstaben waren beseitigt und neue noch nicht eingefügt. Ich rang nach Luft, ließ meinen Rucksack auf den Boden sinken und setzte mich erst einmal auf meinen Platz. Ja, es war mein Platz, kein Zweifel! Hier hatte ich oft den Predigten gelauscht, hatte von hier aus die Mutter Gottes am Altar gesehen, hatte für meinen Großvater gebetet, als er krank war, und für meine Mutter, bevor sie starb.

Ja, daran erinnerte ich mich jetzt wieder, meine Mutter war gestorben, sie musste auf diesem Friedhof liegen und gleich würde ich sie besuchen. Ich huschte mit meinem Rucksack durch die Seitentür der Kirche nach draußen auf den Friedhof, sah die Grabkreuze im Morgenlicht und las die Namen der Verstorbenen, von denen ich viele kannte. Direkt neben dem Kirchturm lag unser Familiengrab, leider extra eingezäunt und verschlossen.

›Conte de l'Île du vin‹, las ich auf dem Grabstein meines Großvaters. Es stimmte also, was die Wahrsagerin mir gesagt hatte: Wir waren die Grafen dieser Halbinsel. Auch das Grab meiner Mutter erkannte ich. Ihr Bild war auf der Granitplatte zu sehen, als kleine Erinnerung. Darunter waren ihr Name und ihre Herkunft eingraviert. ›Gräfin von und zu Traunstein‹ war da zu lesen. Mein Gott, ja, sie war eine Deutsche gewesen. Sie hatte mir meine Muttersprache beigebracht – auch wenn ich später in der Schule nur noch Französisch gesprochen hatte. Ihr hatte ich es zu verdanken, dass ich zweisprachig aufgewachsen war. Ich faltete die Hände und sprach ein Gebet für sie.

Direkt neben ihr sah ich einen Grabstein, der neu für mich war. Er lag im Schatten der Mauereinfassung, welche das Familiengrab umgab. Trotzdem meinte ich, das Bild zu erkennen, welches sich darauf befand. Ich schaute zweimal, dreimal, rieb mir die Augen, aber das Bild veränderte sich nicht: Es war mein Bild! ›Sarg auf Friedhof‹, hatte die Wahrsagerin in Venedig gesagt. Da war er nun, der Sarg auf diesem Friedhof, in dem ich angeblich lag. Ich verstand das alles nicht, aber immerhin wusste ich jetzt, dass ich der Graf dieser Halbinsel war oder eines Tages werden würde, falls mein Vater noch lebte. Wie ein Dieb schlich ich mich vom Friedhof. Hier galt ich als tot und da ich es nicht wirklich war, hatte irgendjemand diese Ganoven beauftragt, mich ins Jenseits zu befördern. Ich stieg vom Friedhof hinauf in die Weinberge und versteckte mich in einer der gemauerten Schutzhütten, die auf halber Höhe der Hänge zwischen den Reben angelegt waren. Schon als Junge hatte ich mich hier versteckt, wenn ich etwas ausgefressen hatte. Der Blick ging über das Dorf und die Halbinsel und weit übers Meer, das sich inzwischen wieder etwas beruhigt hatte. Ich hielt Ausschau nach der Jacht von Marcel, allerdings schien er bereits über alle Berge zu sein, jedenfalls entdeckte ich die Jacht nirgendwo, so weit ich auch schaute.

Ich aß etwas Zwieback und trank Mineralwasser. Dann blieb ich einfach auf der steinernen Bank der Hütte sitzen und beobachtete meine Heimat. Alles blieb ruhig. Kein Hotel gab es hier und keine Touristen, was mir seltsam vorkam. Einen Bäcker, einen Krämerladen, eine Kneipe, Rathaus und Dorfschule natürlich – das war alles. Und über allem thronte das Schloss. Ich fragte mich, wie ich meinem Schicksal auf die Spur käme, ohne mich zu sehr in Gefahr zu begeben. Wer würde zu mir halten? Auf wen konnte ich mich verlassen?

Mit solchen Gedanken stieg ich weiter zwischen den Weinbergen hoch in Richtung Schloss. Ich kannte die Wege, kannte bald jeden Stein hier, denn als Junge war ich tagein und tagaus auf der Halbinsel unterwegs gewesen, sehr zum Leidwesen meiner Mutter, die mich lieber mehr bei den Schulbüchern gesehen hätte. Kurz vor dem Schloss bog ich in den Wald ab, der eher eine Ansammlung von dornigem Gestrüpp war, durch das der Weg zu einem Felsen führte, von dem aus man von oben auf das Schloss sah. Besser erst einmal vorsichtig sondieren, dachte ich.

Das war auch gut so, denn was ich zu sehen bekam, trieb mir fast die Tränen in die Augen. Der Schlosspark war von hohen Elektrozäunen umgeben. Wie eine Festung wirkte das Schloss auf mich. Am Eingang zum Park standen zwei Wächter in blauen Uniformen und am Aufgang zur breiten Schlosstreppe rechts und links jeweils ein Baldachin, unter dem ein Wächter postierte. Von meinem Felsen konnte ich alles überblicken. Dornengestrüpp schützte mich, so wie es mich als Jungen geschützt hatte, wenn ich hier mit meinen Freunden Indianer spielte, wenn mein Bogen den Pfeil in den Schlossgarten sandte, direkt vor die Füße von Jacques, dem Gärtner. Einmal hatte ich ihn ins Bein getroffen, direkt unter die Kniescheibe, weshalb er wochenlang humpelte und mich dadurch an meine Schandtat erinnerte. Es war, wie wenn diese Insel mir meine Erinnerung zurückgab, Schritt für Schritt, in kleinen Häppchen. Ich spürte den Felsen unter mir, roch den lockeren Boden, der sich in den Felsspalten gesammelt hatte und der dieses dornenbesetzte Gestrüpp hervorbrachte, von dem die Halbinsel gekrönt wurde. Ich fühlte die Wärme der Steine, die mich schon als Kind gewärmt hatten, wenn ich hier in der Abendsonne lag und auf den Ruf des Vaters wartete. Über die ganze Halbinsel schallte es, wenn er die Hände an den Mund legte und mich rief, und der ganze Ort wusste dann, dass beim Grafen der Île du vin zu Abend gegessen wurde.

So tief hatte sich das alles in meine Seele eingebrannt, dass es auch der Main hatte nicht löschen können, der mir sonst alles genommen hatte. Ich sah, wie die Sonne über dem Meer höher stieg, und ich wusste, dass dies meine Sonne war, dass sie hier nur für mich schien, auf diesem Felsen auf meiner Halbinsel. Ich begriff jetzt, warum die Alten, wenn das Ende nahte, immer zum Ort ihrer Jugend zurückkehrten. Es war dieses Gefühl von Geborgenheit, das sie suchten, dieses Gefühl der Verbundenheit mit dem Stück Erde, auf dem man aufgewachsen ist. Für mich war es dieser Felsen, der meine Kindheit begleitete, es waren die Treppen des Schlosses, auf denen ich als Kind gespielt hatte, es waren die schuppigen Stämme der Palmen im Schlosshof, die meine kleinen Kinderhände umfangen hatten. Eine Eidechse zeigte sich unterhalb von mir. Sie huschte zu einem sonnigen Vorsprung des Felsens, den selbst ich nicht zu betreten wagte.

Die Eidechse legte sich ganz flach auf ihren smaragdgrünen Bauch und blieb still in der Sonne liegen. Fast wunderte ich mich über ihr Vertrauen, denn als Junge war keine Eidechse vor mir sicher gewesen. Ihre Schwänze hatten sie in höchster Not abgestoßen, wenn ich sie fast schon erwischte, und schwanzlos hatten sie sich vor mir ins Gestrüpp gerettet.

Trommelwirbel schreckte mich aus meinen Gedanken. Ich sah zum Schlosshof hinunter, wo der dicke, glatzköpfige Alain, unser Schmied, mit einer Trommel vor dem Bauch zur Freifläche vor dem Springbrunnen ging. Er trommelte, als ob er etwas zu verkünden hatte. Kurz darauf öffneten sich die Türen der Bedienstetenhäuser und sie eilten auf den Platz und stellten sich in einer Reihe hinter dem Trommler auf. Morgenappell, dachte ich, aber dann öffnete sich das Tor zum Verlies unterhalb der Schlosstreppe und zwei Wachen brachten Jacques, den Gärtner, auf den Platz. Er war mit Lederriemen an den Händen gebunden und lamentierte über etwas,

was ich jedoch hoch oben auf meinem Felsen nicht verstehen konnte. Sie führten ihn zum Springbrunnen und ließen ihn in das knöcheltief mit Wasser gefüllte Becken knien. Seltsam, dachte ich. Im selben Augenblick öffnete sich das breite Portal des Schlosses und meine Amme erschien, die gute alte Elise. Sie ging gebeugt und schob einen Rollstuhl, in dem ein Mann saß, den ich aus der Ferne nicht erkannte. Alles sehr seltsam, dachte ich wieder. Hinter der alten Elise mit dem Rollstuhl erschien meine Stiefmutter, steif und unnahbar, wie ich sie kannte. In einem dunklen Kleid mit Stehkragen ging sie neben einem bulligen Kerl, der eine schwere Goldkette um den Hals trug. In der rechten Hand hielt ihr Begleiter eine Lederpeitsche.

Alain, glatzköpfig und dickbäuchig, trommelte jetzt wie verrückt. Die Bediensteten, die wie angewurzelt in einer Reihe hinter ihm standen, senkten die Häupter. Der bullige Begleiter meiner Stiefmutter ging ganz langsam die Treppe hinunter, genau zu Jacques, der nach wie vor – an den Händen gefesselt – im Becken des Springbrunnens kniete. Jacques gab jetzt keinen Ton mehr von sich. Ich sah gebannt zu. So etwas hatte es hier noch nie gegeben. Der Bulle war ganz dicht hinter Jacques und tauchte seine Lederpeitsche ins Wasser des Springbrunnens. Dann holte er aus und pitsch, pitsch, pitsch, sauste die Peitsche auf den nackten Rücken des Gärtners nieder. Ich hätte schreien können vor Wut. Der Mann im Rollstuhl vergrub sein Gesicht in beiden Händen. Pitsch, pitsch, pitsch, klatschte die Lederpeitsche auf Jacques Rücken. Der Koch wandte sich ab, das Zimmermädchen blickte zur Seite, nur diese Wachen, die ich noch nie gesehen hatte, beobachteten das Schauspiel und einer grinste sogar bis über beide Ohren.

Ich habe die Schläge nicht gezählt, aber 50 müssen es bestimmt gewesen sein. Der Rücken von Jacques war rot, feuerrot sogar. Blut rann ihm über die geplatzte Haut und er kniete ganz still im Wasser des Springbrunnens. Alain fing jetzt wieder an, seine Trommel zu schlagen, die Bediensteten zogen ab, meine Amme schob den Mann im Rollstuhl über die Terrasse zurück ins Schloss, meine Stiefmutter ging zu den Wachen am Springbrunnen und sprach mit ihnen, dann wurden Jacques die Lederriemen an den Händen geöffnet und er durfte aufstehen. Ein Hüne von einem Kerl war das, unser Gärtner. Er erhob sich und überragte seine Wachen um Haupteslänge. Stolz schritt er quer über den Schlosshof und verschwand in einer der Wohnungen für die Bediensteten.

Irgendetwas stimmte mit unserem Schloss nicht, das war mir inzwischen klar. Da war keine Freude in den Gesichtern der Angestellten gewesen, nur Angst und Beklemmung. Bleich und blass hatten sie der Auspeitschung des Gärtners beigewohnt, als ob sie hier alle gegen ihren Willen hinter den Elektrozäunen festgehalten wurden. Sogar unser alter Hofhund Philippe trottete müde über das Pflaster und legte sich in den Schatten einer Palme vor den Häusern der Bediensteten.

Ich hatte für den Augenblick genug gesehen und zog mich zurück. Die Hitze auf dem Felsen wurde jetzt unangenehm. Ich trank etwas Mineralwasser und aß noch ein Stück Zwieback. Danach machte ich mich auf den Weg ins Dorf. Ich wollte herausfinden, was auf dem Schloss los war, und da ich die Elektrozäune im Moment nicht überwinden konnte, musste es andere Wege geben.

27

Auf dem Weg ins Tal wurde mir klar, dass ich aussehen musste wie ein heruntergekommener Penner. Bartstoppeln im Gesicht, Salz auf dem Körper vom Baden im Meer, verschwitzt vom Aufstieg in die Weinberge, vom Sturm der Nacht zerzauste Haare, so stieg ich durch die Reben zu Tal. Bisher hatte mich mein Zustand nicht im Geringsten interessiert, jetzt begann er mich zu beschäftigen. Viel zu ändern war da nicht. Ich konnte mich nicht rasieren, da ich kein Rasierzeug besaß, und eine Dusche kannte ich hier nirgendwo im Freien. So blieb mir nur der Brunnen auf dem Friedhof, wo die Gießkannen für die Gräber standen. Dort hielt ich den Kopf unters Wasser, wusch meinen Oberkörper und wollte dann mein Hemd aus dem Rucksack anziehen. Als ich gerade den Kopf mit dem Handtuch von Marcel trocknete, hörte ich Schritte hinter mir. Ich wagte es nicht, mich umzudrehen, wandte den Blick nur leicht nach links und schielte durch mein um den Kopf gewickeltes Handtuch. Langsam kam sie mit ihrer Gießkanne näher. Sie ging gebeugt, zog das rechte Bein etwas nach, war alt geworden, aber ich kannte sie noch. Sie hatte bei uns im Schloss in der Küche gearbeitet, wenn Not am Mann war oder bei Festen, die alte Henriette. Sie war die Mutter des Gastwirtes und wohnte oben in der Wirtschaft unter dem Dach. Ob sie mich erkennen würde? Ich ließ langsam das Handtuch sinken und strich mir die Haare aus der Stirn.

»Es ist warm heute«, sagte ich, wie um mich für meine Wäsche am Brunnen zu entschuldigen.

Sie starrte mich an. Dann begann sie zu zittern, ließ die Gießkanne fallen, drehte sich um und rannte, so gut sie es mit ihrem Klumpfuß noch konnte.

»Du lieber Gott«, rief sie, »steh mir bei.« Ihr dunkler Rock flatterte und sie fuchtelte mit den Armen und lief davon, als ob sie der Leibhaftige verfolgte. Sie eilte zum Seiteneingang der Kirche, riss die Tür auf und stürzte hinein.

Ich nahm meinen Rucksack und folgte ihr. Ich wollte versuchen, mit ihr zu sprechen, doch sie war völlig außer sich. Nachdem ich durch den Seiteneingang in die Kirche getreten war, sah ich sie vor dem Altar inbrünstig beten. Sobald sie mich hörte, schlug sie das Kreuz und flehte laut: »Oh lieber Gott, so hilf mir doch!«

»Hallo, Henriette«, sprach ich sie an und blieb ganz still stehen, um sie nicht weiter zu ängstigen. Ich kam mir zwischen den Bankreihen wie eine Statue vor, mit nacktem Oberkörper, mein Shirt und das Handtuch über der Schulter, den Rucksack auf der Bank neben mir abgestellt.

Sie betete jetzt lauter, noch inbrünstiger, flehte Gott und die heilige Jungfrau Maria um Hilfe an und wagte es nicht, mich nochmals anzusehen.

»Hallo, Henriette«, sagte ich wieder, »ich bin es, der Graf.«

»Du lieber Himmel, du lieber Himmel«, murmelte sie, schlug drei Kreuze hintereinander, erhob sich, ohne mich richtig anzusehen, und hastete an mir vorbei aus der Kirche.

Ich war mir sicher, dass ziemlich schnell das ganze Dorf erfahren würde, dass ich ihr als Geist erschienen sei und sie mit Namen angeredet hatte. Irgendwie belustigte mich der Gedanke und ich überlegte, noch die alte Bäckersfrau zu erschrecken, die dafür bekannt war, dass sie an Erscheinungen glaubte. Andererseits war das ein gefährliches Spiel. Wenn jemand auf der Insel wäre, der wusste, dass ich nicht wirklich tot war, würde ich mich dadurch verraten und in höchste

Gefahr bringen. Ich ließ es also lieber sein, zog in aller Ruhe meine Hose und mein Hemd an, steckte das Handy ein und verbarg den Rucksack auf dem Friedhof hinter unserem Familiengrab. Dann trat ich durch das Hauptportal vor die Kirche. Die Gaststätte gegenüber war um diese Zeit am späten Vormittag noch geschlossen. Der Wirt, Monsieur Pierrefitte, den alle nur Pierre nannten, wischte die Holztische ab, die vor seinem Lokal standen.

Ich überquerte langsam den Dorfplatz, ging direkt auf Pierre zu und grüßte: »Hallo, Pierre.«

Er starrte mich an.

»Das ist nicht möglich. Sie hatte recht«, stammelte er, ließ seinen Lappen fallen, rannte in die Wirtschaft und schlug die Tür von innen zu. Kurz darauf sah ich ihn hinter dem Fenster, wo er den Vorhang zur Seite schob und mich anstarrte.

Ich hätte nicht gedacht, dass selbst dieser gestandene Mann Angst vor mir hatte. Aber spätestens jetzt war klar, dass es heute Abend das ganze Dorf erfahren würde, wenn die Männer beim Wein zusammensaßen und Karten spielten.

Ich ging auf das Fenster zu. Sofort ließ Pierre den Vorhang fallen und war nicht mehr zu sehen. Dann klopfte ich an die Eingangstür, was zur Folge hatte, dass von drinnen laute Gebete erklangen, obwohl Monsieur Pierrefitte sonst der Letzte war, den man in der Kirche hätte sehen können. Wenn es nicht um mein Leben gegangen wäre, hätte ich das Ganze sehr lustig gefunden. Hier war offensichtlich nichts zu machen. Ich beschloss deshalb, meinen alten Lehrer zu besuchen, der mich mit Mathematik und Latein gequält hatte. Er wohnte ganz in der Nähe des Hafens auf einer kleinen Anhöhe, mit Blick zum Schloss und über das Meer. Das Gartentor war nur angelehnt und so ging ich um das Haus herum und fand Monsieur Latour im Garten sitzend und seine Pfeife rauchend.

»Hallo, Monsieur Latour«, sprach ich ihn von hinten an.

Er drehte sich langsam um, setzte seine Brille mit den dicken Gläsern auf die Nase und fragte: »Wer ist da?«

Gut sehen konnte er mit seiner Brille offenbar nicht, denn er schien mich nicht zu erkennen.

»Besuch auf der Insel«, sagte ich. »Johann König von Aschaffenburg.«

»Das ist gut«, sagte er. »Seit Monaten war kein Besuch mehr da.«

»Warum denn nicht?«, fragte ich.

»Ach, seit der alte Graf im Rollstuhl sitzt, ist nichts mehr, wie es vorher war. Die ganze Halbinsel ist verhext.«

»Madeleine«, rief er dann ins Haus, »ein Gast, Madeleine! Bring bitte Wasser und Wein. Er wird Durst haben.«

Wenig später ging die Tür zum Garten auf und Madeleine, die Haushälterin, erschien mit einem Tablett mit Gläsern, Wein und Wasser. Als sie mich sah, erstarrte sie, das Tablett begann zu zittern. Hätte ich es ihr nicht aus der Hand genommen und schnell auf den Gartentisch gestellt, wäre es sicher klirrend zu Boden gegangen.

»Sie sind doch …«, stammelte sie. »Das ist doch nicht möglich, Sie sind doch …«

»Das ist Herr König aus … ääh, aus …«, stotterte Monsieur Latour.

»… aus Aschaffenburg«, ergänzte ich und Monsieur Latour lächelte dankbar.

Die Haushälterin schien jetzt zwar an ihrem Verstand zu zweifeln, aber wenigstens rannte sie nicht davon, sondern schenkte Wein und Wasser ein und ging dann wieder ins Haus zurück.

»Wie sind Sie hergekommen?«, fragte mich mein alter Lehrer.

»Mit einer Segeljacht.«

»Aber sie lassen doch niemanden in den Hafen, seit der neue Hafenwärter da ist«, wunderte sich Monsieur Latour.

»Wir haben etwas abseits angelegt«, erklärte ich.

»Das ist gut«, sagte Latour, »endlich wieder Besuch auf der Insel.«

Er zog genüsslich an seiner Pfeife, blies den Rauch in die Luft und sah nach oben zu den Bergen und zum Schloss.

»Es hat sich viel verändert, seit der alte Graf gestürzt und der junge Graf verunglückt ist«, sagte er.

»Es gibt einen Grafen hier?«, fragte ich und stellte mich völlig dumm.

»Ja, die Familie wohnt auf dem Schloss und ist seit Jahrhunderten auf der Insel«, erklärte er. »Es sind die Grafen der Île du vin. Sie leben vom Wein, haben außerdem noch Güter im Rhônetal.«

»Interessant.«

Er hörte sich gern reden, wie das bei alten Lehrern oft der Fall ist, und erzählte mir, dass die Gräfin viel jünger als der alte Graf sei. Der Graf sei ein rechter Lebemann gewesen, dann sei ihm vor Gram seine Frau gestorben und er habe die jetzige Gräfin geheiratet, die seine Tochter hätte sein können.

»Dafür muss er nun bezahlen«, sagte Monsieur Latour leise. »Im Dorf munkelt man, sie habe ihn selbst die Schlosstreppe hinabgestürzt, seit dieser Dolcapone sich im Schloss eingenistet hat. Jetzt sitzt der alte Graf im Rollstuhl und die Gräfin hört nur auf Dolcapone. Soll ein Mafiaboss sein, in den sie sich unsterblich verliebt hat.«

Ich war sprachlos und entsetzt zugleich. Mein Vater im Rollstuhl, gequält von meiner Stiefmutter, der ich alles zutraute. Warum sie ihn nicht gleich um die Ecke gebracht hatte?

»Der alte Graf soll ein Testament hinterlegt haben, dass im Fall seines Todes alles an die Kirche geht«, fuhr Latour fort, als ob er meine Gedanken gelesen hätte. »Die Gräfin braucht ihn also, solange sie auf dem Schloss leben will.«

»Sind denn keine Erben da?«, fragte ich.

»Nein, wohl nicht. Wie ich schon sagte, der junge Graf ist verunglückt und war der einzige Sohn. Sein Tod soll dem alten Grafen das Herz gebrochen haben.«

Monsieur Latour hielt auf einmal inne, zog wieder genüsslich an seiner Pfeife und blickte hinauf zum Schloss.

»Haben es auch nicht immer leicht, die Grafen«, sagte er. »Wenn ich daran denke, wie ich den jungen Grafen unterrichtet habe. War ein Luftikus, aber intelligent. War mehr in allen Ecken der Insel unterwegs als mit den Büchern zu finden. Aber er hatte eine poetische Ader. Hat gern Geschichten geschrieben, die er mir zum Lesen brachte. Hätte bestimmt etwas aus ihm werden können.«

»Monsieur Latour, Monsieur Latour«, rief im selben Augenblick die Haushälterin aufgeregt in den Garten, »ein Geist soll an der Kirche erschienen sein, der Geist des jungen Grafen! Die alte Henriette hat ihn gesehen und er war sogar bei Pierre und hat an die Tür der Gaststätte geklopft.«

Monsieur Latour lächelte mich an. »Auf unserer Insel glauben die Leute noch an Geister«, sagte er, als ob er sich für sie entschuldigen müsse. »Die alte Henriette ist dafür sowieso bekannt. Dass allerdings jetzt auch der gute Pierre diesen Unsinn glaubt, das wundert mich.«

Er nahm seinen Stock, erhob sich und ging um das Haus zur Straße.

»Will mal nach dem Rechten sehen«, erklärte er. »Wenn Sie wollen, können Sie mitkommen.«

»Nein, vielen Dank«, sagte ich und verschwand, so schnell ich konnte, in Richtung Hafen.

Das ganze Dorf war mittlerweile in Aufregung und für mich wurde es von Stunde zu Stunde gefährlicher. Wenn dieser Dolcapone tatsächlich ein Mafiaboss war und es womöglich auf mich abgesehen hatte, damit ich sein teuflisches Spiel nicht störte, dann war es nur noch eine Frage der Zeit, bis er mich erwischte. Ich ging ein Stück an der Küste entlang und versteckte mich zwischen den Felsen, wo ich mein Handy herausholte, um Kommissar Rotfux anzurufen. Doch schon der Blick auf das Display zeigte mir: Kein Empfang. Dennoch wählte ich seine Nummer und wartete auf eine Verbindung, aber es tat sich nichts. Ich saß in der Falle. Hilfe holen konnte ich nicht, in das Schloss kam ich nicht hinein und die Bewohner des Dorfes fürchteten sich vor mir, weil sie an die Erscheinung eines Geistes glaubten. Elektrozäune, Schnellfeuergewehre – mit bloßen Händen konnte man gegen diesen Dolcapone nichts ausrichten, überlegte ich. Ich musste ihn überlisten, aber wie?

Zunächst versteckte ich mich für den Rest des Tages in einer Höhle zwischen den Felsen am Ufer. Es war ein großer Vorteil für mich, dass keiner die Insel so gut kannte wie ich. Nachts schlich ich zum Friedhof, um meinen Rucksack zu holen, denn ich hatte Durst und wollte etwas Zwieback essen. Ich richtete es so ein, dass ich um Mitternacht dort erschien. Als Geist hatte man schließlich seine Gewohnheiten. Leise schlich ich zwischen den Grabkreuzen hindurch zu unserer Familiengruft, griff hinter die Mauer in die Nische, wo ich meinen Rucksack abgelegt hatte, aber dort lag nichts. Im selben Moment hörte ich Stimmen.

»Er will seinen Rucksack holen«, flüsterte es.

Mehrere alte Weiber hielten sich in einiger Entfernung zwischen den Grabsteinen auf. Ich sah ihre weißen Gesichter und Hände im Mondlicht. Sie beteten. Die alte Henriette war dabei und ich sah Pierre, den Gastwirt. Ich blieb still und regungslos stehen, wie man das von Geistern kennt. Nur keine hektische Bewegung, dachte ich. Die Bewohner waren ebenfalls ruhig, starrten mich mit offenen Mündern an und hatten die Hände zum Gebet gefaltet. Etwa eine halbe Minute blieb ich stehen wie eine Statue. Dann wandte ich mich zum Grab meiner Mutter und sprach laut mit ihr. Ich verstellte meine Stimme, sprach dunkel und hohl, tief aus dem Bauch heraus.

»Geliebte Mutter, schenk mir meine Ruhe«, sagte ich.

Man hätte eine Stecknadel fallen hören können, so still waren jetzt alle. Nur ein Vogel krächzte durch die Nacht, als ob er meinen Worten Gewicht verleihen wollte.

»Und ihr da, setzt diesem schrecklichen Spuk ein Ende«, sagte ich leise, aber so, dass sie es mit Sicherheit hörten. »Verjagt Dolcapone von der Insel, sonst werde ich eure Seelen einzeln holen.«

Ich schaute in ihre Richtung und blieb wieder ganz still stehen. Dann streckte ich die Arme aus wie ein Schlafwandler und ging langsam auf sie zu. Ich sah, dass ihre Gesichter erstarrten. Sie hielten sich an den Händen, klammerten sich aneinander fest. Sogar Pierre hing wie ein jämmerliches Häufchen Elend an den alten Weibern.

»Lasst mich euch berühren, treue Untertanen«, sagte ich mit besonders tiefer Stimme und ging langsam auf sie zu. Einen Augenblick blieben sie noch wie angewurzelt, wo sie waren, doch schließlich kam Bewegung in den Haufen. Zuerst rannte Henriette, dann Pierre, dann die alte Bäckersfrau und ganz zum Schluss Babette, die Frau des Küsters.

»Er ist es, er kommt hinter uns her, schnell, bringt euch in Sicherheit!«, hörte ich die alten Frauen kreischen, während sie hastig zwischen den Grabkreuzen verschwanden und in die Kirche flohen. Bestimmt knieten sie dort vor dem Altar und beteten um Rettung. Sie hatten alles stehen und liegen lassen. Einige Kerzen brannten zwischen den Gräbern und mein Rucksack lag an der Eingangstür zur Kirche. Es fehlte nichts, aber er war offen. Sie hatten ihn demnach neugierig untersucht. Auf eine Art belustigte mich das Ganze, obwohl ich natürlich zugeben muss, dass ich wohl selbst ins Zweifeln gekommen wäre, wenn ich an der Beerdigung eines Grafen teilgenommen hätte, der plötzlich um Mitternacht auf dem Friedhof auftauchte. Für sie war ich tot und lag in meinem Grab. Sie hatten sicher mit eigenen Augen gesehen, wie mein Sarg in die Erde gelassen wurde, also konnte ich nur ein Geist für sie sein, der hier spukte. Ich stieg mit meinem Rucksack durch die Weinberge zu meinem Felsen hinauf, von dem aus ich das Schloss von oben herab beobachten konnte. Der Mond stand gelbrot über dem Horizont und malte einen goldenen Streifen über das Meer, der genau beim Hafen der Halbinsel endete. Das Schloss lag still im Mondlicht. Ich trank etwas Mineralwasser, aß ein Stück Zwieback und beobachtete das Schloss. Gab es irgendwo einen Zugang für mich? War es möglich, zu meinem Vater zu gelangen?

Ich entdeckte kein Schlupfloch im Elektrozaun, sah die Wachen, die sogar in tiefer Nacht am Eingang zum Schloss postierten. Auf einmal fiel mir der Geheimgang ein, der von der Rückseite des Berges in den Rittersaal führte und den nur die Grafen selbst kannten. Wenn mein Vater sich an die Gesetze gehalten und diesen Gang nicht womöglich aus blinder Liebe meiner Stiefmutter verraten hatte, dann war das eine Möglichkeit, die ich in der ersten Aufregung ganz vergessen hatte.

Sofort machte ich mich auf den Weg. Selbst im Dunkeln fand ich mich zurecht, aber der Pfad war beschwerlich, von Dornengestrüpp überwuchert, was andererseits dafürsprach, dass sie den Geheimgang noch nicht kannten. Nach einer halben Stunde fand ich zwischen zwei Felsbrocken, hinter dichtem Gestrüpp, den Eingang. Ich ließ den Rucksack zurück, nahm nur das Messer mit, welches mir Marcel geschenkt hatte, und zwängte mich in den engen Tunnel. Eigentlich war er ja dafür gedacht, das Schloss notfalls verlassen zu können, aber jetzt war es umgekehrt: Ich wollte in das Schloss hinein. Ohne Lampe und ohne Kerze kroch ich in der Finsterniss vorwärts. Einige Male stieß ich mir den Kopf, aber ich spürte die Schmerzen kaum, denn ich war besessen von dem Gedanken, ins Schloss zu gelangen. Endlich fühlte ich die hölzerne Klappe, die den Zugang zum Rittersaal verschloss. Ich schob die Klappe nach unten und rutschte vorsichtig auf den Fußboden des Saales.

Die Rüstungen meiner Vorfahren glänzten im Mondlicht, das durch die Fenster fiel. Ich blieb zunächst ganz still sitzen und lauschte, ob ich etwas Verdächtiges hörte. Aber alles blieb still. Dann schlich ich vom Rittersaal durch die Bibliothek. Da standen sie, meine geliebten Bücher, und ich war mir sicher, dass sie diesen Dolcapone nicht im Geringsten interessierten. Ich fuhr mit der Hand über die Buchrücken, hätte am liebsten einige aus den Regalen genommen, aber dafür war jetzt nicht der richtige Augenblick. Leise huschte ich die Treppe zur Eingangshalle hinunter und kletterte aus einem Seitenfenster auf die Schlossterrasse. Die Wachen am Fuß der Treppe schliefen, trotzdem wagte ich es nicht, sie zu passieren, sondern ließ mich seitlich am Geländer in den Schlosshof hinab, so wie ich das als Junge oft aus Übermut getan hatte. Von dort schlich ich zu den Bedienstetenhäusern. Ich wusste, wo Jacques der Gärtner wohnte. Die Eingangstür seines kleinen Hauses war nicht verschlossen, so wie auch früher die Eingänge nie verschlossen waren. Ich drückte die Klinke herunter und huschte in den Flur des Hauses. Alles blieb ruhig. Der Mond malte durch die Scheibe der Haustür einen hellen Fleck auf den Fußboden, direkt vor die Holztreppe, die nach oben führte. Ich kannte dieses Haus, denn als Junge hatte ich mich mit Jacques angefreundet. Schon damals war ich beeindruckt von seiner Größe gewesen und hatte ihn ab und zu besucht, obwohl mir das als Sohn des Grafen eigentlich verboten war. Jetzt kam mir das zugute.

Vorsichtig schlich ich die Treppe nach oben, wo das Schlafzimmer war. Eine Treppenstufe knarrte. Ich hielt die Luft an, doch ich vernahm keinen Ton. Stufe für Stufe stieg ich nach oben und hoffte, dass nicht wieder eine knarren würde. Endlich stand ich im Schlafzimmer. Jacques lag im Bett, wobei er wirklich vom Kopf- bis zum Fußende reichte, und neben ihm seine Frau, die mir als Kind manchmal Crêpes gemacht hatte. Ich schlich mich leise an Jacques heran und sagte: »Hallo!« Doch er zeigte keine Reaktion, sondern sein gleichmäßiger Atem bewies mir, dass er tief und fest schlief.

Ich versuchte es nochmals mit einem etwas lauteren Hallo, doch nur mit dem Erfolg, dass seine Frau Giselle die Augen aufschlug und mich entsetzt anstarrte. Ich konnte förmlich sehen, wie es hinter ihrer Stirn arbeitete, dann fing sie an zu kreischen und klammerte sich an Jacques fest.

»Der Graf. Da steht er! Also hatten die anderen doch recht«, stammelte sie und fing an, inbrünstig zu beten.

»So ein Quatsch«, brummte Jacques, sprang schlaftrunken aus dem Bett und schlug mir mit voller Wucht einen Haken von unten gegen das Kinn. Ich torkelte. Ich wollte noch etwas sagen, aber mir wurden die Knie weich und ich sackte in mich zusammen. Bevor Sterne vor meinen Augen tanzten und sich alles in eine Art Nebelsuppe auflöste, sah ich noch verschwommen, wie sich Jacques über mich beugte.

Als ich wieder zu mir kam, lag ich in Jacques' Bett und seine Frau Giselle wischte mir mit einem kühlen, feuchten Tuch über die Stirn.

»Ganz still«, sagte sie, als ich reden wollte. »Niemand darf den Grafen hier entdecken.«

»Wo ist Jacques?«, fragte ich leise.

»Der ist im Schlosspark bei der Arbeit«, sagte sie. »Er konnte nicht bleiben. Das wäre zu auffällig gewesen. Er ist zur Arbeit gegangen wie immer.«

Ich sah auf die Uhr. Bereits nach halb zehn am Vormittag, also hatte mich Jacques mit seinem Haken in einen ordentlichen Tiefschlaf versetzt.

»Wann kommt er wieder?«, fragte ich seine Frau.

»Normalerweise zum Mittagessen«, gab sie zur Antwort. »Soll ich Ihnen Crêpes bereiten, so wie früher, Herr Graf?«, fragte sie und strich mir nochmals mit dem feuchten Tuch über die Stirn.

»Das wäre toll«, sagte ich und ließ mich zurück ins Kissen sinken.

Es war eine Wohltat, endlich wieder einmal in einem richtigen Bett zu liegen, nach all den unruhigen Nächten, die ich hinter mir hatte. Bald stieg der Duft von frischen Crêpes die Treppe hoch und schon allein der Geruch weckte alle Lebensgeister in mir. Erst recht fühlte ich mich wohl, als ein Teller mit frisch gebackenen Crêpes vor mir stand. Ich streute Zucker über einen dieser feinen Pfannkuchen und faltete ihn zusammen. Dann biss ich herzhaft hinein. Es war der gleiche Geschmack, den ich als Kind so geliebt hatte, dieser Geschmack, der mich so angezogen hatte, dass ich unter dem Küchenfenster vor Giselle wartete, bis sie mir einen dieser zusammengefalteten Fladen durch das Fenster herausreichte, obwohl es mir verboten war, bei den Bediensteten zu essen.

Um die Mittagszeit kam Jacques nach Hause. Er freute sich sehr, dass ich wieder bei Bewusstsein war, und entschuldigte sich tausendmal dafür, dass er mir einen Kinnhaken verpasst hatte. Anschließend berichtete er mir, dass das ganze Dorf in Aufruhr sei.

»Sie erzählen, dass der junge Graf um Mitternacht als Geist auf dem Friedhof erschienen sei und dass er gefordert habe, diesen Dolcapone aus dem Schloss zu vertreiben. Und sie beginnen tatsächlich, Waffen zu organisieren, um sich endlich zu erheben.«

28

»Wir werden um Mitternacht losschlagen«, sagte ich zu Jacques.

Mein Herz pochte vor Aufregung. Ich wusste jetzt, wer ich war und was ich zu tun hatte. Es war mir klar, dass ich nicht zögern durfte. Wenn mich Dolcapone auf der Insel erwischte, war ich geliefert. Also half nur ein schneller Überraschungsangriff.

»Meinen Sie, dass wir bis dahin gerüstet sind, Herr Graf?«, fragte mich Jacques.

»Wir müssen«, antwortete ich. »Es ist unsere einzige Chance.«

Jacques konnte seine Besorgnis nicht verbergen. Er spielte unruhig mit seinen kräftigen Fingern und trat von einem Bein aufs andere.

»Wenn Sie meinen, Herr Graf«, flüsterte er, »ich werde es den anderen sagen.«

»Sind alle auf unserer Seite?«, fragte ich.

»Ja, alle. Außer den Wachen von Dolcapone und Ihrer Stiefmutter natürlich.«

»Und mein Vater?«

Jacques zögerte. Er sah durch das Fenster auf den Schlossplatz, als ob dort jeden Moment der Teufel erscheinen könnte.

»Ich weiß es nicht«, sagte er dann. »Wir haben keinen Zugang zum alten Grafen. Nur die Amme betreut ihn und der haben sie die Zunge herausgeschnitten.«

Ich war entsetzt, als ich das hörte. Gleichzeitig spürte ich, wie meine Entschlossenheit wuchs, den Kampf gegen Dolcapone zu führen.

»Haben wir Waffen?«, fragte ich Jacques.

»Nur Messer und ein paar alte Gewehre, sonst nichts.«

Ich sah wieder sein besorgtes Gesicht und wusste, dass dieser Hüne von einem Kerl Angst hatte. Giselle, seine Frau, stand hinter ihm und wirkte noch besorgter.

»Vielleicht sollten wir lieber noch warten«, stammelte sie. »Jacques darf nicht sterben, Herr Graf, oh Gott, er darf nicht sterben.«

Sie begann, sich in den Gedanken hineinzusteigern, dass Jacques im Kampf mit Dolcapone sterben könnte, und war durch nichts mehr zu beruhigen.

Erst als ich sie bei den Schultern packte und sagte: »Er wird bestimmt nicht sterben«, beruhigte sie sich.

»Ich muss jetzt wieder an die Arbeit, sonst fällt es auf, dass ich fehle«, meinte Jacques.

»Bilden Sie Kampfgruppen, Jacques«, gab ich ihm noch mit auf den Weg, »Kampfgruppen aus den besten Männern. Alle müssen um Mitternacht losschlagen. Drei für die Wachen am Eingang, drei für die an der Treppe. Die Wachen im Schloss und Dolcapone übernehmen wir selbst. Pierre und der alte Lehrer sollen den Hafenwärter festsetzen.«

Ich war überrascht, wie selbstverständlich mir die Kommandos über die Lippen kamen. Es war, als ob ich nie im Leben etwas anderes getan hätte, als Ganoven aus einem Schloss zu vertreiben.

»Es wird hoffentlich alles gut gehen«, stammelte Giselle, nachdem Jacques verschwunden und die Tür ins Schloss gefallen war. Ihre Wangen glühten vor Aufregung und ich befürchtete, sie würde sich wieder in ihre Todesängste hineinsteigern.

»Natürlich geht alles gut, Giselle«, sagte ich mit fester Stimme, um sie zu besänftigen. »Sie werden mich doch unterstützen, oder?«

»Ja, sicher, Herr Graf«, antwortete sie kleinlaut, als müsse sie sich für ihre Ängste entschuldigen.

Der Nachmittag war wohl der längste meines Lebens. Ich legte mich ins Bett von Jacques, um mich für den Kampf auszuruhen. Doch Gedanken tanzten in meinem Kopf. Mehrmals ging ich meinen Schlachtplan durch. Ich sah mich mit Dolcapone kämpfen, sah meine Stiefmutter vor mir auf dem Boden knien und meinen alten Vater, der mich in die Arme schloss. Ich stellte mir sämtliche Wege durch das Schloss vor, durchwanderte in Gedanken alle Räume und erinnerte mich an jeden Winkel, den ich seit meiner Kindheit kannte. Mein Gehirn wusste noch alle Einzelheiten und ich wunderte mich darüber, wie ich alles hatte vergessen können. Bilder aus der Kindheit stiegen in mir auf. Ich erblickte das Gesicht meiner Mutter, die mich anlächelte. Irgendwann muss ich eingeschlafen sein und wachte erst wieder auf, als Giselle an meiner Schulter rüttelte.

»Sie müssen weg, Herr Graf«, flüsterte sie ganz aufgeregt und ich sah in ihr angstverzerrtes Gesicht. »Die Wachen von Dolcapone durchsuchen die Häuser. Sie müssen weg, Herr Graf!«

Während sie das hervorpresste, hörte ich schon Schreie in den Nachbarhäusern, Türen schlugen, polternde Schritte waren zu hören, kreischende Frauen, und immer wieder der Ruf: »Wir müssen ihn finden!«

»Schnell jetzt, Herr Graf!«, trieb mich Giselle zur Eile an. »Schnell! Am besten durchs Kellerfenster auf der Rückseite des Hauses.«

Ich eilte in den Keller und zog die Tür hinter mir zu, die sich leider nicht abschließen ließ. Zeitgleich wurde oben die Haustür aufgerissen.

»Bei Jacques könnte er sich versteckt haben«, hörte ich

Schreie, dann Stiefel auf der Treppe, Schritte in den oberen Zimmern und das Schlagen von Schranktüren.

Nichts wie weg, dachte ich. Ich öffnete das Kellerfenster, zog mich am Rahmen nach oben, zwängte mich durch die enge Luke und lag wenig später flach auf dem Boden hinter dem Haus. Ich zog das Kellerfenster von außen wieder zu und blieb ganz still liegen. Einige Lavendelpflanzen boten mir etwas Sichtschutz. Über den Schlosshof zu rennen, war zu gefährlich. Also blieb ich einfach liegen und betete, dass sie das Kellerfenster nicht von innen aufstoßen würden. Ich hörte die Kellertür im Haus, hörte die Schritte von zwei Männern im Keller, hielt den Atem an, machte mich zwischen den Lavendelstauden ganz flach, wäre am liebsten im Boden versunken, hörte die Flüche der Wachen und dann ihre Schreie an der Eingangstür des Nachbarhauses. Da mir nichts Besseres einfiel, schob ich das Kellerfenster von außen wieder auf, ließ mich durch die Luke nach innen gleiten, rutschte an der Kellerwand nach unten und blieb lauschend stehen. Im Nachbarhaus tobten währenddessen die Wachen. Türen schlugen, Schreie und polternde Schritte waren zu hören, bis der Lärm leiser wurde und sich im nächsten Haus fortsetzte. Meine Augen hatten sich inzwischen an die Dunkelheit des Kellers gewöhnt. Ich sah ein hölzernes Regal an der gegenüberliegenden Wand, auf dem sich zwei alte Koffer, Konservendosen, Gurkengläser und sonstige Vorräte stapelten. Ich wunderte mich über die Koffer, denn soweit ich wusste, hatten Jacques und seine Familie nie die Halbinsel verlassen. Vielleicht bewahrten sie ihre Träume in diesem Keller auf, dachte ich. Vielleicht hätten Jacques und Giselle die Insel gern einmal hinter sich gelassen, Paris besucht oder New York oder Berlin? Ich nahm mir vor, das Leben hier zu ändern, falls ich diesen Kampf überstehen sollte. Nicht Elektrozäune und Verbote sollten regieren, sondern nur die Liebe zu dieser Insel und die Liebe zu mir, ihrem Grafen. Sie sollten reisen können, wohin sie wollten, und sollten ihr Glück woanders suchen, wenn sie das wünschten. ›Liberté‹, dieses eine Wort, wofür sie jetzt kämpften, würde in goldenen Lettern über der Einfahrt zum Schloss stehen und sollte auf Ewigkeit an diesen Kampf erinnern, der vor uns lag.

Ein dumpfer Trommelwirbel riss mich aus meinen Gedanken. Fast hatte ich vergessen gehabt, dass ich mich in diesem Keller versteckte, um den Männern von Dolcapone zu entgehen. Das Trommeln hallte über den Schlosshof, blieb zwischen den Häuserwänden hängen, als ob es das Schloss mit Trübsal bedecken wollte, dumpf und drohend. Neugierig öffnete ich das Kellerfenster einen Spaltbreit und sah hinaus. Alain, der dicke, glatzköpfige Schmied, schritt mit der Trommel vor dem Bauch quer über den Schlosshof und trommelte, was das Zeug hielt. Immer wieder blickte er ängstlich in Richtung der Schlossterrasse, als erwarte er von dort Tadel oder Strafe, falls er nicht laut genug seine Pflicht tun sollte. Hinter ihm versammelten sich nach und nach alle Bediensteten. Da wird wieder einer ausgepeitscht, dachte ich. Ob es wieder Jacques sein würde?

Inzwischen hatte sich das Portal des Schlosses geöffnet und Dolcapone trat auf die Terrasse, allerdings diesmal bewacht von zwei dunkelhaarigen Typen mit Schnellfeuergewehren im Anschlag. Er hat Angst, dachte ich. Hinter Dolcapone ging meine Stiefmutter und hinter ihr sah ich meinen Vater im Rollstuhl, der von der alten Elise, meiner braven Amme, geschoben wurde. Die Zunge hatten sie ihr herausgeschnitten, dieser treuen Seele. Widerlich!

Mein Vater sah alt aus. Kraftlos und scheinbar willenlos ließ er sich an den Rand der Schlossterrasse schieben, vergrub sein Gesicht in den Händen und blieb dort ganz still sitzen. Dolcapone, dieser bullige Kerl mit der schweren Goldkette um den Hals, ging langsam die Treppe hinunter, begleitet von seinen Wachen. Auf dem untersten Treppenabsatz blieb er stehen, in Lederstiefeln und die Peitsche in der Hand.

»Ein Fremder ist auf der Halbinsel!«, brüllte er, und man sah, dass die meisten Bediensteten zusammenzuckten. »Wer weiß, wo er steckt?«

Ich hielt den Atem an. Zum Glück wusste Giselle nicht, dass ich noch in ihrem Keller war, und Jacques würde nichts verraten, da war ich mir ziemlich sicher.

»Na, wird's bald«, brüllte Dolcapone und schnalzte mit der Peitsche. »Wer weiß, wo er steckt?«

Nichts rührte sich. Alle Bediensteten standen bewegungslos und mit gesenkten Häuptern da.

»Du da«, schrie Dolcapone und deutete auf Giselle, »tritt vor!«

Zaghaft kam Giselle ihm drei Schritte entgegen und stand ganz allein vor der Reihe der Bediensteten.

»Du weißt sicher etwas. Wo ist er?«, schrie Dolcapone sie an und schnalzte wieder mit seiner Peitsche.

»Ich weiß nichts«, sagte sie leise, aber ich hörte es bis in meinen Keller, dieses mutige ›Ich weiß nichts‹ und ich hätte sie umarmen können, diese treue Seele, die mich nicht verriet.

»Fesselt sie!«, schrie Dolcapone. Sofort traten zwei Wachleute hinzu, banden Giselle die Hände auf den Rücken und führten sie zum Becken des Springbrunnens.

»Knie nieder!«, schrie Dolcapone.

Giselle zögerte, was ihn noch mehr reizte. Er riss seine Peitsche nach oben und schlug Giselle auf den Rücken.

»Lasst sie, sie ist ahnungslos«, mischte sich jetzt Jacques ein, der die ganze Zeit geschwiegen hatte.

Das hätte er nicht tun sollen. Sofort richteten die Wachen ihre Schnellfeuergewehre auf ihn, packten ihn, banden ihm die Hände auf den Rücken und stießen ihn in das Becken des Springbrunnens, wo er der Länge nach neben Giselle ins Wasser fiel. Sie beugte sich sofort über ihn, dachte auch in der Stunde höchster Qual nur an ihn, versuchte, ihm trotz ihrer gefesselten Hände zu helfen, als er sich mühsam aufrichtete, um neben ihr zu knien. Dolcapone hatte seine Peitsche inzwischen ins Wasser getaucht. Nass klatschte sie auf die Rücken der beiden, bis sie sich rot färbten. Ganz still knieten sie im Becken des Springbrunnens, als ob sie wussten, dass ich sie sehen würde. Nur einmal richtete sich Jacques hoch auf, sah in Richtung der Bediensteten und rief ganz laut: »Es lebe die Freiheit!«

Dolcapone raste vor Wut. Er peitschte wie ein Verrückter auf den Rücken von Jacques, bis sich das Wasser im Springbrunnen rot färbte. In diesem Augenblick hatte sich mein Vater mit letzter Kraft in seinem Rollstuhl aufgerichtet, verlor das Gleichgewicht und kippte mit dem Rollstuhl um.

»Schluss jetzt!«, hallte es von der Terrasse.

Mein Vater wälzte sich vor seinem Rollstuhl im Staub, aber er schrie so laut er schreien konnte: »Schluss jetzt!«

Das brachte sogar Dolcapone aus der Fassung. Er hielt mit den Peitschenhieben inne, wandte sich überrascht um und brüllte in Richtung Schlossterrasse: »Bringt ihn hinein!«

Aber mein Vater wollte nicht. Er wehrte sich gegen die Wachen, die ihn in den Rollstuhl hoben, schlug mit den Armen um sich, riss an ihren Gewehren, aber natürlich ohne Erfolg, so schwach, wie er war. Und doch – war er nicht der Sieger in diesem Kampf gewesen? Hatte er nicht den Bediensteten seine stolze Haltung gezeigt und sie ermuntert, es ihm gleichzutun? Konnte nicht manchmal der Schwächste Sieger sein, wenn er ein Zeichen setzte? Ich war stolz auf meinen Vater und um ein Haar wäre ich aus dem Keller geklettert, um ihm zu helfen. Zum Glück konnte ich mich beherrschen. Ich biss mir auf die Zunge, sah mir das Schauspiel bis zum bitteren Ende an und schwor mir, diesem Spuk in dieser Nacht ein Ende zu bereiten.

Nachdem Dolcapone eine Belohnung von 10.000 Euro auf den Fremden, wie er mich nannte, ausgesetzt hatte, schlug Alain wieder seine Trommel und die Versammlung der Bediensteten löste sich auf. Wenig später öffnete sich die Haustür und ich konnte Jacques und Giselle im Flur des Hauses sprechen hören.

»Dieses Schwein«, schimpfte Jacques und ich wusste, dass ich mich hundertprozentig auf ihn verlassen konnte. Leise schlich ich über die Kellertreppe nach oben und fiel ihm in die Arme.

»Ich danke euch«, sagte ich. »Ich habe alles aus dem Keller beobachtet.«

Als ich meine Arme von Jacques Rücken nahm, hatte ich sein Blut an meinen Händen. Es war das Blut der Freiheit und der Liebe.

»Sie waren die ganze Zeit in unserem Keller, Herr Graf?«, staunte Giselle.

Ich erzählte den beiden, wie ich die Wachen von Dolcapone überlistet hatte, und wir freuten uns, dass alles gut gegangen war.

»Um Mitternacht werden wir sie verjagen«, sagte ich. »Das war heute Dolcapones letzter schrecklicher Auftritt.«

Die Augen von Jacques leuchteten. »Wir werden mit Ihnen kämpfen, Herr Graf«, sagte er entschlossen und man merkte diesem stattlichen Kerl die körperlichen Qualen der letzten Stunde nicht an.

Kurz nach halb zwölf schlich ich mit Jacques aus dem Haus. Wir hatten kein Licht und gingen barfuß. Nur der Mond stand über der Anhöhe und beleuchtete unsere Schritte. In einem der Nachbarhäuser ging ganz leise eine Tür. Wir hielten kurz inne, sagten jedoch nichts. Das wird Alain sein, der Schmied, dachte ich. Jacques ging voraus, vorbei an den Häusern der Bediensteten, dann geduckt über den Schlosshof bis zum Verlies unter dem Treppenaufgang. Alles blieb ruhig. Die Wachen schliefen oder taten jedenfalls so.

Jacques führte mich an der Schlossmauer entlang zu einer Tür. Obwohl ich sonst alles kannte, war ich durch diese Tür noch nie gegangen. Hier war das Reich von Jacques, Werkzeuge und Geräte lagerten in mehreren Kellerräumen und wir mussten höllisch aufpassen, nichts umzustoßen. Jacques ging tastend voran, ich folgte ihm auf den Fersen. Unterwegs drückte er mir ein Beil in die Hand und nahm sich selbst ein langes, rostiges Messer. Das war alles, was wir hatten.

Wir sprachen nicht miteinander, aber wir verstanden uns wortlos. Vorsichtig öffnete Jacques eine Tür am Ende des dunklen, muffigen Kellerganges und ich sah die Treppe, die zur Eingangshalle des Schlosses führte. Es waren noch 20 Minuten bis Mitternacht. Ich zog Jacques unter die Treppe. Ich wusste, dass sich dort die Sicherungskästen für das ganze Schloss befanden. Alle Sicherungen raus, kam mir eine Idee. Dann könnten sie kein Licht machen und würden uns schlecht sehen, wenn es hart auf hart kam. Um viertel vor zwölf hatten wir das erledigt und schlichen die Kellertreppe nach oben, barfuß, ganz leise, so wie der Tod auf leisen Sohlen kommt, wenn er unverhofft zuschlägt. Oben spähte ich vorsichtig in die Eingangshalle. Den Blick zur Schlossterrasse gerichtet, dösten dort zwei Wachen vor sich hin. Jacques und ich sahen uns nur an. Wie auf Kommando rannten wir dann los. Ich nahm den linken, er nahm den rechten. Meiner drehte sich noch um, musste etwas gehört haben, aber bevor er schreien konnte, traf ihn schon mein Beil und er sackte in sich zusammen. Der andere Kerl grunzte wie ein Schwein, nachdem ihm

Jacques einen Nackenschlag versetzt hatte, dann fiel auch er zu Boden und blieb reglos liegen.

»Wir bringen sie in den Keller«, flüsterte Jacques.

Wir schleiften sie die Kellertreppe nach unten, banden ihnen zur Sicherheit die Hände auf den Rücken und legten sie zwischen den Gartengeräten ab. Ihre Schnellfeuergewehre hatten nun wir über der Schulter, geladen, entsichert und einsatzbereit.

»Jetzt zu Dolcapone ins Schlafzimmer«, sagte ich.

Es war fünf vor zwölf und gleich mussten auch die anderen losschlagen. Also war Eile geboten.

Wir hasteten die Treppe nach oben, dann durch die Bibliothek und den Rittersaal zum Schlafzimmer. Leider saßen auch dort zwei Wachen neben der Tür. Ihre Köpfe waren ihnen auf die Brust gesunken, der linke schnarchte, als ob er einen ganzen Wald zu Kleinholz sägen müsste, während der rechts von der Tür seine Brust nur leise hob und senkte. Jeden Augenblick war es Mitternacht. Jetzt oder nie, dachte ich. Gerade als ich mich auf den linken stürzen wollte, waren Schüsse im Schlosshof zu hören. Die Wachen vor dem Schlafzimmer rissen die Augen auf und ihre Schnellfeuergewehre in die Höhe und feuerten wild um sich.

Ich warf mich hinter einer Säule auf den Boden und schoss ebenfalls, was das Zeug hielt. Jacques genauso. Einer der beiden blieb daraufhin wild zuckend liegen, der andere aber stieß die Tür zum Schlafzimmer auf und verschwand dahinter.

Im Schlosshof war es wieder ruhig und ich hätte gern gewusst, was das bedeutete. Ob es Alain, der Schmied, und seine Männer geschafft hatten? Oder lagen sie dort vielleicht schon in ihrem Blut, gefallen für die Freiheit, um die wir hier kämpften? Aus dem Schlafzimmer drangen Geräusche. Sie schienen Möbel zu rücken und sich zu verbarrikadieren. Dann hörte ich Dolcapone fluchen.

»Kein Licht, kein Strom, kein Telefon.«

»Gib dich geschlagen, Dolcapone!«, brüllte ich. »Du kommst hier sonst nicht lebend raus! Das Schloss ist umstellt! Deine Wachen sind erledigt.«

Das war zwar übertrieben, denn ich wusste ja nicht, was im Schlosshof passiert war, aber ich wollte ihn unter Druck setzen.

Als Antwort donnerte eine Gewehrsalve durch die Tür, genau in die Richtung, aus der ich gerufen hatte, und ich war froh, noch hinter meiner Säule zu liegen.

»Ein Dolcapone ergibt sich niemals!«, schrie er. »Mach am besten schon mal dein Testament, Bürschchen!«

Mit dem war nicht zu spaßen, aber das hatte ich auch schon vorher gewusst. Ich kroch zu Jacques.

»Bewach du diese Tür«, flüsterte ich ihm zu. »Ich will einen anderen Weg versuchen.«

Dann kroch ich den Gang entlang, vorbei am Schlafzimmer, in Richtung meines früheren Kinderzimmers. Von dort gab es eine Verbindungstür zum Schafzimmer, die wollte ich nutzen.

Als ich die Tür erreicht hatte, erhob ich mich langsam und lauschte. Alles blieb ruhig und so drückte ich die Klinke langsam herunter und schob die Tür nach innen. Bereits im nächsten Augenblick erstarrte ich vor Überraschung. Im Kinderzimmer stand der Rollstuhl meines Vaters und daneben saß die alte Elise, meine brave Amme, und hielt dem alten Mann die Hand. Als mich die beiden in der Dunkelheit sahen, klammerten sie sich aneinander und sahen mich entsetzt an. Die alte Elise gab schreckliche Laute von sich.

»Uaoo, uaoo, uaoo«, tönte es aus ihrem Mund, der ohne Zunge wie ein schwarzes Loch aussah. Sie hatte schreckliche Angst vor mir und klammerte sich an meinem Vater fest, der mich aus großen Augen anstarrte. Er hatte also nichts gewusst, dachte ich. Auch für ihn war ich tot und er glaubte, jetzt einen Geist zu sehen.

»Ich lebe, Vater«, sagte ich leise. »Ich kämpfe um das Schloss.«

Er sah mich immer noch entgeistert an, als ob es für ihn unglaublich war, was ich da sagte. Aber wenigstens schrie er nicht.

»Ich habe gesehen, wie Dolcapone Jacques und Giselle ausgepeitscht hat. Das muss ein Ende haben«, sagte ich.

Er blickte mich weiter fassungslos an, schien jedoch unter diesen Bedingungen bereit zu sein, an der Seite eines Geistes zu kämpfen.

»Gut, mein Sohn, was soll ich tun?«, fragte er.

»Gibt es die Verbindungstür zum Schlafzimmer noch?«

»Ja, hinter diesem Schrank.«

Ein schwerer Schrank, den man unmöglich allein zur Seite schieben konnte, versperrte die Verbindungstür.

»Wenigstens kann er nicht entwischen«, sagte ich.

Die alte Elise hatte sich inzwischen beruhigt. Sie war sogar näher gekommen und hatte mich vorsichtig mit ihrer Hand berührt, zuerst ganz zaghaft, nur mit den Fingerspitzen, dann strich sie mir mit der ganzen Hand über den Arm und schließlich lag sie an meiner Brust und schluchzte. Ich gab ihr einen Kuss auf die Stirn und streichelte ihr über die schneeweißen Haare. Als mein Vater das sah, kam er mit seinem Rollstuhl ebenfalls auf mich zu, berührte mich mit seiner Hand und dann sah ich, wie dicke Tränen über seine Wangen liefen, nachdem er wohl begriffen hatte, dass ich lebte.

»Pass auf dich auf, mein Junge«, sagte er. »Ich kann dir leider nicht mehr helfen.«

Ich legte ihm das Schnellfeuergewehr auf den Schoß und er nahm es in beide Hände.

»Lass Dolcapone nicht entwischen«, sagte ich zu ihm.

Er nickte nur und ich eilte über den Gang zurück zu Jacques.

»Ich muss in den Schlosshof, will sehen, wie es steht. Ihr dürft Dolcapone nicht entkommen lassen«, flüsterte ich ihm zu.

»Okay, geht klar, Herr Graf«, sagte er leise und es sah so aus, als ob er hinter seiner Säule Haltung annahm.

In der Eingangshalle lag noch mein Beil und ich nahm es an mich, um wieder eine Waffe zu haben. Dann öffnete ich vorsichtig das Portal am Schlosseingang und schlich gebückt über die Schlossterrasse. Am Fuß der Freitreppe sah ich den Schein einer Lampe, die sie über eine Person hielten, die am Boden lag.

Der Schmied, dachte ich. So dickbäuchig wie der war, konnte es nur der Schmied sein. Wachen waren keine mehr zu sehen, also ging ich langsam die Treppe hinunter.

»Er kommt«, hörte ich Stimmen. »Er ist es tatsächlich«, murmelten sie in der Dunkelheit und ich sah ihre Augenpaare, die mich im Mondlicht anstarrten wie das achte Weltwunder.

Ich ging direkt zum Schmied. Um ihn herum standen einige Frauen, die sein linkes Bein verbanden.

»Es hat mich erwischt, Herr Graf«, sagte er, wobei ein gewisser Stolz in seiner Stimme lag. »Aber wir haben die Wachen erledigt. Sie liegen gefesselt im Verlies.«

»Sehr gut, Alain«, lobte ich ihn, als ob das besonders sein Verdienst gewesen war.

»Und die Wachen am Eingangstor, sind die auch erledigt?«, fragte ich.

»Ja, aber dort wurde Pierre verletzt«, sagte Giselle.

»Schlimm?«

»Am rechten Arm«, antwortete sie. »Er wird einige Zeit nicht bedienen können.«

»Ist Jacques unversehrt, Herr Graf?«, wollte Giselle dann wissen, wobei ich das ängstliche Flackern in ihren Augen sah.

»Alles in Ordnung«, sagte ich, »er bewacht Dolcapone, der im Schafzimmer …« Noch bevor ich meinen Satz beendet hatte, hörte man eine Gewehrsalve aus dem Schloss.

»Mein Gott, mein Gott«, schrie Giselle und klammerte sich an meiner Hand fest, »es wird ihm doch nichts passieren!«

Daraufhin folgte die zweite Gewehrsalve.

Ich riss mich von Giselle los und stürmte nach oben.

»Männer, mir nach!«, rief ich und Paul, der Geselle des Schmieds, und Josef, der Stallbursche, folgten mir mit den erbeuteten Schnellfeuergewehren.

»Gib mir das Gewehr«, sagte ich zu Paul und tauschte im Laufen mein Beil gegen das Schnellfeuergewehr.

Wir durchquerten die Eingangshalle, vorsichtig, nach allen Seiten sichernd, dann die Bibliothek und den Rittersaal. Eine weitere Salve zerriss die Luft, ein Schrei, ein Platschen, als ob etwas ins Wasser gefallen war, dann wieder Stille. Als wir das gräfliche Schlafzimmer erreichten, kam mir Jacques aufgeregt entgegen.

»Er ist geflohen, durch das Fenster, in den Schlosspark. Hat sich mit Bettlaken abgeseilt, aber wir haben durch die Fenster geschossen, er ist in den Schlossteich gestürzt und hat sein Gewehr verloren.«

Ich sah durch das Fenster des Ganges, welches zum Park gerichtet war. Tatsächlich! Da schwamm Dolcapone im Schlossteich, nicht mehr weit vom Ufer entfernt.

»Mir nach!«, brüllte ich. »Wir müssen ihn fangen! Jacques, du bleibst hier und bewachst das Schlafzimmer.«

Alle anderen folgten mir im Laufschritt. Nur Giselle blieb bei Jacques. Wir hasteten die Treppen hinab, dann quer über den Schlosshof und sahen Dolcapone aus dem Park kommen. Er rannte zur Einfahrt des Schlosses, die im Moment unbewacht war.

»Er darf uns nicht entwischen!«, schrie ich.

Doch sein Vorsprung war zu groß. Er erreichte die Einfahrt vor uns und verschwand in den Weinbergen. Tagsüber hätte man ihn sicher gut gesehen, aber derzeit, im fahlen Mondlicht, war er schwer auszumachen. Mal glaubte man, er sei dort, mal raschelte es da zwischen den Reben, aber nie konnte man sich sicher sein, ihn tatsächlich zu sehen.

»Er will bestimmt zum Hafen«, flüsterte ich. »Paul und Josef, ihr rennt direkt hin, und wenn er dort erscheint, schießt ihr notfalls. Er darf auf keinen Fall entkommen! Ich werde versuchen, ihm durch die Weinberge zu folgen.«

So trennten wir uns und ich rannte die Weinberge hinab, immer nach rechts und links Ausschau haltend, um Dolcapone zu entdecken. Ich lief schnell, denn ich wusste, dass er am Ende des Hanges die Weinberge würde verlassen müssen. Darin sah ich meine Chance. Zwischen den letzten Reben legte ich mich flach auf den Boden und lauschte. Selbst nachts sangen die Cigallen. Sonst war nichts zu hören. Er war schlau. Wahrscheinlich lag er ebenfalls irgendwo zwischen den Reben und wartete.

Nach einiger Zeit fielen am Hafen Schüsse. Diesen Moment versuchte Dolcapone zu nutzen. Ich sah, wie er aus den Reben stürmte, sprang auf und folgte ihm auf den Friedhof. Er huschte zwischen den Gräbern hindurch, wobei er jetzt müde zu werden schien, denn er stolperte mehrmals und blieb mit seiner wehenden Jacke so unglücklich an einem der Kreuze hängen, dass man das Reißen des Stoffes hörte, als er sich losriss. Gleich habe ich dich, dachte ich. Im selben Augenblick sah ich die alten Weiber im Mondlicht vor uns auftauchen. Sie hatten wieder Kerzen zwischen den Kreuzen aufgestellt. Ihre weißen, faltigen Gesichter sahen im Mondlicht gespenstisch aus und starrten entsetzt in unsere Richtung. Dolcapone hielt einen Augenblick inne. Er schien zu überlegen, wie er jetzt am besten entkommen konnte. Die

Weiber zitterten vor Angst, allerdings nicht vor Dolcapone, sondern vor mir.

»Er ist es, er kommt«, hörte ich sie zischen.

Offensichtlich glaubten sie immer noch, dass ich ein Geist sei, und fürchteten sich vor mir.

»Haltet Dolcapone auf«, rief ich mit dunkler, hohl klingender Stimme. Wenn sie unbedingt an Geister glauben wollten, dann konnte ich ihnen dabei behilflich sein. »Fangt Dolcapone, sonst werde ich eure Seelen einzeln holen!«

Das tat seine Wirkung. Die Weiber zeterten und kreischten und stürzten sich auf Dolcapone, der davon so überrascht war, dass er hinfiel und unter einem Knäuel von alten Frauen und deren langen, dunklen Röcken begraben wurde. Wäre es nicht um Leben und Tod gegangen, ich hätte mich über den Anblick köstlich amüsiert. Mit wenigen Schritten war ich bei den Frauen. Ich richtete mein Schnellfeuergewehr auf Dolcapone, der erschöpft unter ihnen lag und nur sein rundes, fettes Gesicht wieder freibekommen hatte. Schweiß stand auf seiner Stirn und Angst in seinen Augen.

»Hier, fessle ihn«, sagte ich zu den Frauen und warf ihnen einen Strick zu, den ich in meiner Hosentasche hatte. »Er darf euch nicht entkommen, sonst sind eure Seelen verloren.«

Besonders die alte Henriette, die Mutter des Gastwirtes, legte sich schwer ins Zeug. Ich wunderte mich, welche Kräfte in den Alten steckten. Sie banden Dolcapone die Arme auf den Rücken, sodass er vor Schmerzen schrie, und sie verknoteten den Strick, als müsste die Fesselung bis in alle Ewigkeit halten.

»Bringt ihn zum Schloss«, sagte ich wie ein Bauchredner und sofort zogen die Weiber Dolcapone am Strick hinter sich her, hinaus aus dem Friedhof und den Schlossberg empor. Zuerst hatte ich gar nicht bemerkt, dass es sieben alte Frauen waren. Alle in langen, dunklen Röcken und mit dunklen Blusen. Im Mondlicht leuchteten lediglich ihre weißen Gesichter und ihre Hände und es war eine gespenstische Prozession, die den Berg zum Schloss hinaufzog. Natürlich hatte ich mein Gewehr auf Dolcapone gerichtet, aber ich war mir nicht sicher, ob ihn der Auflauf der zeternden Weiber mehr beeindruckte als das Gewehr. Unterwegs hörte ich die Frauen flüstern.

»Es ist der Graf«, sagte Henriette.

»Ja, er sieht genauso aus. Nur seine Stimme klingt unheimlich«, flüsterte die alte Bäckersfrau.

»Komisch, dass er ein Gewehr hat«, meinte Babette, die Frau des Küsters.

So ging es den ganzen Weg und ich amüsierte mich köstlich. Fast schon gefiel mir der Gedanke, ein Geist zu sein. Als wir den Schlosshof erreichten, hatten sich die meisten Bediensteten versammelt. Auch Paul und Josef waren vom Hafen zurück und hatten den Hafenmeister und die Wachen ins Verlies unter der Schlosstreppe geworfen. Nur Jacques und Giselle fehlten.

»Die bewachen das Schlafzimmer«, sagte der Schmied, den sie mit seinem verbundenen Bein auf einen Stuhl gesetzt hatten, auf dem er thronte wie ein siegreicher Feldherr. Ich reichte dem Schmied mein Schnellfeuergewehr.

»Pass gut auf ihn auf«, sagte ich zu ihm.

Der Schmied strahlte. Es war wohl der größte Tag seines Lebens, obwohl er am Bein verwundet worden war. Ich eilte die Treppen hinauf zum gräflichen Schlafzimmer. Jacques saß brav mit seinem Gewehr davor und neben ihm Giselle, die nicht mehr von seiner Seite wich. Wir rissen die Tür auf. Claudine, meine Stiefmutter, kauerte ängstlich auf dem Bett. Sie erschrak aber nicht, als sie mich sah, sondern wusste offensichtlich, dass ich nicht auf dem Friedhof lag.

»Du hast genug Schrecken verbreitet«, sagte ich nur und sie begann heftig zu schluchzen.

Der Wachmann, dessen Gewehr Dolcapone im Schlossteich versenkt hatte, wurde in Fesseln gelegt. Dann brachten wir Claudine und ihn hinab auf den Schlosshof. Als Dolcapone Claudine sah, stieß er wilde Flüche aus.

»Hätte ich mich besser nie auf dich eingelassen«, fluchte er bissig. »Ich wusste doch, dass das nicht gut gehen wird.«

Claudine schluchzte danach noch heftiger und bot ein jämmerliches Bild, das einer Gräfin nicht würdig war.

»Werft sie ins Verlies«, sagte ich, denn ich wollte meinem Vater diesen Anblick ersparen. Immerhin hatte er sie einmal geliebt und sogar geheiratet, auch wenn das lange her war.

Inzwischen erschien die alte Elise mit meinem Vater im Rollstuhl auf der Schlossterrasse. Ich sah die Peitsche in der Hand meines Vaters und ging die Treppen zu ihm hinauf.

»Peitsche Dolcapone aus, mein Sohn«, sagte er ganz leise und reichte mir die lederne Waffe.

Ich wollte mich nicht auf dieses Niveau begeben. Aber dann sah ich diesen Dolcapone, fett und schmierig, sah den Schmied mit seinem verletzten Bein, sah Giselle und Jacques, die er am Vortag bis aufs Blut geschlagen hatte, und es war mir klar, was ich zu tun hatte.

»Stoßt ihn in den Springbrunnen«, sagte ich zu den alten Weibern, die ihn immer noch an ihrem Strick hielten.

Sie taten es mit Freude, zwangen ihn, ins Wasser zu knien, gaben ihm sogar noch ein paar Fußtritte, so verhasst schien er auch bei ihnen zu sein.

»Macht seinen Oberkörper frei«, wies ich die Weiber an.

Mit ihren dürren, knöchernen Fingern rissen sie ihm die auf dem Friedhof zerfetzte Jacke und sein Hemd vom Leib. Fett quoll ihm sein Bauch über den breiten Ledergürtel, der seine Hose hielt, und fett hingen seine Lenden rechts und links heraus.

Ich tauchte die Peitsche ins Wasser. Totenstill war es auf dem Schlosshof. Das fahle Mondlicht spiegelte sich im Becken des

Springbrunnens und beleuchtete das angstverzerrte Gesicht von Dolcapone.

»Das Spiel ist aus«, sagte ich leise und fühlte, wie die ganze Last der vergangenen Stunden und Tage von mir abfiel.

Die Peitsche klatschte auf Dolcapones Rücken. Keiner sagte etwas. Gebannt lauschten sie meinen Schlägen. Ich glaube, sie wollten jeden Schlag hören, jeden Schlag genießen, auf den Rücken ihres Peinigers, den sie so hassten. Ich schlug jetzt kräftiger, dachte an Giselle, die er gequält hatte, holte weit aus, bis ihm die Haut platzte und auch sein Rücken blutig war, so wie er Giselle und Jacques blutig geschlagen hatte.

Dolcapone begann zu jammern, flehte um Gnade, versprach mir viel Geld, aber ich war taub für alles, was er sagte, hörte nur auf das Peitschen, bis die Bediensteten vor Begeisterung tobten und mein Vater mir einen Wink gab, dass es genug sei. Also ließ ich die Peitsche sinken.

»Ich danke euch«, rief ich den Bediensteten zu. »Ihr habt euch selbst befreit. Ich war nur der Geist, der hinter allem stand.«

Als ich das Wort ›Geist‹ sagte, fingen die alten Weiber an zu beten.

»Oh Herr, erlöse uns«, beteten sie und reckten ihre Hände gen Himmel, was in der Morgendämmerung gespenstisch aussah vor der Silhouette des Springbrunnens. Sie schienen immer noch zu glauben, dass ich ein Geist sei. Ich rief deshalb die alte Henriette zu mir und bat sie, mir die Hände zu reichen. Ängstlich stand sie vor mir und begann fürchterlich zu zittern.

»Nun gib ihm schon die Hand, Henriette«, rief Jacques. »Er lebt. Er ist aus Fleisch und Blut.«

Aber die alte Frau glaubte ihm nicht. Sie war sicher auf meiner Beerdigung gewesen und konnte sich einfach nicht vorstellen, dass ich nicht auf dem Friedhof lag. Als ich versuchte, sie zu berühren, schrie sie auf und ich zog meine Hand sofort zurück, um die arme Frau nicht weiter zu ängstigen. Natürlich trug das Ganze sehr zur Belustigung der übrigen Inselbewohner bei. Sogar Pierre, der Gastwirt, wurde wieder mutiger. Er kam mit seinem verletzten Arm auf mich zu und wollte mir die linke Hand reichen.

»Die rechte ist leider verletzt, Herr Graf«, sagte er, und ich spürte, dass er stolz darauf war, im Kampf um die Insel verwundet worden zu sein.

Zuerst zaghaft, dann aber kräftig gab er mir die linke Hand.

»Er ist es. Er lebt!«, rief er und alle klatschten Beifall. Nur die alten Weiber standen nach wie vor verschüchtert abseits.

Nachdem ich mich nochmals bei allen Inselbewohnern bedankt hatte, gingen die Bediensteten in ihre Häuser zurück und die Dorfbewohner zogen durch die Schlosseinfahrt zum Dorf hinab. Vor dem Verlies unter der Schlosstreppe, in das inzwischen Dolcapone und alle Ganoven gesperrt worden waren, stellten wir zwei Wachen auf. Dann kehrte Ruhe ein.

Langsam nahm ich die Freitreppe zur Schlossterrasse nach oben. Ich merkte, dass ich müde war, aber trotzdem stieg ich freudig hinauf. Der Blick ging von der Treppe weit über die Halbinsel. Im Morgengrauen lag das kleine Dorf unter uns, die Kirche, der Friedhof, der winzige Hafen und dahinter das unendlich weite Meer, über dem sich der Horizont schon rötlich färbte.

Die reine, klare Morgenluft strich den Hang herauf, trug den Geruch des Meeres in sich, das jetzt ganz glatt vor der Halbinsel lag, als ob es neu für diesen Tag bereitet war. Die königlichen Palmen reckten auf der Schlossterrasse ihre schuppigen Stämme in die Höhe und breiteten ganz oben ihr Gefieder wie einen zarten Federschmuck aus.

Mein Vater saß noch im Rollstuhl auf der Schlossterrasse. Als ich die Terrasse betrat, öffnete er seine Arme, wartete, bis ich bei ihm war, und drückte mich ganz fest an sich. Hinter ihm stand die alte Elise und lächelte überglücklich. Auch sie schloss mich in die Arme und für einen Moment fühlte ich diese tiefe Geborgenheit, die sie mir schon als Kind gegeben hatte.

»Ich bin froh, dass du da bist«, sagte mein Vater leise.

Es lag kein Triumph in seinen Worten, auch keine übermäßige Freude, sondern so etwas wie Bedauern über alles, was geschehen war.

»Ich auch«, antwortete ich.

Dann gingen wir ins Schloss. Das Licht des Morgens fiel durch die zum Meer gerichteten Fenster in den Rittersaal. Die in Öl gemalten Porträts meiner Vorfahren hingen an den Seitenwänden und in dunklen Nischen, die nie von der Sonne getroffen wurden. Auffallend schön war das Bild meiner Mutter über der Tür. Irgendwie erinnerte es mich an Melanie, aber ich wusste nicht, warum, denn ihr Äußeres sah ganz anders aus.

»Sie war die beste Frau, die ich haben konnte«, seufzte mein Vater mit einem Blick nach oben. »Leider hab ich das erst viel zu spät bemerkt.«

Es lag so viel Wehmut in seinen Worten, dass er mir leidtat in seinem Rollstuhl, obwohl ich wusste, dass er meine Mutter in Wirklichkeit mit seinen Frauengeschichten ins Grab gebracht hatte.

»Nun wirst du bald der Graf der Insel sein«, sagte er mit einem Blick auf sein eigenes Porträt, das über dem Kamin hing. »Nur eine Frau brauchst du noch, so will es das Gesetz.«

Vielleicht hatte mich dieses Gesetz, wie er es nannte, in die Arme der vielen Frauen getrieben? Gina, Natalie, Melanie und all die anderen, vielleicht waren sie mir auf meiner Suche nach der Richtigen begegnet, die mich als Gräfin auf die Insel begleiten sollte. Ich strich mit der Hand über die

Rüstung eines meiner Vorfahren, fühlte das kalte Metall, das sich glatt über seiner Brust gewölbt hatte, und musste daran denken, dass auch sie für ihr Schloss gekämpft hatten.

»Ich werde mich auf die Suche machen«, sagte ich und mein Vater nickte. »Aber zuerst muss ich mich noch um diesen Dolcapone kümmern und die Sache mit meinem falschen Grab.«

»Ja, das ist seltsam«, sagte mein Vater. »Sie hatten mir Fotos von deinem angeblichen Unfall gezeigt und gesagt, du seist so entstellt, dass man den Sarg sofort verschlossen habe. Ich kam leider wegen der schlimmen Bilder, auf denen von deinem Auto nur ein Haufen Blech zu sehen war, gar nicht auf die Idee, dass dies eine Lüge sein könnte.«

Wir unterhielten uns noch lange über all das Unheil, welches Claudine und Dolcapone über die Insel gebracht hatten. Dabei erwähnte mein Vater mit keinem Wort seinen Sturz von der Treppe. Ich hatte den Eindruck, dass er Claudine immer noch schützen wollte, die zusammen mit Dolcapone gefesselt im Verlies lag.

29

Am späten Vormittag, nachdem ich einige Stunden auf dem Sofa der Bibliothek geschlafen hatte, rief ich Kommissar Rotfux an.

»Hier der Graf der Île du vin«, meldete ich mich.

Er verstand zunächst nicht.

»Wer ist da?«, fragte er laut und ziemlich schlecht gelaunt.

Ich wiederholte. »Der Graf der Île du vin, Mittelmeer, Südfrankreich«, sagte ich.

»Ich verstehe nicht. Können Sie bitte deutlicher sprechen?«, rief Rotfux ins Telefon.

Ich sah ihn vor mir, in seinem Büro, mit seinem gelben Pulli und seinem aufgeregt wippenden Oberlippenbart. Ich stellte mir vor, wie er jetzt unruhig auf seinem Stuhl hin und her rutschte und den Hörer am liebsten wieder aufgelegt hätte, weil er sich diesen Anruf nicht erklären konnte. Um ihn doch an mich zu erinnern, sagte ich schließlich: »Hier ist der König von Aschaffenburg. Sie wissen schon, der aus dem Main.«

Jetzt war Rotfux hellwach.

»Sie sind das?«, schrie er ins Telefon. »Sie wagen es, mich anzurufen, nachdem Sie aus dem Krankenhaus geflüchtet sind? Unverschämt! Wo stecken Sie?«

Ich hielt den Hörer eine halbe Armlänge von meinem Ohr entfernt, so laut brüllte der Kommissar.

»Ich bin der Graf der Île du vin«, sagte ich dann, »Mittelmeer, Südfrankreich. Ich bin auf meinem Schloss.«

Ich hörte förmlich, wie Rotfux nach Luft schnappte.

»König, Graf, eigene Insel«, brüllte er wütend. »Wenn Sie mich auf den Arm nehmen wollen, dann sind Sie bei mir an den Falschen geraten. Ich werde Sie einlochen lassen, wenn ich Sie endlich erwische.«

Ich hatte den Kommissar noch nie so wütend erlebt. Er war nicht mehr zimperlich in seiner Wortwahl, nannte mich Teufelsbrut, sagte, dass er mir kein Wort mehr glaube, und ich war nahe daran, einfach aufzulegen und mich an die französische Polizei zu wenden. Doch irgendetwas hielt mich zurück.

»Herr Kommissar«, startete ich einen letzten Versuch, »es tut mir leid, dass ich Ihnen so viel Ärger bereitet habe, aber ich habe jetzt wirklich herausgefunden, wer ich bin, und mir ist es gelungen, einen Mafiaboss zu fangen. Er heißt Dolcapone.«

Kaum hatte ich den Namen genannt, wurde Rotfux plötzlich sehr freundlich.

»Sie kennen Dolcapone?«

»Ich kenne ihn nicht nur, ich habe ihn, wie gesagt, gefangen. Er liegt im Verlies unseres Schlosses.«

Ich hörte, wie Rotfux schluckte.

»Gefangen?«, fragte er ungläubig.

»Das sagte ich doch!«

»Aber der ist sehr gefährlich«, stammelte der Kommissar.

»Das haben wir gemerkt. Er hat zwei meiner Männer verwundet.«

»Lebensgefährlich?«, fragte Rotfux.

»Nein. Einen am Bein, den anderen am Arm. Das wird schon wieder.«

»Na, Gott sei Dank!«

Rotfux hörte sich jetzt geradezu fürsorglich an. Ich berichtete ihm von meiner Flucht nach Südfrankreich, von meinem Kampf um die Insel, von dem Grab, in dem ich angeblich liegen sollte, und er hörte beeindruckt zu. Zum Schluss beschrieb ich ihm, wie er die Halbinsel finden konnte.

»Ich werde so schnell wie möglich da sein«, sagte er. »Sorgen Sie dafür, dass Dolcapone nicht entkommt. Er darf auf keinen Fall Kontakt mit seiner Zentrale in Marseille aufnehmen, sonst wird Ihre Halbinsel von seinen Leuten überrannt.«

Nachdem ich aufgelegt hatte, kontrollierte ich sofort das Verlies. Es war verschlossen und ich konnte Dolcapone durch die Gitterstäbe am Eingang erkennen. Ich verstärkte die Wachen und ordnete an, dass Essen und Trinken nur durch die Gitterstäbe gereicht werden dürfe.

»Das Tor zum Verlies darf unter keinen Umständen geöffnet werden«, sagte ich zu Jacques, der mittlerweile so etwas wie meine rechte Hand auf der Insel war, und ich war mir ziemlich sicher, dass er meine Anweisung peinlich genau befolgen würde.

Noch spät am Abend desselben Tages kreiste ein französischer Polizeihubschrauber über der Insel und landete im Schlosshof. Die Palmen auf der Schlossterrasse bogen sich im Wind der Rotoren, die so viel Staub aufwirbelten, dass er die Freitreppe mit einem rötlichen Nebel überzog. Ich sah, wie die Bediensteten sich die Nasen an den Fenstern ihrer Häuser platt drückten und die Landung beobachteten. Als die Rotorblätter sich immer langsamer drehten und fast zum Stillstand kamen, öffnete sich die Tür des Hubschraubers und ein französischer Gendarm sprang auf den Schlosshof. Daraufhin folgte ihm Kommissar Rotfux, in Jeans und im gelben Pulli, wie ich es von ihm gewöhnt war.

Ich eilte die Freitreppe hinunter und begrüßte ihn. »Donnerwetter! Das ging aber schnell, Herr Kommissar«, bemerkte ich anerkennend.

Rotfux strahlte. »Ist ja auch wichtig genug«, sagte er, »wenn Sie tatsächlich Dolcapone haben …«

Ich führte ihn, den französischen Gendarmen und zwei

französische Kripo-Beamte zum Verlies und leuchtete mit einer Taschenlampe hinein.

»Sehen Sie, dort liegt er«, sagte ich.

Dolcapone kauerte in einer Ecke des Kerkers wie ein gefangener Tiger und sah mich böse an. Neben ihm saß Claudine, die er in den letzten Tagen mit Missachtung gestraft hatte.

»Sehr gut«, murmelte Rotfux und sagte leise etwas zu seinen französischen Kollegen. Ich verstand nur etwas von Polizeiboot, sonst nichts.

»Wir lassen ihn noch im Verlies, bis das Polizeiboot kommt, Herr Graf«, erklärte er dann an mich gewandt. Er war jetzt auffallend freundlich und redete mich sogar mit meinem Titel an.

Gegen 23 Uhr sah man ein Licht am Horizont.

»Das wird sicher das Boot sein«, freute sich Rotfux, der zusammen mit den französischen Beamten bei mir auf der Schlossterrasse saß. Ich hatte dort Tische aufstellen und eindecken lassen und wir genossen das Essen und den Wein der Île du vin.

»Wirklich ein sehr guter Tropfen«, sagte Rotfux und ich erzählte die Geschichte mit der Weinflasche, die ich in Venedig im Hotel Danieli erhalten hatte und die mich auf die Spur meiner Insel geführt hatte. Die Beamten lauschten gebannt und auch Rotfux war mir nicht mehr böse, vor allem, weil ich Dolcapone gefangen hatte.

Das Licht auf dem Meer kam gleichmäßig näher, bald sah man die Umrisse des Polizeibootes und etwa um halb zwölf legte es im kleinen Hafen der Halbinsel an. Jacques hatte inzwischen unseren alten Peugeot startklar gemacht und wir fuhren zum Hafen hinab.

Ich staunte nicht schlecht. Mehr als 20 Polizisten in Kampfanzügen mit schusssicheren Westen sprangen auf den Kai und machten sich sofort auf den Weg zum Schloss. Dann folgten ihnen fünf Beamte in dunkelblauer Uniform und schließlich hörte ich ein Bellen, das ich kannte. Oskar, schoss es mir wie ein Blitz durch den Kopf. Ich sah ihn schwanzwedelnd an der Reling und er erweckte den Eindruck, ins Wasser springen zu wollen, um zu mir zu gelangen.

»Bleib, Oskar!«, rief ich und eilte über einen wackligen Steg an Bord des Polizeibootes.

Dann hing er an mir, sprang an meinen Beinen hoch, schleckte mir das ganze Gesicht ab, als ich ihn auf den Arm nahm, und für einen Moment lang vergaß ich das Polizeiboot, die Insel und den Rest der Welt. Ich trug den Hund an Land und setzte ihn vorsichtig auf die Anlegestelle.

»Das ist ja eine freudige Überraschung«, sagte ich zum Kommissar. »Vielen Dank! Ich bin sehr glücklich darüber.«

»Danken Sie nicht mir, danken Sie lieber Frau Brenner«, entgegnete Rotfux und deutete auf das Polizeiboot. »Sie bestand darauf, uns mit dem Dackel zu begleiten.«

Im selben Augenblick kam Isabell über den Steg und warf sich mir entgegen. »Ich bin ja so froh, dass du lebst«, sagte sie und umarmte mich leidenschaftlich.

Ich wusste nicht, ob ich lachen oder weinen sollte. Natürlich freute ich mich über Oskar und ich freute mich auch über Isabell, aber ihre körperliche Zuwendung störte mich. Ich hatte gesehen, dass die alte Henriette und die alte Babette etwas abseits der Anlegestelle standen und alles beobachteten. Dass ich ein Geist sei, glaubten sie jetzt bestimmt nicht mehr, dafür war ich mir jedoch ziemlich sicher, dass es sich nach dieser Umarmung wie ein Lauffeuer auf der Insel verbreiten würde, dass die neue Frau des Grafen angekommen sei.

»Schön, dass du da bist«, befreite ich mich aus ihrer Umklammerung, »und vielen Dank, dass du Oskar gebracht hast. Ich freue mich sehr.«

Isabell strahlte. Wahrscheinlich hatte sie meine Freude sofort auf sich bezogen, obwohl ich damit eigentlich meinen Hund meinte.

Oskar zerrte an seiner Leine. Er war völlig aus dem Häuschen. Er hatte seine Insel erkannt und wollte sie jetzt erkunden. Also schlug ich vor, mit ihm zu Fuß zum Schloss zu gehen, während Jacques den Kommissar und Isabell mit dem alten Peugeot zum Schloss fahren würde.

»Die alte Elise soll Isabell das Gästezimmer neben der Bibliothek geben«, sagte ich zu Jacques. »Ich komme mit dem Hund nach.«

Jacques verbeugte sich. »Jawohl, Herr Graf«, sagte er und war Isabell beim Einsteigen in den Peugeot behilflich.

Ich war froh, endlich mit Oskar allein zu sein. Ich nahm ihn nochmals auf den Arm und ließ ihn mein Gesicht abschlecken.

»Nach so langer Zeit müssen wir uns richtig begrüßen«, sagte ich zu ihm und er schien das zu verstehen. Er wedelte vor Freude so sehr mit seinem kleinen Schwanz, dass ich ihn gut festhalten musste, damit er mir nicht vor lauter Freude vom Arm fiel. Dann ließ ich ihn wieder zu Boden und spazierte mit ihm aus dem Hafen. Ich ging absichtlich dicht an der alten Henriette und ihrer Freundin Babette vorbei. Diesmal kreischten sie nicht und wichen auch nicht zurück. Im Gegenteil, es kam mir so vor, als ob sie unmerklich näher kamen, um mich noch genauer sehen zu können.

»Na, habt ihr euch von eurem Schrecken erholt?«, begrüßte ich die beiden.

»Es tut uns leid, Herr Graf«, antwortete die alte Henriette. »Wir dachten wirklich, dass Sie auf dem Friedhof liegen. Schließlich waren wir auf Ihrer Beerdigung.«

Ich sah ihnen an, dass sie mich jetzt am liebsten noch über Isabell befragt hätten, aber die Gelegenheit wollte ich ihnen kurz vor Mitternacht nicht geben. Ich zog Oskar weiter und durchquerte mit ihm das nächtliche Dorf. Wir nahmen die Abkürzung über den Friedhof und ich dachte voll Dankbarkeit an die alten Frauen, die sich hier in der vergangenen Nacht auf Dolcapone gestürzt hatten. Oskar wusste von alledem nichts und saß ganz still bei mir, als ich am Grab meiner Mutter betete.

»Weise mir den Weg, zeige mir die Richtige«, flehte ich meine Mutter an und musste im selben Augenblick an Melanie denken, an diese treue Seele, die mir in Straßburg die Geborgenheit gegeben hatte, nach der ich anscheinend mein Leben lang gesucht hatte. Ob sie den schweren Unfall überlebt hatte? Oskar wurde unruhig. Er stand auf und zerrte an seiner Leine, als ob er sagen wollte: ›Jetzt ist es aber genug. Lass uns zum Schloss gehen.‹

Also erhob ich mich wieder, verabschiedete mich in Gedanken von meiner Mutter und eilte mit Oskar die Weinberge hinauf. Er zog wie ein Verrückter nach oben. »Ist ja schon gut«, versuchte ich ihn zu beruhigen. »Bald sind wir da.«

Aber es half nichts. Er zerrte an der Leine stramm bergauf, sodass man hätte meinen können, er wollte mich durch die Weinreben hinauf zum Schloss ziehen. Als wir endlich die Einfahrt erreichten, fing er an zu bellen und ließ sich nicht mehr zur Ruhe bringen, bis wir beim Schlossplatz waren. Er bellte unaufhörlich und ich sah, dass sich die Vorhänge der Bediensteten hinter den Scheiben bewegten, die mitten in der Nacht Oskar begrüßten, diesen verrückten Hund des jungen Grafen, der sie alle aus dem Schlaf gerissen hatte.

›Endlich sind wir da, ich und mein Hund‹, hätte ich am liebsten über den Schlossplatz geschrien, denn ich fühlte, dass ich erst jetzt wirklich auf meiner Insel angekommen war. Aber ich schrie natürlich nicht, sondern trug Oskar über die Freitreppe nach oben, öffnete sein Halsband und setzte ihn in der

Eingangshalle des Schlosses ab. Sofort begann er, zur Bibliothek zu stolzieren, wo immer sein Korb gestanden hatte, in dem er manchmal schon schlief, wenn ich noch spät abends in meinen geliebten Büchern gelesen hatte. Aber sein Korb war weg. Sie hatten mich entsorgt, sie hatten den Hund entsorgt und sie hatten natürlich auch seinen Schlafkorb entsorgt. Alle Spuren sollten verschwinden, die einmal an mich oder an Oskar erinnern konnten. Unbändige Wut stieg in mir auf. Ich zog meine Jacke aus und legte sie auf das Fußende des Sofas. Sofort sprang Oskar mit einem kräftigen Satz hinauf und rollte sich in meiner Jacke wie eine Schnecke zusammen.

»Schlaf gut, mein Liebling«, sagte ich und ging nochmals nach draußen.

Ich wollte sehen, ob die Polizisten und auch der Kommissar gut untergebracht waren. Als ich zum Verlies kam, stand das eiserne Gitter weit offen.

»Sie haben den Gefangenen gleich Handschellen angelegt und sie aufs Schiff gebracht«, berichtete Jacques, den ich dort traf.

»Und wo ist der Kommissar?«, fragte ich.

»Dem haben wir das zweite Gästezimmer gegeben. Er sagte, morgen solle noch das Grab geöffnet werden«, antwortete der Gärtner.

Er schien keine Müdigkeit zu kennen und hatte sich vorbildlich um alles gekümmert.

»Sehr gut, Jacques«, lobte ich ihn. »Dann können wir jetzt wohl auch ins Bett.«

Ich schlief auch die zweite Nacht in der Bibliothek, denn ich fühlte mich dort am wohlsten. Oskar kuschelte zwischen meinen Füßen und morgens lag er sogar an meiner Brust, wohl, weil er mir noch näher sein wollte. Einen Moment lang musste ich an den Main und dieses Boot denken, unter dessen Persenning wir ebenfalls Brust an Brust geschlafen hatten, nachdem mich Oskar gerettet hatte.

»Bist ein Braver«, sagte ich zu ihm und kraulte ihn hinter den Ohren.

Ich ließ meinen Blick über die Regalreihen mit den Büchern wandern. Das war meine Welt. Keiner hatte hier so viel in den Büchern gelesen wie ich. Für mich waren viele gekauft worden, solange Mutter noch lebte und meine Wünsche noch etwas galten. Ich stand auf und strich liebevoll über die Bücherrücken. Hemingway, Stevenson, Mark Twain, Jules Verne – hier waren sie alle versammelt, die mir selbst in meinen schlimmsten Tagen Zuflucht geboten hatten. Als ich sprachlos war, hatten sie zu mir geredet. Als mir gar nichts mehr einfallen wollte, hatten sie Gedanken für mich gehabt. Ich musste wieder an Melanie denken. Sie hatte geglaubt, ich sei ein Schriftsteller. Sie hatte mich wohl am besten von allen gekannt, außer meiner Mutter natürlich. Doch sie war nicht da und ich wusste nicht einmal, ob sie noch im Krankenhaus lag oder bereits ihren schweren Verletzungen erlegen war. Immer stärker wurde mein Wunsch, das herauszufinden.

Doch zunächst gab es Frühstück im Rittersaal, und zwar gemeinsam mit Isabell und dem Kommissar. Mein Vater saß am Kopfende der Tafel, wie es sich für den Grafen gehörte, der er ja offiziell immer noch war. Isabell saß unter dem Bild meiner Mutter und Kommissar Rotfux neben ihr. Die beiden unterhielten sich ausgesprochen lebhaft, als ob sie sich schon lange kannten, und so fiel es gar nicht auf, dass ich wenig sprach. Mein Vater musterte Isabell auffallend und ich sah, wie sein Blick mehrmals zu ihr, dann zum Bild meiner Mutter und wieder zu ihr ging. Isabell schien ihm zu gefallen und je freundlicher er zu ihr wurde, desto schlechter fühlte ich mich. Natürlich drehten sich die Gespräche nur um meine Vergangenheit, um die Rettung des Schlosses und schließlich auch um meine Zukunft.

»Sobald er verheiratet ist, ziehe ich mich als Graf zurück«, sagte mein Vater und sah Isabell an.

Sie lächelte in meine Richtung und um nicht unhöflich zu sein, lächelte ich zurück. Es kam mir vor, als ob sie sich schon als Gräfin fühlte, jedenfalls benahm sie sich auffallend korrekt, saß in vorbildlicher Haltung am Tisch, sagte unaufhörlich ›bitte‹ oder ›danke‹, schien nichts anderes zu tun zu haben, als ständig meinen Vater zu bedienen, was ich irgendwie als übertrieben empfand. Es wirkte unecht und aufgesetzt und ich musste unwillkürlich an Melanie denken, die eine natürliche Freundlichkeit besaß, die immer da war, egal, wo sie sich bewegte. Irgendwie fühlte ich, dass ein Kampf dieser beiden Frauen um mich entbrannte, obwohl doch nur eine davon hier war.

Nach dem Frühstück begleitete ich Kommissar Rotfux und die französischen Kriminalbeamten zum Friedhof. In ihrem Beisein sollte mein Grab geöffnet werden. Unser Familiengrab war abgesperrt und hinter dem weiß-roten Band hatte sich fast das ganze Dorf versammelt. In der ersten Reihe standen die alte Elise, Henriette und Babette und ich sah ihnen an, wie gespannt sie auf das Ergebnis der Graböffnung waren. Das Grabkreuz mit meinem Bild hatten der Küster und zwei meiner Männer bereits von seinem Sockel geschlagen. Als wir eintrafen, begannen sie damit, die schwere Grabplatte anzuheben, die über dem Sarg lag. Es war später Vormittag und recht warm für diese Zeit. Kommissar Rotfux trug nur ein hellgelbes Shirt über einer beigegrünen Bermuda. Die französischen Beamten hingegen taten ihre Arbeit in dunkelblauen Uniformen, als ob das Wetter für sie gar keine Rolle spielte.

Mit einem Brecheisen wurde die Platte angehoben, anschließend eine Stange daruntergeschoben und schließlich die Platte langsam beiseitegewuchtet. Dann sah ich den Sarg. Dunkelbraun, stattlich, eines Grafen würdig stand er in

der Gruft. Äußerlich noch gut erhalten, wenn auch die Stütz-
füße schon umgeknickt waren und sich seitlich im Holz Risse
zeigten. Die Köpfe der Zuschauer hinter dem Absperrband
reckten sich immer mehr nach vorn in Richtung des Grabes.
Manche schienen ihren Körper unendlich strecken zu können.
Endlich stehen sie einmal gerade, musste ich denken. Endlich nahmen sie Haltung an, all diese alten Weiber und Männer. Vorsichtig entfernte der Küster die Schrauben, die den
Sargdeckel hielten. Man konnte sehen, dass das Holz schon
mürbe war. Manche der Schrauben ließen sich einfach so her-
ausziehen, bei anderen bröselte das morsche Holz weißfa-
serig, als der Küster sie mit dem Schraubenzieher entfernte.

Endlich war es so weit. Rotfux bat um einen Augenblick
Geduld, da er noch Fotos vom Sarg im geschlossenen Zustand
machen wollte. Dann hoben die Männer den Deckel ab. Ein
faulender Verwesungsgeruch schlug uns entgegen. Die Frauen
rissen ihre Taschentücher in die Höhe und hielten sie sich vor
die Nase. Ich selbst starrte gebannt in den Sarg. Ein Skelett,
über dem noch Reste von Haut und bräunlichem Fleisch hingen, war zu sehen. Ein zierliches Skelett, kleiner als ich und
schmaler als ich. Unter dem Skelett lag eine Schicht aus Kies,
die bräunlich glänzte.

»Könnte auch eine Frau sein«, murmelte Rotfux, der Fotos
aus allen Richtungen schoss. »Die Haare waren jedenfalls
länger«, stellte er fest.

Damit hatte er recht. Die Haare, welche noch ziemlich gut
erhalten waren, hingen über dem fast fleischlosen Totenkopf
an der Seite herunter. Es war ein scheußlicher Anblick. Ich
fühlte Mitleid für diese Frau oder diesen Mann, wer auch
immer das sein mochte. Wahrscheinlich fern der Heimat war
die Leiche hier begraben worden, ohne einen Gruß der Angehörigen und ohne einen lieben Verwandten, der um den Verstorbenen trauerte.

»Wir werden herausfinden, wer das ist«, sagte einer der französischen Beamten. Die Überreste der Leiche und auch des Sarges wurden sorgfältig in Kisten verpackt und zum Hafen auf das Polizeiboot gebracht. Rotfux flog zusammen mit den französischen Beamten im Hubschrauber zurück.

»Ich muss wieder an die Arbeit«, verabschiedete er sich.

Isabell hingegen wollte noch bei mir auf der Insel bleiben. »Paul und Corinna werden von Ulrichs Eltern versorgt«, sagte sie. Dabei strahlte sie mich so glücklich an, dass man meinen konnte, unsere gemeinsamen Flitterwochen würden gerade beginnen.

30

Nachdem der Hubschrauber und das Polizeiboot die Insel verlassen hatten, kehrte wieder Ruhe ein.

Trotzdem lastete ein Schatten auf meiner Seele und dieser Schatten hieß Isabell. Nicht, dass ich sie nicht mochte. Nein, ganz im Gegenteil. Ich war ihr dankbar, dass sie Oskar auf die Insel gebracht hatte, und ich fand sie auch wirklich nett. Aber ich hätte gern selbst entschieden, welche Frau mit mir auf meine Insel kam. Jetzt war sie einfach ungefragt da. Und das Schlimmste dabei war: Meinem Vater und auch den Inselbewohnern schien sie zu gefallen. Alle gingen davon aus, dass sie die neue Gräfin der Île du vin werden würde.

›Zeig ihr die Strände der Halbinsel‹ oder ›Fahr mit ihr nach Monaco‹, machte mein Vater unentwegt Vorschläge. Ja, er kam sogar auf die Idee, dass Isabell Kleider und Schmuck meiner Mutter tragen könnte, da sie selbst natürlich kaum Gepäck bei sich hatte. Mir war das alles ganz und gar nicht recht. Aber ich war nicht der Typ, der seinem alten, an den Rollstuhl gefesselten Vater widersprach. Ich ließ mir nichts anmerken und unternahm tatsächlich Inselausflüge mit ihr, doch je mehr ihr glückliches Lachen sich im Schloss und auf der Halbinsel verbreitete, desto schlechter ging es mir. Da war der Gedanke an Melanie, der in meinem Herzen saß. Sie begegnete mir ständig in meinen Tagträumen. Schon im kleinen Hafen der Insel stieg sie mit mir ins Boot, wenn ich eine Ausfahrt mit Isabell machte. Nie war ich mit Isabell allein. Melanie stand an der Reling und ihr luftiges weißes Sommerkleid wehte im Wind, so wie damals, als ich mit ihr die Insel besuchte. Melanie schwamm neben mir, wenn ich mit Isabell badete, sie ging mit mir durch den Sand, wenn ich mit Isabell am Strand spazierte, und ich hörte ihre Schritte hinter mir, wenn ich mit Isabell auf steinigen Pfaden über die Insel wanderte. Mit jedem Tag wurde die Last schwerer, die auf meiner Seele lag. Nachts träumte ich von Ulrich, der mir Isabell ans Herz legte. Er erinnerte mich an das Versprechen, welches ich ihm auf dem Sterbebett gegeben hatte, und rief mir immer wieder dieses ›Du musst dich um Isabell kümmern‹ entgegen. Nie hatte ich gedacht, dass die Freiheit so grausam sein konnte. Jetzt wusste ich, wer ich war, der Kommissar hatte mir versichert, dass ich bald meinen neuen Pass erhalten würde, und trotzdem fühlte ich mich schlechter als jemals zuvor. Isabell merkte das natürlich.

»Was hast du denn?«, fragte sie mich immer wieder.

Aber ich konnte ihr nicht die Wahrheit sagen, war zu feige dazu, fürchtete mich vor ihrer Enttäuschung, hatte nicht den Mut, ihr in die traurigen Augen zu sehen. Also wartete ich, bis ihre Zeit abgelaufen war und ihr Urlaub zu Ende ging. Am Tag der Abreise versprach ich ihr, ebenfalls bald nach Aschaffenburg zu kommen und dort im Schloss wieder meine Audienz zu halten. In Wirklichkeit war ich mit meinen Gedanken jedoch schon in Straßburg, stieg die Treppe zu Melanies Wohnung empor, diese wunderbare Holztreppe, die für mich der Weg ins Paradies war.

Kaum hatte Isabell die Insel verlassen, packte ich meine Sachen, um nach Straßburg zu reisen. Diesmal war es kein schäbiger Rucksack, auch keine abgestoßene Reisetasche, sondern ein eleganter Lederkoffer, in den ich meine Habseligkeiten verstaute.

»Ich habe dringend etwas in Straßburg zu erledigen«, sagte ich zu meinem Vater, der mich zwar seltsam ansah, sich damit allerdings zufriedengab. Noch am Nachmittag desselben Tages landete ich mit Oskar auf dem Flughafen in Straßburg Entheim.

Ich hatte Oskar mitgenommen, denn nach der langen Trennung, die er gerade erst hinter sich gebracht hatte, wollte ich ihn nicht schon wieder allein lassen. Da er nur vier Kilogramm wog, durfte er sogar in der Passagierkabine mit mir fliegen und saß die ganze Zeit in einer Tragetasche vor meinen Füßen. Vom Flughafen ließ ich mich mit einem Taxi in die Innenstadt bringen.

»Zum Münster, bitte«, sagte ich.

Ich ging am Münster vorbei zum Maison Kammerzell, diesem altehrwürdigen Haus, das sich des schönsten Fachwerks der ganzen Stadt rühmte. Ich hatte Glück, denn ich bekam das letzte freie Zimmer. Schräg war es und lag unter dem Dach, aber es war genau richtig für diese Nacht. Kräftige rissige Holzbalken beschützten mich. Ich hatte zuvor im Restaurant gegessen, einen Riesling getrunken und noch einen zweiten, bevor der dritte mir Gute Nacht wünschte und ich über die steinerne Wendeltreppe nach oben wankte und mich todmüde ins Bett legte.

Am nächsten Morgen besuchte ich Melanies Haus. Die Eingangstür war nur angelehnt. Ich schob sie nach innen, nahm Oskar auf den Arm und stieg die hölzernen Treppen langsam nach oben.

Ich klingelte an Melanies Wohnung, aber nichts rührte sich. Dafür ging im Stockwerk darunter eine Wohnungstür auf und eine alte Frau kam ins Treppenhaus hinaus.

»Wen suchen Sie denn?«, fragte sie mich. »Es ist außer mir niemand im Haus.«

»Ich suche Melanie«, antwortete ich.

»Die war schon lange nicht mehr hier«, sagte die alte Frau. »Sie hatte einen Unfall. Zuerst hieß es, sie sei tot, dann war sie einmal mit Krücken und einer Halskrause hier. Seitdem habe ich sie nicht mehr gesehen.«

Die Dame wusste gar nicht, was sie mir eben für eine Botschaft überbracht hatte. Melanie ging es gut! Sie war hier gewesen, zwar mit Krücken und Halskrause, aber sie lebte. Ich musste mich am Geländer festhalten. Das Treppenhaus tanzte vor meinen Augen. Ich setzte Oskar auf den Boden. Sofort begann er, an Melanies Tür zu kratzen, und wollte in die Wohnung hinein.

»Sie kennen wohl Melanie?«, fragte die alte Frau, als sie das sah.

»Ja, ich kenne sie gut. Wollte sie besuchen. Wissen Sie, wo ich sie finden kann?«

Die alte Frau trat einen Schritt nach vorn, weiter in den Flur, sodass ihr von Falten zerfurchtes Gesicht im Licht der schwachen Treppenbeleuchtung gut zu sehen war. Sie musterte mich, als ob sie von der Kriminalpolizei beauftragt worden wäre, jeden Besucher genau zu beobachten. Eine dicke, aufgeplusterte Katze erschien hinter ihr und strich ihr um die Beine. Oskar knurrte, aber er blieb ansonsten ruhig.

»Vielleicht ist sie bei ihren Eltern in Obernai oder sie ist in der Klinik«, sagte sie. »Ich weiß es nicht. Sie hat nie viel mit uns gesprochen.«

Darin lag etwas Vorwurfsvolles und die alte Frau schien sich jetzt auch nicht weiter mit mir unterhalten zu wollen.

»Komm, Minouche«, sagte sie zu ihrer Katze und stieß mit ihrem Filzpantoffel gegen sie. »Wir wollen frühstücken.«

Dann zog sie die Tür hinter sich zu und war verschwunden. Ich setzte mich neben Oskar vor Melanies Tür.

»Sie lebt, Oskar, wir müssen sie finden«, murmelte ich.

Er sah mich an, als ob er alles genau verstanden hatte. Seine braunen Dackelaugen glänzten im Dämmerlicht des Treppenhauses. Ich nahm ihn auf den Arm und ging mit ihm nach unten. Die hölzernen Stufen knarrten unter meinen Schritten. Ich hörte sie gern, denn sie erinnerten mich an Melanie, die vor noch nicht allzu langer Zeit hier vor mir her gegangen war. Wann würde sie hier wieder mit mir hochgehen? Wann könnte sie ihre Krücken ablegen und ihre Halskrause, von der die Nachbarin gesprochen hatte?

Durch solche Gedanken abgelenkt, stolperte ich über den letzten Treppenabsatz, knickte um und fiel mit Oskar der Länge nach im Hauseingang hin. Oskar bellte wie ein Verrückter und ich hatte Angst, dass er verletzt sein könnte. Ich hob ihn auf und streichelte ihn, und er leckte mir die Wange, um mir seine Zuneigung zu zeigen. Dann versuchte ich selbst aufzustehen. Ein stechender Schmerz fuhr mir durchs linke Fußgelenk. Langsam humpelte ich mit Oskar hinaus auf den Quai des Bateliers.

Die Sonne stand inzwischen hoch am Himmel. Die Ausflugsschiffe hatten begonnen, ihre Runden zu drehen, und ich ging zurück zum Maison Kammerzell. Gehen konnte man es fast nicht nennen. Oskar zog mich mit der Leine vorwärts und ich schleppte mich hinter ihm her. Mein linkes Fußgelenk schmerzte bei jedem Schritt und trieb mir fast die Tränen in die Augen. Ich war froh, als wir den Münsterplatz erreichten und ließ mich auf einen der Stühle sinken, die vor dem Maison Kammerzell in der Sonne aufgestellt waren. Wie sollte ich Melanie in diesem Zustand finden? Mit meinem kaputten Fuß konnte ich nicht einmal das Münster besteigen.

Zunächst frühstückte ich in der Sonne, was mich meine Schmerzen ein wenig vergessen ließ. Nach dem Frühstück wollte ich auf mein Zimmer gehen, aber ich schaffte es mit meinem verletzten Gelenk nicht. Die Wendeltreppe war zu steil, zumal ich Oskar auf dem Arm hatte. Entnervt gab ich auf und ließ mich vom Wirt zur Universitätsklinik bringen, die zum Glück gar nicht weit entfernt war.

Notaufnahme, Formulare, Röntgen, Gott sei Dank nichts gebrochen, nur verstaucht, Salbenverband, elastische Binde – zwei Stunden verbrachte ich in der Klinik, bis ich humpelnd und an zwei Krücken das Gebäude wieder verließ.

›Sie müssen das Gelenk schonen, sollten am besten viel liegen‹, hatte mir der Arzt geraten und ich fragte mich, wie es nun weitergehen sollte.

Auf dem Weg zum Ausgang der Klinik kam mir Professor Ducrot entgegen. Ich erinnerte mich an meinen Badeunfall in Obernai und wäre am liebsten im Boden versunken, so peinlich war mir meine damalige Flucht aus dem Krankenhaus. Der Professor erkannte mich sofort.

»Nanu, Sie wieder hier?«, rief er überrascht. »Ich dachte, Sie sind über alle Berge.«

Ich zuckte unwillkürlich zusammen. »Das ist eine längere Geschichte, Herr Professor«, antwortete ich betont höflich, als ob ich mich für meine Flucht auf diese Art nachträglich entschuldigen könnte. »Ich musste einfach fliehen. Ich musste unbedingt etwas herausfinden.«

Der Professor, der mich fast um einen Kopf überragte, sah mich durch die Gläser seiner Nickelbrille interessiert an. »Und? Haben Sie es herausgefunden?«

»Ja«, verkündete ich, »ich weiß jetzt wieder, wer ich bin und wo ich herkomme.«

»Ist ja eine unglaubliche Geschichte«, sagte Ducrot. »Kommen Sie, das müssen Sie mir genauer erzählen. Ich wollte sowieso gerade Pause machen.«

Ich wunderte mich, dass er sich so viel Zeit für mich nahm, und humpelte mit meinen Krücken mit ihm zur Cafeteria. Dort erzählte ich ihm bei einem Sandwich und einem Mineralwasser meine Geschichte und er lauschte gebannt. Irgendwann redete er mich mit Herr Graf an und ich merkte, dass ich offensichtlich in seiner Achtung gestiegen war, seit er wusste, dass ich der Graf der Île du vin war. Zum Schluss erzählte ich ihm, dass ich Melanie suche, und sah ihn hoffnungsvoll an.

»Ich dachte, Sie könnten mir vielleicht dabei helfen, Herr Professor«, sagte ich. »Vermutlich war sie hier in der Universitätsklinik in Behandlung.«

Ich war plötzlich sehr froh, Professor Ducrot getroffen zu haben, und begriff, dass ich nun auch als Humpelfuß eine gute Gelegenheit hatte, etwas über Melanie herauszufinden.

Der Professor zog die Stirn in Falten. »Mhmm, vor einiger Zeit hatten wir einen solchen Fall. Eine junge Frau, die mit sehr schweren Verletzungen eingeliefert wurde: keine Reflexe mehr, kaum Lebenszeichen. Wie durch ein Wunder ist es uns gelungen, sie doch noch zurückzuholen. Aber das ist bestimmt mehr als zwei Monate her.«

Ich überlegte. Wie ein Film lief die Zeit seit Melanies Unfall vor meinem inneren Auge ab: die Reise nach Venedig, die Prophezeiung der alten Wahrsagerin, mein Urlaubsstart mit Isabell nach Frankreich, der Badeunfall in Obernai, meine Flucht nach Südfrankreich und schließlich der Kampf um die Insel – acht oder neun Wochen hatte das insgesamt gedauert.

»Ja, das könnte stimmen«, sagte ich. »Mindestens acht Wochen ist es her.«

Professor Ducrot erklärte mir, dass er eigentlich keine Informationen über Patienten weitergeben dürfe. Trotzdem war er bereit, in seiner Patientendatei nachzusehen. Er nahm mich mit in sein Büro.

»Wie ist denn der Nachname?«, fragte er mich.

Es war mir peinlich, aber mir fiel ihr Nachname nicht mehr ein.

»Dann bitte das Geburtsdatum«, sagte der Professor und sah mich fragend an, bereit, das Datum in seinen Computer einzugeben.

»Geburtsdatum?«, stammelte ich. »Da muss ich ebenfalls passen, Herr Professor.«

Obwohl mir niemand je so nah gewesen war wie Melanie, merkte ich plötzlich, dass ich die einfachsten Dinge über sie nicht wusste.

»Dann geben wir mal den Vornamen ein«, sagte Ducrot, klang allerdings sehr skeptisch. Nachdem er den Namen eingetippt hatte, dauerte es einen Moment, bis er wieder von seinem Computer aufsah.

»Na bitte! Was ich befürchtet hatte. Mehr als 30 Melanies in den letzten drei Monaten.«

Ich fragte zwar noch zaghaft, ob man diese 30 Patientinnen nicht doch durchsehen oder es über die Adresse versuchen könne, um die Richtige zu entdecken, aber darauf ließ sich Ducrot nicht ein. Er blickte unruhig auf seine Uhr, gab mir zu verstehen, dass er ohnehin schon längst wieder im OP sein müsse, und wies nochmals darauf hin, dass er mir eigentlich sowieso nichts sagen dürfe.

»Tut mir leid, Herr Graf. Da ist nichts zu machen. Sie müssen sie schon selbst finden.«

Nach der Rückkehr aus der Klinik verbrachte ich den Rest des Tages am Münsterplatz. Es war Samstag und man hörte mehr Deutsch als Französisch. Ich saß mit meinen Krücken vor dem Maison Kammerzell, genoss die vorzügliche Küche und das angenehme Spätsommerwetter. Der Wirt des Kammerzell hatte mir einen schönen Tisch reserviert und war sehr fürsorglich zu mir. Auch sprach er mich auffallend oft mit Herr Graf an, vor allem, wenn die anderen Gäste es hören konnten. Ich bemerkte, dass man als Graf gewisse Vorteile genoss, jedenfalls in Restaurants und Kliniken. Ich war wieder wer, seit ich meinen französischen Pass bei mir trug, in dem ich als Graf der Île du vin ausgewiesen war. Wäre nicht die Sache mit meinem verstauchten Fußgelenk gewesen und hätte ich nicht eigentlich nach Melanie gesucht, es hätte der schönste Sommertag in Straßburg sein können. So aber machte ich mir Gedanken über Melanie, über Isabell und über meine Audienz, die im Aschaffenburger Schloss für den morgigen Sonntag angekündigt war. Konnte ich die Kinder enttäuschen? Durfte ich mit meinem verstauchten Fußgelenk einfach im Kammerzell bleiben, bis die Schmerzen weniger wurden? Nein, das darfst du nicht, sagte meine innere Stimme, die eigentlich immer recht behielt. Also bat ich den Wirt, mir aus dem Internet einen Zug nach Aschaffenburg herauszusuchen, sodass ich am Sonntag rechtzeitig zu meiner Audienz um 11 Uhr im Aschaffenburger Schloss sein würde.

»Aber gern doch, Herr Graf«, sagte er ziemlich laut und ich sah, wie einige ältere Damen an den Nachbartischen die Köpfe zusammensteckten und über mich tuschelten. Oskar interessierte das alles nicht. Er lag brav bei mir in der Sonne, bellte ab und zu, wenn größere Hunde über den Münsterplatz spazierten, und hatte sich ansonsten wohl damit abgefunden, dass mit seinem Herrchen im Augenblick keine größeren Runden zu drehen waren.

Am nächsten Morgen ließ es sich der Wirt nicht nehmen, mich höchstpersönlich zum Bahnhof zu bringen, obwohl mein Zug um 6.54 Uhr abfuhr. Er trug meinen Koffer und kam sogar mit auf den Bahnsteig, da ich mit Oskar, dem Koffer und den Krücken irgendwie überfordert war.

»Bis bald einmal wieder«, verabschiedete er sich und ich war mir ganz sicher, dass ich gern wieder bei ihm einkehren würde.

Straßburg schlief noch, als ich es verließ, und auch Karlsruhe lag noch im sonntäglichen Dämmerschlaf, als ich es um 8.00 Uhr passierte. Während der Zugfahrt dachte ich über

Geschichten nach, die ich den Kindern bei der Audienz erzählen könnte. Aber ich war mir unsicher, was zu einem König mit Fußverletzung passte. Schließlich kam ich auf die Idee, einfach die Geschichte vom König mit den Krücken zu erzählen. Dann würden die Krücken zur Geschichte gehören und konnten gar nicht stören.

Um 10.19 Uhr traf ich in Aschaffenburg ein.

›Hochschulstadt Aschaffenburg‹, tönte es aus den Lautsprechern und ein wenig kam das Gefühl einer zweiten Heimat in mir auf. Ich merkte, dass mir diese Stadt inzwischen viel bedeutete. Mein zweites Leben hatte ich hier begonnen, hatte mich mit Ulrich angefreundet, war König dieser Stadt geworden, kannte das Schloss, kannte die Stiftsbasilika und kannte Isabell, auch wenn sie nicht meine große Liebe war. Ich humpelte aus dem Bahnhof hinaus, wobei ich Glück hatte, denn ein junger Student trug mir den Koffer, nachdem er gesehen hatte, wie mühsam es für mich mit den Krücken und mit Oskar war. Ein Taxi brachte mich zum Schloss. Am Eingang begrüßte mich der Oberbürgermeister mit einem Strauß weißer Rosen.

»Oh, der Herr König auf Krücken«, sagte er, »aber Hauptsache, Sie sind da, mein Lieber.«

Ich war ›sein Lieber‹ und wusste im selben Augenblick, dass meine innere Stimme recht gehabt hatte. Man fühlte sich dort wohl, wo man geliebt wurde, und diese Stadt liebte ihren König, das spürte ich. Der Oberbürgermeister verbeugte sich und überreichte mir den Strauß, den ich über meine rechte Krücke klemmte. Blitzlichter flammten auf, wir lächelten beide in die Kameras der örtlichen Presse.

»›König auf Krücken zurück‹, so wird es morgen in der Zeitung stehen«, witzelte der Oberbürgermeister, nachdem ich ihm verraten hatte, dass mein linker Fuß nur verstaucht war.

Nach der Begrüßung eilte ich zum Turmzimmer, um mich umzuziehen. Der Oberbürgermeister trug höchstpersönlich meinen Koffer nach oben und nahm sogar Oskar auf den Arm, während ich mich mit meinen Krücken plagte.

»Ich habe schon gehört, dass Sie ein echter Graf sind«, sagte er unterwegs. »Ich hoffe, Sie bleiben uns trotzdem treu, Herr Graf!«

Ich sagte darauf nichts und das erwartete er wohl auch nicht. Im Turmzimmer stellte ich meinen Koffer ab und Oskar hüpfte sofort in sein Körbchen. Dann sah ich aus dem Fenster.

Ruhig zog der Main seine Bahn unterhalb des Schlosses und erlaubte es einigen Sportbooten, sich auf ihm zu tummeln.

Ich warf meinen Umhang über die Schulter und setzte die Krone auf. Dann nahm ich die Krücken und versuchte, ein paar Schritte zu gehen. Ich sah unruhig auf die Uhr. Fünf Minuten vor elf. So schnell ich konnte, humpelte ich zu meiner Audienz.

31

In der ersten Reihe saß Isabell. Sie stand auf und kam sofort auf mich zu, als sie meine Krücken sah.

»Du liebe Güte, was ist passiert? Warum hast du dich nicht gemeldet?«, fragte sie.

Ich bemerkte ihre Besorgnis, die mir jedoch etwas lästig war, und ich spürte ihre Zuneigung, die ich nicht wirklich erwidern konnte.

»Nicht der Rede wert«, sagte ich. »Ich habe mir nur den Fuß verstaucht. Das wird schon wieder.«

Dann begann ich mit meiner Audienz.

»Der König ist verletzt«, hörte ich die Kinder flüstern. »Er muss an Krücken gehen.«

Manche waren ganz aufgeregt und hatten schon rote Wangen, bevor ich überhaupt zu sprechen begann.

»Kennt ihr die Geschichte vom König mit den Krücken?«, fragte ich die Kinder.

»Nein!«, brüllte der ganze Saal.

»Wollt ihr die Geschichte hören?«

»Ja, ja«, riefen alle.

Isabell verfolgte das Schauspiel gebannt. Neben ihr saß der Oberbürgermeister und lächelte zufrieden. Also begann ich zu erzählen.

»Es war einmal ein stolzer junger König, der hatte sich unsterblich in eine Prinzessin verliebt, die hieß Melanie. Sie ritten gemeinsam aus, sie badeten im Teich des Schlosses, sie spielten abends Karten miteinander und sie taten alles, was verliebte junge Leute miteinander tun.«

»Küssen«, schrie ein vorwitziger Knirps aus der zweiten Reihe und die Kinder tobten vor Vergnügen. »Ja, küssen«, riefen sie, »küssen, küssen, küssen!«

Isabell sah mich unsicher an und ich setzte die Geschichte fort.

»Aber leider verunglückte die schöne Prinzessin schwer. Sie wurde von einer Kutsche überfahren und alle dachten, sie sei tot.«

Als ich das sagte, war es mucksmäuschenstill im Raum. Nicht mal ein Räuspern oder Hüsteln unterbrach die Stille.

»Man brachte die verunglückte Prinzessin heimlich zu einem Wunderheiler, aber der Prinz hörte lange nichts mehr von ihr und glaubte wie alle, sie sei tot. Andere Prinzessinnen ritten mit ihm aus, andere Prinzessinnen badeten mit ihm, andere Prinzessinnen spielten mit ihm Karten …«

»Und küssen …«, schrie wieder der vorlaute Knirps aus der zweiten Reihe.

»Ja«, fuhr ich fort, »andere Prinzessinnen versuchten ihn auch zu küssen, aber mit keiner war es so wie mit Melanie. Als der junge König es nicht mehr aushielt ohne seine Prinzessin, machte er sich auf die Suche nach ihr. Er fühlte, dass sie noch am Leben sein musste, auch wenn er nicht wusste, wo sie war.«

»Beim Wunderheiler, beim Wunderheiler …«, riefen die Kinder und der ganze Saal tobte.

»Ja, da habt ihr recht«, sagte ich zu den Kindern, »aber der junge König kannte ja den Wunderheiler nicht. Er wusste nicht, wo er wohnte, und hatte keine Ahnung, wo seine hübsche Prinzessin sein konnte. Also zog er viele Wochen durch sein Land und endlich sogar in das Nachbarkönigreich, das er mit Melanie einmal besucht hatte. Dort hatten sie runden Käse und lange Stangenbrote und die Kirchen reckten sich hoch in den Himmel und die Häuser wurden von Holzbalken zusammengehalten und hatten hölzerne Treppen. In einem dieser Häuser hatte der Prinz mit seiner Prinzessin gewohnt und dort wollte er fragen, ob man sie gesehen hätte. Als er das Haus betrat, kam ihm eine alte Frau entgegen, mit weißen Haaren und einer dunklen Schürze. Um ihre dürren Beine strich eine fette Katze.«

»Eine Hexe, eine Hexe …«, schrien ganz aufgeregt mehrere Kinder. »Achtung, eine Hexe!«

»Ich weiß nicht, ob es eine Hexe war«, erzählte ich weiter. »Sie war freundlich zum Königssohn und verriet ihm, dass seine Prinzessin noch lebte. Sie sagte ihm, die Prinzessin gehe an Krücken und trage eine Halskrause, aber sie lebe noch. Doch sie konnte ihm nicht sagen, wo die Prinzessin war. Deshalb verabschiedete sich der Königssohn von der alten Frau und wollte weitersuchen. Vor lauter Freude darüber, dass seine Prinzessin noch lebte, wurde er aber unvorsichtig und stürzte in dem dunklen Haus die Treppe hinunter. Sein linkes Bein schmerzte sehr und er konnte nur noch an Krücken gehen – so wie ich.«

Ich humpelte ein Stück nach links, dann ein Stück nach rechts und die Kinder grölten vor Freude. Dabei verzog ich mein königliches Gesicht vor Schmerzen und keiner hätte das besser tun können als ich, denn mein linker Fuß tat wirklich schrecklich weh.

»Glaubt ihr, dass der junge König seine Prinzessin gefunden hat?«, fragte ich die Kinder.

»Ja«, brüllte der ganze Saal und der Oberbürgermeister lächelte zufrieden. Die Reihen waren bis auf den letzten Stuhl gefüllt, sodass ich die Kinder hinten gar nicht genau erkennen konnte. Aber sie riefen alle begeistert: »Ja, er hat sie gefunden!« Rechts des Mittelganges, links des Mittelganges, überall war dieses ›Ja‹ zu hören.

Ich hielt einen Moment inne. Jetzt musste ich die Lösung präsentieren. Jetzt musste ich die Prinzessin wieder auftauchen lassen, damit die Kinder ihre Freude hatten. Also fuhr ich fort.

»Natürlich ging der junge König auch mit Krücken weiter auf die Suche. Er quälte sich über Berg und Tal, er humpelte durch Wälder und Auen und er wünschte sich nichts so sehr, wie seine Prinzessin zu finden. Sein Fuß schmerzte, oft standen Tränen in seinen Augen, aber er wollte nicht aufgeben.«

Als ich das sagte, war es wieder ganz still im Raum und die Kinder saßen mit offenen Mündern da.

»Endlich …«, wollte ich gerade meine Geschichte fortsetzen, da hörte ich ein seltsames Geräusch. Tapp, tapp, tapp, machte es hinten im Saal und alle Kinder drehten sich um. Ich ging ein paar Schritte nach vorn, um besser sehen zu können. Tapp, tapp, tapp, machte auch ich mit meinen Krücken. Da kommt jemand auf mich zu gehumpelt, schoss mir ein Gedanke durch den Kopf. Vielleicht ein behindertes Kind, das jetzt Prinzessin spielen wollte, oder jemand mit Krücken, der zur Toilette musste? Tapp, tapp, tapp, hörte ich es wieder von hinten und konnte erkennen, dass von dort eine Person mit Krücken kam. Ein Kind war es nicht, mehr konnte ich im Halbdunkel nicht erkennen. Ich versuchte, meine Geschichte weiterzuerzählen, doch die Kinder waren alle wie aus dem Häuschen und von hinten hörte ich schon: »Die Prinzessin kommt!«

Dann sah ich es auch: Tapp, tapp, tapp, kam eine junge Frau in einem hellblauen Sommerkleid auf mich zu. Und im nächsten Augenblick blieb mir das Herz fast stehen. Es war Melanie! Melanie an Krücken und mit einem metallisch glänzenden Gestell um den Hals.

»Es ist die Prinzessin«, hörte ich die Kinder flüstern. »Sie braucht Krücken, aber sie lebt.«

Ich war sprachlos. Ich ging auf sie zu. Tap, tap, tap, machten meine Krücken. Tap, tap, tap, machten ihre Krücken.

Ich sah ihr Lächeln, ihren wunderschönen Mund und ihre umwerfenden Beine, die sich noch etwas unbeholfen vorwärtsbewegten.

»Hallo, Bertram«, hauchte sie mir entgegen.

»Hallo, Melanie«, freute ich mich.

Dann ging unsere Begrüßung in einem höllischen Lärm unter.

»Küssen«, forderte zuerst das vorwitzige Bürschchen aus der zweiten Reihe und anschließend verbreiteten sich die Rufe im ganzen Raum, erfüllten alle Reihen, die Kinder standen auf und wollten nur das eine sehen, nämlich, dass der König die Prinzessin küsste. Dementsprechend machte ich noch einen Schritt nach vorn. Sie streckte ihre Hände nach mir aus. Ich berührte ihre Fingerspitzen. Wie elektrisiert war ich. Die Kinder kreischten vor Begeisterung. »Küssen, küssen!«, schrien sie jetzt rhythmisch. Ich sah Melanies Gesicht näher kommen, strich ihr ganz vorsichtig über ihr dunkles Haar, roch ihr Parfum, roch ihre Haut, und auf einmal lagen ihre Lippen auf den meinen und wir küssten uns.

Auf einen Schlag war es ganz still im Raum. Die Kinder sahen ganz genau zu. Aber es war mir egal. Wir küssten uns, als ob der Rest des Tages nur dafür vorgesehen wäre, und als wir endlich wieder Luft holten, brach ein ohrenbetäubender Jubel los.

»Du musst mit nach vorn kommen«, flüsterte ich Melanie zu. »Du bist jetzt meine Prinzessin.«

So gingen wir beide nach vorn und standen mit unseren Krücken nebeneinander. Die Kinder beruhigten sich wieder.

»Nun wollt ihr sicher noch wissen, wie der junge König seine Prinzessin wirklich gefunden hat«, sagte ich.

»Ja«, riefen die Kinder.

»Habt ihr es nicht selbst gesehen?«, fragte ich.

Stille. Die Kinder überlegten. Dann rief ein kleines Mädchen aus der vierten Reihe: »Sie hat ihn gefunden.«

»Richtig. So könnte man es sagen«, erzählte ich weiter. »Aber in Wirklichkeit haben sich die beiden gefunden. Er hatte nach ihr gesucht, auf Krücken und unter Schmerzen, und sie hatte nach ihm gerufen im Zauberwald, in dem der Wunderheiler wohnte, bis er sie endlich finden konnte und mit auf sein Schloss nahm. Dort fand die Hochzeitsfeier statt und sie lebten glücklich und zufrieden bis an ihr Lebensende.«

Nachdem ich die Geschichte fertig erzählt hatte, sah ich, dass Isabell gegangen war. Ihr Platz war leer und es machte mich ein wenig traurig. Aber viel Zeit zum Nachdenken blieb nicht. Wie üblich bestürmten mich die Kinder wegen der Autogramme und an diesem Tag gab es sogar viele, die auch von der Prinzessin ein Autogramm erbaten.

»Unterschreib als Prinzessin Melanie«, hatte ich ihr zugeflüstert und so signierte sie Prospekte, Eintrittskarten und Bierdeckel mit mir zusammen. Anschließend gingen wir zum Turmzimmer. Melanie konnte die Treppen besser steigen als ich. Sie zog nur das rechte Bein etwas nach und musste ihren Kopf ganz aufrecht halten, da er in dem Gestell auf ihren Schultern abgestützt war.

»Tut das Ding weh?«, fragte ich.

»Nein, überhaupt nicht«, lachte sie. »Ich habe mich an den Fixateur gewöhnt.«

»Musst du ihn noch lange tragen?«

»Wahrscheinlich vier Wochen. Professor Ducrot will kein Risiko eingehen«, antwortete Melanie. »Er meint, dass ich nur eine kleine Narbe im Nacken behalten werde.«

Sie sah mich unsicher an, schien zu fürchten, dass ich sie mit Narbe nicht mehr mögen würde.

»Na, Gott sei Dank«, sagte ich, »das ist doch nicht schlimm. Ich werde dir eine schöne Halskette schenken und schon ist die Narbe nicht mehr zu sehen.«

Melanie strahlte. »Meinst du wirklich?«

Die Kinder folgten wie üblich zum Turmzimmer, um dort dem König bei der Arbeit zuzusehen. Sie wunderten sich, dass ich mit Melanie Französisch sprach.

»Sie sprechen anders«, hörte ich sie flüstern und irgendwo sagten die Eltern: »Das ist Französisch.«

Als wir das Turmzimmer erreichten, kam Oskar, den ich dort in seinem Körbchen gelassen hatte, wie ein Verrückter auf uns zu. Er begrüßte mich kurz und sprang an Melanie hoch. Er schleckte ihr die Beine ab und gab erst Ruhe, als sie ihn auf den Arm nahm und er ihr ein Küsschen auf die Wange geben konnte.

»Der Hund des Königs liebt die Prinzessin«, begeisterten sich die Kinder und standen verzückt hinter der goldenen Absperrkordel am Eingang zum Turmzimmer. Ich setzte mich in meinem Mantel und mit Krone an den Schreibsekretär und tat so, als ob ich arbeitete. Melanie saß in einem Sessel neben mir und schaute zu. Von Arbeit konnte allerdings keine Rede sein. Gedanken wirbelten in meinem Kopf herum. Ich konnte es noch gar nicht fassen, dass Melanie bei mir war. Ich kritzelte etwas aufs Papier, damit die Kinder glaubten, ich überlege Geschichten, aber in Wirklichkeit schielte ich nach Melanie. Sie sah etwas blass aus, aber sonst so hübsch wie immer. Nur die steife Kopfhaltung im Fixateur war ungewohnt.

»Die Kinder werden bald genug haben«, flüsterte ich ihr zu. »Dann sind wir für uns.«

»Ich habe Zeit«, sagte sie nur und sah hinunter auf den Main.

Nachdem sich alle Kinder an mir als König und an meiner Prinzessin sattgesehen hatten, waren wir endlich allein im Turmzimmer. Es war 13.00 Uhr nachmittags und der Main hatte viel zu tun mit den sonntäglichen Ausflugsbooten, die auf ihm in der Sonne tanzten.

»Ich bin ja so froh, dass ich dich gefunden habe«, seufzte Melanie. »Warum hast du mir eigentlich nie geantwortet?«

»Geantwortet?«, fragte ich verwundert. »Wie hätte ich dir antworten sollen? Ich wusste ja nicht einmal, ob du noch lebst.«

Melanie sah mich erstaunt an.

»Hast du denn meine Briefe nicht erhalten, Bertram?«, fragte sie. »Keinen einzigen?«

»Nein, keinen einzigen«, sagte ich.

Sie nannte mich immer noch Bertram und ich ließ es dabei. Wer ich wirklich war, würde sie noch früh genug erfahren, dachte ich. Ich fragte sie, wohin sie denn geschrieben habe.

»An deine Adresse bei Brenners«, sagte Melanie. »Wohin hätte ich denn sonst schreiben sollen?«

»Warum hast du mich nicht einfach auf dem Handy angerufen?«

»Es war schrecklich. Ich konnte bis vor wenigen Tagen nicht richtig sprechen, Bertram.«

Mir fiel es wie Schuppen von den Augen. Isabell musste die Briefe abgefangen haben. Sie wollte mich erobern, wollte mit mir und den Kindern in Urlaub fahren und da war ihr scheinbar jedes Mittel recht gewesen. Deshalb war sie heute während der Audienz auch so plötzlich verschwunden, da sie sich denken konnte, dass ihr Betrug auffliegen würde. Arme Isabell! Ich konnte ihr nicht böse sein, sie tat mir nur leid.

»Hauptsache, wir sind wieder zusammen«, sagte ich zu Melanie. »Die Briefe müssen irgendwie verschollen sein. Vielleicht hat sie Isabell, äh, ich meine Frau Brenner, beiseitegeschafft.«

Als ich mit Melanie und Oskar das Schloss verließ, stand davor ein Polizeiauto. Auf der Rückbank saß Isabell. Sie hatte ihren Kopf in die Hände gestützt und schien zu weinen.

»Was ist denn mit Frau Brenner los?«, fragte ich Kommissar Rotfux, der auf mich zukam.

»Das ist eine längere Geschichte«, sagte Rotfux. »Wenn Sie alles erfahren möchten, kommen Sie am besten mit, Herr Graf.«

Er behandelte mich betont höflich und alle Spannungen, die wir in den letzten Monaten gehabt hatten, schienen verflogen zu sein.

»Hat es etwas mit mir zu tun?«

»Allerdings«, sagte Rotfux und lächelte. Sein Bärtchen vibrierte auf der Oberlippe und seine dunklen Augen glänzten, als ob er gerade einen Sechser im Lotto gewonnen hätte. Noch nie hatte ich Rotfux so stolz und entspannt gesehen.

»Kann Melanie mitkommen?«, fragte ich. Ich wollte sie jetzt nicht alleine lassen, nachdem ich sie gerade erst wiedergefunden hatte.

»Wenn es Sie nicht stört, dass sie alles erfährt«, sagte der Kommissar.

Warum hätte mich das stören sollen? Natürlich sollte sie alles erfahren. Also stiegen wir in das Auto des Kommissars und fuhren hinter dem Polizeiwagen her, in dem Isabell saß. Unterwegs erzählte ich Melanie meine Geschichte. Ich schwärmte von meiner Insel, ich berichtete über deren Befreiung, sie erfuhr, dass ich ein echter Graf war, und ich sagte, dass jetzt sicher alles gut werden würde.

»Und du bist nicht verheiratet?«, fragte sie mich am Ende meines Berichtes ganz aufgeregt. Es schien das Einzige zu sein, was sie wirklich interessierte. Nachdem ich das verneint hatte, strahlte sie mich glücklich an.

»Aber Sie wissen noch nicht alles«, sagte Rotfux stolz, als wir vor dem Kommissariat hielten.

Wir betraten das Gebäude durch die Sicherheitsschleuse, die mich an meine dunkelsten Tage erinnerte. Kurz darauf saßen wir im Zimmer des Kommissars. Isabell wurde in Handschellen hereingeführt und seitlich von uns auf einen Stuhl gesetzt. Ich sah ihr verweintes Gesicht und ich hatte Mitgefühl mit ihr. So nah konnten Glück und Unglück beieinanderliegen. Ich war sehr glücklich darüber, dass ich Melanie gefunden hatte, und Isabell schien todunglücklich zu sein. Warum sie allerdings in Handschellen dasaß, konnte ich mir nicht erklären. Gut, sie hatte vermutlich Melanies Briefe unterschlagen, aber das verstieß doch gegen kein Gesetz und außerdem konnte das Rotfux nicht wissen.

»Frau Brenner hat sich leider strafbar gemacht«, sagte der Kommissar.

Sofort begann Isabell heftig zu schluchzen. Ich stand auf und reichte ihr mein Taschentuch, das sie allerdings, behindert durch die Handschellen, nur schwer benutzen konnte. Als Rotfux das sah, kam er hinter seinem Schreibtisch hervor und nahm Isabell die Handschellen ab. Er trug wie meistens einen gelben Pulli, unter dem sein Bauch sich deutlich abzeichnete.

»Fliehen werden Sie von hier ja wohl nicht. Vor der Tür warten meine Beamten«, sagte er und lachte dabei. Dann nahm er wieder hinter seinem Schreibtisch Platz. Ich war gespannt, was jetzt kommen würde. Ich konnte mir überhaupt nicht vorstellen, wodurch sich Isabell strafbar gemacht haben sollte.

»Also, Frau Brenner«, begann Rotfux, »der Kranz mit den blutroten Rosen und der Drohung auf der Schleife war von Ihnen. Sie haben ihn in Auftrag gegeben und dann diese wilde Verfolgungsjagd durch die Stadt vorgetäuscht, um den Grafen fester an sich zu binden. Der Drohbrief aus Frankreich, von dem ich Ihnen erzählt hatte, hat Sie auf die Idee gebracht. Daran haben Sie sich angehängt und zur Tarnung denselben Text auf der Schleife des Kranzes verwendet: ›Wir kriegen dich!‹«

Isabell schluchzte nur, was ich als Zustimmung deutete. Der Kommissar fuhr fort: »Noch schlimmer, Sie haben auch die Entführung und das Vergraben des Grafen bei der Teufelskanzel in Auftrag gegeben und waren sogar teilweise dabei.«

Isabell senkte den Blick und schluchzte noch heftiger.

»Sie haben Herrn Hohlbein von der Friedhofsgärtnerei zu dieser Entführung angestiftet und ihm dafür 5.000 Euro gezahlt, die er dringend brauchte, da er in wirtschaftlichen Schwierigkeiten steckte. Sie haben Herrn Hohlbein auch beauftragt, nach vier Tagen mit seiner Schäferhündin Alexa den Grafen aufzuspüren. Alles sollte so aussehen, als ob die Mafia hinter der Sache steckte und nun der König von Aschaffenburg per Zufall wiedergefunden worden war. Die Entführung durch den Frankfurter Tittenkönig, von der Ihnen der Graf erzählt hatte, hatte Sie auf die Idee mit dem Lieferwagen gebracht, und einen Lieferwagen hatte Herr Hohlbein von der Friedhofsgärtnerei ja auch zur Verfügung.«

Ich war sprachlos. Rotfux schilderte den Hergang genüsslich, ließ sich jedes seiner Worte auf der Zunge zergehen, war sehr stolz, dass er dies alles herausgefunden hatte.

»Aber warum hast du das gemacht, Isabell?«, fragte ich. »Oskar wäre fast dabei gestorben.«

Der Dackel saß auf meinem Schoß und kuschelte sich an mich.

»Das wollte ich ja auch nicht«, stammelte Isabell mit tränenerstickter Stimme. »Das mit dem Hund war ein Versehen. Ich wollte dir nur Angst einjagen, damit du bei mir bleibst.«

Mir wurde jetzt klar, warum in dem Erdloch Mineralwasser und Taschenlampe lagen und warum sie eine Luftzufuhr geschaffen hatten. Mir sollte gar nichts passieren. Ich sollte nur in Angst und Schecken versetzt werden.

»Dazu kommen die Männer, die angeblich um Ihr Haus geschlichen sind«, sagte Rotfux, »wir sind viel Streife gefahren, konnten aber nie irgendjemanden entdecken. Vermutlich haben Sie diese Männer, welche Sie angeblich bei der Eisdiele verfolgt haben, einfach erfunden.«

Mir fiel es wie Schuppen von den Augen. Sie hatte mich bei der Eisdiele unter den Tisch gedrängt, indem sie sagte: ›Dein Schuh ist offen. Binde ihn zu.‹ Ich hatte die Ganoven nie gesehen und Isabell war auch dagegen gewesen, den Kommissar sofort zu benachrichtigen, scheinbar, weil sie ihn am Sonntag nicht stören wollte. In Wirklichkeit wollte sie vermeiden, dass der ganze Schwindel aufflog.

»Schließlich der Einbruch bei Ihnen im Haus«, fuhr Rotfux fort. »Auch den haben Sie bei Herrn Hohlbein in Auftrag gegeben, wofür wieder 2.000 Euro fällig wurden. Und der Erpresserbrief, der dabei gefunden wurde, stammte ebenfalls von Ihnen, Frau Brenner. Alles sollte dazu dienen, den Grafen einzuschüchtern, damit er bei Ihnen bleibt.«

Melanie hatte inzwischen meine Hand genommen. Sie verstand so gut wie nichts, aber sie merkte natürlich, dass für mich alles sehr wichtig war. Ich sah sie an und streichelte ihr über die Finger.

»Übrigens, die Verfolgungsjagd bei den Katakomben in Rom hatte nichts mit der Sache zu tun«, sagte Rotfux und sah mich triumphierend an.

»Wie? Sie wussten davon?«, stammelte ich.

Rotfux lächelte. Er wirkte gerade so entspannt und fröhlich, wie ich ihn noch nie gesehen hatte. Seine Augen strahlten, er fuhr sich mit der Zunge über die Lippen und genoss seine Überlegenheit. »Natürlich wusste ich darüber Bescheid, Herr Graf«, sagte er leise. Er sprach jetzt sehr bedächtig, weil er wusste, dass ich jedes seiner Worte verschlingen würde. »Sie hatten mir doch die Handynummer von Gina gegeben. Da lag es ja wohl auf der Hand, dass ich mich bei ihr erkundigen wollte, was in Rom so gelaufen war.«

»Und?«, fragte ich gespannt. »Was hatte das an den Katakomben zu bedeuten?«

Rotfux lehnte sich genüsslich in seinem Bürostuhl zurück. »Francesco steckte dahinter, der Mann von Gina. Er ließ seine Frau durch Detektive beschatten, weil er den Verdacht hatte, dass sie ihn betrog. Sie hatten ihn doch gesehen, als er mit seinem feuerroten Ferrari bei der Katakombe vorfuhr.«

Jetzt war mir alles klar. Sie hatten es nur auf Gina abgesehen gehabt. Deshalb war der Kerl mit seinem Fotoapparat hinter den Palmen herumgeschlichen und hatte immer wieder Bilder gemacht. Und deshalb hatte ich seitdem nichts mehr von Gina gehört.

»Donnerwetter, Herr Kommissar«, sagte ich anerkennend. »Aber warum haben Sie mir das alles nicht gesagt?«

»Sie waren ja ebenfalls nicht immer sehr gesprächig, Herr Graf«, konterte Rotfux verschmitzt. »Ich habe die Dinge aber auch erst nach und nach herausgefunden. Letzte Gewissheit erhielt ich vor zwei Wochen durch die Vernehmung von Herrn Hohlbein, der alles zugegeben hat. Doch das Wichtigste: Ich musste klären, ob Frau Brenner womöglich etwas mit der französischen Mafia zu tun hat …«

»Und?«, fragte ich gespannt.

»Zum Glück nicht. Der Überfall im Schwimmbad von Obernai geht tatsächlich auf das Konto von Dolcapone und seinen Leuten. Dolcapone hat ihr damit ja auch die Ferien vermasselt, die sie sich so schön mit Ihnen vorgestellt hatte.«

Isabell saß wie ein Häufchen Elend auf ihrem Stuhl, blass, mit verweinten Augen und in sich zusammengesunken.

»Wird sie jetzt bestraft?«, fragte ich den Kommissar.

»Ich denke schon«, sagte der Kommissar, »die Sache mit dem Erdloch war doch zu gravierend. Aber wenn Sie auf eine Anzeige verzichten, würde das die Sache erleichtern.«

Ich beschloss, keine Anzeige zu erstatten, und der Kommissar versprach mir, dafür zu sorgen, dass Isabell glimpflich davonkäme.

»Dann ist ja mein Fall gelöst«, stellte ich erleichtert fest.

Rotfux strahlte. Ich hatte den Eindruck, dass er in seinem Stuhl etwas größer wurde. Er lächelte vergnügt. »Ja, der ›Mainfall‹ ist gelöst.«

»Der ›Mainfall‹ …?«

Das Lächeln des Kommissars wurde zu einem breiten Grinsen. Er freute sich, dass ich das Wortspiel nicht sofort verstanden hatte. Endlich machte es auch bei mir ›Klick‹.

»Ach so, der ›Mainfall‹, ich verstehe …«

Beim Abschied schüttelte mir Rotfux kräftig die Hand.

»Alles Gute für Sie«, sagte er und zwinkerte mir mit einem Seitenblick auf Melanie verständnisvoll zu.

Zum letzten Mal wurde ich mit einem Polizeiauto zurück in die Stadt gebracht. Am Schloss stiegen wir aus. Ich betrachtete das alte Gemäuer, das mir tatsächlich irgendwie zur Heimat geworden war.

»Komm«, sagte ich zu Melanie, »lass uns ein Stück am Main entlangspazieren.«

Wir gingen die Treppen zum Mainufer hinab. Ich entdeckte die Stelle, an der mich mein Hund aus dem Wasser gezogen hatte. Ich nahm Oskar auf den Arm und er schleckte mich zärtlich am Ohr, als ob er wüsste, was an dieser Stelle geschehen war. Ich schaute über den Fluss, der mich fast bei sich behalten hätte. Er floss zum Meer und auch ich würde wieder zum Meer zurückkehren, zu meiner Insel, die ich so liebte, zu meinen Cigallen, die dort in den Bäumen sangen, zu den Eidechsen, die auf meinem Felsen in der Sonne lagen, zu meiner Mutter, die dort auf dem Friedhof ruhte, und zu Jacques und der alten Henriette und zu all den anderen, die dort auf mich warteten.

»Würdest du mit mir auf meine Insel kommen?«, fragte ich Melanie.

Sie sah mich an, sie lachte so, wie nur sie lachen konnte. Dann kam sie näher. Ich blickte in ihre Augen, spürte ihre Lippen, sie gab mir einen langen, zärtlichen Kuss und ich wusste, was das bedeutete.

ENDE

Dieter Wölm
im Gmeiner-Verlag:

Kommissar Rotfux ermittelt:

1. Fall: Mainfall
ISBN 978-3-8392-1125-0

2. Fall: Blutstern
ISBN 978-3-8392-1375-9

3. Fall: Weinmordrache
ISBN 978-3-8392-2058-0

4. Fall: Von der Stange
ISBN 978-3-8392-2538-7

GMEINER SPANNUNG

WWW.GMEINER-VERLAG.DE
Wir machen's spannend